SV

DIDEROTS SCHATTEN

Unterhaltungen, Szenen, Essays

Übersetzt, bearbeitet und
erfunden von
Hans Magnus Enzensberger

SUHRKAMP

Erste Auflage 1994

Hinweise am Schluß des Bandes
Druck: Wagner GmbH, Nördlingen
Printed in Germany

Diderots Schatten

Inhalt

Diderot
und das dunkle Ei

Ein Interview

Personen

Ein Besucher aus dem 20. Jahrhundert
Denis Diderot

Musik

J. S. Bach

DER BESUCHER Herr Diderot! Herr Diderot!

DIDEROT Ja.

DER BESUCHER Bitte, Herr Diderot – auf ein Wort!

DIDEROT *(Zu sich selber, sotto voce.)* Das ist ja zum Verrücktwerden. Keine ruhige Minute! *(Laut.)* Einen Moment! Ich bin gleich da. *(Pause.)* Wer hat Sie hereingelassen?

DER BESUCHER Die Tür stand offen.

DIDEROT Das ist es ja. Meine Tür steht immer offen. Man läßt mich nicht arbeiten. Das ist eine Verschwörung. Man hat es auf mich abgesehen. Lachen Sie nur!

DER BESUCHER Aber Herr Diderot...

DIDEROT Man schickt mir die unglaublichsten Leute ins Haus, man verwickelt mich in alle möglichen Intrigen, man hält mich zum Narren, und das alles nur, damit ich nicht weiterkomme mit diesem verdammten Trödel, den ich mir aufgeladen habe. Da, sehen Sie, alles voller Manuskripte, stapelweise. Ganze Kisten voller Papier. Ich komme mir wie ein Packesel vor. Und wenn die Mitarbeiter wenigstens Französisch könnten! Aber nein, alles muß ich umschreiben, redigieren. D'Alembert ist der Schlimmste. Dieser Pedant! Unleserliches Zeug. Zu allem Überfluß ist er auch noch vorsichtig. Ein Angsthase. Am liebsten ließe er mich sitzen. Ja, damals, als wir anfingen, sah es anders aus. Damals ließ er es an großen Worten nicht fehlen. Prospekt, *Avertissement*, *Discours préliminaire*. Über hundert Seiten Rhetorik. Aber jetzt, wo uns die Scherereien über den Kopf wachsen, die Verleger nicht zahlen wollen, die Zensur das Messer wetzt, jetzt droht er mir ganz offen, sich aus der ganzen Sache zurückzuziehen.

DER BESUCHER Sie meinen die *Encyclopédie*.

DIDEROT Entschuldigen Sie.

DER BESUCHER Nein, ich habe mich zu entschuldigen. Ich dringe einfach bei Ihnen ein, halte Sie von Ihren Geschäften ab ...

DIDEROT Ein Diner bei Madame Geoffrin, das ist alles. Im übrigen sind Sie nicht der erste Besucher, den ich heute empfange. Wenn Sie wüßten, was ich heute schon alles mitgemacht habe ... Nein, nein, bleiben Sie! Setzen Sie sich! Darf ich Ihnen etwas anbieten? Nein? Ich kann Ihnen sagen, dieses Zimmer ist der reinste Taubenschlag. Schauspieler, denen man eine Rolle verweigert hat, Drucker, die sich in politische Händel verwickelt haben, Witwen, die um jeden Preis eine Pension erlangen wollen. Ich frage Sie, was veranlaßt diese Leute, zu mir zu kommen?

DER BESUCHER Sie sind berühmt, und man sagt Ihnen nach, daß Ihr Einfluß sehr weit reicht.

DIDEROT Aber ich bitte Sie! Sehen Sie sich doch um. Sieht so die Wohnung eines mächtigen Gönners aus? Die Bleibe eines Lumpenhändlers, die Mansarde eines Flickschusters – das käme der Sache näher. Madame Geoffrin behauptet übrigens, der Beruf eines Schriftstellers sei nur ein fortwährendes Malheur. Ein Schuhmacher könne etwas Nützliches arbeiten und sich fortbringen, ein Autor dagegen stünde immer vor dem Nichts. Vielleicht gibt sie deshalb den Literaten so üppige Diners. – Kommen wir zur Sache. Wo ist Ihr Manuskript?

DER BESUCHER Was für ein Manuskript?

DIDEROT Sie haben kein Manuskript mitgebracht? Ich hätte schwören können, daß Sie einer jener jungen Autoren sind, die mir die Tür einrennen.

DER BESUCHER Sie hätten die Wette verloren.

DIDEROT Heute nachmittag waren es zwei.

DER BESUCHER Zwei Dichter, die Sie um Ihren Rat gefragt haben?

DIDEROT Dichter wäre zuviel und Rat wäre zuwenig gesagt.

DER BESUCHER Was wollten sie denn?

DIDEROT Der erste kam mit einem Pamphlet, und was glauben Sie, wen er zur Zielscheibe seiner Angriffe gemacht hatte?

DER BESUCHER Die Regierung vermutlich, oder den Erzbischof von Paris.

DIDEROT Sie werden es nicht für möglich halten. Er brachte mir eine Schmähschrift auf Diderot.

DER BESUCHER Auf Sie?

DIDEROT Schlecht geschrieben und voller niederträchtiger Verleumdungen. Er bat mich, das Manuskript durchzusehen und meine Verbesserungen an den Rand zu schreiben.

DER BESUCHER Sie haben ihn hinausgeworfen.

DIDEROT Ich habe ihn gefragt, warum er über mich herfiele, und was ihn veranlaßt habe, mir seine Satire zu überreichen. Er antwortete mir ganz kaltblütig, er habe nichts zu essen, und er hoffe, ich werde ihm ein paar Taler geben, damit er sein Werk nicht drucken lasse.

DER BESUCHER Eine Unverschämtheit.

DIDEROT Er wäre nicht der erste Schriftsteller, der sich dafür bezahlen ließe, daß er den Mund hält. Aber ich hatte eine bessere Idee. Ich riet ihm, sich an den Bruder des Herzogs von Orléans zu wenden. Dieser Herr ist sehr fromm, und er verabscheut mich. Gehen Sie zu ihm, sagte ich, widmen Sie ihm Ihr Machwerk. Ich bin sicher, Sie werden nicht leer dabei ausgehen.

DER BESUCHER Sind Sie immer so großzügig?

DIDEROT Warten Sie! Der Kerl gab sich noch nicht zufrieden. Was soll ich machen, sagte er, ich kenne den Herzog nicht, und ich bin auch nicht imstande, ihm eine Widmungsadresse zu schreiben. Geben Sie her, sagte ich. Und so habe ich ihm mit eigener Hand eine kriecherische Epistel geschrieben. Ich bin sicher, daß er mindestens fünfundzwanzig Louis d'or dafür bekommt.

DER BESUCHER Ich frage mich nur, wer da wen zum Narren gehalten hat.

DIDEROT Das ist noch nicht alles. Kaum war dieser Mensch aus der Tür, klopft es von neuem. Der nächste Besucher war ein Komödienschreiber, den ich vom Theater her kenne. Ein rechter Pulcinell, immer gut aufgelegt, geldgierig, aber nicht geizig; im Gegenteil, er wirft das Geld, das man ihm leiht, zum Fenster hinaus. Im übrigen lebt er von den Ideen anderer Leute. Er spitzt die Ohren, schnappt hier ein Bonmot, dort eine Klatschgeschichte auf, und im Handumdrehen bringt er die neuesten Sottisen zu Papier und auf die Bühne. Er sitzt da, wo Sie jetzt sitzen, er plündert mich aus, er verabschiedet sich. Auf der Treppe dreht er sich plötzlich um und fragt mich: Monsieur Diderot, kennen Sie sich in der Naturgeschichte aus? Ein bißchen, antworte ich. Jedenfalls kann ich eine Aloe von einem Kopfsalat und eine Taube von einem Kolibri unterscheiden. – Aha, ruft er, dann wissen Sie sicher auch, was ein Ameisenlöwe ist. – Nein. – Er kommt die drei Treppenstufen herauf und flüstert mir zu: Der Ameisenlöwe ist ein kleines, sehr geschicktes Biest. Er wühlt ein trichterförmiges Loch in die Erde und deckt es oben mit einer dünnen, leichten Sandschicht zu; dann lockt er ein argloses Kerftier an, das in den Trichter fällt, fängt es, saugt es aus und sagt zu ihm: Monsieur Diderot, ich habe die Ehre, Ihnen einen guten Tag zu wünschen. – Sie sehen, mein Herr, diesmal war ich der Dumme; ehe ich mich von meiner Verblüffung erholt hatte, war der Strolch verschwunden.

DER BESUCHER Verzeihen Sie, Herr Diderot, aber Ihre Klagen machen auf mich nicht den geringsten Eindruck. Wenn Sie sich mit solchen Besuchern abgeben, sind Sie selber schuld.

DIDEROT Ich versuche mich zu amüsieren, das ist alles.

DER BESUCHER Vielleicht sind Ihnen diese Störenfriede sogar willkommen. Solange Sie sich unterhalten, brauchen Sie nicht zu arbeiten. Außerdem sind Sie neugierig.

DIDEROT Das ist mein Beruf. – Darf ich fragen, was Sie da haben?

DER BESUCHER Ich?

DIDEROT Sie fuchteln fortwährend damit herum. Das dunkle Ei, das Sie in der Hand halten.

DER BESUCHER Sie meinen das Mikro.

DIDEROT Mikro?

DER BESUCHER Ja, ein Mikrophon. Ich habe es mitgebracht, damit ich das, was Sie sagen, nicht vergesse. Eine sehr nützliche Erfindung.

DIDEROT Wozu dient es? Welche Operationen kann es ausführen? Wozu brauchen Sie es?

DER BESUCHER Ja, wie soll ich Ihnen das erklären ... Es handelt sich um eine Art Ohr. Das Mikrophon ist ein künstliches Ohr. Im Inneren des Eis befindet sich eine Membran.

DIDEROT Ein Trommelfell.

DER BESUCHER So könnte man es nennen. Und die Schnur hier ist der Nerv. Alles, was das Mikrophon hört, wird in dieser kleinen Schachtel aufbewahrt.

DIDEROT Ich begreife nicht, wie das zugehen soll.

DER BESUCHER Ganz einfach. Diese kleine Maschine hier nimmt alles, was wir sagen, auf.

DIDEROT Wollen Sie behaupten, daß Sie ein mechanisches Gehirn erfunden haben?

DER BESUCHER Nun, es handelt sich nicht um meine Erfindung. Außerdem kann man nicht sagen, daß die Maschine denkt.

DIDEROT Aber sie kann sich alles merken. Sie nimmt die Schwingungen der Luft auf, die wir verursachen, und gibt sie wieder. Sie ist zugleich ein Gedächtnis und ein sprechendes Wesen. Das wollen Sie mir doch weismachen. Oder habe ich Sie falsch verstanden?

DER BESUCHER Nein.

DIDEROT Ich glaube, Sie binden mir einen Bären auf. Das ist eine Mystifikation. Aber die Idee interessiert mich. Wissen Sie, was ich neulich zu D'Alembert gesagt habe? Wir sprachen über den Unterschied zwischen der belebten und der unbelebten Materie. Ich glaube, ich habe unsere Unterhaltung irgendwo notiert. Warten Sie ... Hier! Ich habe zu d'Alembert gesagt: »Denken Sie sich ein Klavier, das Empfindungsvermögen und Gedächtnis besäße ... Es ist doch klar, daß ein solches Klavier die Weisen, die Sie gespielt haben, von selbst wiederholen würde. Wir sind doch nichts anderes als Klaviere mit Empfindungsvermögen und Gedächtnis. Unsere Sinne sind soundsoviele Tasten, die von der uns umgebenden Natur angeschlagen werden. Das ist, glaube ich, alles, was in einem Klavier vorginge, das so eingerichtet wäre wie Sie und ich. Wenn dieses empfindungsfähige und mit Erinnerungsvermögen begabte Klavier dann auch noch die Fähigkeit besäße, sich zu ernähren und fortzupflanzen, dann würde es leben und entweder aus sich selbst oder mit seinem Weibchen kleine Klaviere erzeugen – lebende, tönende, kleine Klaviere, genau wie ein Fink, eine Nachtigall oder ein Mensch. Es ist gar nicht so leicht, den Unterschied zwischen einem Zeisig und einer Zeisigflöte zu bestimmen.« Dann habe ich ihm ein Ei gezeigt, es war kein schwarzes, sondern ein ganz gewöhnliches weißes Ei, und ich habe behauptet, mit einem solchen Ei könne man alle theologischen Schulen aus den Angeln heben. – Sie sehen also, das Märchen, mit dem Sie mich erschrecken wollen, kommt mir bekannt vor.

DER BESUCHER Aber ich versichere Ihnen, Herr Diderot, Sie irren sich. Das ist keine Mystifikation. Bitte, probieren Sie es selbst. *(Er schaltet den Rücklauf ein. Bandgeräusch. Stop.)* Sie brauchen nur auf diesen Knopf zu drücken.

DIDEROT *(Drückt auf den Knopf. Stimme vom Band.)* Das Märchen, mit dem Sie mich erschrecken wollen, kommt mir bekannt vor.

DER BESUCHER *(Vom Band.)* Aber ich versichere Ihnen, Herr Diderot, Sie irren sich, das ist keine Mystifikation. Bitte, probieren Sie es selbst. *(Schaltgeräusch. Bandgeräusch. Stop.)* Sie brauchen nur auf diesen Knopf zu drücken. *(Schaltgeräusch. Stille.)*

DIDEROT Genial. Ich begreife nicht, wie so etwas möglich ist. Aber eines ist klar, wenn ich eine solche Maschine hätte, bräuchte ich nie wieder eine Zeile zu schreiben. Die Ideen flögen durch die Luft, leicht wie Spinnweb, wie geisterhafte Keime, nicht nur durch den Raum, sondern auch durch die Zeit, ohne Papier, ohne Buchbinder, ohne Erlaubnis, ohne Zensur. Eine Erfindung aus Tausendundeiner Nacht. Das Theater wäre überflüssig, der Salon, die Académie, die auswendig gelernten Lektionen in der Schule und sogar die Enzyklopädie ... Alles überflüssig! Wir brauchten nichts weiter als diese kleine Maschine, die uns zuhört und die spricht. Wo haben Sie dieses Wunderwerk her? Der Mechaniker, der sie gebaut hat, muß ein Genie oder ein Lügner sein, ein Zauberer, ein Wohltäter der Menschheit. Ich möchte ihn kennenlernen.

DER BESUCHER Ich kenne ihn selber nicht.

DIDEROT Schade. *(Pause.)* Hören Sie, ich habe eine Idee. Wenn sich Ihr Mnemnophon ...

DER BESUCHER Mikrophon.

DIDEROT Wenn sich Ihr Mikrophon unsere Stimmen merken kann, warum nicht auch Töne, Melodien, Musik?

DER BESUCHER Warum nicht?

DIDEROT Ein Klavier, das die Weisen, die wir spielen, von selbst wiederholen würde.

DER BESUCHER Das ist möglich. Ich kann Ihnen ein Exempel demonstrieren. Sehen Sie diese durchsichtige Dose? Auf der Spule sitzt ein kleines braunes Band, um einen Kern gewickelt.

DIDEROT Ja.

DER BESUCHER Wollen Sie hören, was ihm eingeschrieben ist?

DIDEROT Ja.

Der Besucher wechselt die Kassette. Schaltgeräusch. Man hört ein prestissimo vorgetragenes Stück aus einer Bach-Partita, etwa die Gigue aus Nr. 1, gespielt von Glenn Gould. Mitten im Satz, nach einer dreiviertel Minute, Schaltgeräusch.

DIDEROT Schluß! Hören Sie auf! Das ist ja unerträglich.

DER BESUCHER Wieso unerträglich?

DIDEROT So kann nur der Teufel persönlich spielen, oder der Pianist ist wahnsinnig geworden.

DER BESUCHER Ich bin nicht Ihrer Meinung.

DIDEROT Zu rasch, zu nervös! Eine Katzenmusik. Außerdem, was das Instrument betrifft: solche Klaviere gibt es nicht. Glauben Sie mir, ich verstehe etwas davon. Ich habe sogar vor, mir aus Wien ein Piano von Silbermann zu verschreiben. Es ist das Allerneueste: die Hämmerchen mit Leder gepolstert, für jede Taste eine eigene Feder, eine vollkommen neuartige Dämpfung. Dagegen das, was Ihr Automat da spielt, mag sein, was es will, nur kein Klavier. Zum Glück für unsere armen Ohren: solche Klaviere gibt es nicht.

DER BESUCHER Wie Sie meinen, Herr Diderot. Es war schließlich Ihr Wunsch...

DIDEROT Ich habe im Augenblick nur den einen Wunsch, daß Sie mir endlich sagen, wer Sie sind, mein Herr, und was Sie von mir wollen.

DER BESUCHER Sie haben vorhin behauptet, es sei Ihr Beruf, neugierig zu sein.

DIDEROT Keine Ausflüchte, bitte.

DER BESUCHER Ich könnte dasselbe von mir sagen, sogar mit größerem Recht.

DIDEROT Kommen Sie zur Sache.

DER BESUCHER Ich bin Reporter.

DIDEROT Drücken Sie sich deutlicher aus.

DER BESUCHER *Reporter* ist englisch und heißt soviel wie Berichterstatter.

DIDEROT Ah! Sie sind ein Spitzel! Wie Sie sehen, hält sich meine Überraschung in Grenzen. Ich bin es gewöhnt, daß man mir nachspioniert. Wer hat Sie geschickt? D'Argenson? Oder der Generalstaatsanwalt? Reden Sie schon! Sie brauchen keine Angst zu haben. Was wollen Sie wissen?

DER BESUCHER Sie tun mir unrecht. Ich habe nichts

mit der Polizei zu tun. Ein Reporter ist eine Art von Journalist.

DIDEROT Sie haben die Absicht, etwas über mich zu schreiben? Vermutlich noch ein Pamphlet? Das nimmt ja kein Ende.

DER BESUCHER Ich versichere Ihnen, daß ich keine Zeile schreiben werde. Das überlasse ich den Kritikern. Bei meiner Arbeit gehe ich ganz anders vor.

DIDEROT Nämlich?

DER BESUCHER Ich erkundige mich, wo Monsieur Denis Diderot wohnt, ich begebe mich in die Rue Tarenne, ich werde empfangen, ich verwickle den Mann, für den ich mich interessiere, in ein Gespräch, ich frage ihn aus, ich merke mir – oder besser gesagt, meine Maschine merkt sich alles, was er äußert. Das ist alles. Man nennt dieses Verfahren ein Interview. Wie Sie sehen, handelt es sich um eine sehr praktische Methode.

DIDEROT Aber wie sind Sie auf mich verfallen? Warum unterhalten Sie sich nicht mit Ihrem Bäcker, Ihrem Handschuhmacher, Ihrem Kutscher? Oder mit einer jener reizenden Nymphen, die man um fünf Uhr abends auf den Bänken des Palais Royal findet? Sie treffen dort eine leichtfertige Gesellschaft an, die nichts Besseres zu tun hat, als sich und Ihnen die Zeit zu vertreiben.

DER BESUCHER Ich wende mich nur an Leute, die gescheiter, wichtiger und berühmter sind als ich.

DIDEROT Auf diese Weise geben Sie sich selbst den Anschein, gescheit, wichtig und berühmt zu sein.

DER BESUCHER Das will ich nicht leugnen.

DIDEROT Und das alles tun Sie nur zu Ihrer Belustigung?

DER BESUCHER Wo denken Sie hin! An allem, was ich

Ihnen entreißen kann, lasse ich das Publikum teilnehmen. Übrigens muß ich vom Verkauf meiner Arbeit leben.

DIDEROT Ich möchte nicht unhöflich sein, aber es will mir scheinen, als könnte man das, was Sie tun, nicht eigentlich Arbeit nennen. Sie lauern mir auf, nehmen meine Zeit in Anspruch, lassen mich reden – und dann wollen Sie meine Gedanken verkaufen?

DER BESUCHER Das ist der Lauf der Welt. Dort, wo ich herkomme, gilt der Journalismus als ein ehrbarer Beruf.

DIDEROT Nun, ich muß gestehen, daß mir die Sache nicht ganz fremd ist, obwohl mir das Wort nicht gefällt. Journalist, Journalist... Es kommt ganz darauf an, was man darunter versteht. Kennen Sie Sokrates?

DER BESUCHER Sokrates?

DIDEROT Ja. Er pflegte seine Mitbürger auszufragen, so lange, bis es ihnen zu dumm wurde. Sie wissen wohl, daß er kein gutes Ende genommen hat. Man muß zugeben, daß er ein unerträglicher Besserwisser war. Aber seine Fragen waren nicht übel. Er nannte allerdings das, was er mit den Athenern trieb, nicht Journalismus, sondern Hebammenkunst. Auch ich habe mich in diesem Metier versucht. Sehen Sie das Modell hier. Wissen Sie, was das ist?

DER BESUCHER Eine Maschine.

DIDEROT Ja, aber was für eine?

DER BESUCHER Ich kenne mich in diesen Dingen nicht aus.

DIDEROT Ein mechanischer Wirkstuhl. Sie können damit Strümpfe herstellen. Um zu begreifen, wie er funktioniert, habe ich ihn auseinandergenommen und wieder zusammengesetzt. Das würde ich auch mit Ihrem Automaten gerne machen, auf die Gefahr hin, daß ich ihn ruiniere.

DER BESUCHER Aber wozu denn?

DIDEROT Wenn Sie wüßten, was für Scherereien mir die Zeichner und Stecher machen, die ich für die Tafelbände der *Encyclopédie* engagiert habe. Die Leute sehen nur die Oberfläche der Dinge. Aber es handelt sich darum, die Prinzipien zu verstehen, nach denen ein Wirkstuhl arbeitet. Er besteht aus Hunderten von Einzelteilen, die alle numeriert werden müssen. Dazu muß man jedes Rädchen kennen. Bedenken Sie, daß diese Tafeln in die Hände von Fachleuten kommen, die danach arbeiten wollen. Wie sollen sie sonst ihre Manufakturen verbessern? Ein sehr anspruchsvolles Publikum! Ich habe ganze Wochen in den Werkstätten der Gobelinarbeiter, der Möbeltischler, der Glasbläser zugebracht, in den Laboratorien der Chemiker und der Färber! Ich gebe zu, das ist auch eine Art von Spionage.

DER BESUCHER Sehen Sie! Sie gehen zu den Strumpfwirkern und ich zu den Philosophen.

DIDEROT Aber Sie sind allzu genügsam. Sie lassen sich mit Klatschgeschichten abspeisen. Der Möbeltischler weiß ganz genau, wovon er redet, wenn er Ihnen den Unterschied zwischen Schropp-, Schlicht- und Simshobel, Rauhbank und Lochholz erklärt. Dagegen die Philosophen ...

DER BESUCHER Ich finde, Sie sind ein sehr lohnendes Objekt, Herr Diderot.

DIDEROT Wissen Sie, woran Sie mich erinnern? An den Ameisenlöwen. Ich bin in Ihren Trichter gefallen, und nun werde ich ausgesaugt. Mit einem Wort, Sie sind ein Parasit.

DER BESUCHER Sie lassen kein gutes Haar an mir.

DIDEROT Es liegt mir ferne, Sie kränken zu wollen. Ganz im Gegenteil, ich interessiere mich leidenschaftlich für dieses Thema. Es wirft eine Reihe von philosophischen Fragen auf, mit denen ich mich seit langem beschäftige. Haben Sie bemerkt, daß es keine menschliche Gesellschaft ohne Parasiten gibt? Da fällt mir ein, haben Sie eine Ahnung, wie spät es ist?

DER BESUCHER Es wird gleich neun Uhr sein.

DIDEROT Um Himmelswillen! Ich werde mich verspäten. Madame Geoffrin wird sehr ungehalten sein. Ich frage mich, warum ich zugesagt habe. Man verliert bei diesen Diners nur seine Zeit.

DER BESUCHER Sie lieben die Gesellschaft.

DIDEROT Ich habe nicht die geringste Lust, hinzugehen. Und doch lasse ich mich fast jeden Abend einladen.

DER BESUCHER Weil Sie es nicht allein in Ihrem Zimmer aushalten.

DIDEROT Madame Geoffrin ist sehr liebenswürdig. Ein wenig vierschrötig, das ist wahr; ihr Gesicht ist ziemlich derb, sie hat nicht den Ehrgeiz, durch Eleganz aufzufallen; aber ihr Mann ist unermeßlich reich, er ist der größte Spiegelfabrikant Frankreichs, und da wir alle sehr eitel sind, ist er unentbehrlicher als der Präsident der Akademie.

DER BESUCHER Madame Geoffrin ist der Schutzengel der Philosophen, und Sie gelten als ihr Favorit. Man verwöhnt Sie. Die Damen reißen sich um Ihre Gesellschaft.

DIDEROT Sie übertreiben. Man setzt sich zu Tisch, man ißt und trinkt mehr, als einem guttut. Es wird spät. Man streitet sich, man verlangt von mir, daß ich zuhöre, daß ich witzig bin, daß ich Frieden stifte, wenn es allzu laut, und Unruhe, wenn es allzu still wird. Wenn dann endlich die Tafel aufgehoben ist, geht man zum Spieltisch, und ich verliere wie immer alles, was ich bei mir habe. Bevor ich mich verabschiede, leihe ich mir noch ein paar Livres von meinem Freund, dem Baron Grimm...

DER BESUCHER Und dann wenden Sie sich anderen Vergnügungen zu.

DIDEROT Wo denken Sie hin! Bis dahin bin ich viel zu erschöpft, um Abenteuer zu suchen. Aber Sie sehen, worauf ich hinauswill.

DER BESUCHER Nein.

DIDEROT Nein? Wie begriffsstutzig Sie sind, mein Lieber! Können Sie mir nun sagen, wer in meinem Fall der Parasit ist, der Gastgeber oder der Gast?

DER BESUCHER Aha. Ich beginne zu verstehen...

DIDEROT Und wie im Kleinen, so im Großen. Sehen Sie sich um, mein Lieber. Wovon lebt die schöne Stadt Paris? Wir haben drei königliche Nachtstuhlprüfer am Hofe, sieben Hühneraugenoperateure, fünfundsiebzig Beichtväter. Man sagt, daß diese Schmarotzer dem französischen Volk die Butter vom Brot fressen, und das ist wahr. Aber gesetzt, wir schaffen alles Überflüssige ab, auch den Luxus, der sich an der Armut mästet, was wird dann aus den Fächermacherinnen, den Ebenisten und Vergoldern, den Ziselierern, Sporenschmieden, Sänftenträgern? Was wird aus ihren Frauen und Kindern? Leicht gesagt, fort mit der Verschwendung, Schluß mit der Üppigkeit! Vierzehntausend Barbiere und Perückenmacher müßten in Paris verhungern, ganz zu schweigen von den fünfunddreißigtausend Huren, die in dieser herrlichen Stadt ihrem Gewerbe nachgehen, den hundertfünfzigtausend Lakaien, den zahllosen Kutschern und

Stallknechten. Ich will gar nicht von den achtzigtausend Bettlern und Dieben reden, die auch ein stattliches Kontingent ausmachen …

DER BESUCHER Ich wußte nicht, daß es so viele sind.

DIDEROT An jedem großen Herrn hängen dreißig solcher Geschöpfe, die ihn zur Ader lassen, und das ist wohlgetan.

DER BESUCHER Ist das Ihr Ernst?

DIDEROT Woher kommt wohl der Reichtum unserer Steuerpächter, Gerichtspräsidenten, unserer Diplomaten, Finanzkünstler und Erzbischöfe? Man erbt, man spekuliert, man bringt das Geld der anderen durch, aber zuletzt plündert immer einer den anderen aus. Alles Parasiten, und wen finden Sie an der Spitze des Gesindels? Den Bankier des Königs. Wie sagt der göttliche Jean-Jacques Rousseau? »Die gesellschaftliche Ordnung ist ein geheiligtes Recht.« Schaben und Milben, da haben Sie Ihren *contrat social.* »Die Heiligkeit der Gesetze, das Glück der Gerechten und die Bestrafung des Bösen.« Daß ich nicht lache!

DER BESUCHER Aber schließlich gibt es auch noch Leute, die von ihrer Hände Arbeit leben. Denken Sie an die Bauern in der Vendée, in der Bretagne, in der Normandie.

DIDEROT Einverstanden. In der Landwirtschaft gibt es noch diese armen Teufel, die von ehrlicher Arbeit leben. Ich will es gerne glauben, obwohl die Kühe vielleicht anderer Meinung wären, wenn man sie fragen könnte. Auf dem Lande lebt man noch von der Hand in den Mund. Eine bescheidene Existenz, aber kommt sie Ihnen nicht recht einförmig, dumpf und langweilig vor? Ist es nicht ein wenig albern, hier in unsern bequemen Stühlen, bei unsern Büchern, einen Steinwurf vom Théâtre Français, am Kamin zu sitzen und das

Lob des schlichten Landmannes zu singen? Nichts gegen Vergil, aber heutzutage sind alle Bucolica nur noch schlechte Literatur. Ich komme selber aus der Provinz, ich weiß, wovon ich spreche. Kaum nämlich gelingt es dem Bauernjungen, der Kate seiner Voreltern zu entrinnen, etwas zu lernen, seinen Verstand zu gebrauchen und ein Stückchen von der großen Welt zu sehen, da ist es um seine Schlichtheit geschehen. Überall, wo sich die Zivilisation verfeinert, wo das Gewebe der Gesellschaft ein wenig komplizierter wird, da beginnt auch die Ausbeutung. Und da wären wir wieder bei unserm Thema, dem Parasitentum.

DER BESUCHER Sie fassen zu vieles unter diesen Begriff. Es ist wahr, die Menschen tauschen nicht nur ihre Produkte, sondern auch ihre Fähigkeiten aus. Die Teilung der Arbeit, der Markt, die Zirkulation des Kapitals, das alles ist es, was wir Wirtschaft nennen. Es ist auch wahr, daß es dabei keineswegs gerecht zugeht. Aber Sie können nicht leugnen, daß man sich auf gewisse Spielregeln geeinigt hat. Gesetzt, alle würden sich an diese Spielregeln halten...

DIDEROT Unsinn. Wir halten uns nie an Spielregeln, wir überschreiten sie. Sie glauben doch nicht, daß sich der Mensch jemals mit dem, was er vorfindet, zufriedengeben wird? Er erfindet immer neue Bedürfnisse und immer neue Mittel, diese Bedürfnisse zu befriedigen. Dieser Fortschritt kennt keine Spielregeln. Wir sind weder willens, noch sind wir imstande, uns Beschränkungen aufzuerlegen.

DER BESUCHER Das hört sich fast so an, als ob Ihnen diese Entwicklung mißfiele.

DIDEROT Wer fragt danach, ob sie mir mißfällt oder nicht! Nehmen Sie nur die Herrschaft der Priester...

DER BESUCHER Für die Sie wenig übrig haben.

DIDEROT Allerdings. Aber wie ist sie aufgekommen? Versetzen wir uns um ein paar tausend Jahre zurück, denken wir uns ein Leben, wie es unsere fernen Vorfahren geführt haben mögen, abhängig von den Launen der Natur und des Wetters, vom Wohlergehen ihrer Hammel und vom Gedeihen der Steckrüben, die sie mit vieler Mühe gezogen hatten. Wer weiß, vielleicht hat unter ihnen eine Gleichheit geherrscht, von der wir heute nicht mehr zu träumen wagen. Bis einer unter ihnen auf den Gedanken kam, sich der Kräfte der Natur zu bemächtigen, durch allerlei Beschwörungen, durch Regen- und Fruchtbarkeitszauber, indem er seinen Brüdern und Schwestern vorstellte, er wisse besser als sie mit den höheren Mächten umzugehen, von denen sie auf Leben oder Tod abhingen. So mag der erste Priester erschienen sein, und mit ihm die ersten heidnischen Götter. Was wir heute als Aberglauben verdammen, war damals eine geniale Erfindung. Aber dieser Schritt hatte seinen Preis. Der Zauberer war auch der erste Parasit. Es ist gerade der Zug zum Höheren, der dazu führt, daß wir einander ausbeuten. Das gleiche Raisonnement können Sie anstellen, was die Aristokratie betrifft, den Hof mit seiner Etikette, seinen Vergnügungen, seinem Luxus. Das, was man die Verderbnis der Sitten nennt, ist vielleicht nur die Kehrseite unseres Aufstiegs.

DER BESUCHER Sie sehen überall die gleiche Gesetzmäßigkeit am Werk, so, als könnte der Mensch nur auf Kosten seinesgleichen leben. Den Dieb und den Richter, die Hure und den Hofmarschall, Sie schlagen alles über einen Leisten. Aber wie steht es dann mit den Künsten und den Wissenschaften? Und wie steht es mit den Philosophen? Sind das auch nur Schmarotzer? Das kann doch nicht Ihr Ernst sein.

DIDEROT Warum nicht? Wenn Sie zugeben, daß der Gast den Gastgeber aussaugt – und umgekehrt; der Reiche den Armen – und umgekehrt; warum sollte es sich mit dem Klugen und dem Dummen anders verhalten? Wir erweitern unsere Kenntnisse, und wir herrschen mit ihrer Hilfe über unseresgleichen und über die Natur. Aber man herrscht nicht ungestraft. Ich könnte mir denken, daß das Menschengeschlecht, wenn das alles so fortgeht, eines Tages die Erde auslaugen wird, von der es lebt. Eben weil der Mensch, wenigstens vorläufig, das höchste Wesen ist – wenn wir einmal absehen wollen von Engeln, Nymphen, Göttern, über die ich mir kein Urteil erlauben möchte –, eben deshalb ist er auch der größte Parasit. Das eine ist ohne das andere unmöglich.

DER BESUCHER Sie glauben also, daß es eines Tages ein übles Ende mit uns nehmen wird?

DIDEROT Was liegt daran! Sehen Sie, das unsichtbare Würmchen, das sich im Schlamm regt, ist vielleicht auf dem Wege, die Herrschaft über die Erde anzutreten; das riesige Tier, das uns durch seine Größe erschreckt, ist vielleicht auf dem Weg zum Wurmzustand. Wir sind alle nur ein besonderes und vorübergehendes Produkt dieses Planeten.

DER BESUCHER Das hört sich sehr scharfsinnig an, aber ich glaube Ihnen kein Wort.

DIDEROT Nein?

DER BESUCHER Sie spielen den Abgebrühten, den Zyniker, aber in Wirklichkeit sind Sie ein Menschenfreund.

DIDEROT Wie kommen Sie auf diese Idee?

DER BESUCHER Niemand klopft umsonst an Ihre Tür. Die Witwe, der Schauspieler, der Flüchtling, nicht zu vergessen der junge Dichter...

DIDEROT Sie haben recht, ich zerstreue mich, ich lasse mich ablenken, ich zersplittere meine Kräfte …

DER BESUCHER Und Sie helfen jedem, sogar dem Ameisenlöwen, der Sie, wie ich, zu seinem Opfer macht.

DIDEROT Und wer sagt Ihnen, daß ich dabei nicht mehr Unheil als Nutzen stifte? Menschenfreund, Menschenfeind – das sind armselige Worte. Die Natur ist viel mannigfacher in ihrem Wirken, als solche Begriffe uns vermuten lassen. Die Einbildungskraft eines Dichters kann nichts ausbrüten, was sonderbarer wäre. Ich will Ihnen eine Geschichte erzählen, wenn Sie es nicht zu eilig haben.

DER BESUCHER Oh, ich habe Zeit.

DIDEROT Einer der wunderbarsten unter meinen Besuchern ist ein gewisser Gousse. Er verlangt weder Rat noch Hilfe von mir, er kommt nur, um sich und mir die Zeit zu vertreiben. *(Veränderte Stimme.)* Sind Sie es, Herr Gousse? – Was bleibt mir anderes übrig? – Sie sind heute recht elegant, aber warum tragen Sie unter Ihrem sauberen Rock ein so schmutziges Hemd? – Ich habe kein anderes. – Das ist schlecht. – So schlecht und so gut wie der Umstand, daß ich nur einen Körper habe. – Wie befindet sich Ihre Frau? – Wie es ihr gefällt; das ist ihre Sache. – Und Ihre Kinder? – Vortrefflich. – Und Ihr Sohn, der so lebhaft ist? – Besser als seine Geschwister, er ist tot. – Das tut mir leid. – Warum sollte es Ihnen leid tun? – Unterrichten Sie Ihre Kinder selber? – Nein, Herr Diderot. – Aber sie müssen doch lesen und schreiben lernen, dazu den Katechismus. – Weder Lesen noch Schreiben, geschweige denn den Katechismus. – Warum nicht? – Haben sie Verstand, werden sie es machen wie ich, den man auch nichts gelehrt hat; sind sie dumm, wäre es verlorene Mühe, ihnen etwas beizubringen. –

DER BESUCHER Ihr Herr Gousse scheint ein rechtes Original zu sein.

DIDEROT Ja, aber das Beste kommt noch. Er hat eine recht eigene Moralität, müssen Sie wissen. Wenn Sie seine Dienste in Anspruch nehmen wollen, sagen Sie ihm Ihr Anliegen, bitten Sie ihn, er möge Ihnen zwanzig Meilen weit folgen. Dann zeigen Sie ihm die Arbeit, die er ausführen soll, und wenn er damit fertig ist, schicken Sie ihn wieder fort, ohne ihm einen Heller zu geben. Er wird sich ganz zufrieden auf den Weg machen.

DER BESUCHER Das glaube ich kaum.

DIDEROT Sie kennen ihn nicht! Eine Zeitlang hat er, zusammen mit einem Kumpan namens Prémonval, eine öffentliche Schule gehalten. Die beiden verdienten sich damit ihr Brot. Unter den Schülern und Schülerinnen, die sich bei ihnen einfanden, war auch ein junges Mädchen, die Mamsell Pigeon, Tochter eines berühmten Instrumentenmachers. Des Morgens begab sich also die Mamsell Pigeon, das Heft unter dem Arm und das Reißzeug im Muff, in diese Schule. Der Herr Prémonval sah diese hübsche Schülerin und verliebte sich in sie. Unter den mathematischen Aufgaben kam auch die Multiplikation vor, wobei Mamsell Pigeon schwanger wurde. Die Lage der Verliebten wurde äußerst kritisch, denn der Vater Pigeon war nicht der Mann, sich mit einem solchen Rechenexempel zufriedenzugeben. Sie hatten keinen Pfennig und wußten nicht, was sie tun sollten. Da nahmen sie ihre Zuflucht zu Freund Gousse. Dieser, ohne ein Wort zu sagen, verkaufte alles, was er hatte, Wäsche, Kleider, Instrumente, Möbel, Bücher, mietete eine Postchaise, setzte das verliebte Paar hinein und begleitete sie als Kurier bis jenseits der Alpen.

Hier gab er ihnen, was er an barem Geld noch übrig hatte, umarmte sie, wünschte ihnen eine glückliche Reise und bettelte sich zu Fuß bis nach Lyon zurück. Dort verdiente er sich damit, daß er die Wände eines Mönchsklosters anstrich, soviel, daß er, ohne weiter zu betteln, Paris wieder erreichen konnte.

DER BESUCHER Ein Menschenfreund.

DIDEROT Nach dieser schönen Tat werden Sie meinem Gousse eine große moralische Kraft zutrauen. Aber Sie irren sich! Er hatte nicht soviel davon, wie in einen Fingerhut geht. Die kostbaren Bücher, die er mir schenkte ...

DER BESUCHER Wie kam er dazu, Ihnen Bücher zu schenken?

DIDEROT Ich brauchte dringend ein seltenes Buch und konnte es nirgends finden. Ich erzählte ihm davon, als er wieder einmal zu mir heraufkam. Drei Tage später brachte er es vorbei. Ich war froh, fragte nicht lange danach, wo er es aufgetrieben hatte, dankte ihm und bat ihn, mir seinen Preis zu nennen. Er wollte nichts davon hören. Wenn Sie wieder einmal etwas brauchen, sagte er, geben Sie mir Bescheid. Tatsächlich nahm ich seine Hilfe noch ein zweites Mal in Anspruch. Als er wieder kein Geld nehmen wollte, war ich ihm beinahe böse. Es ist ja so bequem, einen solchen Lieferanten zu haben. Eines Tages war ich derart in der Klemme, daß ich ihn bat, mir ein drittes Buch zu besorgen. – Wie schade, gab er zur Antwort, ich kann es Ihnen nicht beschaffen, der Doktor Lejeune von der Sorbonne ist vorgestern gestorben. – Was hat der Tod des Herrn Lejeune mit dem Buch zu tun, das ich suche? – Er gab keine Antwort. – Sie haben diese seltenen Bücher aus seiner Bibliothek gestohlen, rief ich. – Ich habe sie nur von einem Ort, wo sie müßig standen, an einen anderen versetzt, wo man guten Gebrauch von ihnen macht.

DER BESUCHER Sie finden das verwerflich?

DIDEROT Was sagen Sie dazu?

DER BESUCHER Vielleicht hat Gousse ganz recht getan. Nur Ihre Handlungsweise kommt mir etwas bedenklich vor. Sie lassen sich von einem armen Schlucker kostbare Bücher schenken und scheren sich einen Teufel darum, wo er sie herhat.

DIDEROT Das ist wahr. Aber hören Sie, wie es weiterging. Ich hatte ihm ein paar kleinere Arbeiten anvertraut. Als er damit fertig war, stellte ich ihm eine Anweisung über 80 Livres auf meine Bank aus. Die Summe war in Zahlen geschrieben. Was tat Freund Gousse? Er setzte eine Null dahinter und ließ sich 800 Livres auszahlen.

DER BESUCHER Ein Scheckbetrüger! Ein Urkundenfälscher!

DIDEROT Er bestiehlt mich, aber heißt das, daß er ein Schuft ist? Er opfert sich für seine Freunde auf, aber heißt das, er ist ein Wohltäter der Menschheit? Ist er gut, ist er böse? Die Antwort ist vermutlich, keins von beiden. Er ist ein Original, das die Natur in einer ihrer tollen Launen hervorgebracht hat. Was wollen Sie, mein Lieber, die Natur hat nun einmal keine moralischen Grundsätze. – Aber wozu erzähle ich Ihnen das alles? Wo waren wir stehengeblieben?

DER BESUCHER Nun, Sie sprachen von den Parasiten, Sie deuteten an, daß es mit unserer Zukunft nicht zum Besten bestellt sei, und von der Rolle eines Menschenfreundes wollten Sie partout nichts wissen. Ich muß gestehen, ich bin überrascht, um nicht zu sagen enttäuscht. Ich hätte nicht gedacht, daß Sie so skeptisch urteilen. Man hält Sie nämlich bei uns für einen

Optimisten, der fest davon überzeugt ist, daß die Vervollkommnung des Menschengeschlechts nur eine Frage der Zeit sein kann. Man sieht in Ihnen einen Mann des Fortschritts und der Vernunft, mit einem Wort, einen Aufklärer.

DIDEROT Ich weiß nicht, was Sie damit sagen wollen.

DER BESUCHER Man nennt das ganze Jahrhundert nach Ihnen und Ihren Freunden, *»le siècle des lumières«*.

DIDEROT Meine Freunde? Wen meinen Sie damit?

DER BESUCHER Nun, die Philosophen natürlich. Voltaire, Rousseau, Helvétius, d'Alembert...

DIDEROT Schöne Freunde! D'Alembert schmollt, schimpft, zieht sich zurück. Er klagt über die schlechte Bezahlung, und er hat recht; die Herren Verleger sind allesamt große Gauner, und Le Breton ist der Allerschlimmste. Wenn die verdammte Enzyklopädie jemals fertig wird, woran ich zu zweifeln alle Ursache habe, wird er zwei Millionen daran verdient haben.

DER BESUCHER Und Sie?

DIDEROT Wenn es hoch kommt, zwanzigtausend Francs. Aber darum geht es nicht. D'Alembert will keinen Ärger haben, deshalb läßt er mich im Stich. Was Helvétius betrifft, sein Buch heißt zwar *De l'ésprit*, ist aber eine schrecklich langweilige und dürre Scharteke. Das Beste daran sind seine wütenden Attacken gegen den Frondienst der Bauern, gegen den Klerus, der sich den Bauch vollschlägt, und gegen die Kolonialwirtschaft. Ich will seine Verdienste nicht bestreiten. »Keine Ladung Zucker trifft in Europa ein, die nicht von Menschenblut gefärbt wäre.« Solche Sätze liest man in Frankreich selten. In diesen Dingen weiß Helvétius Bescheid. Vergessen Sie nicht, er war Generalsteuerpächter, und das heißt, er ist Millionär. Aber kaum hatte er sein Buch veröffentlicht – übrigens mit Genehmigung der Zensur –, da war die Hölle los. Das ist ein Anschlag auf die staatliche Ordnung, auf die geheiligten Grundsätze der Religion und der Monarchie! Das war natürlich Unsinn; die einzigen, die das Buch zu Ende gelesen hatten, waren die Hüter eben dieser Ordnung, und sie sorgten dafür, daß es verboten, verbrannt und berühmt wurde. Die Geschichte ging für den Autor recht glimpflich aus. Einen Herrn mit 200 000 Francs Rente und mit guten Beziehungen zum Hofe sperrt man nicht ein. Er verliert seine Hofcharge, das ist alles. Aber was glauben Sie, was der gute Helvétius tat? Er kroch zu Kreuze und leistete öffentlich Abbitte für seine Verfehlungen.

DER BESUCHER Rousseau hätte das nie getan.

DIDEROT Schweigen wir von diesem Hysteriker. Er hat mich lange genug gequält mit seinem Verfolgungswahn, seiner Rachsucht, seiner Heuchelei, seinen Intrigen, Schwamm drüber!

DER BESUCHER Und Voltaire?

DIDEROT Das ist etwas anderes! Ich bewundere ihn, denn er ist ein Stratege ersten Ranges. Sie wissen ja, wie er sich eingerichtet hat. Le Délices, Ferney, Malepartus, immer schön an der Schweizer Grenze. »Ein Philosoph muß zwei oder drei Schlupflöcher haben, um sich der Hunde zu erwehren, die hinter ihm her sind.« Außerdem ist Voltaire der Ansicht, daß man Geld haben muß, um unabhängig zu sein. Seine Honorare sind in Europa einzigartig, außerdem besitzt er Landgüter, Immobilien, ja ganze Dörfer. Seine Spekulationen sind bewundernswert. Neuerdings hat er sich sogar um die Industrie verdient gemacht.

DER BESUCHER Voltaire als Fabrikant?

DIDEROT Ja, er hat eine Uhrenfabrik gegründet, und er versteht es, seine Erzeugnisse in ganz Europa anzupreisen. Mit einem Wort, er hat, genau wie ich, alle Hände voll zu tun. Er lobt mich, aber meine Bedürfnislosigkeit geht ihm auf die Nerven. Sie machen sich lächerlich, schrieb er mir kürzlich, und außerdem verderben Sie die Preise mit Ihren Bettelhonoraren. Ich denke nicht daran, für Ihren Le Breton zu arbeiten. Soll er seine Enzyklopädie selber schreiben, dieser Lumpenhund von einem Verleger. Solche Leute haben bei uns, den Autoren, im Vorzimmer zu warten. – Aber wie Sie sehen, habe ich gar kein Vorzimmer. Sie sollten ihm Ihren Automaten zeigen, Ihre Hör- und Sprechmaschine. Er wäre begeistert, und ich bin sicher, er würde Millionen damit verdienen ... Da haben Sie unsere Philosophen, mein Freund. Sie müssen zugeben, daß wir eine recht seltsame Menagerie abgeben!

DER BESUCHER Und doch werden sich künftige Geschlechter auf Sie und Ihre Freunde berufen, denn das Licht, das Sie der Menschheit aufgesteckt haben, ist nicht mehr zu löschen. Sie haben den Dogmen der Vergangenheit einen tödlichen Schlag versetzt, und Ihre Nachfolger werden vollenden, was Sie begonnen haben, das Gebäude des Glaubens zum Einsturz bringen und die Vernunft auf den Thron setzen.

DIDEROT Viel Vergnügen! Nur weil es uns gelungen ist, den einen oder andern Schleier zu lüften, ein paar der gröbsten Dummheiten zu blamieren ... Glauben Sie im Ernst daran, daß es möglich ist, der Vernunft zur Herrschaft zu verhelfen? Sie vergessen, daß wir Geschöpfe sind, die sich von ihren Leidenschaften treiben lassen, und daß dem Unsinn, wie der Hydra, für jeden Kopf, den man ihm abschlägt, hundert neue wachsen.

DER BESUCHER Das klingt nicht sehr zuversichtlich.

DIDEROT Aber wieso denn? Es bedeutet nur, daß wir uns nie langweilen werden, und daß wir nicht zu sorgen haben, unseren Kindern und Kindeskindern könnte es an Nüssen fehlen, die sie zu knacken haben.

DER BESUCHER Wenn nicht einmal Sie, Herr Diderot, die Aufklärung zu verteidigen wissen ... wer soll es dann tun?

DIDEROT Sie mit Ihrer Aufklärung! Ich versuche, mich meiner Vernunft zu bedienen, und ich fürchte mich nicht vor den Problemen, die sie zutage fördert. Aber ist das ein Grund, sich auf die Schenkel zu patschen und sich einzubilden, man hätte sämtliche Welträtsel gelöst? Das war nie meine Sache. Mir scheint, Sie wollen mich als eine Art Luzifer hinstellen, als einen Erzengel der Philosophie. Ich lege keinen Wert auf diesen Titel. Im übrigen bedenken Sie bitte, daß das Licht, welches Sie in eine Sache bringen, immer auch einen Schatten wirft. Um ein für allemal auszumitteln, wie die Welt beschaffen ist, müßten wir uns selber kennen.

DER BESUCHER Dazu haben Sie Ihren Teil beigetragen.

DIDEROT Meinetwegen. Vielleicht. Ein Stück weit. Aber nicht ganz! Und auf den Rest kommt es an, auf den Rest, der dunkel bleibt ... Sehen Sie, wir können unsere eigene Sprache in unserer eigenen Sprache beschreiben, aber nicht ganz. Wir können unser eigenes Gehirn mit unserm eigenen Gehirn durchforschen, aber nicht ganz. Das ist eine logische Unmöglichkeit, so als wollte sich einer an den eigenen Haaren in die Höhe ziehen ... Und doch versuchen wir es immer wieder... Vielleicht gelingt es uns das nächste Mal... Und wenn es nur ein Stückchen weit wäre, ein paar Zoll hoch... Haben Sie es noch nie probiert?

DER BESUCHER Nein.

DIDEROT Dann sind Sie der Vernünftigere von uns beiden.

DER BESUCHER Das sollte mich wundern.

DIDEROT Ein Schriftsteller, der einen kühleren Kopf hätte als ich, würde sich damit begnügen, alle Tage ein paar Verse, alle Jahre eine Tragödie zu Papier zu bringen und im übrigen alles beim alten zu lassen. Wer sich in die Händel der politischen Welt begibt, ist selber schuld, und er darf sich nicht beklagen, wenn er dabei ein paar Fußtritte abbekommt. Sie kommen aus Deutschland, nicht wahr?

DER BESUCHER Ja.

DIDEROT Ihr Französisch ist ausgezeichnet, und doch hat Sie Ihr Akzent verraten. Ich schätze die Deutschen sehr.

DER BESUCHER Oh, das beruht auf Gegenseitigkeit.

DIDEROT Mein Freund Meister hat mir von einem ganz vortrefflichen Autor erzählt, der an einem kleinen Hof in Deutschland wichtige Ämter bekleidet.

DER BESUCHER Sie meinen gewiß den Herrn von Goethe.

DIDEROT Ja.

DER BESUCHER Den Verfasser des berühmten Romans *Die Leiden des jungen Werther.*

DIDEROT Eben den. Wissen Sie, was er einem jungen Menschen gesagt haben soll, der zu ihm kam, um seine Protektion für ein neues politisches Journal zu erbitten? Ich habe mir seine Antwort irgendwo notiert. *(Er sucht in seinen Papieren.)* Hier ist sie schon: »Ich möchte Ihnen das ganze Unternehmen widerraten und Sie auffordern, bei Ihren gelehrten Arbeiten zu bleiben, die Welt ihren Gang gehen zu lassen und sich nicht in die Zwiste der Könige zu mischen, in welchen doch niemals auf Ihre und meine Stimme gehört wird. Sie werden alles gegen sich haben, was groß und vornehm auf der Welt ist, denn Sie werden die Hütten vertreten gegen die Paläste und die Sache der Schwachen führen gegen die Hand der Starken. Aber mit den Mächtigen und Großen ist nicht gut Kirschen essen. Auch möchte ich unserm fürstlichen Hause keine Unannehmlichkeiten bereiten; ich möchte unser Gouvernement in keine verdrießlichen Verhandlungen verwickelt sehen; ich denke endlich, warum soll ich es nicht sagen, auch an meine Ruhe und an Ihr Wohl.«

DER BESUCHER Und warum zitieren Sie eine Ansicht, die Sie nie und nimmer zu der Ihrigen machen würden?

DIDEROT Ihr Herr von Goethe ist ein außerordentlich vernünftiger Mann.

DER BESUCHER Sie machen sich lustig über ihn, und über mich. Jedermann weiß, daß Sie Ihren Ruf nicht zuletzt Ihrem politischen Engagement verdanken.

DIDEROT Was verstehen Sie darunter?

DER BESUCHER Da fragen Sie noch? *Engagement* ist doch ein französisches Wort.

DIDEROT Es bedeutet soviel wie ein Unterpfand, ein Handgeld, ein Versprechen, ein Sich-Verdingen, eine Dienstzeit beim Militär oder ein Handgemenge. Wie Sie wissen, habe ich für das Militär wenig übrig, ich verdinge mich nicht gern und nehme keine Handgelder.

DER BESUCHER Sie wissen genau, was ich meine. Sie sind ein Schriftsteller, der es nicht mitansehen kann, wie das Volk von seinen Peinigern mißhandelt wird, ein Schriftsteller, der für die Rechte der unterworfenen Nationen eintritt und der, mit den Worten unseres Geheimen Rates, die Sache der Schwachen führt gegen die Hand der Starken. Und wenn es eines Tages zum Umsturz kommt, wenn die Unterdrückten sich erheben und die Könige von ihren Thronen gestoßen werden, dann, Herr Diderot, wird das nicht zuletzt Ihre Schuld und Ihr Verdienst sein.

DIDEROT Glauben Sie wirklich?

DER BESUCHER Natürlich. Wenn es dazu kommt, muß irgend jemand den Menschen einen Floh ins Ohr gesetzt haben. Es gibt keine Wirkung ohne Ursache. Es genügt nicht, daß es den Leuten schlechtgeht; sie müssen begreifen, daß es auch anders sein könnte. Das aber ist es, was Leute wie Sie verkünden.

DIDEROT Niemand hört auf mich, außer dem Baron Grimm, dem Baron Holbach und ein paar anderen sehr eleganten Leuten, von denen niemand behaupten kann, daß sie im Elend leben. Wissen Sie, was ein Exemplar der *Encyclopédie* kostet? An die tausend Francs. Sie glauben doch nicht im Ernst, die geschundenen Bauern in der Auvergne oder die Indianer in den Kolonien nähmen sich unsere Abhandlungen zu Herzen?

DER BESUCHER Warum schikaniert man Sie dann, warum verbietet man Ihre Schriften? Wenn ich nicht falsch unterrichtet bin, hat man Sie sogar gefangengesetzt, in den Turm von Vincennes, bei Wasser und Brot.

DIDEROT Das ist wahr. Es ist zwar schon über zwanzig Jahre her, aber ich denke ungern daran zurück. Ich glaube nämlich, daß ich mich damals weniger standhaft gezeigt habe als meine Vorbilder aus der Antike, die Stoiker. Aber wir wollen nicht übertreiben! Ich bekam ein Zimmer mit Bett, ich durfte Besuche empfangen, und von Wasser und Brot kann gar keine Rede sein – ich habe dort nicht übel gespeist. In den drei Monaten, die ich im Gefängnis zubrachte, habe ich in aller Ruhe meine nächste Schrift verfaßt. Nein, nein, mein Lieber, einen Helden können Sie nicht aus mir machen.

DER BESUCHER Aber Sie sind bei Ihren Überzeugungen geblieben, ein unverbesserlicher Feind der herrschenden Ordnung.

DIDEROT Wie kommen Sie zu einer solchen Behauptung?

DER BESUCHER Sie werden doch nicht leugnen wollen, daß Sie, ganz abgesehen von der Enzyklopädie, an der *Politischen Geschichte beider Indien* des Abbé Raynal mitgewirkt haben, wenn auch anonym; und es ist unbestreitbar, daß es sich dabei um eine subversive, um nicht zu sagen hochverräterische Schrift handelt.

DIDEROT Sie sind sehr wohlinformiert, mein Herr. Verdächtig wohlinformiert.

DER BESUCHER So etwas spricht sich herum. Soll ich Ihnen die berüchtigten Verse aus Ihrem Gedicht *Die Eleutheromanen* zitieren?

DIDEROT Ein Karnevalsscherz.

DER BESUCHER »*Et ses mains ourdiraient les entrailles du prêtre*
Au défaut d'un cordon pour étrangler les rois.«
»Wenn er auf die Stimme seines Herzens hört, wird der Mensch aus den Gedärmen der Pfaffen einen Strick drehen, um die Könige damit zu erwürgen.« – Was haben Sie dazu zu sagen? Ist das harmlos?

DIDEROT Was sind Sie eigentlich? Ein Journalist oder

ein Staatsanwalt? Glauben Sie ja nicht, daß ich mich von Ihnen einschüchtern oder erpressen lasse! *(Pause.)* Also gut. Sie haben recht. Ich lasse mich immer wieder hinreißen. Wundert Sie das? Schauen Sie sich doch einmal um, in Paris oder Berlin, das bleibt sich gleich. Ein jämmerlicher Zustand! Wir werden von Idioten regiert, die nicht imstande sind, zu lernen. Und da soll man ruhig bleiben? Mich packt jedesmal die Wut, wenn ich diese Herrschaften sehe. Kurzum, ich bin nicht so klug, wie Sie vermuten. Ich bin ein Spielball meiner Leidenschaften.

DER BESUCHER Sie sind ein Revolutionär.

DIDEROT Ein Revolutionär, ein Bücherwurm, ein Spieler, und zu allem Überfluß bin ich auch noch ein braver Familienvater. Manchmal kann ich nachts nicht einschlafen, weil ich mir Sorgen wegen der Mitgift meiner Tochter mache. Man hält mich für einen Libertin, man sagt mir alle möglichen Abenteuer nach, aber ich halte nicht nach Kurtisanen Ausschau, sondern nach einem gutsituierten, treuen, ehrbaren Schwiegersohn. Wenn ich die Kaiserin Katharina nicht hätte …

DER BESUCHER Die Zarin? Was haben Sie mit der Selbstherrscherin von Rußland zu schaffen?

DIDEROT Ah! Das wissen Sie nicht. Sie ist meine Gönnerin.

DER BESUCHER Sie haben sich mit der russischen Despotie eingelassen?

DIDEROT Despotie? Als meine lieben Landsleute versuchten, meinem großen Projekt, der Enzyklopädie, die Kehle zuzudrücken, wissen Sie, was mir die Kaiserin sagen ließ? Sie bot mir an, das Werk in Rußland erscheinen zu lassen.

DER BESUCHER Sie haben abgelehnt.

DIDEROT Ich bin ein vorsichtiger Mensch. Aber Sie können sich denken, daß dieses Angebot in Paris Eindruck gemacht hat. Außerdem ... Ich ersticke in Büchern. Nicht nur hier bedecken sie alle Wände, auch mein Dachboden ist voll von diesem Zeug.

DER BESUCHER Eine fabelhafte Bibliothek.

DIDEROT Sie gehört mir nicht. Sie gehört der Kaiserin. Sie hat mir 15 000 Livres dafür bezahlt.

DER BESUCHER Und warum stehen die Bücher nicht in St. Petersburg?

DIDEROT Die Bedingung war, daß mir die Bibliothek zur Verfügung stehen soll, solange ich lebe. Ich beziehe sogar ein Gehalt als Bibliothekar Ihrer Majestät.

DER BESUCHER Sehr großzügig.

DIDEROT Sie lädt mich ein. Sie will mir eine Kutsche schicken, Kuriere, einen Reisemarschall. Ich soll sie bei den Reformen beraten, die sie plant, ich soll das Schulwesen organisieren, Universitäten gründen ...

DER BESUCHER Wann werden Sie fahren?

DIDEROT Ich schiebe diese Reise auf, so lange es geht, obwohl die Einladung der Zarin meine Eitelkeit kitzelt, obwohl es verführerisch ist, ein ganzes Reich der Finsternis zu entreißen.

DER BESUCHER Weil Sie der Macht mißtrauen.

DIDEROT Weil ich ahne, daß das Ganze mit einem Fiasko enden wird.

DER BESUCHER Sie sind auf der Hut.

DIDEROT Manchmal habe ich das alles satt. Meine besten Arbeiten habe ich nie drucken lassen. Ich lege keinen Wert mehr darauf, daß man mich lobt, daß man mich beschimpft, daß man von mir spricht. Wenn Sie wüßten, was in meinen Schubladen schlummert! Ein paar schöne Überraschungen. Mir gefällt der Gedanke, daß diese Minen erst springen werden, wenn ich tot bin.

DER BESUCHER *Rameaus Neffe, Jakob und sein Herr, Die Nonne...*

DIDEROT Sie haben davon gehört? Vor Ihnen sollte ich auf der Hut sein! Sie sprechen wie ein Spion.

DER BESUCHER Ich spreche wie Ihre Freunde. Sie wissen doch, daß Grimm kein Geheimnis für sich behalten kann. Seine *Literarische Korrespondenz* wird überall gelesen, nicht nur in St. Petersburg...

DIDEROT Ganze zwanzig Exemplare, die immer nur handschriftlich an einen sehr exklusiven Leserkreis gehen...

DER BESUCHER Nicht nur in Sankt Petersburg, auch in Deutschland. Man spricht viel von Ihnen. Der Herr von Goethe zählt zu Ihren Bewunderern. Auch auf dem Theater gilt Ihr Name viel. Der beste Stückeschreiber, den wir haben, Herr Lessing, hat in Berlin Ihre dramaturgischen Schriften übersetzt. Sie unterschätzen Ihre Wirkung, Herr Diderot.

DIDEROT Oh, sie wird gewaltig sein. Ohne Zweifel.

DER BESUCHER Lachen Sie nur. Die Literatur und das Theater, das ist eine Sache. Die politischen Umwälzungen sind eine andere. Die Revolution...

DIDEROT Ach ja, die Revolution! Fast hätten wir sie vergessen. Mir scheint, die Revolution ist Ihre fixe Idee.

DER BESUCHER Sie glauben nicht daran, daß man die Aristokraten verjagen und den König köpfen wird?

DIDEROT Ausgeschlossen. Aber selbst wenn es eines Tages dazu käme, glauben Sie, das entfesselte Volk würde meine Schriften lesen, mir einen Lorbeerkranz auf die Stirn drücken und mir eine Pension aussetzen? Die Leute wären viel zu sehr damit beschäftigt, die schöne Stadt Paris an allen Ecken anzuzünden und ein Blutbad anzurichten. Die Herrschaften, bei denen ich diniere, kämen als erste an die Reihe. Sie bilden sich doch nicht etwa ein, daß es bei einer Revolution vernünftig zuginge? Die Leidenschaften, mein lieber Freund, die Leidenschaften! Der Neid, der Haß, die Wut, die Gier, die Rachsucht... Vielleicht ist das alles unvermeidlich, aber ich gestehe Ihnen aufrichtig, daß ich keine Lust habe, mich aufknüpfen zu lassen, oder andere aufzuknüpfen.

DER BESUCHER Und doch werden Sie nicht müde, einzugreifen, Ihren Zeitgenossen Vorhaltungen zu machen, der Menschheit aufzuhelfen.

DIDEROT Ja, das ist nun einmal mein Laster. Und ich sehe voraus, daß es meine Nachfolger noch weit schlimmer treiben werden. Ich prophezeie Ihnen, eines Tages wird es in Europa von Helfern nur so wimmeln. Jeder wird sich berufen fühlen, gegen die Mißstände der politischen und moralischen Welt anzutreten und, wie Sie es nennen, der Menschheit aufzuhelfen... Wohin man blickt, wird man Scharen von Philanthropen, Pädagogen, Vormündern, Treuhändern antreffen, die alle nur das Beste wollen... Aber wer soll dann den Helfern helfen, wer wird die Erzieher erziehen und die Ärzte heilen? Wer soll die Beleuchter – wie sagten Sie vorhin? die Lichtbringer?

DER BESUCHER Die Aufklärer...

DIDEROT Ganz recht. Wer soll die Aufklärer aufklären?

DER BESUCHER Ausgerechnet jetzt geht mein Band zu Ende.

DIDEROT Ihr Band?

DER BESUCHER Meine Maschine wird müde.

DIDEROT Und alles, was wir gesagt haben, verschwindet?

DER BESUCHER Durchaus nicht.
DIDEROT Es bleibt? Wie lange bleibt es?
DER BESUCHER Wir können es löschen, wir können es aber auch behalten. Eine kleine Ewigkeit lang, wenn es sein muß.
DIDEROT Schrecklicher Gedanke!
DER BESUCHER Warum?
DIDEROT Ein Gedächtnis, das nicht imstande wäre, zu vergessen! Ich wünschte, Sie würden alles, was ich gesagt habe, löschen.
DER BESUCHER Auf keinen Fall.
DIDEROT Aber wer wird auf diesen Unsinn hören?
DER BESUCHER Wer weiß? Ihre Enkel vielleicht, Ihre Urenkel... Warum sollten die zukünftigen Menschen weniger neugierig sein als Sie, Herr Diderot?
DIDEROT Ob sie auf uns hören werden?
DER BESUCHER Versuchen Sie es.
DIDEROT Ach, die Nachwelt ist auch nur eine Chimäre ... Aber meinetwegen, probieren wir es. *(Veränderter Tonfall.)* Nachwelt, hörst du mich? Hier spricht Denis Diderot, der Philosoph. Ihr, die ihr noch nicht geboren seid, haltet euch die Ohren zu! Ihr verschwendet eure Zeit mit mir... *(Normaler Ton.)* Wie spät ist es? Halb zehn. Um Gotteswillen. Madame Geoffrin. Mein Diner! Nun, ich werde der ganzen Tischgesellschaft von Ihrem Besuch erzählen, und man wird sagen: Typisch Diderot. Er lügt, aber wir wollen so tun, als glaubten wir an seine Märchen. Er ist ein Taschenspieler, aber er vertreibt uns die Zeit... Ja, wenn ich Ihren Automaten hätte ... Das wäre ein Beweis. Ich ließe den Automaten sprechen und könnte in aller Ruhe speisen. Nicht wahr, Herr Journalist? *(Pause.)* Wo ist er hin? *(Pause. Selbstgespräch.)* Verschwindet einfach, ohne sich zu verab-

schieden. Komischer Kerl. Verdächtig. Aufklärung! Vernunft! Ein Klavier, das Empfindungsvermögen und Gedächtnis besitzt! So ein Unsinn. Ein Wunder, daß man mich noch nicht eingesperrt hat. Schluß mit diesen Träumereien. Madame Geoffrin erwartet mich. *(Geräusche. Pause.)* Ah! Er hat seine Maschine vergessen. *(Er drückt auf einen Knopf. Rücklauf. Neuer Knopf. Wiedergabe. Stimme vom Band.)* Schluß mit diesen Träumereien. Madame Geoffrin erwartet mich. *(Geräusche. Pause.)* Ah! Er hat seine Maschine vergessen. *(Pause. Leerband. Das Gerät schaltet sich aus.)* Schluß. *(Er hantiert an dem Tonbandgerät.)* Aha! So geht es auf... Wo ist die andere Schachtel?... Die hier... Moment!... Jetzt den anderen Knopf... So!... *(Neue Schaltgeräusche. Musik. Die Gigue von J. S. Bach beginnt dort, wo sie unterbrochen wurde. Nach einer halben Minute Schaltgeräusch. Die Musik endet abrupt.)* So eine Katzenmusik!

Nachbemerkung

Das erdachte Interview mit Diderot kann sich auf eine Vielzahl von Quellen berufen, vor allem natürlich auf die Schriften des Ausgefragten: den Roman *Jacques le fataliste*, den Dialog *Le neveu de Rameau* und das *Entretien entre d'Alembert et Diderot.* Der Kenner wird auch Zitate aus gewissen Artikeln der *Encyclopédie* und aus den *Mémoires pour servir à l'histoire de la vie et des ouvrages de Diderot* von Madame de Vandeul, der Tochter des Schriftstellers, finden.

Ferner greift der Verfasser des Interviews auf zwei weniger bekannte Texte zurück, um deren Verbreitung in Deutschland er sich bemüht hat: die *Histoire philosophique et politique des établissements et du commerce des Européens dans les deux Indes* von Guillaume Raynal und Denis Diderot (deutsch unter dem Titel *Die Geschichte beider Indien*, ausgewählt und erläutert von Hans-Jürgen Lüsebrink. Nördlingen [Die Andere Bibliothek] 1988) und die *Lettres à Sophie Volland* (deutsch unter dem Titel *Briefe an Sophie*, aus dem Französischen von Gudrun Hohl. Frankfurt am Main [Die Andere Bibliothek] 1989). Auch vor Selbstzitaten schreckt er nicht zurück: gewisse Passagen stammen aus der Komödie *Der Menschenfreund* (Frankfurt am Main 1984), die ihrerseits auf einem Theaterstück Diderots beruht: *Est-il bon, est-il méchant.*

Goethes Rat an den Herausgeber einer neuen Zeitschrift ist in diesem Zusammenhang natürlich ein Anachronismus. Er stammt aus dem Jahre 1813 und richtet sich an Heinrich Luden; damals war Diderot leider schon seit neunundzwanzig Jahren tot.

Im übrigen sollen diese Hinweise nicht von der Tatsache ablenken, daß ich meinem Helden vieles in den Mund gelegt habe, was ich ihm zwar zutraue, aber nicht zuschreiben kann.

Das unheilvolle Porträt

Eine Mystifikation

Personen

ICH

ER

DIDEROT

FÜRST GALIZYN, russischer Gesandter in Paris

MADEMOISELLE DORNET, Figurantin an der Pariser Oper

MADAME THERBOUCHE, »die Preußin«, Porträtmalerin

DESBROSSES, Wechselmakler und Scharlatan

Orte

Diderots Wohnung

Madame Therbouches Atelier

Das Boudoir der Mademoiselle Dornet

Zeit

Die sechziger Jahre des achtzehnten Jahrhunderts

ER Diderot, Diderot... Ist das nicht dieser Franzose, der ein berühmtes Lexikon geschrieben hat?

ICH Die *Encyclopédie*? Natürlich. Das heißt, geschrieben wäre zuviel gesagt. Kennen Sie die *Encyclopédie*?

ER Nur vom Hörensagen.

ICH Ich habe sie auch nicht gelesen... Enorme Folianten, in Kalbsleder gebunden, und dazu ein paar Supplemente mit herrlichen Kupferstichen. Ein gutes Exemplar kostet, glaube ich, an die fünfzigtausend Mark. Übrigens, ein paar Dutzend Artikel stammen wirklich aus Diderots Feder: *Intoleranz*, *Elend*, *Mummenschanz*, aber auch *Strumpf*, *Äthiopier* und *Boa*.

ER *Boa?*

ICH Ja. *(Zitierend.)* »Das ist der Name einer ungeheuer großen Wasserschlange, die es vor allem auf Rinder abgesehen hat, da sie deren Fleisch bevorzugt... Unter der Herrschaft des Kaisers Claudius tötete man einst eine Boa, in der man ein ganzes Rind fand. Wer behauptet hat, sie könne einen Ochsen verschlingen, verdient nur aus einem Grunde, daß man seine Meinung zitiert: nämlich um zu zeigen, daß die Menschen in der Übertreibung kein Maß und kein Ziel kennen. Die Historiker sind meist das Gegenteil von dem berühmten Berg aus dem Gleichnis: ihre Feder bringt einen Elefanten an Stelle einer Maus hervor.«

ER Offenbar haben Sie einen Narren an diesem Schriftsteller gefressen.

ICH Wundert Sie das?

ER Nun, ich begreife nicht ganz, wie man es mit einem Lexikon zur Unsterblichkeit bringen kann, auch wenn dieses Lexikon ein Elefant sein sollte.

ICH Aber die *Encyclopédie* war eines der Wunderwerke der europäischen Aufklärung! Die Wirkungen dieses Unternehmens waren unermeßlich!

ER Das kann ich mir denken. Sicherlich hat es seinem Autor ein Vermögen eingebracht.

ICH Erstens war Diderot nicht der Autor des Werks, er hat es nur herausgegeben. Zweitens haben ihn seine Verleger nach Strich und Faden betrogen. Und drittens hatte er wegen dieser Sisyphos-Arbeit jahrzehntelange Scherereien mit dem Hof, mit der Zensur und mit der Polizei.

ER Das tut mir furchtbar leid, aber es ist schließlich zweihundert Jahre her, und außerdem haben Sie uns kein Nachschlagewerk, sondern eine Geschichte versprochen.

ICH Ein Hörspiel.

ER Ein Hörspiel ohne Geschichte ist wie eine Kirsche ohne Kern. Sie wollen mir also weismachen, dieser Diderot, auf den Sie so erpicht sind . . .

ICH Er ist mein Lieblings-Schriftsteller.

ER Und Sie wollen mir weismachen, dieser Diderot habe Hörspiele geschrieben?

ICH Abgesehen von seinen Essays, seinen Theaterstükken, seinen Artikeln, seinen Abhandlungen, seinen Romanen, seinen Briefen, seinen Kritiken, seinen Denkschriften, seinen Erzählungen, seinen Reden.

ER Hören Sie auf!

ICH Abgesehen von alledem hat er auch Hörspiele geschrieben. Ja, ich möchte sogar behaupten: vor allem Hörspiele.

ER Das kann doch nicht Ihr Ernst sein.

ICH Denis Diderot war der genialste Hörspiel-Autor, der je gelebt hat.

ER Aha. Hundertfünfzig Jahre vor der Erfindung des Radios.

ICH Und hundertfünfundsiebzig Jahre vor der Erfindung des Hörspiels. Allerdings.

ER Da bin ich aber gespannt.

ICH Sie brauchen nur eines seiner Hauptwerke aufzuschlagen, und Sie werden sofort einsehen, daß ich recht habe.

ER Jetzt kommen Sie schon wieder mit Ihrem Lexikon!

ICH Ach was! Die *Encyclopédie* hat ihre Verdienste, aber ganz offen gesagt, sie ist doch eher ein nahrhaftes Fressen für Historiker und Holzwürmer. Ich rede von *Rameaus Neffen*, von *Jacques le fataliste*. Das sind zwei Bücher, vor denen wir alle in den Staub sinken, alle, die wir je ein Hörspiel geschrieben haben, mein Lieber! Das ist ein Stimmengewirr, ein Galopp durch sämtliche Reiche der Wirklichkeit und der Phantasie! Da haben Sie alles, was das Radio zum Tanzen bringt: Dialoge, die zum Lachen und zum Heulen sind, Schnitte, Sprünge, imaginäre Räume und Ebenen und Überraschungen; Geschichten, und Geschichten über Geschichten, und Reflexionen darüber, und Einwände gegen die Reflexionen... Dabei kann die ganze Welt mitreden. Sogar Sie, mein Lieber...

ER Wieso ich?

ICH Sie, der Zuhörer, der mißtrauische, der zweifelnde, der neugierige, launische, ungeduldige, wütende, alberne, gescheite, vermaledeite und verehrte Zuhörer.

ER Tatsächlich?

ICH Wenn ich es Ihnen sage! Denis Diderot hat auch Sie erfunden, auch mich! Den O-Ton und die Kolportage, das Experiment und die Klamotte, das naturalistische und das phantastische Hörspiel. Denn »Diderot ist Diderot, ein einzig Individuum; wer an ihm oder an seinen Sachen mäkelt, ist ein Philister, und deren sind Legionen. Wissen doch die Menschen weder von Gott, noch von der Natur, noch von ihresgleichen dankbar zu empfangen, was unschätzbar ist.«

ER Das scheint mir etwas hoch gegriffen.

ICH Es ist auch nicht von mir, sondern von einem anderen Diderot-Übersetzer, dem ersten und dem besten – nämlich von Goethe.

ER Aber, aber! Sie fahren ja das schwerste Geschütz auf! Die Weltliteratur! Und das alles nur, damit ich nicht an den kleinen Knopf an meinem Radio greife und ein wenig daran drehe ... Ich könnte ja, während ich Ihnen zuhöre, eines dieser munteren Magazine versäumen, nicht wahr? Oder den Bericht aus Bonn. Oder die Wasserstandsmeldungen.

ICH Sie haben recht.

ER Sie sollten lieber beherzigen, was Sie vorhin zitiert haben, *à propos* der ungeheuer großen Wasserschlange: daß die Menschen in der Übertreibung weder Maß noch Ziel kennen.

ICH Sie haben recht.

ER Und außerdem, bedenken Sie bitte, daß Sie um so mehr Gefahr laufen, mich zu enttäuschen, je höher Sie meine Erwartungen spannen.

ICH Sie haben recht: mehr als Sie denken, und mehr als mir lieb ist.

ER Wie meinen Sie das?

ICH Nun, zum einen ist es nicht gerade ein Haupt- und Meisterwerk des berühmten Diderot, was Sie hören werden.

ER Sondern?

ICH Eine kleine Gelegenheitsarbeit, die er, vielleicht an einem Wochenende und ganz beiläufig, zu Papier gebracht hat. Und da, unter einem Wust von Briefen und Manuskripten, blieb sie auch liegen, beinah zweihundert Jahre lang, bis ein französischer Gelehrter sie gefunden und veröffentlicht hat. Das war 1954.

ER Eine ziemlich angestaubte Sache.

ICH Eine ziemlich mysteriöse Sache.

ER Und dieses mysteriöse Manuskript heißt also *Das unheilvolle Porträt.*

ICH Irrtum. Es heißt *Mystification.* Und im übrigen ist in dem Original nicht von einem Porträt die Rede, sondern von zweien.

ER Ich verstehe immer weniger, worauf Sie hinauswollen.

ICH Ich werde Ihnen reinen Wein einschenken, mein Lieber, und Ihnen offen gestehen, daß ich nicht nur Diderots Titel eigenmächtig verändert habe, sondern auch seinen Text.

ER Aha.

ICH Diderots Text ist nämlich ein Fragment. Seine Geschichte bricht mittendrin ab, und das fand ich schade.

ER Und da haben Sie einfach, unter dem heiligen Namen Ihres Lieblingsschriftstellers, weitergedichtet und das Fragment zu Ende geschrieben?

ICH So könnte man es ausdrücken.

ER Mit anderen Worten, es gibt überhaupt kein Hörspiel von Diderot. Was wir hören werden, ist eine Fälschung, und Sie sind ein Schwindler, ein Betrüger, ein literarischer Strauchdieb!

ICH Ich weiß gar nicht, warum Sie sich so aufregen. Alles, was ich mir erlaubt habe, ist ein kleiner Trick, ein Spiel mit der Illusion, mit einem Wort: eine Mystifikation in bester Diderotscher Manier... Aber damit Sie beruhigt sind: Ich habe mir nichts weiter zuschulden kommen lassen als eine kleine Korrektur... Eine Collage... Eine Reparatur.

ER Was soll das heißen?

ICH Die Geschichte des unheilvollen Porträts war unvollständig. Ihr Protagonist starb zum Schluß, aus unerklärlichen Gründen... Ich habe mich informiert, was aus ihm geworden ist. Es handelt sich um einen gewissen Desbrosses, einen obskuren Wechselagenten.

ER Den Sie erfunden haben.

ICH Keineswegs!

ER Den Diderot erfunden hat.

ICH Ebensowenig. Er hat wirklich gelebt, genau wie Sie und ich, nur daß er sich vor gut zweihundert Jahren eine Kugel durch den Kopf gejagt hat. Übrigens gilt das für alle Figuren, die in unserem Hörspiel auftauchen – nicht, daß sie sich erschossen hätten – das nicht; aber ihre Existenz ist historisch verbürgt. Wir haben es also nicht mit einer Fiktion zu tun, sondern – wie soll ich sagen? – mit einer historischen Reportage.

ER Und Ihr berühmter Diderot ist nichts weiter als ein ganz gewöhnlicher Journalist.

ICH Sie irren sich. Er hat die Geschichte nicht nur aufgezeichnet, er hat sie eingefädelt. Er hat sie gewissermaßen *erzeugt*, und zwar nicht nur auf dem Papier, sondern in der Wirklichkeit. Er hat Regie geführt, verstehen Sie? Er hat die Hauptpersonen unseres Hörspiels, ohne daß sie es geahnt hätten, tanzen lassen wie Marionetten...

ER Eine sehr verdächtige Geschichte!

ICH Und nicht nur das! Diese Hauptpersonen sind allesamt Künstler: eine Malerin, eine Balletteuse, ein Schriftsteller, nämlich Diderot selber, und eben dieser Desbrosses...

ER Aber eben haben Sie mir noch erzählt, er sei Makler gewesen.

ICH Makler, Arzt, Hochstapler, Wucherer, Kreditschwindler, mit einem Wort: Künstler.

ER Wollen Sie damit sagen, daß es vom Künstler bis zum Verbrecher nur ein Schritt wäre?

ICH Ein echt Diderotscher Gedanke! Sie kommen der Sache schon näher.

ER Eine saubere Gesellschaft!

ICH Der ich mich gerne angeschlossen habe mit meiner »Fälschung«, wie Sie es nennen. Ich habe nachgeforscht, was aus diesem Desbrosses geworden ist, und siehe da, ich bin fündig geworden. Und zwar ausgerechnet in einer Kunstkritik.

ER Die Ihr Freund Diderot geschrieben hat.

ICH Richtig. Sonderbar, nicht wahr, daß der geniale Kritiker ausgerechnet in einer Rezension der Nachwelt überliefert hat, wie Desbrosses, dieser Hans-Dampf-in-allen-Gassen, dieser Geschäftemacher und Illusionskünstler ihn besucht hat, einen Tag vor seinem Selbstmord ... Sie werden die Passage gleich hören ... Eine schöne Geschichte, in der man Kunst und Leben, Spiel und Ernst, Schein und Wirklichkeit kaum mehr voneinander trennen kann. Aber ich glaube Ihnen genug verraten zu haben. Ich bin geständig. Machen Sie, was Sie wollen, aus dieser Porträtgeschichte.

ER Aus dieser Fälschung.

ICH Aus dieser *Mystification.*

ER Die Sie erfunden haben ...

ICH Die Diderot erfunden hat ...

ER Um mich hinters Licht zu führen ...

ICH Oder um Sie aufzuklären ...

ER Um mir meine kostbare Zeit zu stehlen ...

ICH Oder Sie zu unterhalten. Hören Sie zu und urteilen Sie selbst!

(Musik.)

DIDEROT Fürst Galizyn – Sie sind ihm sicher begegnet. Nein? Sie kennen den Fürsten Galizyn nicht? Ein sehr geistreicher Mann, dem ich allerhand zu verdanken habe –, der Fürst Galizyn, seiner Geschäfte müde, er ist russischer Gesandter in Paris, fährt zur Kur nach Aachen, und dort, auf der Promenade, sieht er die junge Gräfin von Schmettau. Die Gräfin ist schön, er verliebt sich, er sagt es ihr, er wird erhört, er heiratet sie – das alles binnen acht Tagen. Eine Liebesgeschichte, wie sie im Buche steht. Ganz Paris hat davon gesprochen, ganz Paris hat sich darüber amüsiert. Kaum ist er wieder hier, klingelt es an meiner Tür, es ist Sonntag, ich habe soeben gefrühstückt, da läßt sich der Fürst, der noch nie mein bescheidenes Haus betreten hatte, bei mir melden.

GALIZYN Hören Sie, lieber Diderot...

DIDEROT Erzählen Sie mir nichts, ich weiß alles, und meine Glückwünsche begleiten Sie.

GALIZYN Ich danke Ihnen, mein Freund. Da Sie alles wissen, brauche ich mich der Bitte nicht zu schämen, mit der ich zu Ihnen komme. Es gibt da gewisse Dinge... Sie erinnern sich vielleicht... Es handelt sich um Demoiselle Dornet.

DIDEROT Die schöne Dame mit den dunkelblauen Augen. Wie sollte ich sie vergessen haben!

GALIZYN Nun, es ist wahr, sie ist hübsch.

DIDEROT Und leichtsinnig.

GALIZYN Ganz recht.

DIDEROT Doch wäre es nicht galant, ihr einen Charakterzug vorzuwerfen, der an ihrem Charme so großen Anteil hat.

GALIZYN Nun, da Sie alles wissen, lieber Diderot, so werden Sie auch begreifen... Es geht um ein Porträt von mir, das ich ihr in einer schwachen Stunde überlassen habe.

DIDEROT Und das sie hüten wird, als kostbare Erinnerung an eine Eroberung, an die sie vielleicht immer noch gern zurückdenkt.

GALIZYN Während mir daran gelegen wäre, diese Episode mit dem Schleier der Vergessenheit zu bedekken. Aus diesem Grunde, ich gestehe es Ihnen frei, hätte ich mein Bild gern zurück.

DIDEROT Das dürfte nicht leicht zu bewerkstelligen sein.

GALIZYN Ich würde mir die Erfüllung dieses Wunsches gern etwas kosten lassen.

DIDEROT Aber lieber Fürst! Das wäre ganz verkehrt. Mademoiselle Dornet würde das Porträt nie und nimmer verkaufen. Sie kennen das weibliche Herz sehr wenig, oder Sie unterschätzen den Wert, den ein sichtbares Zeichen der Zuneigung auch dann noch behält, wenn diese verflossen ist.

GALIZYN Sie haben recht. Aber kurz und gut, das Porträt darf nicht bleiben, wo es ist; das könnte höchst unangenehme Folgen haben. Was soll ich tun? Raten Sie mir, Herr Philosoph.
(Musik.)

DIDEROT Ich versprach ihm, mir die Sache durch den Kopf gehen zu lassen. Ein falscher Schritt, und Mademoiselle Dornet würde ihre Trophäe aus dem Fenster hängen; denn sie war recht eigensinnig. Geistlos konnte man sie nicht nennen; aber sie war ungebildet wie eine Balletteuse und dazu von unbeständiger Gesundheit. Ja, sie war sogar ziemlich hypochondrisch, und an diesem schwachen Punkt gedachte ich anzusetzen. Wie wäre es, dem bewußten

Porträt einen unheilvollen Einfluß anzudichten, der sie in Schrecken versetzt? Das ist absurd, werden Sie sagen, lächerlich, abgeschmackt! Einverstanden! Aber andererseits: das Porträt eines ungetreuen Liebhabers bedeutet wenig im Vergleich mit der eigenen Gesundheit; und es gibt viele Frauen, die zum Aberglauben neigen, wenn ihnen etwas fehlt. Nun, werden Sie mir entgegenhalten, das ist nicht eben edel gedacht – und damit haben Sie leider recht. Aber habe ich Ihnen mehr versprochen als eine amüsante Geschichte, eine merkwürdige Anekdote, eine Mystifikation? Wollen Sie, daß ich weitererzähle, oder wollen Sie's nicht? – Also gut. Aber dann sind Sie, zumindest für die Dauer dieser kleinen Komödie, mein Komplize; und wenn mich der Teufel reitet, dann sind Sie, mein Lieber, mit von der Partie. Nennen Sie meinen Plan, wie Sie wollen, kaltblütig, skrupellos, diabolisch, aber hören Sie mich zu Ende; und wenn Sie dann immer noch entrüstet sind, dann bitte ich Sie, wohl darauf zu achten, daß sich nicht eine Spur von Heuchelei in Ihren Protest mischt.

Der Plan zu meinem Bubenstück stand unterdessen fest; jetzt galt es nur noch, die Personen zu finden, die ich brauchte. Vor allem den Schurken; denn ich hatte keineswegs vor, diese Rolle selber zu spielen. Ich hatte den richtigen Mann bei der Hand, das heißt, einen abgefeimten Schwindler; und zwar dachte ich an einen gewissen Desbrosses, der sich als Wechselmakler und als Spion einen Namen gemacht hatte. Er gab sich gern als Arzt aus und trat mit Vorliebe in orientalischer Verkleidung auf. Übrigens tat er so, als sei er in alle Geheimnisse der indischen, persischen, türkischen Medizin eingeweiht. Urteilen Sie selbst! Ferner bedurfte ich einer gefälligen und ahnungs-

losen Gastgeberin. Diese Rolle hatte ich einer alten Bekannten zugedacht, der Madame Therbouche, einer Berliner Malerin, die sich in Paris niedergelassen hatte. Sie war ehrgeizig und verschwenderisch, und da sie mehr Schulden als Geld hatte, traf es sich gut, daß der Fürst Galizyn seine schützende Hand über sie hielt. Ihr Atelier ist der Ort der Handlung. Die Personen kennen Sie nun, der Vorhang kann sich öffnen.
(Musik.)

Es ist Ende September, der Abend dämmert schon, Madame Therbouche hat ihren Pinsel weggelegt und unterhält sich mit Desbrosses über ihre Geldsorgen und über alle möglichen Kunstgriffe, um sich ihrer Gläubiger zu erwehren.
Mademoiselle Dornet tritt ein. Sie grüßt kaum, sie wirft sich auf eine Chaiselongue. Sie hat nur ein paar Schritte getan, und schon ist sie außer Atem. Sie wird nämlich von Tag zu Tag schwächer und fürchtet das Schlimmste für ihre angegriffene Gesundheit. Bald ist sie in Fahrt, und ihre Tirade über die Leiden, die sie zu erdulden hat, will kein Ende nehmen. Desbrosses, mit dem Rücken zum Kamin, sieht sie unverwandt an und sagt kein Wort.

DORNET Und Sie, Monsieur? Natürlich glauben Sie kein Wort von dem, was ich da erzähle. Leugnen Sie nicht! Sie denken, das sei alles nur Verstimmung, Lüge oder Einbildung. Ich merke es an Ihrem kalten Blick.

DESBROSSES Aber Mademoiselle, wo denken Sie hin? Übrigens habe ich Ihnen gar nicht zugehört.

DORNET Wie ungezogen von Ihnen! Sie nehmen mich nicht ernst.

DESBROSSES Ich höre nicht auf Sie. Ich mache lieber meine Augen auf.

DORNET Mit einem Wort, Sie sind unhöflich. Und was haben Sie davon?

DESBROSSES Aus den Reden eines Menschen erfahre ich immer nur, was er von sich selber hält; aus seinem Gesicht dagegen erfahre ich, wie es wirklich um ihn steht.

DORNET Und was für ein Geheimnis haben Sie mir von den Augen abgelesen?

DESBROSSES Daß Sie krank sind. Soviel ist sicher. Und daß die Ärzte aus Ihrer Krankheit nicht klug geworden sind.

DORNET Aha. Sie dagegen wissen wohl ganz genau, worum es sich handelt.

DESBROSSES Durchaus nicht. Ich urteile nie auf den ersten Blick.

DORNET Nun, wir sind hier ganz ungestört. Vor Madame Therbouche habe ich keine Geheimnisse. Fragen Sie also, untersuchen Sie mich, und sagen Sie mir dann, was mir fehlt.

DESBROSSES Ich frage nie. Wo Antworten nichts bedeuten, sind Fragen zwecklos. Ein Kranker kann nicht wissen, was in seinem Körper vorgeht. Aber da Sie es erlauben, da Sie es sogar verlangen, wollen wir einmal sehen … Blicken Sie mir direkt in die Augen. Den Kopf etwas nach hinten. So. Atmen Sie tief ein. Ja. Und ausatmen. Und ein. *(Er murmelt vor sich hin.)* Aha. Herz unregelmäßig, leichtes Flattern. Herrgott, wie straff muß das einst gewesen sein, wie verführerisch! Die Lunge scheint in Ordnung. Bitte öffnen Sie den Gürtel. Das Zwerchfell ist etwas hart. Und was haben wir hier? Hm. Kein Befund. Jawohl … Und hier? Was fühlen Sie hier? Fühlen Sie etwas?

DORNET Aber Monsieur, Sie gehen zu weit! Was fällt Ihnen ein!

DESBROSSES Entweder man will gesund werden, oder man will es nicht.

DORNET Herr Doktor! *(Ein tiefer Seufzer.)*

DESBROSSES Das war nicht immer so; habe ich recht?

DORNET Ach ja.

DESBROSSES Herrliches Leben, leichtsinniges Leben, verhängnisvolles Leben!

DORNET Das ist gut gesagt.

DESBROSSES Und eines Tages dann: trauriges Leben, zurückgezogenes, langweiliges, und das will sagen: noch viel verhängnisvolleres Leben.

DORNET Woher wissen Sie das nur alles?

DESBROSSES Der Körper bildet alle Regungen der Seele ab. Der Kummer vergeht, aber seine Spuren bleiben zurück. Sie, Mademoiselle, müssen das verstehen; denn Sie sind eine Frau, die künstlerisch begabt ist. Das sehe ich an Ihren Augen.

THERBOUCHE Haha! Künstlerisch begabt! Das ist gut.

DESBROSSES Und Sie erst, Madame Therbouche, die Sie Malerin sind, was sage ich: Portraitistin! Nicht wahr, der Ausdruck verrät alles? Gar nicht zu reden von den übrigen Symptomen. Zum Beispiel die nervöse Unruhe ...

DORNET O ja, die ewige Unruhe.

DESBROSSES Die Vapeurs.

DORNET Eine Qual.

DESBROSSES Die Beklemmungen, der seelische Druck, die geistige Problematik ...

THERBOUCHE Das glaube ich kaum.

DORNET Aber Madame, ich habe gelitten, und wie!

DESBROSSES Depressionen, Minderwertigkeitsgefühle, Ängste ...

DORNET Wenn es nur das wäre!

DESBROSSES Aggressionen, Wutausbrüche ...

DORNET Wenn Sie wüßten, Herr Doktor! Kein Dach mehr über dem Kopf. Wie eine Zigeunerin ziehe ich umher. Und wenn es bei alledem noch ein richtiger Liebeskummer wäre! Das ließe ich mir gefallen. Aber ich war überhaupt nicht verliebt. Ist das nicht unerklärlich?

DESBROSSES Die schlaflosen Nächte ...

DORNET Das wieder weniger. Wissen Sie, ich trinke, ich esse, ich schlafe gut.

DESBROSSES Weil Sie erschöpft sind. Wenn der Kreislauf erst einmal gestört und wenn der Stoffwechsel aus dem Gleichgewicht geraten ist, dann renkt sich das nicht von selbst wieder ein. Das Gefäß bewahrt den Geruch, den es empfangen hat, als es noch neu war. Ich zitiere Horaz, einen der größten Ärzte, die je gelebt haben.

THERBOUCHE Also Arzt sind Sie auch?

DESBROSSES Allerdings.

THERBOUCHE Ich wußte, daß Sie viele Fähigkeiten haben, aber diese ist mir neu.

DESBROSSES Ich habe in Tübingen studiert, und ich dachte, ich hätte es Ihnen gesagt.

THERBOUCHE Ich kann mich nicht erinnern.

DORNET Und wo praktizieren Sie?

DESBROSSES Wenn ein Freund meine Hilfe braucht, so kann er stets auf mich zählen; und wenn ein Fremder in Not gerät, glauben Sie im Ernst, ich würde ihn liegenlassen?

DORNET Sie sind Ausländer, nicht wahr?

DESBROSSES Ja.

DORNET Darf man fragen, woher Sie sind?

DESBROSSES Ich bin Türke.

DORNET Dann sind Sie wohl beschnitten?
DESBROSSES Sehr beschnitten.
DORNET *(flüsternd zu Madame Therbouche)* Das stelle ich mir aber sonderbar vor, ein beschnittener Mann.
THERBOUCHE *(leise)* Seien Sie doch still!
DORNET *(leise)* Ich möchte wissen, wie das ist.
THERBOUCHE *(leise)* Ich bitte Sie!
DORNET Sie sehen auch ganz wie ein Türke aus. Warum tragen Sie keinen Turban? Das würde Ihnen sicherlich gut stehen. Ich habe gehört, daß der Beruf des Arztes im Orient sehr angesehen ist.
DESBROSSES Und sehr schwierig.
DORNET Schwieriger als anderswo? Warum denn?
DESBROSSES Weil man seine Patientinnen nicht untersuchen darf. Da steht der Ehemann mit der Hand am Säbelgriff neben Ihnen. Er faßt Sie ins Auge, er faßt die Frau ins Auge, und bei der kleinsten Berührung ist der Kopf des Arztes ab.
DORNET Das sind ja die reinsten Barbaren! Wäre ich Arzt, ich ließe sie alle krepieren.
DESBROSSES Man muß die Krankheit also erraten, aus den Bewegungen der Frau, aus ihrer Hautfarbe, ihren Blicken, aus dem Zustand der Haut, aus dem Urin, aus den Handlinien, obwohl das schon recht riskant ist, und aus ihren Träumen, wenn man sie erfahren kann.
DORNET Die meinen sind die reinsten Albträume.
DESBROSSES Danach wollte ich Sie gerade fragen. Sie müssen wissen, daß die orientalische Medizin zwei Fächer umfaßt, die Sie in Europa nicht kennen: die Oneiromantik und die Chiromantik. Aus den Träumen stellen wir die Diagnose, aus den Handlinien sagen wir den Ausgang der Krankheit voraus.
DORNET Aber dann sind Sie ja ein Wahrsager?

DESBROSSES Gewiß.

DORNET Ich habe Wahrsager immer für Schwindler gehalten.

DESBROSSES Das wundert mich nicht. Aber bedenken Sie: Nicht jeder Arzt ist ein Scharlatan, obwohl es viele Scharlatane unter den Ärzten gibt. Genauso verhält es sich mit den Chiromanten.

THERBOUCHE Da haben Sie auch wieder recht.

DORNET Sie müssen sich unbedingt meine Hand ansehen. Ich brenne darauf, zu erfahren, was Sie darin lesen.

DESBROSSES Dann rücken Sie die Kerzen bitte etwas näher, und Sie, Madame Therbouche, bitte ich um Ihre Lupe.

DORNET Können Sie etwas erkennen?

DESBROSSES Nur allzuviel.

DORNET Gutes oder Schlechtes?

DESBROSSES Das eine wie das andere.

DORNET Sie müssen mir alles sagen.

DESBROSSES Nein, Madame. Es gibt Dinge, die spricht man nicht aus. Geben Sie mir Tinte, Feder und Papier, und ich werde Ihnen alles aufschreiben, was Sie betrifft. *(Man hört ihn schreiben. Dabei murmelt er in der typischen, langgezogenen Manier eines Menschen, der sich aufs Schreiben konzentriert, einzelne Worte vor sich hin.)*

(Musik.)

DORNET *(zu Madame Therbouche, leise)* Glauben Sie an das, was er sagt?

THERBOUCHE *(leise)* Kein Wort.

DORNET *(leise)* Aber er spricht sehr klug.

THERBOUCHE *(leise)* Wir werden ja sehen, was dabei herauskommt.

DORNET *(leise)* Ich fühle, daß er recht hat. Ich finde ihn anziehend. Sie nicht?

THERBOUCHE *(leise)* Sie sollten sich in acht nehmen, meine Liebe. Am Ende werden Sie sich in einen Türken verlieben.

DORNET *(leise)* Um Himmelswillen, nein! Aber Sie müssen zugeben, daß er etwas Gefährliches hat.

THERBOUCHE *(leise)* Eben.

DORNET *(leise)* Das gefällt mir.

DESBROSSES Ich siegle mit meinem Namen. Sie sollen es lesen, aber nicht jetzt, sondern wenn Sie allein sind. Diese Zeilen verlangen Ihre vollste Aufmerksamkeit.

DORNET Ausgeschlossen, ich muß augenblicklich wissen, wie es mit mir steht. Ich kann nicht eine Minute warten. Außerdem handelt es sich um eine Kunst, die mir immer verdächtig vorgekommen ist. Lassen Sie mich sehen, wieviel Vertrauen sie verdient!

DESBROSSES Nun, wie Sie wollen. Der Beweis liegt in Ihrer Hand.

DORNET *(öffnet den Brief und kommentiert ihn beim Lesen.)* Ja, das ist allerdings wahr... Das stimmt... Mein Gott, das kann niemand außer mir wissen... Das grenzt ja an ein Wunder! Wie ist es nur möglich, daß einem das ganze Leben in der Hand geschrieben steht? ... Ich bitte Sie, Herr Doktor, eine Frau muß ja zittern, wenn Sie Ihnen ihre Hand anvertraut.

DESBROSSES Eben darum rühmen sich die Chiromanten ihrer Fähigkeiten nie. Sie halten sie geheim.

DORNET *(flüsternd)* Ich möchte gar zu gern wissen, was unser Freigeist dazu sagen würde.

THERBOUCHE *(flüsternd)* Er würde den Doktor einen gut abgerichteten Gauner nennen, der uns zum besten hält.

DESBROSSES Und wenn Sie am anderen Ende von Paris miteinander redeten, meine Damen, Sie hätten keine Geheimnisse vor mir.

THERBOUCHE Sie erraten alles.

DESBROSSES Das ist nicht schwer. Der Zweifel steht Ihnen ins Gesicht geschrieben.

THERBOUCHE Wir sprachen von unserem Freund, Herrn Diderot, dem Philosophen. Wenn es ums Zweifeln geht, so übertrifft er darin alle andern.

DESBROSSES Und Sie fragen sich, was er wohl von mir hielte.

DORNET Sie haben es getroffen.

DESBROSSES Er würde mich für einen Betrüger halten.

DORNET Woher wissen Sie das?

DESBROSSES Und ich wäre nicht im geringsten beleidigt; denn da Monsieur Diderot mich nicht kennt, kann er nicht anders urteilen. Ich aber habe schon im Orient vieles über ihn gehört, und ich habe mir fest vorgenommen, ihn kennenzulernen, bevor ich Paris verlasse. Ich werde ihm gern eine Kostprobe von meiner Kunst servieren, und dann wollen wir sehen, wie seine Ungläubigkeit ihr standhält. Ich habe schon ganz andere Leute überzeugt, die ebenso aufgeklärt waren wie er, und noch weit mißtrauischer. Ich werde ihn aufsuchen. Ich hoffe, daß er mich empfängt. Aber das kann erst eine Stunde vor meiner Abreise geschehen, früher nicht.

DORNET Aber warum denn das?

DESBROSSES Weil ich mich ungern der Nachrede und dem Geschrei aussetze, die eine Sensation hervorzurufen pflegt.

THERBOUCHE Eine Sensation? Da bin ich aber gespannt. Sie müssen Mademoiselle Dornet und mich dazu einladen.

DESBROSSES Lieber nicht, meine Damen. Es gibt Ereignisse, die zu stark, zu gefährlich für das Gleichgewicht der Seele sind, als daß sie Zeugen vertrügen. Sie würden Schreie des Entsetzens ausstoßen, Mademoiselle; eine Menschenmenge würde sich vor dem Haus versammeln. Ich möchte nicht, daß einer von uns mit den Füßen voran den Ort verläßt, aber ich bin nicht sicher, ob ich imstande wäre, es zu verhindern.

DORNET Sie machen mir Angst.

DESBROSSES Oft trennt uns nur ein winziger Schritt von einem gräßlichen Ende. Seien Sie froh, daß Sie von diesen Dingen wenig wissen, und halten Sie sich lieber an das, was ich Ihnen rate.

DORNET Und was raten Sie mir, damit sich mein Zustand bessert?

DESBROSSES Keine Arzneien, keine starken Mittel, keinen Aderlaß! Diese groben Kunstgriffe der landläufigen Medizin sind mir ein Greuel; denn weit entfernt davon, die Balance von Leib und Seele wiederherzustellen, stiften sie nur noch größere Unordnung. Stattdessen sage ich: gesunde Kost, Zerstreuung, Bewegung! Vor allem aber muß man an die Wurzel des Übels denken und sie ausreißen, und das heißt: Verzicht, unbedingter Verzicht auf alles, was den Patienten auf krankhafte Gedanken bringen könnte, als da sind: gewisse Möbel, Schmuckstücke, Briefe, Souvenirs …

DORNET Aber welche Gefahr sollte in diesen toten Dingen liegen, wenn man ihnen keine Bedeutung mehr beimißt?

DESBROSSES Sagen Sie das nicht, Mademoiselle. Man sieht solche Erinnerungsstücke wieder, man denkt an das Vergangene, unwillkürlich steigt der Puls, die Verdauung wird beeinträchtigt, man hat Träume, man schläft schlecht, die Phantasie erhitzt sich, das Blut gerät in Wallung, kurz, man gerät in einen Zustand, den wir phobisch nennen, jawohl, phobisch, und man weiß nicht einmal, warum.

DORNET Ist das Ihr Ernst? Glauben Sie wirklich, daß es Frauen gibt...

DESBROSSES Ich kenne zahllose Fälle.

DORNET Frauen, die durch ein Schmuckstück, einen Brief, ein Porträt...

DESBROSSES Vor ein paar Jahren war ich in Gotha. Durch Zufall sah ich dort ein Mädchen, schön wie ein Engel. Die dunkelblauen Augen, der Mund, die reizende Stirn – sie sah Ihnen ähnlich wie eine Schwester. Das arme Geschöpf schwand zusehends dahin. Ihre Eltern, die sie über alles liebten, waren untröstlich. Ich sagte ihnen: Bringen Sie Ihr Kind in eine andere Wohnung, und sie wird genesen. Sie taten es, und in ein paar Wochen war das Mädchen gesund.

THERBOUCHE Vielleicht war es das Haus ihres Liebsten, in dem sie wohnte? Eines Menschen, den sie verloren hatte?

DESBROSSES Nicht einmal das. Nur daß ihr Fenster auf einen Garten sah, in dem sie manchmal spazierengegangen waren. Eine Kleinigkeit, sollte man denken, aber diese Kleinigkeiten können fatale Folgen haben. Zum Beispiel im Fall einer Dame, die ich gekannt habe... Übrigens Preußin, eine Landsmännin von Ihnen, Madame Therbouche...

THERBOUCHE Sie meinen die Frau des Kämmerers der Prinzessin Sophie?

DESBROSSES Sie oder eine andere. Jedenfalls war sie seit fünf oder sechs Jahren Witwe. Nicht, als wäre sie in ihren Mann besonders verliebt gewesen. Im Gegenteil.

THERBOUCHE Das ist sie. Ich bin ganz sicher.

DESBROSSES Pst! Sie hatte einen Armreif aus seinen Haaren aufbewahrt, und jedesmal, wenn er ihr in die Hände geriet, mußte sie an ihren Mann denken. Sie fing an zu seufzen. Nach und nach verwirrten sich ihre Gedanken, und ohne zu wissen warum, wurde sie melancholisch. Bald konnte sie nicht mehr schlafen. Die Schlaflosigkeit führte, wie immer in solchen Fällen, zur Entkräftung. Sie nahm von Woche zu Woche ab. Eine Zeitlang hat sie mir noch geschrieben; aber das ist nun schon fast zwei Jahre her; seitdem habe ich kein Lebenszeichen mehr von ihr, und ich fürchte, daß sie gestorben ist.

THERBOUCHE Das ist unbegreiflich.

DORNET Wenn ich bedenke, was einem alles zustoßen kann, ohne daß man wüßte, warum.

DESBROSSES Meine Damen, es ist Zeit, daß ich mich verabschiede.

DORNET Nein! Bleiben Sie, Herr Doktor. Ich erführe für mein Leben gern ...

DESBROSSES Ich halte Sie vom Abendessen ab.

THERBOUCHE Im Gegenteil. Darf ich Ihnen einen Imbiß anbieten? Kommen Sie, Mademoiselle, wir wollen doch sehen, was wir dem Doktor vorsetzen können.

(Musik.)

DORNET *(leise)* Er scheint am Verhungern zu sein.

THERBOUCHE *(leise)* Ich habe nichts im Haus als Brot, ein paar Pfirsiche und Trauben, und ein Stück Käse.

DORNET *(leise)* Hier ist noch eine Flasche Wein.

THERBOUCHE *(leise)* Er ist ein Teufelskerl, aus dem ich nicht schlau werde. Damals in Stuttgart hat er mir die unglaublichsten Dinge vorhergesagt, und es ist alles eingetroffen bis aufs I-Tüpfelchen.

DORNET *(leise)* Tatsächlich?

THERBOUCHE *(leise)* Wenn ich es Ihnen sage! Es war die reinste Hexerei. Ich bekam es mit der Angst zu tun. Andererseits hat er auf mich immer den Eindruck eines Ehrenmannes gemacht.

DESBROSSES Sie flüstern ja schon wieder, meine Damen. Warum lassen Sie mich an Ihren Gedanken nicht teilnehmen?

DORNET Madame Therbouche behauptet, Sie wüßten mehr, als Sie zugeben wollen.

DESBROSSES Sie sind sehr indiskret, Madame Therbouche.

THERBOUCHE Greifen Sie zu, mein lieber Desbrosses! *(Von nun an hört man Desbrosses essen. Während er weiterspricht, mit vollem Munde, läßt er es sich nicht nehmen, zu schlürfen und zu schmatzen.)*

DESBROSSES Danke. Was ich sagen wollte ... Ja. Alles, was einem geliebten Wesen gehört hat oder mit ihm in Berührung gekommen ist, hat seine Wirkung auf uns. Auch ein toter Gegenstand übt über unsere Seele eine seltsame Macht aus. Wer zum Beispiel könnte es lange Zeit in einer schwarz tapezierten Wohnung aushalten, ohne wahnsinnig zu werden?

THERBOUCHE So erklären sich vielleicht auch unsere Sympathien und Antipathien.

DESBROSSES Zweifeln Sie nicht daran. Man wird traurig, vermeintlich ohne Grund. Man sucht sich abzulenken, aber das will nicht gelingen. Überall fehlt einem etwas.

DORNET Genauso geht es mir.

DESBROSSES Jetzt braucht einem nur noch ein Ring, ein Liebesbrief unter die Augen zu kommen, den man einmal erhalten hat, und schon setzen sich diese heimtückischen Schemen in unserer Netzhaut fest.

DORNET Was ist denn das, eine Netzhaut?

DESBROSSES Ein feines Gewebe auf dem Grunde unserer Augen, das sich aus den empfindlichsten Nervenfasern des Menschen zusammensetzt. Ein Bild, das sich an die Netzhaut heftet, überträgt sich alsbald auf das Gehirn, und dort tut es seine Wirkung, ohne daß wir dessen gewahr würden. Solche negativen Bilder schlagen zuerst auf die Seele, dann auf den Leib. Auf die Unlust folgt die Melancholie, auf die Sorgen der Schmerz. Erst sind die Nerven überreizt, dann stellen sich die Stockungen der Eingeweide ein, die Schwindelgefühle und die Vapeurs.

DORNET Genau so ist es mir ergangen. Meine Zofe hätte das nicht besser schildern können.

DESBROSSES Und dann die Abzehrung. Der Busen erschlafft, um die Hüften zeigen sich Falten, von anderen Stellen ganz zu schweigen. Überall treten die Knochen hervor.

DORNET Das ist noch gar nichts, Herr Doktor. Hier, geben Sie mir Ihre Hand und fühlen Sie selbst. Nun, was sagen Sie dazu?

DESBROSSES Ich sage, daß es noch schlimmer kommen kann.

DORNET Mein Gott, was kann mir Ärgeres widerfahren?

DESBROSSES Daß sich das Bindegewebe auflöst, daß sich die Haut verfärbt, daß der Brand auch noch die Knochen erfaßt, daß die Augen sich entzünden, und daß die Krankheit auf das Gehirn übergreift. Dann ist das Delirium da, die Tobsucht.

DORNET Hören Sie auf! Ich bekomme Gänsehaut.

DESBROSSES *(immer noch essend)* Das letzte Stadium ist entsetzlich. Es sind die Nachwehen der Leidenschaften, vor denen man sich hüten muß, ihr dickes Ende.

Deshalb achte ich immer zuerst auf das Leben, die Gewohnheiten, die Neigungen eines Patienten. Ich fordere kategorisch den Verzicht. Ja, den Verzicht auf den ganzen Trödel der Vergangenheit, und zwar ohne Ausnahme. Geht der Kranke darauf nicht ein, so muß ich ihn seinem Schicksal überlassen. Lachen Sie nicht, Madame Therbouche!

THERBOUCHE Ich lache nicht.

DESBROSSES Was ist ein Fingerhut voller Schießpulver? Eine tote schwarze Masse. Was ist ein Funken? Weniger als nichts. Doch wenn das eine zum andern kommt...

DORNET Sie haben recht. Die heftigste Leidenschaft, im Augenblick ihres Entstehens wirkt sie wie eine Kleinigkeit. Ein Lächeln genügt, ein Wort, ein Blick, eine Geste, ein Winken mit den Augen, ein – ich weiß nicht was.

THERBOUCHE Und doch hat dieses Ich-weiß-nicht-Was schon ganze Weltreiche ins Wanken gebracht.

DESBROSSES Sehr gut, meine Damen. Sie haben den Nagel auf den Kopf getroffen. Ja, wenn sich die Frauen auf die Medizin verlegen wollten, dann könnten wir Ärzte alle miteinander die Bude zumachen. An den Scharfsinn, den ihnen die Natur verliehen hat, reicht unsere ganze Schulweisheit nicht heran. Während wir noch im Dunkeln tappen, legen sie schon die Hand auf die Stelle, auf die es ankommt.

THERBOUCHE Genug der Komplimente. Wir wissen nur zu gut, was wir wert sind. Aber sagen Sie mir, was sollen wir nun mit all den schönen Dingen anfangen, die Sie uns erzählt haben?

DESBROSSES Was Sie damit anfangen sollen? Nun, ich denke, das ist klar. Sie sollen auf der Hut sein, meine

Damen, keine Vorsicht außer acht lassen und sich mit allen Mitteln helfen.

THERBOUCHE Langsam, Herr Doktor. Sprechen Sie bitte nicht in der Mehrzahl; denn mich betrifft das alles nicht.

DESBROSSES Zugegeben, Madame. Aber Sie wissen nicht, was Ihnen noch alles bevorsteht. Und nun bitte ich Sie, mich zu entschuldigen. Es ist schon recht spät geworden.

DORNET Aber Herr Doktor, warten Sie ...

DESBROSSES Gute Nacht, Mademoiselle, und gute Besserung.

(Er geht. Musik.)

DORNET Ich könnte mich ohrfeigen, daß ich keine Kutsche mehr habe.

THERBOUCHE Warum?

DORNET Ich hätte sie ihm angeboten. Dann hätte mir der Kutscher wenigstens sagen können, wo er wohnt.

THERBOUCHE Eines muß ich ihm lassen, er ist ein außergewöhnlicher Mensch. Als ich nach Paris kam, hat er mir alles vorhergesagt. Daß ich Sie treffen würde, den Fürsten Galizyn, Monsieur Diderot ... Es fehlten nur die Namen. Zuerst hielt ich das alles für leeres Geschwätz, und ich wette, daß es Ihnen ebenso ergangen wäre.

DORNET Vielleicht; vielleicht auch nicht.

THERBOUCHE Sie sind wahrscheinlich klüger als ich.

DORNET Das nicht, wenn man mir aber Dinge sagt, die nur ich allein wissen kann, dann muß ich daraus schließen, daß man sie erraten hat.

THERBOUCHE Dagegen ist nichts zu sagen.

DORNET Madame Therbouche?

THERBOUCHE Ja?

DORNET Werden Sie ihn wiedersehen?

THERBOUCHE Ich hoffe.

DORNET Dann müssen Sie mir eins versprechen. Laden Sie ihn zum Abendessen bei mir ein. Wir werden zu dritt sein, ganz unter uns. Dann können wir ihn ausholen.

THERBOUCHE Was mich betrifft, so will ich gar nichts von ihm wissen.

DORNET Warum nicht?

THERBOUCHE Weil ja doch alles kommt, wie es kommen muß. Man regt sich nur unnütz auf, wenn man es im voraus weiß.

DORNET Mir geht es umgekehrt. Wenn ich auf etwas gefaßt bin, werde ich eher damit fertig. Vielleicht bin ich deshalb so neugierig.

THERBOUCHE Sie müssen aber bedenken, daß er oft sehr einsilbig und mürrisch ist.

DORNET Den Eindruck hatte ich nicht.

THERBOUCHE Glauben Sie ja nicht, daß er sich immer so umgänglich wie heute gibt. Manchmal geht er monatelang nicht aus dem Haus. Oft ist er stumm wie ein Fisch, und die Diener müssen aus seinen Winken erraten, was er will. Heute war er ungewöhnlich gut aufgelegt. Vielleicht, weil er eine Freundin wiedersah, die er aus den Augen verloren hatte; vielleicht aber auch, weil er einer jungen und schönen Frau begegnet ist. Ja, ich bin sicher, daß Sie ihm über die Maßen gut gefallen haben.

DORNET Er liebt wohl die Frauen?

THERBOUCHE Die schönen Frauen liebt er rasend.

DORNET Werden Sie ihn zu mir bringen?

THERBOUCHE Ich will sehen, was sich machen läßt.

DORNET Liebste Freundin, tun Sie das für mich. Ich werde Ihnen ewig dafür dankbar sein.

THERBOUCHE Aber wenn er Ihnen Dinge sagt, die Sie um Ihre Ruhe bringen?

DORNET Ach was, mich bringt man nicht so leicht um meine Fassung.

THERBOUCHE An Ihrer Stelle würde ich ihn nur als Arzt konsultieren. Was haben Sie schon von diesen Prophezeiungen? Nichts als Ärger. Früher habe ich darüber gelacht, heute sind sie mir unheimlich.

DORNET Das ist mir gleich. Ich will alles wissen.

THERBOUCHE Und hinterher machen Sie mir dann Vorwürfe.

DORNET Auf keinen Fall.

THERBOUCHE Denken Sie daran, daß ich Ihnen abgeraten habe, und daß ich es nur tue, weil Sie darauf bestehen.

DORNET Ja. Das will ich gern auf mich nehmen. Also, es bleibt dabei, nicht wahr?

THERBOUCHE Einverstanden.

DORNET Ich weiß nicht, wie ich Ihnen danken soll! Sie sind eine wahre Freundin, und ich liebe Sie!
(Musik.)

DIDEROT Es vergingen keine zwei Tage, und schon wußte ich alles, was sich abgespielt hatte, teils von Desbrosses, der zu mir gelaufen kam, teils von Madame Therbouche, die ich im Haus des Fürsten Galizyn traf. Ich hörte zu und sagte gar nichts. Dann ließ ich eine gute Woche verstreichen, bevor ich Mademoiselle Dornet einen Besuch abstattete. Als ich kam, saß sie bekümmert vor dem Spiegel; um ihre schönen dunkelblauen Augen sah ich dunkle Ränder.

DIDEROT Was gibt es? Sie sehen aus, als machten Sie sich Sorgen.

DORNET Es ist nichts.

DIDEROT Sie wollen mir etwas verheimlichen. Was haben Sie denn?

DORNET Ich bin ... Ich habe ...

DIDEROT Heraus mit der Sprache.

DORNET Nun, meinetwegen sollen Sie es wissen. Ich bin einem Satanskerl begegnet, der mir den Kopf verdreht hat.

DIDEROT Sie haben sich wieder einmal verliebt. Und wenn schon, was ist dabei? Wenn er Ihnen zusagt, halten Sie ihn bei der Stange; wenn er Ihnen nicht zusagt, geben Sie ihm den Laufpaß.

DORNET Ja, wenn sonst nichts wäre!

DIDEROT Ach so. Ich verstehe. Sie wollen heiraten.

DORNET Heiraten! Wie kommen Sie denn darauf? Um keinen Preis möchte ich seine Frau werden. Mir wäre angst und bange, daß der Teufel mir eines Nachts den Hals umdreht.

DIDEROT Heutzutage geht der Teufel ganz anders ans Werk. Da können Sie unbesorgt sein.

DORNET Hat Ihnen vielleicht in den letzten Tagen ein türkischer Arzt seine Aufwartung gemacht?

DIDEROT Ein türkischer Arzt? Ich kenne keinen türkischen Arzt.

DORNET Er möchte Sie nämlich gerne kennenlernen.

DIDEROT Meinetwegen, wenn es sein muß ... Aber was hat dieser Türke mit Ihrem Kummer zu tun?

DORNET Sie werden mich auslachen; aber sei's drum. Ich bin ihm bei Madame Therbouche begegnet.

DIDEROT In ihrem Atelier?

DORNET Ja. Sie ist mit ihm bekannt, aus ihrer Stuttgarter Zeit.

DIDEROT Und was hat dieser Stuttgarter Türke mit Ihnen angefangen?

DORNET Er hat mir in die Augen gesehen, er hat mir aus der Hand gelesen, er hat mich betastet und wieder betastet. Wenn Sie wüßten, wieviel Feingefühl er hat! Und wie er mit mir sprach, und was er mir alles schrieb. Unglaubliche Dinge. Er wußte alles, was ich gedacht, getan und erlebt habe, seitdem ich auf der Welt bin.

DIDEROT Das glaube ich gern. Das hätte ich an seiner Stelle ebensogut tun können, und an Feingefühl hätte ich's nicht fehlen lassen.

DORNET Aber Sie kennen mich; er kennt mich nicht.

DIDEROT Vielleicht kennt er jemanden, der Sie kennt, und das läuft aufs gleiche hinaus.

DORNET Ich wußte ja, Sie würden sich über mich lustig machen.

DIDEROT Soll ich Ihnen zuliebe auf Magier, Geistererscheinungen und Sterndeuter hereinfallen? Das dürfen Sie nicht von mir verlangen. Wenn Sie meine Meinung hören wollen: dieser angebliche türkische Arzt ist entweder ein Narr oder ein Gauner.

DORNET Daß er kein Narr ist, kann ich beschwören; und auf einen Gauner deutet weder sein Aussehen noch seine Manier.

DIDEROT Um so mehr aber das, was er mit Ihnen angestellt hat. Ich wüßte gern, was für schreckliche Geheimnisse dabei zum Vorschein gekommen sind.

DORNET Das Innerste meines Herzens, meine verborgensten Handlungen, meine geheimsten Gedanken; Dinge, die außer mir und meinem Kopfkissen niemand wissen kann.

DIDEROT Dann hat er sich vermutlich mit Ihrem Kopfkissen unterhalten.

DORNET Aber im Ernst, er findet, daß ich krank bin, sogar sehr krank.

DIDEROT Es stimmt, gesund sind Sie nicht.

DORNET Er verlangt, daß ich vernünftig lebe.

DIDEROT Da hat er recht.

DORNET Er verlangt Opfer.

DIDEROT Es gibt Opfer, die man bringen kann.

DORNET Die kleinsten Kleinigkeiten hält er für wichtig.

DIDEROT Es kommt darauf an, was man darunter versteht.

DORNET Briefe, Schmuckstücke, Porträts – was denn sonst?

DIDEROT Und worauf will er hinaus?

DORNET Er behauptet, diese Dinge riefen Bilder hervor. Wie hat er sie genannt? Schemen, ja, Schemen, die sich im Innern des Auges festsetzen, in der Zitzhaut.

DIDEROT Sie meinen Netzhaut.

DORNET Ja, richtig, Netzhaut. Was glauben Sie? Kann das sein?

DIDEROT Wahrscheinlich kann man nichts Besseres tun, als sich von allem zu trennen, was peinliche Erinnerungen in einem wecken könnte. Das ist das Sicherste.

DORNET Das gefällt mir ganz und gar nicht.

DIDEROT Dann behalten Sie Ihre Sachen eben.

DORNET Aber mein türkischer Arzt ist dagegen.

DIDEROT Lassen Sie ihn reden.

DORNET Damit riskiere ich, daß all die fürchterlichen Folgen eintreten, die er mir vorhergesagt hat.

DIDEROT Wenn Sie mir versichern, daß der Mann weder ein Narr noch ein Gauner ist, dann muß ich wohl annehmen, daß es sich um einen Halbverrückten handelt.

DORNET Verrückt, halb verrückt, gar nicht verrückt – was kann es im Zweifelsfalle schaden, auf seine Warnungen zu hören?

DIDEROT Dann schaffen Sie sich das Zeug vom Hals!

DORNET Aber bedenken Sie, wie schön es ist, sich, besonders, wenn man älter wird, an die Siege der Jugend zu erinnern. Und dazu helfen einem die Andenken, die man geschenkt bekommen hat.

DIDEROT Dann behalten Sie sie.

DORNET Aber er führt Fälle an, bei denen einem schaudert.

DIDEROT Dann behalten Sie sie nicht.

DORNET Behalten Sie sie! Behalten Sie sie nicht! Wissen Sie, daß Ihr Hin und Her unausstehlich ist? Sie mit Ihrer Ironie, mit Ihrer Kaltblütigkeit, mit Ihrer Indifferenz!

DIDEROT Dann tun Sie doch das eine, und lassen Sie das andere nicht.

DORNET Wie meinen Sie das?

DIDEROT Sie können Ihre Sachen ja mir anvertrauen.

DORNET Vielleicht wäre das ein Ausweg. Wir werden sehen. Aber unterdessen, wenn ich mit meinem türkischen Arzt diniere, lade ich Sie dazu ein. Sie werden doch nicht absagen?

DIDEROT Aber nein.

DORNET Übrigens hat er vor, auch Sie zu kurieren.

DIDEROT Ich bin nicht krank.

DORNET Aber ungläubig und verstockt.

DIDEROT Desto wohler fühle ich mich in meiner Haut.

DORNET Er hat uns versprochen ...

DIDEROT Er wird sein Versprechen nicht halten.

DORNET Und warum nicht?

DIDEROT Diese Sorte von Leuten kennt ihre Kundschaft und hält sie hin.

DORNET Wollen Sie damit sagen, daß Madame Therbouche und ich nichts weiter sind als zwei dumme Frauenzimmer?

DIDEROT Wo denken Sie hin! Aber da höre ich d'Alembert auf dem Korridor. Falls Ihnen daran liegt, daß er Sie ernst nimmt, tun Sie gut daran, ihm Ihre Kindereien zu verheimlichen.

DORNET Ich werde mich hüten, ihm irgend etwas anzuvertrauen. Sie sind wenigstens noch tolerant, aber er... Sobald man ihm widerspricht, wird er grob.

DIDEROT Still!

DIDEROT D'Alembert trat ein. Ich blieb noch eine Weile, bis das Gespräch eine andere Wendung genommen hatte und ich sicher sein konnte, daß Mademoiselle Dornet nicht anfangen würde, von dem türkischen Arzt zu reden; denn ich hatte keine Lust, d'Alembert ins Vertrauen zu ziehen. Wenn es um Aberglauben geht oder um Wahrsagerei, versteht er nämlich keinen Spaß. Immerhin, dachte ich mir, soweit sind wir nun. Ein Abendessen wird sich arrangieren lassen, und zwar nicht bei der Dame mit den schönen dunkelblauen Augen, sondern bei Desbrosses. Dann wollen wir sehen, was aus der Porträtgeschichte wird. *(Musik.)*

Es wurde nichts daraus.

Ich besaß eine schöne Büste des Fürsten Galizyn; eine zweite, die seine Frau darstellen sollte, befand sich noch im Atelier des Bildhauers; doch hatte mir der Fürst versprochen, daß sie nicht lange auf sich warten lassen sollte.

Wir hatten uns das Schlußtableau unserer Mystifikation folgendermaßen vorgestellt: Die beiden Büsten hätten wir auf zwei Puppen aus geflochtenen Weidenruten befestigt, sorgfältig eingekleidet und geschminkt und vor dem Hintergrund eines kleinen, mit schwarzem

Samt ausgeschlagenen Kabinetts aufgestellt. Nun wäre uns noch zweierlei zu tun geblieben: die Oberfläche der beiden Büsten hätten wir mit Phosphor präpariert und den ganzen Raum mit schweren Kampferdämpfen angefüllt. Stellen Sie sich nun die Dame mit den schönen Augen vor, wie sie eingetreten wäre, ein wenig ängstlich, mit einer kleinen brennenden Kerze in der Hand. Puff! Mit einem Schlage hätte sich der Kampfer entzündet und puff! den Phosphor in Brand gesteckt. Die Wirkung dieses Schauspiels können Sie sich denken. Die Gesichter des Fürsten und der Fürstin durch bläuliche Flammen erleuchtet, ein übernatürlicher Anblick! Und kaum hätte Mademoiselle Dornet den Fürsten erkannt – ich höre geradezu ihren kleinen Aufschrei –, wären die beiden Gespenster durch eine Falltür verschwunden. Und in der plötzlichen Finsternis – ich überlasse es Ihrer Phantasie, sich das Folgende auszumalen.

(Musik.)

DIDEROT Ein paar Tage vor diesem Affenstreich komme ich nach Hause, und vor der Tür treffe ich Desbrosses, den Schlapphut auf dem Kopf, mit einer kleinen, runden, ungepuderten Perücke, in seinem blauen Reisemantel mit Goldborten und in Halbstiefeln, ungeduldig tänzelnd und mit einer heiteren Miene, die nichts Gutes verhieß; ich kannte meinen Mann und wußte, daß er imstande war, eine Leichenbittermiene aufzusetzen, wenn ihm zum Lachen zumute war, und umgekehrt.

DESBROSSES Der Zufall hat mich vorbeigeführt, und da dachte ich mir…

DIDEROT Willkommen, mein Lieber. Was gibt es Neues? Haben Sie mit Demoiselle Dornet gesprochen? Sind die Puppen fertig?

DESBROSSES Hören Sie mir auf mit dieser lächerlichen Intrige! Ein Mann wie Sie! Oder wollen Sie gar behaupten, es wäre Ihnen Ernst gewesen mit dieser Komödie? Sie wollen mit Phosphor zündeln, Herr Philosoph, um ein bedauernswertes Geschöpf um ihr Hab und Gut zu bringen? Eine schöne Prellerei, die Ihrer, glaube ich, ganz und gar nicht würdig ist. Das müssen Sie zugeben.

DIDEROT Mein lieber Desbrosses, ich erkenne Sie nicht wieder! Seit wann sind Sie unter die ernsthaften Leute gegangen?

DESBROSSES Seit heute morgen. Mit mir ist es aus und vorbei.

DIDEROT Was wollen Sie damit sagen?

DESBROSSES Nichts weiter, als daß meine Geschäfte zusammengebrochen sind.

DIDEROT Ich gestehe, mein Lieber, daß mir Ihre Geschäfte immer etwas rätselhaft geblieben sind.

DESBROSSES Das liegt in ihrer Natur. Auch meine kleinen oder großen Transaktionen sind wie Spinnweben so dünn und fein gewirkt, daß jeder sie zu durchschauen glaubt, und doch bleibt er darin hängen. Das, was wir Geld nennen, ist nichts anderes als eine schöne Mystifikation. Ich war auf dem besten Wege, mir ein ungeheures Vermögen zu erwerben, wäre mir nur mein Bruder, dieser Schwachkopf, nicht dazwischengekommen. Er hat mit einem Streich alles verdorben.

DIDEROT Und nun?

DESBROSSES Nun stehe ich vor der Wahl, ob ich lieber meine Ehre oder mein Leben verlieren will. Sie kann mir nicht schwerfallen. Ich kann nicht einsehen, was am Tode, der alles von uns nimmt, was uns bedrückt, so schmerzhaft sein sollte.

DIDEROT Sie reden wie ein wahrer Stoiker, mein

Freund; und ich hätte Ihnen kaum etwas Triftiges entgegenzusetzen, wenn Sie, sagen wir, an einer unheilbaren Krankheit litten. Aber wegen einer Geldgeschichte! Wegen der Nachrede der Welt! Sagen Sie mir doch, wie alt sind Sie eigentlich?

DESBROSSES Bald einunddreißig.

DIDEROT Wie! ein junger Mensch, begabt wie wenige, voller Spannkraft, Eigensinn, Weltkenntnis, will die Flinte ins Korn werfen? Das ist lachhaft. Seien Sie kein Narr, Desbrosses! Ich weiß, was Sie tun werden.

DESBROSSES Ich auch.

DIDEROT Sie werden Ihre Gläubiger um ein paar hundert Louis d'or prellen, sich in die nächste Postkutsche werfen, und unter einem anderen Himmel Ihr Glück aufs neue versuchen. Was Sie heute einbüßen, gewinnen Sie morgen wieder.

DESBROSSES Ich habe eingesehen, daß es vertane Mühe ist, Phantomen nachzujagen, die nur in unserem armen Kopf existieren.

DIDEROT So geht es uns allen. Übrigens wußte ich nicht, daß ein Philosoph in Ihnen steckt. Und nun fort mit Ihren trüben Anwandlungen! Lassen Sie uns von angenehmeren Dingen sprechen. Wollen Sie nicht bei mir frühstücken?

DESBROSSES Ich danke Ihnen, aber ich habe noch manche Besorgung zu erledigen.

DIDEROT Dann sehen wir uns morgen.

(Musik.)

DIDEROT Ich hatte mich in ihm getäuscht. Am andern Tag sprengte sich Desbrosses mit zwei Pistolenschüssen den Schädel. Als ich davon erfuhr, dachte ich an die sonderbare Ankündigung, die er der Dame mit den dunkelblauen Augen gemacht hatte.

DESBROSSES Es gibt Ereignisse, die zu stark, zu gefährlich für das Gleichgewicht der Seele sind, als daß sie Zeugen vertrügen. Sie, Mademoiselle, würden Schreie des Entsetzens ausstoßen; eine Menschenmenge würde sich vor dem Haus versammeln. Ich möchte nicht, daß einer von uns mit den Füßen voran den Ort verließe, aber ich bin nicht sicher, ob ich imstande wäre, es zu verhindern.

DIDEROT Desbrosses, der Wahrsager, hat also recht behalten. Fast könnte es scheinen, als wäre er seinen eigenen Sentenzen zum Opfer gefallen, die, wie alle Orakelsprüche, mehrdeutig waren.
Ich denke oft an ihn. Er war kein übler Mensch. Durchtrieben, ja; bedenkenlos, gewiß; gefährlich, meinetwegen; aber auch scharfsinnig, hilfsbereit, großherzig. Niemand außer mir wird seiner gedenken. Das verhängnisvolle Porträt ruht in irgendeiner Schublade im Boudoir der Mademoiselle Dornet; ganz andere Sorgen beschäftigen den Fürsten Galizyn; und ich, der ich sein Bildnis nie zu Gesicht bekommen habe, bin sicherlich der einzige, der manchmal daran denkt.

Herzlose Liebschaften

Ein wahres Hörspiel

Personen

ICH

ER

TANIÉ

MADAME REYMER

MADEMOISELLE DE LA CHAUX

GARDEIL

Zeit

1772

Ort

Paris

Musik

Sonate in Es-dur
von Joseph Haydn
(Hob. XVI, 49, 1. Satz)

ICH Ein wahres Hörspiel ist kein Monolog.

ER Natürlich nicht. Kein Mensch will immer nur zuhören. Und Sie, der Sie es keine fünf Minuten lang aushalten, ohne den Mund aufzutun, Sie am allerwenigsten.

ICH Zugegeben.

ER Auch der Zuhörer ist also ein Sprecher.

ICH Eben. Der Zuhörer unterbricht mich, wie Sie; er redet dazwischen, wie Sie; er beschwert sich oder er lacht, wie Sie. Und deshalb habe ich in dieses Hörspiel, das zwar von mir verfaßt, aber nicht von mir erfunden ist...

ER Was soll das heißen?

ICH Nun, das, was ich Ihnen erzählen will, mag amüsant oder langweilig, gut oder schlecht sein, aber erfunden ist es nicht.

ER Sondern?

ICH Dieses Hörspiel ist wahr.

ER Das kann jeder sagen.

ICH So ist es recht! Widersprechen Sie mir, zweifeln Sie an allem, was ich sage, lachen Sie mich aus! Um so mehr Glauben wird man meinen Geschichten schenken. Dazu habe ich Sie ja eingeführt.

ER Mich?

ICH Natürlich. Sie sind mein Zuhörer, oder sagen wir lieber: Sie sind eine Person, die die Rolle des Zuhörers spielen soll. Sie werden also nicht nur mir zuhören, sondern auch sich selber. Ich hoffe, wir werden einen angenehmen Abend miteinander zubringen.

ER Das glaube ich kaum, denn soviel ich verstanden habe, handeln Ihre Geschichten von einem Thema, das so abgedroschen und so alt ist wie die Welt.

ICH Und von dem die Welt, so alt sie sein mag, nie müde wird zu reden.

ER Was kann dabei schon herauskommen! Sie werden mir beweisen, was die Spatzen von den Dächern pfeifen, nämlich, daß Mann und Frau zwei äußerst bösartige Bestien sind.

ICH Aha. Sie zucken die Achseln. Sie spielen nicht mit. Sie schweigen, wo andere sich ereifern. Ich verstehe. Es liegt Ihnen völlig fern, auf den Klatsch Ihrer Mitmenschen zu hören. Sie sind aus einem andern Holz geschnitzt. Über diese Dinge sind Sie erhaben.

ER Das habe ich nicht behauptet.

ICH Dann sind wir uns also einig, daß jedermann, er sei jung oder alt, reich oder arm, dumm oder klug, darauf brennt, Liebesgeschichten, und ganz besonders unglückliche Liebesgeschichten zu hören.

ER Oder zu erzählen. Ja, wir sind uns einig. Aber das will nichts heißen. Man besucht ein paar Leute, und kaum ist man über die Schwelle getreten, da setzt man schon eine ähnliche Miene auf wie diejenigen, die man trifft; man stimmt sich auf den Ton ein, den sie angeben. Auch wenn man noch so deprimiert ist, spielt man den Amüsierten, und wenn einem zum Lachen zumut ist, setzt man eine betrübte Miene auf. Mimikry, das ist alles, mein Lieber! Statt zuzuhören oder zu schweigen, schwatzt ein jeder über Dinge, von denen er nichts versteht und die ihn nicht interessieren: der Schriftsteller über Politik, der Politiker über Moral, der Moralist über Finanzen, der Bankier über Literatur. Und alle miteinander langweilen sich aus Eitelkeit, um *à la page* zu sein, oder aus Galanterie.

ICH Ich sehe schon, Sie sind schlechter Laune heute.

ER Wie gewöhnlich.

ICH Ich werde mir meine wahren Geschichten aufsparen müssen für eine günstigere Gelegenheit.

ER Was? Erst zitieren Sie mich herbei, und dann wollen Sie mich mir nichts, dir nichts wieder loswerden?

ICH Keineswegs.

ER Warum erzählen Sie dann nicht endlich? Warum spannen Sie mich auf die Folter?

ICH Weil Sie der Sache schon überdrüssig sind, bevor ich angefangen habe.

ER Und Sie werden mich noch rasend machen mit Ihrer Unart.

ICH Meine Unart?

ER Ja. Sie brennen doch darauf, Ihre Geschichte loszuwerden. Gleichzeitig möchten Sie aber, daß ich Sie auf den Knien darum bitte. Also gut, meinetwegen: Ich flehe Sie an! Tun Sie sich keinen Zwang an. Geben Sie Ihrer Leidenschaft nach!

ICH Meiner Leidenschaft?

ER Anfangen sollen Sie! Endlich anfangen!

ICH Ich will versuchen, mich kurz zu fassen.

ER Das wäre kein Fehler.

ICH Also gut. Aber vorher nehmen wir noch eine kleine Prise. *(Man hört es.)*
(Musik.)

ICH Es gibt sehr gute Männer und sehr böse Frauen. Das werden Sie doch nicht bestreiten?

ER Das erfährt mancher jeden Tag von neuem, ohne daß er seinen Fuß über die Schwelle setzen müßte. Weiter!

ICH Weiter? Ich habe einmal eine Elsässerin gekannt, die war so schön, daß die Greise ihr nachliefen und die Jungen stehenblieben, als hätte sie der Blitz gerührt.

ER Ich glaube, ich weiß, wen Sie meinen. Eine gewisse Madame Reymer. Nicht wahr?

ICH Ganz recht. Ein junger Mann namens Tanié, er war eben aus Nancy nach Paris gekommen, verliebt sich in sie.

ER Und wenn schon.

ICH Ein armer Teufel, von seinen allzuvielen Geschwistern früh aus dem Nest gestoßen, ohne Geld, ohne Kenntnisse, ohne Aussichten. Madame Reymer zuliebe, die auch nicht gerade auf Rosen gebettet ist, nimmt er, um ihr Los zu lindern, die niedrigsten Handlangerdienste auf sich. Tagsüber verdingt er sich im Hafen, abends bettelt er auf den Straßen.

ER Das ist ja sehr schön, kann aber auf die Dauer nicht gutgehen.

ICH In der Tat. Der Kampf gegen die tägliche Not war zu ermüdend. Tanié fragte sich, wie lange es ihm gelingen würde, eine bezaubernde Frau festzuhalten, um die sich die reichsten Männer von Paris rissen. Er wußte wohl, daß man ihr von allen Seiten riet, diesen Bettler davonzujagen.

ER Ich hätte ihm keine drei Wochen gegeben.

ICH Kurzum, er fühlt die Gefahr, er entschließt sich, sie zu verlassen und sein Glück in der Fremde zu versuchen. Er bewirbt sich um einen Posten in Übersee; man gibt ihm eine Passage auf einem Postschiff; der Tag der Abreise ist gekommen; jetzt gilt es, Abschied zu nehmen.

*

TANIÉ Liebste Freundin, ich kann Ihre Zuneigung nicht länger mißbrauchen.

REYMER Was wollen Sie damit sagen?

TANIÉ Ich habe mich entschlossen. Ich reise ab.

REYMER Sie reisen ab? Wohin denn?

TANIÉ In die Kolonien. Sie haben ein besseres Leben verdient als das, was ich Ihnen bieten könnte.

ER Der gute Tanié!

*

REYMER Und was soll aus mir werden, wenn Sie mich verlassen?

*

ER Diese Heuchlerin!

*

TANIÉ Sie sind von Leuten umgeben, die Ihre Gunst, Ihre Liebe suchen. Wählen Sie den, der Ihnen am besten gefällt. Ich möchte Ihrem Glück nicht im Wege stehen.

REYMER Tanié, Tanié! Sie sagen das, Sie, mein bester Freund?

*

ER Ich sehe sie förmlich vor mir. Alles nur Pantomime! Ich kenne diese Frau.

ICH Ach? Woher denn?

ER Sie oder eine andere, die ihr gleicht. Zeigen Sie mir den Mann, der nicht ein Lied davon singen könnte.

*

TANIÉ Ich bitte Sie nur um eines, meine Liebste: Gehen Sie keine Bindung ein, die uns für immer trennen würde. Das müssen Sie mir versprechen, Madeleine! Ich bitte Sie, weinen Sie nicht.

*

ER Sie weinen alle, sooft sie wollen.

ICH Bald darauf war Tanié auf dem Wege nach Marie Galante.

ER Er hat sich keinen Augenblick zu früh aus dem Staub gemacht.

ICH Woher wollen Sie das wissen?

ER Oh, das ist nicht schwer zu erraten. Als Tanié ihr anriet, sich einen Liebhaber zu suchen, da war ihre Wahl schon längst getroffen.

ICH Sie mögen recht haben.

ER Und wie geht die Geschichte weiter?

ICH Tanié war tüchtig, und er war klug. Bald schon wurde er in den Kronrat der Kolonie gewählt, und durch seine Geschicklichkeit verdiente er viel Geld. Den größten Teil davon schickte er Jahr für Jahr nach Paris, an Madame Reymer.

ER Und wie lange hat er das ausgehalten?

ICH Neun bis zehn Jahre, glaube ich.

ER Und als er nach Hause kam ...

ICH ... überreichte er seiner Freundin ein Portefeuille aus Maroquin-Leder, das die Früchte seines Erfolgs enthielt.

ER Er hatte Glück; denn als er in Paris eintraf, da hatte sie sich soeben von dem letzten seiner Nachfolger getrennt.

ICH Was sagen Sie da? Vom letzten?

ER Ja, vorläufig war es wohl der letzte.

ICH Es hat also mehrere gegeben?

ER Natürlich. – Aber sagen Sie mir lieber, wie die Sache weiterging.

ICH Weiter, weiter! Wozu denn? Ich habe nachgerade den Eindruck, als wüßten Sie besser über Madame Reymer Bescheid als ich.

ER Unsinn. Ich bin gespannt. Tanié ist also wieder in Paris ...

ICH Eines Tages besuchte ich die beiden. Sie hatten sich eine ausnehmend hübsche Wohnung genommen, ganz in meiner Nähe, in der Rue Sainte Marguerite. Ich hatte viel für den armen Tanié übrig, wissen Sie. Die Einrichtung ließ auf einen gewissen Wohlstand schließen.

ER Ich möchte wetten, daß Madeleine Reymer schon damals gut und gern von den Zinsen ihres Vermögens leben konnte. Fünfzehntausend Livres werden es wohl gewesen sein.

ICH Woher wollen Sie das wissen?

ER Das wußte jeder, außer Tanié.

ICH Sie hat ihm ihr Vermögen verheimlicht?

ER Das versteht sich doch.

ICH Aber warum denn?

ER Weil sie habgierig und geizig war.

ICH Habgierig, das könnte sein. Aber geizig? Eine Kurtisane und geizig? Das müßte doch sonderbar zugehen. Übrigens lebten die beiden, wie es schien, recht glücklich miteinander.

ER Weil die eine äußerst raffiniert und der andere grenzenlos gutgläubig war.

ICH Freilich, Argwohn lag ihm fern. Eine Seele von einem Menschen, dieser Tanié. Als ich eines Nachmittags an seiner Tür läutete – ich hatte mich nicht angemeldet und kam ganz zufällig vorbei –, fand ich ihn in Tränen aufgelöst.

*

ICH Was haben Sie, mein Freund? Was ist? Kann ich Ihnen helfen?

TANIÉ Mir kann niemand helfen.

ICH Sind Sie krank?

TANIÉ Nein.

ICH Was ist es dann?

TANIÉ Diese Frau! Diese Frau!

*

ICH Mit diesen Worten ließ er mich stehen, und ehe ich mich umsah, war er durch die Haustür verschwunden. Ich war zu besorgt, oder zu neugierig, es dabei bewenden zu lassen; ich klopfte, ich trat ein, und ich fand seine Freundin, Madame Reymer, wie sie unbekümmert an einer Stickerei arbeitete.

ER Das sieht ihr ähnlich.

*

ICH Was ist geschehen? Haben Sie schlechte Nachrichten?

REYMER Im Gegenteil. Meinem Freund ist eine große Auszeichnung zuteil geworden.

ICH Er schien mir nicht sehr erfreut darüber zu sein.

REYMER Das ist mir unbegreiflich. Monsieur de Monrepas hat ein Auge auf ihn geworfen.

ICH Der Marineminister?

REYMER Ja. Er will eine Handelsmission nach Sankt Petersburg schicken, und mein Freund ist dazu ausersehen, sie zu leiten. Er kann es zu Ruhm und Reichtum bringen. Sie werden es kaum für möglich halten, doch Tanié zögert, darauf einzugehen! Er will nicht.

ICH Vielleicht schreckt ihn der Gedanke an eine lange Trennung.

REYMER Unsinn. Es handelt sich doch nur um zwei oder drei Jahre.

ICH Das ist eine lange Zeit für einen Mann, den Sie lieben, und der Sie liebt.

REYMER Eine schöne Liebe ist das, wenn er nicht einmal bereit ist, mir dieses kleine Opfer zu bringen.

ICH Aber wenn er nicht einsieht, daß es nötig ist?

REYMER Das ist es ja eben. Ich gehe zu Fuß, weil wir uns keinen Wagen leisten können; meine Kleider sind alt und démodé; kaum, daß es für die Dienstboten reicht. Und er sieht nicht ein, daß es nötig ist!

ICH Aber Madame, warum gehen Sie nicht einfach mit ihm nach Rußland?

REYMER Was? Ich? Niemals. Er ist zwar eigensinnig und extravagant, aber etwas Derartiges vorzuschlagen, ist ihm doch nicht eingefallen. Und wozu auch? Zweifelt er etwa an mir?

ICH Das glaube ich nicht.

REYMER Nachdem ich zwölf Jahre lang auf ihn gewartet habe, wird er sich wohl auch noch zwei oder drei weitere Jahre auf meine Treue verlassen können. Monsieur, so begreifen Sie doch: eine solche Chance bietet sich nur einmal im Leben, und ich möchte nicht, daß er eines Tages bereut, sie versäumt zu haben, und mir am Ende vorwirft, der Anlaß dazu gewesen zu sein.

ICH Aber Tanié wird nichts bereuen, solange er das Glück hat, Ihnen zu gefallen, Madame.

REYMER Das ist alles ganz schön und gut. Aber ich versichere Ihnen: eines Tages, wenn ich alt bin, wird er froh sein, es zu einigem Reichtum gebracht zu haben. Es ist ein alter Fehler der Frauen, daß sie nie an die Zukunft denken. Das ist nicht mein Fall.

*

ER Sie hat immer an die Zukunft gedacht und die Gegenwart darüber versäumt.

ICH Was soll ich Ihnen sagen? Der Minister war in Paris. Von der Rue Sainte Marguerite waren es nur ein paar Schritte bis zum Marineamt. Tanié war hingegangen und hatte sich verpflichtet. Als er nach Hause kam, schien er mir kalt, aber gefaßt.

*

TANIÉ Madame, ich habe Monsieur de Monrepas aufgesucht. Er hat mein Wort. Ich gehe fort. Ja, ich gehe fort. Sie dürfen zufrieden sein.

REYMER Oh, mein Freund!

*

ICH Madame Reymer legt ihre Handarbeit beiseite, sie stürzt ihm entgegen, sie wirft ihm die Arme um den Hals und überhäuft ihn mit Zärtlichkeiten.

*

REYMER Ah, jetzt sehe ich, wie teuer ich Ihnen bin!

TANIÉ Sie wollen reich werden, und ich werde dafür sorgen, daß Ihr Wunsch in Erfüllung geht. Da es das Gold ist, das Sie lieben, sollen Sie Gold haben. *(Musik.)*

*

ICH Ich verabschiedete mich hastig. Es war Dienstag. Der Minister hatte die Abreise der Mission auf den nächsten Freitag festgesetzt. Ich wollte Tanié noch einmal sehen und suchte ihn zum Abschied auf. Madame Reymer lag noch im Bett, als ich kam. Ihr Freund saß bei ihr und hielt ihre Hände fest.

*

TANIÉ Mein Freund, sehen Sie sich dieses grausame Geschöpf an! Was will sie mehr? Hat sie nicht ein schönes Leben, hat sie nicht einen Freund, der sie anbetet? In der Hitze der Tropen habe ich für sie das Glück gesucht. Nun schickt sie mich auch noch in die Eiswüsten des Ostens. Sie ist wahnsinnig, ich fühle es. Sagen Sie mir nichts! Ich weiß, ich bin ein Narr; aber ich bringe es nicht übers Herz, sie zu betrüben. Lieber setze ich ein Leben aufs Spiel, das mir keine Freude mehr macht. – Du verlangst, daß ich dich verlasse, Madeleine? Ich werde dich verlassen. Umarme mich noch einmal, denn du wirst mich nicht wiedersehen.

*

ICH Er kniete an ihrer Seite. Die Tür ging auf. Er sah den Kutscher, der ihm meldete, der Reisewagen sei vorgefahren. Er reiste ab; er traf in Sankt Petersburg ein; drei Tage später wurde er von einem Fieber ergriffen, dem er am vierten Tage erlag.

ER Alles, was Sie mir erzählen, habe ich gewußt.

ICH Also doch! Sie waren ganz gewiß einer von Taniés

Nachfolgern bei der schönen Madame Reymer?

ER Nun, ich gebe es zu. Mein ganzes Vermögen habe ich mit diesem Ungeheuer durchgebracht.

ICH Armer Tanié!

ER Er hat es selbst gesagt: ein Narr ist er gewesen.

ICH Und Sie, mein Lieber?

ER Desgleichen. Ich habe meine Haut gerettet, das ist alles.

(Musik.)

Aber ich frage mich, was Sie mit Ihrer Geschichte vom armen Tanié eigentlich beweisen wollten?

ICH Daß es sehr böse Frauen und sehr gute Männer gibt.

ER Wenn das alles ist...

ICH Im übrigen gibt es auch sehr gute Frauen und sehr böse Männer.

ER Sie schreiten von einer großen Entdeckung zur andern.

ICH Und Sie lachen mich aus.

ER Im Gegenteil. Haben Sie mir die erste These bewiesen, so dürfen Sie mir die Gründe für Ihre zweite nicht schuldig bleiben.

ICH Aber ich bin kein Philosoph. Ich bin nur ein Erzähler.

ER Ein Erzähler, der nichts erfindet.

ICH Ich bleibe lieber bei der Wahrheit. Mein Kollege Gardeil...

ER Dieser Name sagt mir nichts.

ICH Das ist kein Wunder; er hat es in seinem Leben nicht weit gebracht. Ich kannte ihn, weil er sich leidenschaftlich für die alten Sprachen interessierte. Ich wohnte ganz in seiner Nähe, und wir haben uns gemeinsam in die griechischen Schriftsteller vertieft.

ER Sie wohnten damals, glaube ich, in der Estrapade.

ICH Und er in der Rue Sainte Hyacinthe. Gleich um die

Ecke aber, Place Saint Michel, hatte sich seine Freundin eingerichtet, die Heldin meiner Geschichte, Mademoiselle de la Chaux. Jedesmal, wenn ich an sie denke, krampft sich mir das Herz zusammen.

ER Aber was haben Sie denn? Sie weinen ja. Ich war auf eine galante Geschichte gefaßt. Sie haben mir einen amüsanten Abend versprochen, und nun werden Sie gar rührselig.

ICH Sie haben recht. Aber mir ist, als sähe ich heute noch ihre großen schwarzen Augen, so sanft, so strahlend; als hörte ich ihre Stimme, die imstande war, jedes Herz zu verwirren.

ER Sie haben diese Frau geliebt?

ICH Nein. Ach, de la Chaux! Ach, Gardeil! Jeder von den beiden war ein Ausbund: sie an Zärtlichkeit, er an Undank. Mademoiselle de la Chaux stammte aus einer sehr angesehenen Familie. Sie verließ ihre Eltern, um sich Gardeil in die Arme zu werfen. Er besaß keinen Heller; sie verfügte über ein nicht geringes Vermögen, das sie im Lauf weniger Jahre den Bedürfnissen und den Launen Gardeils opferte. Er bedeutete ihr alles.

ER Dieser Gardeil muß ein sehr liebenswürdiger Mensch gewesen sein, oder ein großer Verführer.

ICH Keineswegs! Ein kleiner Mann, mürrisch, schweigsam und bissig; ein ledernes, ausgemergeltes Gesicht, eine magere, knochige Figur; nicht geistlos, das kann man nicht sagen, aber häßlich, häßlich wie die Nacht.

ER Und so ein Mann hat der liebenswürdigen Mademoiselle de la Chaux den Kopf verdreht?

ICH Wundert Sie das?

ER Allerdings.

ICH Ausgerechnet Sie wundert das?

ER Warum nicht?

ICH Entschuldigen Sie, daß ich lache.

ER Was gibt es da zu lachen?

ICH Ich denke an Ihr Abenteuer mit der Deschamps. So hieß sie doch, diese Tänzerin, mit der Sie damals …

ER Reden wir nicht davon.

ICH Aber als sie Ihnen den Laufpaß gab, waren Sie verzweifelt.

ER Das kann schon sein. Aber erzählen Sie lieber weiter!

ICH Ich habe Sie damals nach ihr ausgefragt: Sie ist gewiß sehr schön? – Nein. – Aber sie hat viel Geist? – Dumm ist sie. – Vielleicht sind Sie von ihren Talenten begeistert. – Talente? Sie hat nur ein einziges. – Und worin besteht dieses einzigartige, wunderbare, seltene Talent? – Ganz einfach. Sie macht mich glücklicher in ihren Armen, als ich es je in den Armen einer anderen gewesen bin.

ER Um aber auf Mademoiselle de la Chaux zurückzukommen …

ICH Sie erhoffte sich, ohne es zu wissen, instinktiv, im Stillen, eben jenes Glück, das Sie in den Armen der Deschamps kennengelernt haben. Ich erinnere mich noch genau, wie Sie eines Tages zu mir gekommen sind und mir schon unter der Tür zuriefen: Wenn dieses Ungeheuer mich davonjagt, so nehme ich eine Pistole und schieße mir auf ihrer Schwelle eine Kugel in den Kopf. – Haben Sie das gesagt, oder haben Sie es nicht gesagt?

ER Ich habe es gesagt.

ICH Sie geben es zu.

ER Ich gebe alles zu, was Sie wollen.

ICH Lieber Freund, der Gescheiteste unter uns kann von Glück sagen, wenn ihm nie im Leben die schöne oder häßliche, geistvolle oder dumme Frau begegnet ist, die ihn reif fürs Irrenhaus gemacht hätte.

ER Und umgekehrt.

ICH Ach ja! Wie wenig gehört dazu, uns zu ruinieren, wie hilflos sind wir gewissen Reizen, gewissen Verlockungen der Natur ausgeliefert. Der Funke, der zufällig in ein Pulverfaß fällt, kann nicht verheerender wirken. Vielleicht ist die Hand schon erhoben, die auf Sie oder auf mich den fatalen Funken werfen wird, und wir ahnen es nicht.

ER Vielleicht. Vielleicht auch nicht. *(Musik.)* Ihr Freund Gardeil indessen...

ICH Mein Freund? Das wäre zuviel gesagt. Nun, er war in einer schwierigen Lage. Seine Gesundheit war angegriffen, und das in einem Augenblick, da er alle seine Kräfte gebraucht hätte. Man hatte ihn von höchster Stelle mit einer wichtigen Aufgabe betraut. Er sollte für eine Geschichte der Kriegskunst alle Auskünfte sammeln, die uns die Literaturen der Alten Welt über diesen Gegenstand überliefert haben, und sie durch eine moderne Quellensammlung ergänzen. Sein Griechisch war gut, aber er konnte weder Hebräisch, noch Italienisch, noch Englisch. Da kam ihm Mademoiselle de la Chaux zu Hilfe.

ER War sie denn so gelehrt?

ICH Sie lernte, ihm zuliebe, alle diese Sprachen so gut, daß sie alles, was er brauchte, lesen, exzerpieren, übertragen und auslegen konnte. Während Gardeil schlief, schrieb sie ganze Kapitel aus Xenophon und Thukydides ab und übertrug sie.

ER Sie übertreiben.

ICH Im Gegenteil. Ich habe Ihnen noch nicht alles gesagt. In dieser mühevollen Zeit pflegte sie nicht nur ihren anspruchsvollen und griesgrämigen Geliebten, sie hatte auch die Nachstellungen der eigenen Familie zu erdulden. Ihre Eltern und die Priester verfolgten sie von einem Stadtteil zum andern, setzten alle möglichen Verleumdungen gegen sie in die Welt und zwangen sie, sich verborgen zu halten. Tagsüber arbeitete sie für Gardeil; abends suchten wir beide sie auf, und ihr Kummer verschwand, sobald ihr Geliebter ins Zimmer trat.

ER Sie hielt sich gut, jung, wie sie war, schüchtern, empfindsam, umgeben von Widerwärtigkeiten ...

ICH Und glücklich.

ER Glücklich?

ICH Ja, sie war es, bis zu dem Tag, an dem Gardeil ihr seinen Undank bewies.

ER Nach so vielen Beweisen der Liebe, nach so vielen Opfern? Das haben Sie sich ausgedacht, um Ihrer Geschichte eine dramatische Wendung zu geben.

ICH Sie täuschen sich. Eines Tages kam sie zu mir geeilt. Es war am frühen Morgen. Sie war bleich wie der Tod.

*

ICH Was gibt es? Was ist mit Ihnen?

DE LA CHAUX Gardeil ...

ICH Setzen Sie sich. Was ist geschehen? Ist er tot?

DE LA CHAUX Schlimmer als tot. Er liebt mich nicht mehr. Er will mich verlassen.

*

ER Verlassen? Warum denn? So erzählen Sie doch weiter.

ICH Ich kann nicht.

ER Sie fangen ja schon wieder an zu weinen! Soviel Rührung kommt mir verdächtig vor. Gestehen Sie, daß Sie in diese Frau verliebt waren.

ICH Was für ein Unsinn! Sie lag in meinem Sessel und

konnte kaum sprechen. Die Lippen zitterten ihr, sie stöhnte, sie schwieg, und diesem Schweigen folgte ein schrilles, krampfartiges Lachen, das weit erschreckender war als jeder Ausdruck der Verzweiflung.

*

DE LA CHAUX Monsieur, gehen Sie nicht fort! Erbarmen Sie sich meiner. Ich weiß nicht, wohin. Bleiben Sie bei mir, verlassen Sie mich nicht!

ICH Fürchten Sie nichts, Mademoiselle.

DE LA CHAUX Ich fürchte nur mich selbst.

ICH Wie kann ich Ihnen helfen?

DE LA CHAUX Halten Sie mich fest, ich weiß nicht, was ich sonst tue. Er liebt mich nicht mehr, ich ermüde ihn, ich bin ihm lästig, ich langweile ihn. Er haßt mich, er stößt mich zurück, er verläßt mich.

ICH Wer sagt denn das?

DE LA CHAUX Er selber.

ICH Aber, aber, liebe Freundin! Ein wenig Mut, ein wenig Zuversicht. Er ist doch kein Barbar.

DE LA CHAUX Sie kennen ihn nicht. Sie werden ihn kennenlernen.

ICH Ich kann es nicht glauben.

DE LA CHAUX Fragen Sie ihn.

ICH Vielleicht liebt er eine andere?

DE LA CHAUX Nein.

ICH Haben Sie ihm irgendeinen Anlaß gegeben, Sie zu verdächtigen? Haben Sie sich gestritten?

DE LA CHAUX Nein, nein, nein!

ICH Was ist es dann?

DE LA CHAUX Er kann mich nicht mehr brauchen. Ich habe nichts mehr, keinen Sous. Ich bin für ihn wertlos geworden. Es ist sein Ehrgeiz. Ehrgeizig war er immer schon. Ich habe meine Gesundheit eingebüßt, meine Reize; ich habe gelitten, ich bin erschöpft. Es ist der Überdruß, der Widerwille.

ICH Man mag aufhören, einander zu lieben, aber man bleibt befreundet.

DE LA CHAUX Ich bin ihm unerträglich, ich falle ihm zur Last, mein Anblick beleidigt ihn. Wenn Sie wüßten, was er mir ins Gesicht gesagt hat! Ja, Monsieur, er hat mir wörtlich gesagt, er würde sich aus dem Fenster stürzen, wäre er dazu verurteilt, auch nur weitere vierundzwanzig Stunden mit mir zubringen zu müssen.

ICH Aber diese Abneigung kann doch nicht über Nacht gekommen sein.

DE LA CHAUX Was weiß ich? Er ist von Natur aus so abweisend, so gleichgültig, so kalt! Es ist schwer, einem solchen Menschen ins Herz zu blicken. Ich fürchte, mein eigenes Todesurteil darin zu lesen.

ICH Ich kann es nicht fassen.

DE LA CHAUX Ich habe eine Bitte an Sie. Deshalb bin ich hier.

ICH Ich werde alles tun, was in meiner Kraft steht.

DE LA CHAUX Vor Ihnen hat er Respekt, das weiß ich. Er wird sich schämen, vor Ihnen sein wahres Gesicht zu zeigen. Sie wissen, was er mir verdankt, und er weiß, daß Sie es wissen. Begleiten Sie mich zu ihm! Ich will mit ihm sprechen. Wer weiß, was mein Schmerz und Ihre Gegenwart über ihn vermögen. Wollen Sie das für mich tun?

ICH Sehr gern.

(Musik.)

*

ER Und Sie sind mit ihr zu Gardeil gegangen?

ICH Selbstverständlich.

ER Verlorene Mühe, mein Lieber! Ich bin sicher, der

Schmerz der Dame wird ihn ebensowenig gejuckt haben wie Ihre Gegenwart. Ja, der Überdruß, das ist eine üble Sache. Der Überdruß in der Liebe, der Überdruß an einer Frau...

ICH Ich ließ einen Wagen kommen, denn sie war nicht imstande, zu Fuß zu gehen. Wir kommen vor Gardeils Haus an, es ist der Neubau zur rechten Hand, wenn Sie von der Place Saint Michel in die Rue Sainte Hyacinthe einbiegen. Der Wagen hält, ich springe vom Bock und warte. Sie steigt nicht aus. Ich öffne den Schlag und sehe eine Frau, die am ganzen Körper zittert. Sie klappert mit den Zähnen, ihre Knie beben...

*

DE LA CHAUX Einen Augenblick, Monsieur. Verzeihen Sie mir! Sie müssen mir verzeihen, aber ich kann nicht. Was will ich dort? Ich habe Sie von Ihrer Arbeit abgehalten. Das tut mir leid, verzeihen Sie mir.

ICH Aber ich bitte Sie. Hier, nehmen Sie meinen Arm.

DE LA CHAUX Ich tue Ihnen leid. Warten Sie noch einen Augenblick. Ja, ich muß hineingehen. Ich muß ihn sehen. Wer weiß, vielleicht überlebe ich es nicht.

*

ER Ich wüßte gern, ob sie an ihrem Kleid gezupft, ob sie sich gepudert hat, ehe sie hinaufging.

ICH Das hat sie nicht getan. Wir überquerten den Hof, standen vor der Tür, traten in Gardeils Arbeitszimmer. Er saß wie immer hinter seinem Schreibtisch, im Schlafrock, bei einer Tasse Kaffee. Er begrüßte mich mit einer Handbewegung und schrieb den Satz zu Ende, den er begonnen hatte. Endlich stand er auf und kam auf mich zu.

*

GARDEIL Sie müssen zugeben, werter Freund, die

Frauen können einem wirklich auf die Nerven fallen. Ich bitte Sie tausendmal um Entschuldigung für die Überspanntheiten dieser Dame. Und was Sie betrifft, Mademoiselle, so begreife ich beim besten Willen nicht, was Sie noch von mir wollen. Unsere letzte Aussprache war doch deutlich genug. Ich habe Ihnen erklärt, daß ich Sie nicht mehr liebe. Ich habe es Ihnen unter vier Augen gesagt. Offenbar wünschen Sie, daß ich es vor diesem Herrn wiederhole. Nun gut, Mademoiselle: Zwischen uns ist alles aus. Die Liebe ist ein Gefühl, das in meinem Herzen erloschen ist; die Liebe für Sie, und, falls das ein Trost für Sie sein sollte, für jede andere Frau auch.

DE LA CHAUX Aber warum? Warum?

GARDEIL Das weiß ich nicht. Ich weiß nur, daß diese Leidenschaft verschwunden ist, und daß sie nie und nimmer zurückkehren wird. Ich beglückwünsche mich dazu, von dieser Krankheit ein für allemal geheilt zu sein.

DE LA CHAUX Habe ich Ihnen irgendeinen Grund gegeben, mich zu verlassen?

GARDEIL Sie waren die beständigste, die zärtlichste, die treueste Frau, die ein Mann sich nur wünschen kann.

DE LA CHAUX Meine Eltern haben mich verstoßen, enterbt und verfolgt, weil ich nicht von Ihnen lassen wollte.

GARDEIL Das ist wahr.

DE LA CHAUX Ich habe Ihnen mein Vermögen geopfert.

GARDEIL Das tut mir leid.

DE LA CHAUX Und meine Gesundheit.

GARDEIL Das mag sein.

DE LA CHAUX Meinen Namen, meine Ehre, meine Ruhe.

GARDEIL Alles, was Sie wollen.

DE LA CHAUX Und nun... Ich bin dir widerwärtig.

GARDEIL Es ist hart, so etwas zu sagen, und ebenso hart, es zu hören; aber da es nun einmal so ist, muß ich es zugeben.

DE LA CHAUX Ich bin ihm widerwärtig!

GARDEIL Ich fühle es, und ich bin wahrhaftig nicht stolz darauf.

ICH Aber Gardeil, Sie müssen ihr helfen. Sie stirbt! Man muß einen Arzt holen.

GARDEIL Mein lieber Freund, die Frauen sterben nicht an solchen Kleinigkeiten. Das bedeutet nichts, das geht vorbei.

ICH Aber sie ist ohnmächtig, sie liegt am Boden!

GARDEIL Sie kennen die Frauen nicht. Die machen mit ihrem Körper, was sie wollen.

ICH Sie stirbt, sage ich Ihnen!

GARDEIL Ach was. Schließlich ist es nicht das erste Mal, daß sie mir diesen Streich spielt. Jedesmal, wenn ihr etwas nicht gefällt, wenn sie etwas erreichen will, richtet sie es so ein, daß sie als das unschuldige Opfer dasteht, und ich als der Menschenfresser.

ICH Aber hören Sie, Gardeil...

GARDEIL Ich hätte Ihnen diese unerfreuliche Szene gern erspart, und ich hoffe, es wird die letzte dieser Art sein. Was zum Henker will dieses Geschöpf eigentlich? Ich habe sie geliebt, das ist wahr. Ich kann mir den Schädel einrennen, aber davon wird die Sache weder besser noch schlechter. Ich liebe sie nicht mehr. Entweder sie hat es jetzt kapiert, oder sie wird es nie begreifen. Damit ist alles gesagt.

ICH Ich bin nicht Ihrer Meinung. Sie können einer Frau nicht alles nehmen und sie dann im Stich lassen.

GARDEIL Was soll ich tun? Ich bin so bettelarm wie sie.

ICH Was Sie tun sollen? Sie haben sie ins Elend gebracht, teilen Sie dieses Elend mit ihr.

GARDEIL Sie haben gut reden. Was hätte sie davon? Sie wäre mit mir ebenso übel daran wie ohne mich. Aber mir ginge es dabei wesentlich schlechter.

ICH Würden Sie mit einem Freund, der Ihnen alles geopfert hat, ebenso umgehen?

GARDEIL Einen Freund? Habe ich denn einen? Ich glaube nicht an Freundschaft, und die Erfahrung, die ich mit ihr gemacht habe, lehrt mich, auch der Leidenschaft zu mißtrauen. Es reut mich nur, daß ich es nicht früher begriffen habe.

ICH Und sie soll für Ihren Irrtum büßen?

GARDEIL In einem Monat oder in ein paar Tagen kann mir das gleiche passieren.

ICH Das glaube ich nicht.

GARDEIL Was spricht dagegen?

ICH Alles, was sie für Sie getan hat.

GARDEIL Meine Güte! Dafür habe ich teuer genug bezahlt. Wenn ich nur an die Zeit denke, die sie mich gekostet hat!

ICH Und die Zeit, die sie verloren hat? Ist das nichts?

GARDEIL Aber ich bin dreißig Jahre alt, ich habe noch nichts geleistet, ich stelle nichts dar in der Welt! Jetzt oder nie muß ich an mich selber denken. Ich kann mir diese Kindereien nicht länger leisten.

DE LA CHAUX Was sagt er da?

GARDEIL Sehen Sie, Ihre zarte Besorgnis war umsonst.

ICH Sie kommt wieder zu sich.

DE LA CHAUX Was sagt er da von verlorener Zeit? Vier Sprachen habe ich gelernt, tausend Bände habe ich gelesen, um ihm zu helfen. Tag und Nacht habe ich kopiert, geschrieben, übersetzt! Meine Kräfte sind geschwunden, mein Augenlicht ist geschwächt, ich habe mir eine bösartige Krankheit zugezogen. Ja, er wagt nicht, es zuzugeben, aber Sie sollen es erfahren. Deshalb ist er meiner überdrüssig geworden. Sehen Sie hier, mein Herr, sehen Sie die Wundrose, die meinen Rücken entstellt. Das sind die Folgen meiner durchwachten Nächte, das ist es, wovor er sich ekelt!

ICH Aber ich bitte Sie, decken Sie Ihre Wunde zu. Was sagen die Ärzte dazu?

DE LA CHAUX Sie können nicht helfen; niemand kann mir helfen. Aber ich werde mich rächen, ich werde zu seinen Auftraggebern gehen und ihn entlarven. Das ist das mindeste, was ich tun kann. Ich werde ihn um die Früchte einer Arbeit bringen, die er mir verdankt.

ICH Und was versprechen Sie sich davon?

GARDEIL Man wird Sie nicht einmal empfangen.

DE LA CHAUX Er hat recht. Einer Frau, die allein ist, hört niemand zu.

ICH Lassen Sie ihm sein Unrecht. Das ist die einzige Rache, die Ihrer würdig ist.

DE LA CHAUX Er wird sein Unrecht nicht fühlen. Sehen Sie nicht, daß dieser Mensch nur an seinen Vorteil denkt? Gehen wir, Monsieur, gehen wir, solange es Zeit ist...

(Musik.)

*

ER Sie haben also nichts bei Ihrem Freund Gardeil erreicht.

ICH Warum bestehen Sie darauf, ihn meinen Freund zu nennen? Ich habe mit diesem Menschen nichts zu tun.

ER Das sagt man hinterher. Übrigens hätte ich Ihnen gleich sagen können, daß Ihre Mühe vergeblich sein würde.

ICH Gewiß, bei einem so hartgesottenen Egoisten wie Gardeil...

ER Sie machen es sich zu leicht, wenn Sie die ganze Schuld seinem Charakter anlasten.

ICH Wem sonst?

ER Es gehören zwei dazu, um eine solche Katastrophe herbeizuführen.

ICH Aber wer hätte sich großmütiger, selbstloser, rücksichtsvoller verhalten können als Mademoiselle de la Chaux? Sie werden doch nicht behaupten wollen, daß sie an ihrem Unglück selber schuld war?

ER Vielleicht waren es gerade die edlen Züge, die Gardeil zur Raserei getrieben haben.

ICH Das begreife ich nicht.

ER Sie hat ihm alles geopfert, war wie eine Heilige. Wenn ihm eben diese unerschöpfliche Güte auf die Nerven ging?

ICH Das ist doch nicht möglich!

ER Sie haben recht wenig Phantasie, mein Lieber. Versetzen Sie sich doch einmal in seine Lage. Die Welt, in der er lebte, war kalt; er hatte niemanden, der sich um ihn kümmerte. Wie angenehm für ihn, einer Frau zu begegnen, die Wärme in sein Leben brachte. Aber er hatte es mit einer Anbeterin zu tun, die weder Maß noch Ziel kannte. Wie, wenn ihm die glühenden Kohlen, die sie auf sein Haupt häufte, allmählich zu heiß wurden? Wenn er in den großen schwarzen Augen, die Ihnen so sanft, so strahlend vorkamen, eine Schuld sah, die mit jedem Tag zunahm, dergestalt, daß sein ganzes Leben nicht hinreichen würde, sie abzutragen?

ICH Um so unbegreiflicher kommt mir sein Undank vor.

ER Im Gegenteil. Mit der Dankbarkeit ist es eine eigene Sache. Je mehr sie uns zur Pflicht gemacht wird, desto schwerer fällt es uns, sie anzuerkennen. Deshalb ist die Welt voll von Leuten, die ihren Wohltätern aus dem Weg gehen, was sage ich, die einen geheimen Groll gegen sie hegen und die sie schließlich verabscheuen, ja hassen.

ICH Nichts könnte ungerechter und beklagenswerter sein als eine solche Haltung. Wollen Sie gar den armen Tanié für die Roheit der Madame Reymer haftbar machen? Soll Mademoiselle de la Chaux an der Untat schuld sein, die ihr zugefügt wurde? Das kann nicht Ihr Ernst sein.

ER Und doch hat sich Tanié, dieser Dummkopf, mit einer Art von Begeisterung, die mir verdächtig erscheint, den Launen dieser Kurtisane gefügt.

ICH Sie sollten vorsichtiger sein, wenn von einer Dame die Rede ist, der sie selbst einmal einen Tribut gezollt haben, den sie nicht verdiente.

ER Ich weiß, wovon ich spreche, und das unterscheidet mich von Ihnen. Und was Mademoiselle de la Chaux betrifft, so fürchte ich, daß sie ihrer eigenen Liebe nur dann sicher war, wenn sie litt. Sie bewundern diesen Zug an ihr, aber sie bewundern ihn gerade deshalb, weil er der moralischen Vernunft Hohn spricht, die Sie predigen. Sie behaupten, daß Sie nie in Mademoiselle de la Chaux verliebt gewesen seien, und ich glaube Ihnen.

ICH Sie tun gut daran.

ER Und ich will Ihnen sagen, warum. Ein Instinkt, der nichts mit Ihrer Vernunft zu tun hat, muß sie vor den großen schwarzen Augen Ihrer Heldin gewarnt haben. Ich beglückwünsche Sie zu dieser Zurückhaltung; denn nichts ist fataler als eine Leidenschaft, die es darauf abgesehen hat, zu leiden.

(Musik.)

ICH Ich brachte Mademoiselle de la Chaux nach Hause. Wir trafen dort ihren Arzt an, einen gewissen Doktor Camus. Er ist mein Zeuge; denn er war der einzige, der sie in der Zeit ihrer langen Krankheit getröstet und in ihrer Not gestützt hat. Er ist ihr auf den Dachboden gefolgt, wohin die Armut sie verbannte, und er wich ihr nicht von der Seite.

ER Ich möchte wetten, daß er seine Gründe dafür hatte.

ICH Die stärksten, die Sie sich denken können. Denn die Leidenschaft, die Mademoiselle de la Chaux in ihm erweckte, stand derjenigen in nichts nach, die sie für Gardeil empfand.

ER Aha. Ich habe mir etwas Ähnliches gedacht.

ICH Ich schilderte ihm die unglaubliche Szene, deren Zeuge ich soeben geworden war. Ich stellte ihm vor, wie hartherzig, wie kalt, wie ehrlos sich Gardeil benommen hatte...

ER Und er freute sich darüber.

ICH Er war außer sich vor Schmerz, vor Zorn, vor Entrüstung; und als er hörte, daß auf eine Versöhnung mit dem Ungeheuer, das die jahrelange Freundschaft einer zärtlichen Frau für nichts achtete, keine Aussicht war...

ER Da freute er sich noch mehr.

ICH Das ist allerdings wahr.

ER Sie sehen daran, daß der selbstlose Doktor nicht viel besser ist als der böse Gardeil.

ICH Aber er hat sie mit einer Sorgfalt gepflegt, die der vornehmsten Dame von Frankreich nicht zuteil geworden wäre. Sie wurde nämlich nach dem endgültigen Bruch mit Gardeil schwer krank. Dreimal, viermal am Tag kam der zartfühlende, taktvolle, treu ergebene Camus zu ihr, und solange sie in Lebensgefahr schwebte, übernachtete er sogar auf einem Feldbett in ihrem Zimmer. Um die Wahrheit zu sagen, glaube ich, daß die Krankheit oft ein Glück ist, wenn ein Mensch an schwerem Kummer leidet.

ER Der Körper verlangt dann seine Rechte; er ruft uns zu uns selbst zurück, und die Erinnerung an den anderen schwindet. Außerdem braucht man sich, wenn man krank ist, keinen Zwang anzutun; man darf sich den Stimmungen, den Depressionen hingeben. Der Kranke ist immer im Recht.

ICH Das mag schon sein, aber Mademoiselle de la Chaux folgte dieser Maxime nicht. Während ihrer Genesung fing sie bereits wieder an zu arbeiten, und allmählich gewann sie ein wenig von ihrer früheren Heiterkeit zurück. Manchmal lud uns der Doktor ein, und diese Diners waren durchaus nicht die traurigsten. Seitdem Gardeil von der Bildfläche verschwunden war, hatte die Leidenschaft, die Camus für sie empfand, nur noch zugenommen, und als wir eines Tages beim Nachtisch saßen, konnte er sich nicht länger beherrschen. Auch meine Anwesenheit konnte ihn nicht davon abhalten, ihr eine regelrechte Liebeserklärung zu machen, und ich muß zugeben, seine Offenheit, seine Naivität und die Tiefe seines Gefühls gefielen mir.

ER Und Sie haben nicht bemerkt, daß es die Furcht vor der Ablehnung war, die ihn dazu veranlaßte, Sie zum Zeugen einer Szene zu machen, die besser unter vier Augen geblieben wäre.

ICH Sie sind ein scharfsinniger, aber herzloser Zuhörer.

ER Oh, das ist nur meine Neugier. Was hat Mademoiselle de la Chaux ihrem Anbeter wohl erwidert? Gewiß war ihre Antwort weder scharfsinnig noch herzlos.

ICH Sie war so offenherzig, daß ich sie kaum zu wiederholen wage.

*

DE LA CHAUX Lieber Doktor, niemand könnte Sie höher achten als ich. Sie haben mich mit Güte überhäuft, und ich müßte so verkommen sein wie das Ungeheuer aus der Rue Sainte Hyacinthe, wenn ich Ihnen dafür nicht ewig dankbar wäre. Ihr Charakter, Ihr Wesen gefällt mir mehr, als ich sagen kann. Die Vorstellung, Sie zu verlieren oder Ihre Freundschaft entbehren zu müssen, wäre genug, um mich unglücklich zu machen. Wenn es so etwas gibt auf der Welt wie einen Ehrenmann, dann sind Sie es. Eine Frau könnte gar nicht besser aufgehoben sein als in Ihren Händen. Das sage ich mir jeden Tag aufs neue. Aber ich predige, und meine Ohren wollen nicht hören. Es nützt alles nichts! Ich weiß, was Sie leiden, und das schmerzt mich sehr. Alles würde ich für Sie tun, was in meiner Macht steht, um Sie glücklich zu machen, alles ohne Ausnahme. Glauben Sie mir, ich würde ... ja, lieber Doktor, ich würde so weit gehen, mich Ihnen hinzugeben. Ist es das, was Sie wollen? Sie brauchen es nur zu sagen. Das ist alles, was ich für Sie tun kann. Aber nein, Sie wollen geliebt werden, und das ... das kann ich nicht.

*

ICH Der Doktor hörte sie an, nahm ihre Hand, küßte sie, benetzte sie mit seinen Tränen, und ich, ich wußte nicht, ob ich lachen oder weinen sollte. Aber Mademoiselle de la Chaux kannte ihren Doktor. Am andern Tag, als ich sie wiedersah, fragte ich sie:

*

ICH Aber, meine liebe Freundin, wenn Camus Sie nun beim Wort genommen hätte?

DE LA CHAUX Dann hätte ich Wort gehalten. Aber das war doch ganz ausgeschlossen. Mein Anerbieten war nicht von der Art, daß ein Mann wie er darauf hätte eingehen können.

*

ER Warum eigentlich nicht? Wenn ich an der Stelle des Doktors gewesen wäre ...

ICH Sie hätten ... Sie wären ...

ER Auf der Stelle. Ich hätte den Augenblick genutzt, und die Erfüllung aller anderen Wünsche wäre später ganz von selbst gekommen.

ICH Ja, aber eben, weil Sie so denken, hätte Ihnen Mademoiselle de la Chaux einen solchen Vorschlag nie gemacht. *(Musik.)*

ER Und was geschah dann?

ICH Später zog sie weit hinaus in die Vorstadt. Ich habe sie aus den Augen verloren.

ER Das war nicht schön von Ihnen.

ICH Ich war in Holland, in Italien; ich hatte viel zu tun.

ER Und mich finden Sie herzlos? Fürchten Sie nicht, daß ich Ihnen Vorhaltungen mache. Ihr Versäumnis aber erscheint mir sehr natürlich. Das Unglück verbreitet ich weiß nicht welches Miasma, welche Atmosphäre, die die Menschen instinktiv zur Flucht veranlaßt, als fürchteten sie, sich anzustecken.

ICH Da ist er wieder, Ihr vermaledeiter Scharfsinn!

ER Es ist nur die Neugier. Wie ging es weiter?

ICH Vom weiteren Verlauf ihres Lebens weiß ich nur, daß es ein Gewebe von Kummer, Krankheit und Elend gewesen ist. Ihre Eltern ließen sich verleugnen. Vergebens suchte die Unglückliche die Priester auf, die sie so hartnäckig verfolgt hatten, und bat sie um Fürsprache. Nicht einen Finger haben die heiligen Männer für sie gerührt.

ER Das ist immer so.

ICH Der Doktor verließ sie nicht. Sie ist auf einer Strohschütte gestorben, in einer Dachkammer. Das kleine Scheusal aus der Rue Sainte Hyacinthe aber, der einzige Mensch, den sie je geliebt hat, brachte es als Arzt in Montpellier oder in Toulouse zu größtem Wohlstand. Er genießt den Ruf eines geschickten Mannes, den er verdient, und den eines ehrlichen Menschen, den er sich erschwindelt hat.

ER Kurz, es ging alles so, wie es immer geht. Für jeden anständigen, guten Tanié, den die Vorsehung in die Arme einer Madame Reymer führt, gibt es eine edle, liebenswürdige de la Chaux, die einem Gardeil anheimfällt, und so kommt die Welt wieder in Ordnung.

ICH Sie sind zynisch, mein lieber Zuhörer.

ER Und Sie sind vorschnell in Ihrem Urteil, wenn nicht sogar ein wenig selbstgerecht.

ICH Wie das?

ER Weil es vorschnell ist, einen Menschen auf Grund einer einzigen Handlung zu verurteilen; weil ein so strenges Kriterium die Zahl der anständigen Menschen derart verringert, daß es weniger Gerechte auf Erden gäbe als Auserwählte im Himmel; weil man unbeständig in der Liebe sein kann, ohne gleich ein Schuft zu werden; weil man einer Leidenschaft, wenn sie entbrennt, nicht befehlen kann zu erlöschen, und einer, die erlöscht, nicht gebieten kann, weiterzubrennen; weil es schon genug Leute in den Häusern und auf den Straßen gibt, die es verdienen, daß man sie Halsabschneider und Halunken nennt, ohne Verbrechen und seelische Mordtaten zu erfinden.

ICH Sie finden also nichts, was sich gegen Madame Reymer einwenden ließe und was Gardeil vorzuwerfen wäre?

ER Aber, aber, mein Bester! Sie versteigen sich zu sehr großen Worten. Haben Sie denn nie eine Frau grundlos verraten, betrogen oder verlassen?

ICH Wollte ich auf all diese Fragen antworten, lieber Zuhörer, so bliebe meine Antwort nicht ohne Widerrede, und aus einem wahren Hörspiel würde ein Streitgespräch, das bis zum Jüngsten Gericht andauern müßte, und in dem die tatsächlichen Begebenheiten, die ich Ihnen versprochen habe, nur allzubald den Ausflüchten, die wir an den Haaren herbeiziehen, den Beschuldigungen, die wir uns an den Kopf werfen, und den Verdächtigungen Platz machen würden, gegen die keiner von uns gefeit ist.

ER Nur zu! Ich fürchte Ihre Fragen nicht.

ICH Dann sagen Sie mir eines, lieber Zuhörer, der Sie so stolz auf Ihre Vorurteilslosigkeit sind, daß Sie sich ein Vergnügen daraus machen, die Betrüger und die Treulosen in Schutz zu nehmen: Hand aufs Herz, würden Sie den angesehenen Bürger von Toulouse, Herrn Doktor Gardeil, zum Freunde wählen? – Sie zögern? Sie schweigen? Damit ist alles gesagt. Und ich kann den Himmel nur bitten, jede Frau davor zu bewahren, Ihnen, lieber Zuhörer, zu gefallen.

(Musik.)

Madame de la Carlière
oder
Die Wankelmütigen

Eine Unterhaltung
im Nebel

Personen

ICH

SIE, eine Dame der Gesellschaft

MADAME DE LA CARLIÈRE

CHEVALIER DESROCHES

DIE ANDEREN

Musik

Motive von Erik Satie

Trois Gnossiennes (1888)

und *Croquis et agaceries d'un gros bonhomme en bois* (1913)

(Musik.)

SIE Wollen wir umkehren?

ICH So früh am Tag? Aber warum denn?

SIE Der Dunst steigt aus den Wiesen. Es wird sich zuziehen.

ICH Im Gegenteil. Der Himmel klart auf.

SIE Aber die Sonne ist bereits verschwunden. Ich habe nicht viel Lust, im Nebel herumzutappen.

ICH Der dichte Schleier, der Sie betrübt, wird von selbst verschwinden.

SIE Bei dieser Windstille?

ICH Schon oft habe ich diese Beobachtung gemacht. An warmen Sommertagen steigt der Dunst in die höheren Luftschichten auf. Aber dort bleibt er nicht. Das Wasser löst sich in den Luftmassen auf.

SIE Sie versprechen mir also bei unserer Rückkehr...

ICH Den klarsten Sternenhimmel, den Sie sich denken können.

SIE Ich nehme Sie beim Wort. Übrigens, was ich Sie fragen wollte: Sie kommen doch öfter hierher und kennen Gott und die Welt; wer ist eigentlich dieser ausgezehrte, mürrische Mann, der sich immer schweigend an die Tafel setzt, und den im Salon kein Mensch beachtet?

ICH Sie meinen den Chevalier Desroches.

SIE Was! Unser steinerner Gast soll derselbe Desroches sein, der damals...

ICH Derselbe.

SIE Ich weiß noch, damals, als sein Vater starb, das ist jetzt schon – warten Sie – wenigstens fünfzehn Jahre her; da ist er doch über Nacht in den Besitz eines ungeheuren Vermögens gekommen.

ICH Ja.

SIE Und hat es durch seine Liebschaften, seine Verschwendungssucht, seine Extravaganzen in kurzer Zeit durchgebracht.

ICH Was für Extravaganzen?

SIE Hat man ihn nicht zuerst mit Bäffchen, dann im Talar und schließlich in der Uniform eines Garderegiments gesehen? Wie ein Narr hat er sich aufgeführt.

ICH Ja, wie ein Narr.

SIE Meine Güte, wie er sich verändert hat! Ich hätte ihn nicht wiedererkannt.

ICH Kein Wunder. Die Launen des Schicksals und die Nachrede der Menschen haben ihm übel mitgespielt. Wissen Sie noch, wie er die Soutane mit der Richterrobe vertauscht hat? Die Familie schrie Zeter und Mordio, und was taten seine Bekannten? Sie kläfften mit, so laut es ging.

SIE Und dann erst, als er sein Richteramt wegen einer Bagatelle hinwarf und sich plötzlich in den Kopf setzte, Offizier zu werden – war das ein Spektakel!

ICH Dabei hat er nur bewiesen, daß er einen starken Charakter hat. Mehr braucht es nicht, damit einen die Leute für verrückt halten.

SIE Nun, ich muß zugeben, daß ich über Desroches geurteilt habe wie alle Welt.

ICH Das ist es ja! Einer redet es dem anderen nach, und so wird über Nacht ein geistreicher Kopf zum Trottel, ein ehrlicher Mann zum Halunken, einer, der Courage zeigt, zum Tollhäusler.

SIE Sie nehmen das Geschwätz der Leute zu ernst.

ICH Ich kann es nicht mehr ertragen. Ich möchte alle diese Besserwisser zum Teufel schicken.

SIE Das dürfte Ihnen kaum gelingen. Aber wie hat sich die Sache denn nun zugetragen?

ICH Hören Sie gut zu, und dann sagen Sie mir, ob sein Verhalten nicht über jeden Tadel erhaben war.

Desroches ist jung, begabt, vom Glück begünstigt. Mit vierundzwanzig bringt er es zu einem Sitz am Obersten Gerichtshof. Er wird in einem Berufungsverfahren gebeten, das entscheidende Gutachten zu erstellen. Auf seinen Rat hin wird der Angeklagte zum Tode verurteilt. Nun ist es in solchen Fällen üblich, daß sich alle Prozeßbeteiligten am Tag der Hinrichtung im Rathaus einfinden, um die letzten Worte des Unglücklichen anzuhören. Es war im Winter. Desroches und seine Kollegen saßen am Kaminfeuer, als der Mann hereingebracht wurde. Er lag ausgestreckt auf einer Tragbahre; man hatte ihn während der Verhöre gefoltert. Man setzt die Bahre ab, Desroches zu Füßen. »Sind Sie es, Monsieur, der mich verurteilt hat?« fragt er mit fester Stimme. »Dann hören Sie mich an! Ich bin schuldig, ich gebe es zu; aber Sie wissen nichts über meine Tat.« Und nun rollte der Mann das ganze Verfahren noch einmal auf und zeigte, daß die Beweise gegen ihn nichtig waren und das Urteil, das gegen ihn ergangen war, willkürlich und ungerecht.

Da erhebt sich Desroches, am ganzen Leibe zitternd, zerreißt seine Richterrobe und erklärt, nie wieder wolle er über das Leben eines seiner Mitmenschen ein Urteil fällen. Und diesen Mann nennt man einen Narren!

SIE Nun, als Außenstehender ahnt man von diesen Dingen nichts.

ICH Wenn man nichts davon ahnt, soll man darüber schweigen.

SIE Da dürfte man sich ja überhaupt keine Meinung mehr erlauben!

ICH Das wäre vielleicht das beste.

SIE Aber wie käme ich dazu, die Partei eines Menschen

zu ergreifen, den ich überhaupt nicht kenne, und zwar gegen ein Dutzend meiner besten Freunde, die nichts von ihm halten?

ICH Das ist es ja eben, daß diese guten Freunde immer über den Abwesenden, den Andern, den Unbekannten herfallen! Wenn jener Andere nur halb soviel Fürsprecher wie Ankläger fände, wollte ich nichts sagen. Aber lassen wir das, sonst werde ich selbst zum Prediger und verderbe Ihnen die Laune.

SIE Und was ist dann geworden?

ICH Irgendeinen Beruf mußte er ergreifen. Da hat er sich ein Hauptmannspatent verschafft...

SIE Und das Handwerk, seinesgleichen zu verurteilen, kurzerhand mit einem anderen vertauscht, das darin besteht, sie ohne rechtliches Gehör umzubringen.

ICH Ich begreife wirklich nicht, was daran zum Lachen sein soll.

SIE Was wollen Sie, mein lieber Herr Philosoph! Sie sind traurig, ich bin vergnügt.

ICH Wollen Sie nicht wenigstens hören, wie die Geschichte weitergeht, bevor Sie sich ein Urteil bilden?

SIE Nichts wäre mir lieber. Außerdem erzählen Sie gut, und ich liebe es, mir Geschichten anzuhören.

ICH Desroches macht die Kampagne in Flandern mit und zeichnet sich durch seinen Mut aus. Er entkommt den Gefahren des Krieges, zweihundert Flintenkugeln verfehlen ihn, der Krieg ist zu Ende. Zwölf oder fünfzehn Meilen von einem Landhaus entfernt, wo er sein Winterquartier aufschlagen wollte, scheut sein Pferd, und er bricht sich ein Bein.

SIE Oh, ich erinnere mich. Ganz Paris hat über diesen Unfall gelacht.

ICH Ein Mann mit einem zerschmetterten Bein – nichts könnte amüsanter sein.

SIE Es gibt eben Leute, über die man gewöhnt ist zu lachen, und die man nicht bedauert.

ICH Nur zu! Der Unfall geschah in einem kleinen abgelegenen Dorf, ohne Arzt, ohne einen anderen Zufluchtsort als das Pfarrhaus und das nahegelegene Schloß. Man trug ihn zum Herrensitz, dessen Besitzerin eine junge Witwe war, Madame de la Carlière.

SIE Wer hätte nicht von ihr reden hören! Eine rührende Geschichte. Vierzehn Jahre war sie alt, als man sie einem abgelebten, eifersüchtigen Greis zur Frau gab.

ICH In einem Alter, wo ein Mädchen nicht weiß, was das bedeutet; wo sie die Ehe eingeht, weil sie darauf brennt, sich zu schminken, schöne Kleider anzuziehen und einen Ring zu tragen wie ihre Mutter.

SIE Und das alles nur, weil ihre Eltern geldgierig waren und es nicht erwarten konnten ...

ICH Madame de la Carlière verhielt sich ihrem Ehemann gegenüber sehr zurückhaltend und sehr nachsichtig. Auch hat sie ihn nie betrogen.

SIE Weil er schon nach ein paar Jahren unter der Erde war, und weil Sie es sagen, will ich es ausnahmsweise glauben.

ICH Daran tun Sie gut. Den Chevalier Desroches pflegte sie, bis er wiederhergestellt war, mit der größten Aufmerksamkeit. Endlich ist Desroches genesen, er sitzt an der Seite von Madame de la Carlière in der Kutsche, die sie beide nach Paris führt, und er fühlt ...

SIE Ich kann mir lebhaft vorstellen, was er fühlte.

ICH Dankbarkeit.

SIE Weiter nichts als Dankbarkeit?

ICH Und eine noch zärtlichere Empfindung für seine schöne, reiche, anmutige Retterin.

SIE Das wundert mich nicht. Sie sah hinreißend aus.

Nie erschien sie im Theater, ohne Aufsehen zu erregen.

ICH Sie haben sie gekannt?

SIE Flüchtig.

ICH Dann werden Sie verstehen, daß der Chevalier sich, kaum in Paris angekommen, um ihre Hand bemühte.

SIE Und Madame de la Carlière?

ICH Ich glaube, er war ihr nicht gleichgültig. Dennoch zögerte sie.

SIE Warum?

ICH Sie hatte die Tyrannei noch nicht vergessen, die sie in ihrer ersten Ehe erdulden mußte; und was sie von ihren Bekannten hörte, ließ sie an der Beständigkeit des Chevaliers zweifeln.

*

DIE ANDEREN Desroches und heiraten! Das kann ja etwas Schönes werden. – Das ist doch der humpelnde Hauptmann ... – ... dem Madame de la Carlière auf die Beine geholfen hat. – Sie kennen ihn nicht, meine Liebe? – Aber natürlich kenne ich ihn. Welche Frau kennt ihn nicht? – Also hat er es auch bei Ihnen versucht? – Ich möchte nicht darüber sprechen. – Dieser Schürzenjäger! – Und den will Madame de la Carlière bekehren? Da darf man ja gespannt sein. – Haben Sie von dem Prozeß gehört, den sie führt? – Nein. – Doch, natürlich, gegen die Erben ihres Mannes. – Worum geht es denn? – Worum es gewöhnlich geht, um zwei Millionen. – Zwei Millionen? – Oder auch fünf. – Desroches soll sich ja sehr für sie eingesetzt haben. – Wundert Sie das? – Wieso? Er war doch früher selbst Richter und hat viele Freunde bei der Justiz. – Das ist immer gut. – Da fällt mir ein, was macht eigentlich Ihr Prozeß, lieber Vicomte? – Reden

wir nicht davon; diese Advokaten sind alle korrupt. – Man sagt, Madame de la Carlière habe sich dem Vorsitzenden sehr erkenntlich gezeigt. – Wie meinen Sie das? – Unter Einsatz ihrer ganzen Person. – Das ist ja köstlich! – Mir schien sie immer sehr reserviert. – Das lag vielleicht nur daran, daß Sie Pech hatten, mein Lieber. – Desroches ging jedenfalls bei den Richtern ein und aus. – Das kann ich mir vorstellen. – Aber wie! Immer mit dem Stelzfuß. Dabei war sein Bruch längst ausgeheilt. – Wie sonderbar. – Er sagte mir, mit einem Holzbein bewaffnet würden seine Fürbitten rührender wirken. – Das hat er selbst gesagt? – Ja. – Allerdings trug er es bald auf der rechten, bald auf der linken Seite. – Herrlich! – Ich finde hinkende Männer unwiderstehlich. – Ich bin sicher, Madame de la Carlière geht es ebenso. – Pfui! Ihr seid ja pervers! – Oh, ein bißchen pervers ist jeder von uns. – Wenn Sie dafür einstehen, lieber Marquis, dann muß man es Ihnen wohl glauben. – Ich glaube Ihnen kein Wort. – Geben Sie mir eine Chance, Madame, und ich werde Sie lieber heute als morgen überzeugen. – Ob ein steifes Bein allerdings auch die Richter entzücken wird, das ist eine andere Frage.
(Musik.)

*

SIE Und wie ist die Sache ausgegangen?

ICH Mit Hilfe ihres guten Rechtes hat Madame de la Carlière den Prozeß gewonnen.

SIE Und so wurde sie nicht nur in der Tat, sondern auch auf dem Papier Madame Desroches.

ICH Geduld! Nicht so eilig!

SIE Sie machte Schwierigkeiten?

ICH Sie war einverstanden, aber auf ihre Weise. Madame de la Carlière beschloß, ein Festessen im großen Kreis zu geben. Sie versammelte beide Familien und ihre besten Freunde um sich. Nach dem Diner stand sie auf, wandte sich an den Chevalier und hielt eine Rede.

SIE Mit der erhabenen Miene, die ihr eigen war.

ICH Und die ihr zu Gesicht stand wie keiner anderen.

*

MADAME DE LA CARLIÈRE Monsieur Desroches, hören Sie mich an! Heute sind wir beide noch frei, morgen sind wir es nicht mehr. Dann werde ich die Herrin über Ihr Glück oder Unglück sein, so wie Sie der Herr über das meinige. Ich habe mir wohl überlegt, was ich tue; ich bitte Sie, ebenso ernsthaft darüber nachzudenken. Ich kenne den Hang zur Unbeständigkeit, der Ihr Leben bis jetzt beherrscht hat. Wenn diese Neigung nicht aus Ihrem Herzen verschwunden ist, dann habe ich nur eine Bitte an Sie: Verbinden Sie sich nicht mit mir. Ich bin eitel, sehr eitel; und ich fühle, daß ich nicht dazu geschaffen bin, vernachlässigt zu werden. Ich verstehe mich nicht darauf, zu hassen; aber ich weiß zu verachten, und meine Verachtung könnte ich niemals überwinden. Erforschen Sie also Ihr Gewissen, und befragen Sie Ihr Herz, solange es noch Zeit ist!

Chevalier, ich bin bereit, Ihnen meine Person und meinen Besitz zu geben und meine Launen Ihnen zu unterwerfen. Aber dafür verlange ich, daß ich für Sie alles bedeute; mit weniger kann ich mich nicht zufriedengeben. Das ist mein Recht. Ich werde niemals auch nur ein Geringstes davon nachlassen. Äußern Sie sich nun, Chevalier! Sprechen Sie unumwunden! Entweder werde ich Ihre Frau, oder ich bleibe Ihre Freundin. Es ist keine grausame Wahl, vor die ich Sie stelle. Ja ich bitte Sie sogar: Weisen Sie mich zurück, wenn Sie meinen, der Preis, den ich fordere, sei zu hoch! Fürchten Sie nicht, mich zu verletzen. Im Gegenteil, ich werde Sie in die Arme schließen; und alle Schmeicheleien, die Sie in Ihrem Leben anderen Frauen vorgebetet haben, werden Ihnen keinen so aufrichtigen Kuß eingetragen haben wie den, mit dem ich Ihre Offenheit belohnen will.

*

SIE Donnerwetter! Das ist ja eine Rede, die einer großen Schauspielerin würdig wäre. Übrigens glaube ich, sie schon einmal gehört zu haben.

ICH Tatsächlich?

SIE Oder wenigstens eine höchst amüsante Parodie, wie man sie damals in den Pariser Salons zum besten gab.

ICH Sicherlich von den Lippen einer guten Freundin der Madame de la Carlière.

SIE Sie haben es erraten! Ich glaube, es war ihre Cousine, die kleine Comtesse. Das hätten Sie hören sollen! Sie war unvergleichlich. »Ich scheue keine Opfer! Ich bin treu, ich will es sein! Und ich will, daß auch Sie, mein Chevalier...«

ICH Sie lachen.

SIE Mein Gott, Sie müssen entschuldigen, aber ich sehe noch heute die kleine Comtesse vor mir, wie sie sich auf die Zehenspitzen stellt, und höre, wie sie die rollenden Phrasen ihrer Freundin vorbringt, mit einem Pathos, einer Inbrunst...

ICH Sie ist weit eher dazu geschaffen, solche Regungen nachzuäffen, als sie zu empfinden. Und was Sie betrifft...

SIE Sagen Sie mir alles.

ICH Sie sind ein Scheusal und ebenso verdorben wie dieser ganze Haufen, dessen Gegacker einen in den tiefsten Wald treiben könnte. Es hat keinen Sinn! Ich sage gar nichts mehr. Gehen wir nach Hause!

SIE Jetzt sind Sie mir böse. Das kommt davon.

ICH Wovon?

SIE Die Philosophie hat Sie von Ihren Mitmenschen entfernt.

ICH Das ist gewiß sehr schade. Doch bei Ihnen ist es umgekehrt.

SIE Umgekehrt?

ICH Die Menschen, mit denen Sie umgehen, lassen einen wahren Gedanken in Ihnen nicht mehr aufkommen.

SIE Und das ist ebenso schade. Nun gut, ich verspreche Ihnen, nicht wieder zu lachen.

ICH Und ich, ich glaube Ihnen kein Wort.

SIE Wenn Sie weiter so gut erzählen, werden Sie es erreichen, daß ich vor Rührung weine.

ICH Wie die Gesellschaft, die sich bei Madame de la Carlière versammelt hatte. Anfangs haben die Leute lächelnd zugehört, zuletzt brachen sie in Tränen aus. Desroches warf sich seiner Geliebten zu Füßen, verglich sie mit den Frauen, die er gekannt und die er verlassen hatte, und zog aus dieser Gegenüberstellung die sichersten Gründe gegen eine Leichtfertigkeit, von der er sich für alle Zukunft frei fühlte.

SIE Und Madame de la Carlière?

ICH Sie blickte ihn an, sie hörte ihm zu, sie suchte seine verborgensten Regungen zu erkunden – und legte alles zu ihren Gunsten aus.

SIE Warum nicht, wenn er nichts sagte, was er nicht dachte, und wenn er das, was er versprach, zu halten entschlossen war?

ICH Dann erhob sie sich noch einmal und verkündete ihren Beschluß.

MADAME DE LA CARLIÈRE Chevalier, ich will Ihnen glauben. Wollen Sie mit mir vor den Altar treten?

DESROCHES Ich will es.

MADAME DE LA CARLIÈRE Ach, ich verspreche mir nichts davon; denn vor dem Altar sind schon viele Meineide geschworen worden. Wir fürchten die Gegenwart Gottes weniger als das Urteil unserer Mitmenschen. Treten Sie deshalb näher, Monsieur Desroches! Hier ist meine Hand, reichen Sie mir die Ihrige. Schwören Sie mir ewige Liebe und Treue!
Alle, die hier versammelt sind, rufe ich zu Zeugen an. Wenn mein Mann mir jemals gerechte Gründe gibt, über ihn zu klagen, dann sollen Sie Gericht über ihn halten. An diesem Tag werde ich euch, meine und seine Freunde, zusammenrufen. Dann werdet ihr euch versammeln und diesen Mann einen undankbaren, heuchlerischen, gemeinen Verräter nennen. Von dem Augenblick an, da ich Sie verliere, Chevalier, sollen Sie keinen Freund mehr haben. Seid ihr einverstanden? Versprecht ihr mir, daß ihr ihm keine Hand mehr reichen werdet?

DIE ANDEREN Ja! So soll es sein! Wir sind Zeugen! Wir willigen ein! Wir schwören es.

*

ICH Inmitten dieses köstlichen Aufruhrs hielt der Chevalier Madame de la Carlière in seinen Armen und küßte sie auf Stirn, Augen und Wangen.

*

MADAME DE LA CARLIÈRE Aber, mein Chevalier! Sie sind sehr ungestüm.

DESROCHES Aber Madame, die Zeremonie ist beendet, ich bin Ihr Gatte, Sie sind meine Frau.

MADAME DE LA CARLIÈRE Oh, wir sind hier nicht im Urwald, mein Freund. Ohne eine kleine Formalität, die unseren Bund besiegelt, sollen Sie nicht davonkommen. In Ermangelung eines Besseren, hier, nehmen Sie mein Porträt, machen Sie damit, was Sie wollen. Ich hoffe, Sie haben daran gedacht, auch das Ihrige in Auftrag zu geben.

DESROCHES Hier ist es.

*

ICH Madame de la Carlière legte sich die Miniatur um den Hals, und für den Rest des Tages ließ sie sich Madame Desroches nennen.

SIE Ich bin gespannt, was aus diesem ewigen Bund geworden ist.

ICH Das wissen Sie nicht?

SIE Vergessen Sie nicht, daß ich damals Frankreich verließ und zwei Jahre fort war. Sie müssen mich ins Bild setzen.

ICH Das ist eine heikle Sache.

SIE Ich wette mit Ihnen, daß es mir nicht allzu schwer fallen würde zu erraten, was passiert ist.

ICH Ich befürchte, Sie würden diese Wette gewinnen.

*

DIE ANDEREN Haben Sie das Neueste gehört? Madame Desroches soll ein Kind erwarten. – Sie sagte mir neulich, sie wolle es selber stillen. – Natürlich, das ist ja die neueste Mode. – Wie unappetitlich! – Ganz im Gegenteil, ich finde es charmant. – Womöglich im Salon, vor den Gästen. – Meinetwegen gern. – Wenn das nur gutgeht! – Fürchten Sie für ihre Gesundheit? – Das weniger. – Wofür dann? – Glauben Sie denn, er habe sich gebessert, dieser Schürzenjäger? – Desroches ein Schürzenjäger? Ausgeschlossen. – Mir scheint sogar, man kann alles übertreiben, sogar die häusliche Eintracht. – Das sieht Ihnen ähnlich. – Wissen Sie, ich glaube, Madame de la Carlière hat nach zweitausend Jahren das Geheimnis entdeckt, wie man dem Fluch des Sakramentes entgehen kann. – Das wüßte ich auch gern. – Aber das liegt doch auf der Hand: Es sind die Pfaffen, die das Unglück ins Haus bringen. Ihr Segen hängt immer schief. – Abwarten, meine Liebe! – Da gibt es gar nichts abzuwarten. – Liebste Marschallin, Sie wissen mehr als wir alle. – Er hat sich da ganz schön aufs Glatteis begeben, Ihr Desroches. – Womit? – Womit wohl? Sie kennen doch Caroline. – Was Sie nicht sagen! Caroline? – Ihre Cousine hat es mir selbst erzählt. – Sie ist reizend, aber sie hat ihre Schwächen. – Die Comtesse? – Die auch, aber im Augenblick denke ich mehr an Caroline. – Oh, natürlich, sie ist ein Racker. – Aber der Chevalier hat sich nur an sie gewandt, um seinem Freund zu helfen. Sie wissen schon, wen ich meine. Le Clerc. Das Ministerium schuldet ihm ein Vermögen. – Was wollen Sie, mein Lieber, die Ministerien zahlen nie. – Wenn man nicht nachhilft. – Und die kleine Caroline hat eben einen gewissen Einfluß in gewissen Kreisen. – So kann man es auch nennen. – Sie war natürlich entzückt, einen Kavalier wiederzusehen, den sie zärtlich geliebt, aber ehrgeizigeren Plänen geopfert hatte. – Oh, sie ist sehr diensteifrig. – Und Desroches? – Er zögerte. – Er zögerte? Das ist in einer solchen Lage das Verkehrteste, was man tun kann. – Die Art, wie sich unsere kleine Caroline erklärte, soll recht unzweideutig gewesen sein. – Um so besser! – Eine alte Neigung kam hinzu, eine gewisse Schwäche. – Das ist doch kein Wunder! Ein Mann, der nicht sehr beschäftigt ist, und der seinem Freund einen Gefallen tun will ... – Man darf in solchen Dingen nicht kleinlich sein. – Nur wegen eines Vergnügens, das man ebenso rasch vergißt, wie man

es erlangt ... – ... und an dem Madame de la Carlière sicherlich wenig liegt. – Sie lebt ja so zurückgezogen. – Ich fand sie immer etwas kühl. – Ich glaube, Sie haben diese ganze Geschichte nur erfunden, um uns zu unterhalten, liebste Gräfin. – Wo denken Sie hin? – Wenn sie nur nicht so unvorsichtig wäre, die kleine Caroline. Diese Briefe ... – Briefe? – Der Chevalier als Schriftsteller? – Oh, er schreibt so hinreißend, daß weit standhaftere Frauen als unsere kleine Caroline darüber den Kopf verlieren würden. – Wie aufregend! Was schreibt er denn? – Meine Lippen sind versiegelt. – Sie spannen uns auf die Folter! – Wie oft habe ich meinen Freunden schon gesagt: Diese Manie, alles, aber auch alles in euren Briefen zu sagen, wird euch noch ins Verderben stürzen. Macht, was ihr wollt, aber bitte ohne Tinte und Papier. Doch diese verliebten Kindsköpfe denken nicht daran, auf mich zu hören. – Sehen wir uns heute in der Oper? – Vielleicht später. – Sie haben also etwas Besseres vor. Nein, leugnen Sie nicht! Ich sehe es Ihnen an. – Wo denken Sie hin, teuerste Freundin! – Gestehen Sie alles! Sie wissen doch, daß ich Ihnen nicht böse sein kann!
(Musik.)

*

ICH Es kam, wie es kommen mußte. Desroches verwahrte seine Briefe in einer jener kleinen eisenbeschlagenen Kassetten, wie sie damals Mode waren. Er schleppte sie sogar auf Reisen mit, gut verschlossen, in seinem Koffer oder vorne auf dem Kutschbock. Er fährt mit seiner Frau aufs Land, sie kehren nach Hause zurück. Beim Aussteigen gibt Desroches die Kassette einem Diener, der sie ins Haus trägt. Im Salon löst sich der Tragriemen, die Kassette fällt zu

Boden, der Deckel springt auf, und eine Flut von Briefen ergießt sich zu Füßen von Madame Desroches. Sie bückt sich, sie liest...

SIE Und macht dem Chevalier eine Szene, die an Theatralik nichts zu wünschen übrigläßt.

ICH Langsam! Sie unterschätzen die Ressourcen dieser Frau. – Sie überwindet sich. Sie schaudert, aber sie schweigt. Unter den Briefen wählt sie die vielsagendsten aus. Dann bringt sie die Kassette wieder in Ordnung und befiehlt dem Diener, sie in das Zimmer des Chevaliers zu tragen und über das, was vorgefallen ist, zu schweigen.

SIE Und Desroches hatte keine Ahnung, welches Gewitter sich über seinem Haupt zusammenbraute.

ICH Es fiel ihm auf, daß seine Frau zu Hause oder beim Spaziergang allein sein wollte; daß sie manchmal weinte; daß sie sich ihr Essen aufs Zimmer bringen ließ; daß sie sehr schweigsam war. Er sagte sich: Sie ist indisponiert, trüber Laune; es ist das Wetter, es sind die Vapeurs. Er hatte nicht bemerkt, daß ihm einige der bewußten Briefe abhanden gekommen waren. Und wenn es ihm schien, daß sie ihn mit einer gewissen Gleichgültigkeit ansah, ja vielleicht sogar leicht geringschätzig mit ihm umging, so schob er es, sorglos wie er war, auf die Unberechenbarkeit der weiblichen Natur.

SIE Mit einem Wort, er benahm sich wie ein Mann: grobfädig, stumpf, ungerecht und selbstsüchtig.

ICH Oh, Sie entdecken Ihr Mitgefühl mit Madame Desroches? Diese Sympathie kommt reichlich spät.

SIE Besser spät als nie.

ICH Eines Morgens trat sie vor ihren Mann hin in demselben Kleid, demselben Schmuck wie bei jenem Fest, an dem sie ihre Hochzeit gefeiert hatten. Sie erschien Desroches, der eben dabei war, seiner Freundin zu schreiben, und der verwirrt aufsah, groß und erhaben. Er zerknüllte, als wäre er zerstreut, das Blatt, an dem er geschrieben hatte, und warf es fort. Sie waren alle beide geschickt und darauf bedacht, sich zu verstellen, und so gelang es ihnen, die Fassung zu bewahren.

*

DESROCHES Wie schön du bist, meine Liebe. Was hast du im Sinn?

MADAME DE LA CARLIÈRE Ich habe für heute abend unsere Freunde, unsere Verwandten eingeladen, und ich darf mit Ihrer Gegenwart rechnen.

DESROCHES Aber gewiß. Wann soll ich erscheinen?

MADAME DE LA CARLIÈRE Wann Sie erscheinen sollen? Nun, wie immer, zur gewohnten Stunde.

DESROCHES Du trägst Handschuhe. Willst du ausgehen?

MADAME DE LA CARLIÈRE Wenn Sie es erlauben.

DESROCHES Und darf man erfahren, wohin Sie gehen?

MADAME DE LA CARLIÈRE Zu meiner Mutter.

DESROCHES Bestellen Sie ihr meine Grüße, und versichern Sie sie meiner ganzen Ergebenheit.

MADAME DE LA CARLIÈRE Ihrer Ergebenheit?

DESROCHES Ja, gewiß.

*

ICH Madame de la Carlière...

SIE Sie wollen sagen, Madame Desroches.

ICH Nein, es scheint mir nicht mehr ratsam, sie so zu nennen. Madame de la Carlière kehrte erst zurück, als man dabei war, sich zu Tisch zu begeben. Die Gäste waren bereits versammelt. Man wartete nur auf sie.

DIE ANDEREN Wie schön sie ist! – Ich möchte wissen, wo sie sich frisieren läßt. – Ich finde ihren Schmuck eine Spur überladen. – Aber nein, sie ist vollkommen. – Aber warum rührt sie sich nicht? Sie steht ja da wie eine Salzsäule. – Nehmen Sie meinen Arm, liebster Graf. – Ich hatte erst gestern das Vergnügen, Ihre Frau Mutter zu treffen. – Was ist denn mit unserer Gastgeberin los? Ich glaube gar, sie weint. – Da, sehen Sie nur! – Man gebe ihr ein Taschentuch. – Ach, sie war schon immer ein wenig bizarr. – Man sagt, sie schließe sich den ganzen Tag lang ein. – Die Arme ist ja ganz abgemagert. Was hat sie nur? – Das ist nicht schwer zu erraten, meine Liebe. – Sie wirkt, wie soll ich sagen, etwas vernachlässigt. – Das habe ich kommen sehen. – Der Chevalier schüttelt den Kopf. – Er will uns andeuten, daß sie ein wenig wirr im Kopf ist. – Endlich! Ich sterbe vor Hunger. – Was ist das? – Fasanenpastete. – Köstlich! – Madame hat keinen Bissen genommen. – Sie hat offenbar ihren würdevollen Tag. – Ich glaube, sie will eine Rede halten. – Um Himmels willen! – Ich fürchte, sie wird uns den Appetit verderben.

*

MADAME DE LA CARLIÈRE Meine Freunde! An dem Tag, da ich dem Chevalier Desroches mein Wort und er mir das seine gab, wart ihr alle hier. Ihr seid meine Zeugen. Ihr wißt, unter welchen Bedingungen ein jeder von uns dem anderen seine Hand reichte. Monsieur Desroches, sagen Sie mir: Habe ich mein Versprechen gehalten?

DESROCHES Sie waren gewissenhaft und treu.

MADAME DE LA CARLIÈRE Und Sie, Monsieur?

DESROCHES Ich, Madame?

MADAME DE LA CARLIÈRE Sie haben mich verraten.

DESROCHES Wie kommen Sie auf diesen Gedanken?

MADAME DE LA CARLIÈRE Sie haben mich betrogen.

DESROCHES Welcher Unwürdige hat versucht, Ihnen etwas Derartiges einzureden? Nennen Sie mir den Unglückseligen!

MADAME DE LA CARLIÈRE Ich bin die Unglückselige, und der Unwürdige sind Sie.

DESROCHES Madame... Liebste Frau.

MADAME DE LA CARLIÈRE Ich bin es nicht mehr.

DESROCHES Hören Sie mich an!

MADAME DE LA CARLIÈRE Die Heuchelei wird Sie nicht retten. Je mehr Sie sich verteidigen, desto tiefer werden Sie sich demütigen. Sie können sich Ihre Beteuerungen sparen. Hier, meine Damen und Herren, lesen Sie, und urteilen Sie selbst. Diese Briefe – die Handschrift dürfte Ihnen bekannt vorkommen, Monsieur Desroches... Was zögert ihr? Nehmt und lest, ich bitte euch. Ich werde keinem von euch erlauben, dieses Haus zu verlassen, bevor ihr nicht euer Urteil gefällt habt. Nun? Habe ich recht?

Monsieur, erheben Sie sich! Es wird Ihnen nichts nützen, daß Sie mir zu Füßen liegen. Sie sind ein schlechter Gatte. Ob Sie ein Ehrenmann sind oder nicht, das wird sich bald zeigen. Ich kann Sie weder lieben noch achten. Damit will ich sagen, daß wir beide nicht füreinander geschaffen sind. Sie werden mein Vermögen behalten. Ich verlange nur soviel, wie für meinen Unterhalt und den meines Kindes nötig ist. Meine Mutter weiß alles. In ihrem Haus ist eine Wohnung für mich bereit. Sie werden erlauben, daß ich mich sofort dorthin begebe. Ich wünsche keinen Skandal. Mein Kind werde ich mitnehmen. An der Seite meiner Mutter will ich die Stunde erwarten, da sie mir die Augen zudrückt, oder da ich die ihren schließe.

DESROCHES Meine Freunde, ihr dürft sie nicht gehen lassen! Haltet sie zurück! So haltet sie doch! Sie muß mich anhören, ich muß mit ihr sprechen!

*

DIE ANDEREN Nun, was sagen Sie dazu? – Ich finde, sie hat ganz recht. – Er hat eine ziemlich blasse Figur gemacht. – Er sah so verblüfft aus, der Gute, als hätte man ihm einen gestohlenen Löffel aus der Tasche gezogen. – Mir hat er leidgetan. – Aber du mußt doch zugeben, daß er sehr ungeschickt war. Wie kann man nur solche Briefe schreiben! – Vor allem aber, wie kann man sie aufbewahren! – Sie sollen ja sehr ins Detail gehen. – Mein lieber Freund, ich habe meinen Augen nicht getraut. – So etwas zeigt man nicht herum. – Alles in allem eine höchst unschickliche Szene. – Ich weiß nicht, ich fand das Ganze doch recht unterhaltend. – Die kleine Caroline hat es faustdick hinter den Ohren. – Ich habe sie immer für ein Luder gehalten. – Sie werden Ihre Gründe dafür haben, liebe Marquise. – Sagt, was ihr wollt, ich finde, sie hat sich höchst lächerlich benommen. – Die arme Caroline? – Nein, Madame Desroches. – Sie übertreiben! – Wenn hier jemand übertrieben hat, dann war sie es. – Sie ist eben eine stolze Frau. – Meinetwegen. Aber... – Sie war verletzt, sie wollte sich rächen. – Lassen Sie ihr ein paar Wochen Zeit, und sie wird gewiß wieder zur Besinnung kommen. – Mir ist die ganze Angelegenheit peinlich. – Mir auch. – Haben Sie die Kritik gelesen, die Diderot über den Gemälde-Salon verfaßt hat? Er ist immer so witzig. – Mir scheint, er nimmt den Mund zu voll. – Sagt, was ihr wollt, ich bewundere Madame de la Carlière. – Können wir nicht endlich von etwas anderem reden? Sie geht mir auf die Nerven, eure Carlière. – Man läßt sich von ihren hochtrabenden Reden ins Bockshorn jagen. – Sie hat ihren Auftritt gehabt, das dürfte genügen. – Man sollte über derartige Dinge die Achseln zucken und lachen. – Der Marquis hat recht. – Ich könnte mich ohrfeigen, daß ich hingegangen bin. – Ganz Paris macht sich lustig über uns. – Man nennt uns nur noch die Claque der Madame Desroches. – Sie hat uns als Statisten benutzt, das ist die Wahrheit. – Eine impertinente Person, die sich als die große Prüde aufspielt. – Unter uns gesagt, sie brauchte einen Arzt. – Eine Verrückte, die hinter Gitter gehört. – Du gehst zu weit. – Die Herzogin hat einen neuen Koch, von dem sie Wunderdinge erzählt. – Wir sehen uns doch am Donnerstag, meine Liebe? – Mit dem größten Vergnügen. – Meine Güte, wenn ich mich so anstellen wollte! – Wie wer? – Wie Madame Desroches. – Da müßten sich ja dreiviertel aller Frauen von ihren Männern trennen. – Dreiviertel? Wenn ich mich hier so umsehe, dann finde ich keinen einzigen, den man unbedingt treu nennen könnte – den deinigen natürlich ausgenommen. – Ich bin ganz und gar nicht mit Ihnen einverstanden. – Madame de la Carlière ist sehr liebenswürdig. – Und Sie sind sehr galant. – Sie hatte ihre Bedingungen gestellt. – Einverstanden. – Bedenken Sie ferner, daß der Chevalier ihr alles verdankt. – Schön und gut. Aber wenn sie daraus den Anspruch ableiten will, daß ihr Ehemann der einzige im ganzen Königreich sein soll, der nie eine andere Frau ansehen darf... Ich bitte Sie, das ist doch zum Lachen. – Übrigens, wenn er sie derart heiß und innig liebt, warum wendet sich dieser Desroches nicht an die Gerichte? Warum bringt er sie nicht zur Vernunft? – Da fällt mir ein, wie geht es Ihrem englischen Freund? – Sehr liebenswürdig, daß

Sie nach ihm fragen. Er erwartet täglich die Scheidung von seiner Frau. – Dann darf man bald gratulieren? – Wenn ich es mir bis dahin nicht anders überlegt habe. – Ich muß sagen, sie tut mir leid. Ich sah sie neulich auf der Rue St. Honoré. Sie wirkte förmlich verwelkt. – Wie ein Skelett sieht sie aus. – Offenbar versöhnt bei einer schönen Frau der Verlust ihrer Reize alle anderen Damen mit ihr! – Wie ungezogen Sie heute wieder sind! – Was diesen Desroches betrifft, mein Gott, wer war er denn schon, als sie ihn heiratete? Der jüngste Sohn einer bretonischen Familie, tiefste Provinz! – Die Erbschaft hat er in ein paar Monaten verspielt. – Alles, was er hatte, war sein Mantel und sein Degen. – Tja, alles in allem eine traurige Geschichte. – Aber warum kehrt sie nicht zu ihm zurück? – Warum? Weil sie eigensinnig ist. – Wißt ihr nichts Besseres, als über die Ehe nachzugrübeln? Ein langweiligeres Thema kann ich mir nicht vorstellen. Habe ich recht, mein Bester? – Wenn Sie es sagen, Madame. – Gehen wir! – Wohin? – Wohin Sie wollen, nur nicht nach Hause.

(Musik.)

*

ICH Von dem Tag an, da sie ihre Abrechnung gehalten hatte, nahm Madame de la Carlière ihren Witwennamen wieder an und duldete nicht, daß man sie Madame Desroches nannte. Lange Zeit wollte sie niemanden empfangen. Dem Chevalier war ihre Tür für immer verschlossen.

SIE Hat er nicht versucht, ihr zu schreiben?

ICH Sie verbrannte seine Briefe, ohne sie zu öffnen.

SIE Gab es denn keinen unter ihren Freunden, der sich für ihn verwendet hätte?

ICH Madame de la Carlière erklärte allen, die es versuchten, sie würde mit jedem brechen, der ein gutes Wort für Desroches einlege. Schließlich mischten sich auch die Beichtväter ein, um zu vermitteln. Sie wurden abgewiesen. Eine Zeitlang sprach ganz Paris von ihrer Standhaftigkeit.

SIE Von ihrem Eigensinn, ihrer Kälte, ihrer Rechthaberei.

ICH Wie Sie wollen. Die Herren am Spieltisch, die Damen beim Sticken – alle Welt vertrieb sich die Zeit damit, das Für und Wider des Falles zu erörtern, und alle Welt fühlte sich zu einem Urteil berufen. Nachdem man lange genug dem unbeugsamen Charakter Madame de la Carlières die Schuld gegeben hatte, wurde man dieser Erklärung überdrüssig, und die Waage neigte sich unmerklich zu ihren Gunsten. Indessen verfiel Desroches in einen beklagenswerten Zustand. Niemand wollte ihn sehen. Er zog sich aufs Land zurück. Immer noch hoffte er auf eine Regung des Erbarmens. Er war bereit, sich jeder denkbaren Bedingung zu unterwerfen. Der Gram hatte ihm zugesetzt; das vergebliche Warten auf ein Zeichen der Vergebung brachte ihn fast um den Verstand.

SIE Ich kann mir denken, daß Madame de la Carlière ganz damit beschäftigt war, ihre Rache auszukosten.

ICH Sie irren sich sehr. Sie war aufs äußerste geschwächt und so erschöpft, daß sie ihr Kind einer Amme überlassen mußte. Das Kind vertrug die Veränderung nicht; es wurde krank und starb.

SIE Ich habe es kommen sehen, daß diese Geschichte, die so amüsant begann, ein anrührendes Ende nimmt.

ICH Sie ist noch nicht zu Ende. Das Gerede der Leute nahm auf diese Wendung hin noch viel ärgere Formen an.

DIE ANDEREN Habt ihr das gehört? Nun hat Madame de la Carlière auch noch ihr Kind verloren. – Sie hat es weggegeben, sie ist selber schuld. – Was sagen Sie da? Sie sind ein Ungeheuer, Marquis. – Er hat ein Herz aus Stein. – Es käme nur auf die Marquise an, und ich wäre glücklich, Ihnen das Gegenteil zu beweisen. – Sie muß untröstlich sein. – Untröstlich? Ein paar Wochen lang. – Was versteht ihr davon? Das ist ein Kummer, der sich nicht in Worte fassen läßt. – Ich habe sie gesehen, es ist zum Erbarmen! Ich fürchte, sie wird es nicht überleben. – Und was sagt Desroches dazu? – Ach, meine Liebe, hören Sie mir auf mit den Männern. Das sind Bestien! Tiger sind das! – Wenn ihm diese Frau auch nur einen Gedanken wert wäre, würde er sie dann sitzenlassen in ihrem Unglück? – Aber er hat doch alles versucht, sie umzustimmen! – Ach was, er sitzt ganz behaglich auf seinem Landgut und kümmert sich um seine Rüben. – Was haben Sie gegen die Rübenzucht, mein Lieber? – Ich habe mehr für die Oper übrig. – Ich weiß; ist es nicht ein gewisser Sopran, an den Sie denken? Eine betörende Kehle, um deren Schmelz Sie jeder von uns beneiden wird. – Was das Landleben betrifft, ich blättere auch gern in den Beschreibungen, die Jean-Jacques davon gibt; aber das bedeutet noch lange nicht, daß man selber durch den Schlamm stiefeln müßte. – Ritterlich kann man ihn jedenfalls nicht nennen. – Wen? – Diesen Desroches. – Ich an seiner Stelle ... – Sie, liebster Graf, hätten natürlich jeden Widerstand besiegt. – Warum so ironisch? Ich wäre herbeigeeilt, ich hätte sie bestürmt, auf den Straßen, in den Kirchen, an ihrer Tür! – Bravo! – Nur an meiner Tür läuten Sie nie. – Wie? Erst am Sonntag habe ich die Ehre gehabt ... – Sie vernachlässigen mich! –

Und Sie, liebste Freundin, machen sich über mich lustig. – Im Gegenteil. Die Tür wird einem schon geöffnet, wenn man nur richtig will. Das haben Sie doch eben selbst behauptet, nicht wahr? Man muß auf der Schwelle ausharren, man muß dort schlafen, was sage ich: sterben! – Ich nehme Sie beim Wort. – Ich auch! – Ich auch! – Das freut mich, meine Herren. Sagen wir übermorgen, gegen sieben Uhr? Ich werde Sie nicht auf der Schwelle verschmachten lassen. Sie sind mir willkommen, natürlich in den Grenzen der Schicklichkeit. – Natürlich. – Um aber auf Madame de la Carlière zurückzukommen … – Muß das sein? – Wozu? Das Kind ist tot. – Wer weiß, ob es nicht ein Ungeheuer geworden wäre wie sein Vater? – Die Mutter stirbt dahin. – Jetzt übertreiben Sie aber, meine Liebe! – Sie stirbt dahin, sage ich, und was treibt ihr Ehemann unterdessen? – Schöne Frage! Was wird er wohl treiben? Untertags geht er mit seinen Hunden auf die Jagd, und die Nächte bringt er mit seinen Kumpanen durch.
(Musik.)

*

ICH Kurz und gut, je mehr die Leiden der Madame de la Carlière zunahmen, desto größer wurde der Betrug des Chevaliers, desto schwärzer sein Charakter. Obwohl er sich nichts mehr zuschulden kommen ließ, schien er von Tag zu Tag mehr Haß zu verdienen. Der Klatsch triumphierte. Das allgemeine Geschwätz nahm unfaßbare Formen an. Ich gebe Ihnen ein Beispiel. Als er sich vermählte, hatte Madame de la Carlière darauf bestanden, daß er den Dienst quittierte und sein Regiment dem jüngeren Bruder überließ.

SIE Hatte Desroches denn einen jüngeren Bruder?

ICH Er nicht, aber Madame de la Carlière.

SIE Nun?

ICH Nun, der junge Mann fällt bei seinem ersten Scharmützel, und schon schreit man von allen Seiten: Dieser Desroches hat das Unglück ins Haus gebracht! Man hätte glauben können, der Schuß, der den jungen Offizier tötete, sei von der Hand Desroches abgefeuert worden. Sie denken vielleicht, das sei alles? Keineswegs!

Die Mutter der Madame de la Carlière war sechsundsiebzig Jahre alt.

Ich kann mir vorstellen, daß der Schmerz über das Los ihrer Tochter und über den Tod ihres Enkelkindes und ihres Sohnes ihre Tage verkürzt hat. Aber schließlich war sie schon seit Jahren leidend und altersschwach. Glauben Sie, das hätte unsere Pharisäer gekümmert? Man vergaß, daß sie alt und gebrechlich war, und machte Desroches für ihren Tod verantwortlich. Das ist ein Schuft, hieß es überall; kein Wunder, daß Madame de la Carlière ihn nie wiedersehen will. Dieser Unmensch ist der Mörder ihrer Mutter, ihres Bruders, ihres Sohnes!

SIE Eine schöne Logik! Es fehlte nur, daß Madame de la Carlière selbst gestorben wäre, und sie hätten ihn als Mörder einer ganze Familie angeklagt.

ICH Sie starb, und man hat ihn verurteilt.

SIE Das ist absurd.

ICH Fragen Sie nur etliche von den Gästen, die Sie im Schlosse angetroffen haben, wenn Sie mir nicht glauben. Niemand spricht mit ihm, alle wenden ihm den Rücken zu; vorhin haben Sie mich nach dem Grund dieses auffallenden Benehmes gefragt; jetzt kennen Sie ihn.

SIE Das begreife, wer will. Dabei braucht man sich nur

vorzustellen, was geschähe, wenn wir nur noch Menschen empfingen, die moralisch über jeden Tadel erhaben sind. Unsere Salons wären von einem Tag auf den andern wie ausgestorben.

ICH All diese Gäste sind Verwandte oder Freunde der Verstorbenen. Es ist noch nicht lange her, daß man Madame de la Carlière begraben hat. Sie starb am Pfingstmontag, und wissen Sie, wo? In Saint-Eustache, inmitten einer großen Volksmenge, während der Messe.

SIE Das ist verrückt! Man stirbt im Bett. Wem ist es jemals eingefallen, in der Kirche zu sterben? Diese Frau hat sich offenbar in den Kopf gesetzt, bis zu ihrem letzten Atemzug bizarr zu sein.

ICH Ja, bizarr; das ist das richtige Wort. Sie läßt sich in einer Sänfte zum Gottesdienst bringen. Sie hört die Messe, ohne zu klagen, und ohne, daß man ihr etwas angemerkt hätte. Der Augenblick der Kommunion naht; man reicht ihr den Arm und führt sie zum Altar; der Priester legt ihr die Oblate auf die Zunge; sie neigt den Kopf, als wollte sie beten, und stirbt.

SIE So plötzlich!

ICH Und so bizarr, wie Sie es nennen.

SIE Ich vermute, sie hat mit ihrem Tod noch mehr Aufsehen erregt als mit ihrem Leben.

ICH Der Aufruhr war unbeschreiblich. Aber lassen wir das. Hören Sie, wie die Geschichte weitergeht.

SIE Nein! Lassen Sie mich raten. In den Augen der Welt wurde Madame de la Carlière noch hundertmal interessanter, ihr Mann, der Chevalier, noch hundertmal verabscheuungswürdiger als zuvor.

ICH Das versteht sich.

SIE Und damit hat die Sache ihr Bewenden.

ICH Nein.

SIE Nein?

ICH Der Zufall wollte es, daß Desroches eben in jenem Augenblick vorbeikam, als seine Frau tot aus der Kirche getragen wurde.

SIE Wie geschmacklos von ihm!

ICH Er nähert sich, erkennt seine Frau, stößt einen Schrei aus. Man fragt, wer der Mann sei. Aus der Menge ruft jemand – und zwar war es der Pfarrer der Gemeinde: Das ist der Mörder dieser Frau! Desroches ringt die Hände, rauft sich die Haare und erwidert: Ja, es ist wahr, ich bin es. Die Leute rotten sich zusammen, überhäufen ihn mit Vorwürfen, lesen Steine von der Straße auf; und um ein Haar wäre er gelyncht worden, wenn ihn nicht ein paar beherzte Männer vor der Wut des Pöbels gerettet hätten.

SIE Man begreift nicht, wie so etwas geschehen kann.

ICH Da sehen Sie, wie es mit dem öffentlichen Urteil über unsere privatesten Handlungen bestellt ist! Schuld daran ist nicht etwa der unwissende Haufen, der Steine sammelt, um sie dem unglücklichen Desroches an den Kopf zu werfen, sondern die Blüte der Gesellschaft; jawohl, eben jene Leute, mit denen wir uns täglich unterhalten.

SIE Kein Urteil könnte wankelmütiger und leichtfertiger sein als das ihrige.

ICH Es freut mich, daß Sie darüber denken wie ich.

SIE Ich schließe mich selbst nicht aus. Schließlich und endlich, was hat sich der Chevalier eigentlich zuschulden kommen lassen? Einen Fehler, der kaum schwerer wiegt als eine Laune; ein kleines Abenteuer, dem ich mich womöglich ohne zu zögern in die Arme geworfen hätte …

ICH Sie sind sehr nachsichtig mit ihm, und mit sich selbst.

SIE Und das hat seinen Freunden genügt, um ein Monster aus ihm zu machen.

ICH Weil sie im Guten wie im Bösen bald alberne Lobhudler sind, bald eingebildete Sittenrichter, und weil es ihnen nicht darauf ankommt, die eine Haltung über Nacht gegen die andere einzutauschen wie ein schmutziges Hemd. – Sie sind ja ganz nachdenklich geworden. Habe ich Sie am Ende zur Philosophie bekehrt?

SIE Das nicht. Ich stelle mir nur vor, was aus Madame de la Carlière geworden wäre, wenn sie sich an die Spielregeln gehalten hätte.

ICH Das ist unmöglich, denn sie war keine gewöhnliche Frau.

SIE Ein wenig mehr Phantasie, mein Freund, wenn ich bitten darf! Sie findet die Briefe, sie ist ungehalten, sie schmollt. Nach ein paar Tagen führt ihre üble Laune zum Streit, die Aussprache führt zu Tränen und das Kopfkissen zur Versöhnung. Nicht wahr, das ist das Übliche? Desroches läßt es an Entschuldigungen, Beteuerungen und Treueschwüren nicht fehlen. Ein paar Wochen, und er läßt sich, leichtfertig, wie er ist, zu einem zweiten Fehltritt hinreißen. Erneute Entdeckung, erneuter Zwist, erneute Versöhnung. Alles wiederholt sich: die Schwüre und die Art, wie sie gebrochen werden: nur das Kopfkissen bleibt das alte, dreißig Jahre lang. Das ist das Übliche. Immerhin, Desroches ist gut erzogen, er bemüht sich, durch vermehrte Aufmerksamkeiten, durch Rücksicht und Zartgefühl eine Kränkung wiedergutzumachen, die ihm letzten Endes ziemlich belanglos scheint.

ICH Das ist durchaus nicht das Übliche.

SIE Und was folgt daraus? Keine Trennung, kein Skandal; die beiden leben miteinander, wie wir alle miteinander leben. Die Schwiegermutter wäre gestorben, die Mutter, der Bruder, das Kind, und niemand hätte ein böses Wort darüber verloren.

ICH Im Gegenteil, man hätte in Desroches einen Menschen bedauert, den das Schicksal verfolgt und das Unheil zu Boden drückt.

SIE Sie geben mir recht?

ICH Ja. Übrigens werden Sie früher oder später diese Ansicht von der Sache in allen Pariser Salons zu hören bekommen.

SIE Das glaube ich kaum. Dieselben Leute, die Desroches für einen Unmenschen, für eine Bestie ausgeben, sollten plötzlich ihr Mitgefühl für ihn entdecken?

ICH Dieselben.

SIE Und warum?

ICH Erstens, weil die Abwesenden in der Gesellschaft immer unrecht haben, und niemand ist abwesender als ein Toter. Zweitens, weil sich das allgemeine Geschwätz langweilt, wenn es seine eigene Stimme vernimmt; die Sehnsucht nach Abwechslung besiegt alles, sogar die Ungerechtigkeit.

SIE Sie meinen also, der Augenblick wird kommen, da der Fall so gesehen wird, wie er sich zugetragen hat?

ICH Vielleicht.

SIE Dann wird man Madame de la Carlière beschuldigen, Desroches aber freisprechen?

ICH Ein paar Monate noch oder ein paar Jahre; wir werden es erleben.

*

DIE ANDEREN Stellen Sie sich vor, er hat sie einfach auf die Straße gesetzt! – Wer? – François natürlich, ihr Mann. Ohne einen Sous. – Nur wegen dieser albernen Affäre mit dem Abbé. – Das ist ja unglaublich! –

Er spricht in einem derart salbungsvollen Ton davon, daß man versucht ist zu glauben, er halte sich für einen Heiligen. – Wahrscheinlich hat sie ihm eben aus diesem Grunde einen Streich gespielt. – Der Weihrauch, den er sich selber spendet, ist kein Ersatz für die Zärtlichkeit, die er vermissen läßt. – Oh, ich glaube kaum, daß sein Verzicht freiwillig ist. – Er rächt sich an der Baronin, weil sie mit der Lebenskraft, die ihm fehlt, über die Maßen gesegnet ist. – Wo haben Sie nur diesen herrlichen Champagner her, verehrte Freundin? – Nach jedem meiner Geheimnisse dürfen Sie mich fragen, nach diesem nicht. – Und was macht die Arme nun? – Sie ist zu ihren Eltern in die Provence gezogen. – Eine solche Tochter zu hüten ist keine Kleinigkeit. – Aber Sie müssen zugeben, daß es nichts Ärgeres gibt als einen Mann, der sich für eine Betschwester hält. – Es sei denn eine Betschwester, die sich für einen Mann hält. – Wie die selige Madame de la Carlière. – Der Name kommt mir bekannt vor. – Das war doch diese unerträgliche Tragödin, die den armen Desroches auf dem Gewissen hat. – Welchen Desroches? – Ach, Sie kennen ihn nicht? Er sitzt immer an der Wand und starrt vor sich hin. Manchmal bewegt er die Lippen, aber er bringt keinen Ton hervor. Die Tugend seiner Frau hat ihn zugrunde gerichtet. – Es gibt eben Menschen, denen die Erhabenheit ihrer Grundsätze lieber ist als die zärtlichste Umarmung. – Und vor solchen Menschen muß man sich hüten. Nicht wahr, liebste Gräfin? – In dieser Hinsicht können Sie bei mir ganz unbesorgt sein. – Darf ich Sie um Ihren Arm bitten? – Wenn das alles ist, was ich Ihnen bieten kann.

(Musik.)

SIE Und was schließen Sie aus alledem, Herr Philosoph?

ICH Daß man dem, was alle Welt sagt, nie glauben und daß man dem allgemeinen Geschwätz mit der Verachtung begegnen soll, die ihm gebührt.

SIE Einverstanden. Und dennoch …

ICH Sprechen Sie ruhig aus, was Sie denken.

SIE Wenn Sie eine zwanzigjährige Tochter hätten, würden Sie zulassen, daß sie einen Mann wie Desroches heiratet?

ICH Warum nicht?

SIE Sie hätten keine Bedenken?

ICH Nein. Der Zufall hat Desroches einer Versuchung ausgesetzt, von der niemand behaupten kann, Sie nicht, ich nicht, und nicht einmal der heilige Antonius, daß er ihr jederzeit widerstanden hätte. Alle möglichen Umstände haben seinen Fehler begünstigt und seine Entschuldigung vorbereitet: der Dienst, den er einem Freunde schuldig war, eine alte Anhänglichkeit, die lange Unpäßlichkeit seiner Frau. Da sein Lebenswandel seitdem untadelig gewesen ist, und da ich, ohne der Treue meine Achtung zu versagen, die Frauen nicht sonderlich schätze, die dieser Tugend allzuviel Bedeutung beimessen, sehe ich nicht, was ich gegen den Chevalier vorzubringen hätte.

SIE Sie sind folgerichtig, das muß man Ihnen lassen.

ICH Außerdem mache ich mir meine eigenen Gedanken – vielleicht sind sie richtig, auf jeden Fall aber sind sie bizarr – über gewisse Handlungen, von denen wir nicht lassen wollen. Was nützt es, sie lasterhaft zu nennen, wenn sie in Wirklichkeit nichts weiter sind als die Folgen der unsinnigen Gesetze, die wir verhängen, an die uns zu halten wir aber außerstande sind? Regeln, die der Natur widersprechen, führen zu einer Verderbtheit, die ebenso künstlich ist wie ihre Ursache.

SIE Das müssen Sie mir schon näher erklären.

ICH Vielleicht ein andermal. Es ist Zeit, daß wir der Gesellschaft jenes kleine Opfer bringen, das wir ihr trotz allem schuldig sind. Sehen Sie! Das ganze Haus ist erleuchtet. Ich höre schon die Spieler rufen: Wo bleiben unsere beiden Freunde? Ich möchte nicht Gefahr laufen, auch Sie, liebe Freundin, zuletzt noch einem Geschwätz auszuliefern, das niemanden verschont.

SIE Nicht einmal uns?

ICH Nicht einmal uns, die wir es nur auf einen Spaziergang abgesehen haben.

SIE Und auf eine Unterhaltung im Nebel.

ICH Oh, der Nebel hat sich gelichtet. Sehen Sie nur!

SIE Was Sie mir prophezeit haben, ist eingetroffen. Die Nacht zieht herauf mit einem Heer von Sternen.

(Musik.)

Jakob und sein Herr

Ein Radio-Roman

Personen

ERZÄHLER
HÖRER
JAKOB
HERR
BAUER
BÄUERIN
WUNDARZT
ZWEITER WUNDARZT
DRITTER WUNDARZT
ÄSOPS HERR
ÄSOP
WÄCHTER
KELLNER
AUBERTOT
LE PELLETIER
HAUPTMANN
FREUND DES HAUPTMANNS
WIRT
JEANNE

WIRTIN
BEDIENTER
GEVATTER
MARQUIS DES ARCIS
FRAU VON POMMERAYE
MME D'AIGNON
MLLE D'AIGNON
VATER BIGRE
SOHN BIGRE
JUSTINE
SUSANNE
MARGARETE
DENISE
JEANNE
KRÄMER
POLIZEILEUTNANT
JAVOTTE
DESGLANDS
VORLESER

HÖRER Wie waren die beiden zueinander gekommen?

ERZÄHLER Von ungefähr, durch Zufall – wie denn sonst.

HÖRER Wo kamen sie her?

ERZÄHLER Aus dem nächstbesten Dorf an ihrem Weg.

HÖRER Wo gingen sie hin?

ERZÄHLER Weiß man je, wohin man geht?

HÖRER Wie hießen die beiden?

ERZÄHLER Sie hießen Jakob und sein Herr.

HÖRER Was sprachen die beiden miteinander?

ERZÄHLER Der Herr kein Wort; Jakob hingegen:

*

JAKOB Mein Hauptmann, Gott hab ihn selig, hat immer gesagt: Alles, was uns an Gutem oder Bösen auf Erden begegnet, steht dort oben geschrieben.

HERR Das ist ein großes Wort.

JAKOB Und er pflegte hinzuzusetzen: Jede Kugel, die abgeschossen wird, hat ihre Adresse.

HERR Dein Hauptmann hatte recht.

(Pause.)

JAKOB Der Teufel soll ihn holen.

HERR Wen? Den Hauptmann?

JAKOB Ach, woher denn! Den Weinschenken.

HERR Welchen Weinschenken? Und warum wünschst du deinen Nächsten zum Teufel? Jakob, Jakob, das ist nicht christlich.

JAKOB Sein Wein ist so miserabel, daß mir ganz sonderbar davon zumut wird; er steigt mir zu Kopf; ich vergesse, unsere Pferde zur Tränke zu führen; mein Vater merkt's und gerät in Zorn. Ich werde bockig; er holt seinen Stecken hervor und will mich prügeln. – Und stellen Sie sich vor, eben in diesem Augenblick zog ein Regiment vorbei, um ins Feldlager zu marschieren. Aus lauter Ärger lasse ich mich anwerben.

Wir beziehen unsere Stellung; die Schlacht nimmt ihren Lauf...

HERR Und die Kugel, die für dich bestimmt war, findet ihre Adresse?

JAKOB Sie haben es erraten, Herr! Sie trifft mich ins Knie; und es ist gar nicht zu sagen, was dieser Schuß alles nach sich zog an guten und bösen Ereignissen. Sie greifen ineinander wie die Glieder einer Kette. Ohne diesen Schuß wäre ich wohl nie in meinem Leben verliebt oder lahm geworden.

HERR Ah! Du hast dich also verliebt?

JAKOB Und ob!

HERR Eines Schusses wegen?

JAKOB Eines Schusses wegen.

HERR Du hast mir nie eine Silbe davon gesagt.

JAKOB Das will ich glauben.

HERR Und warum nicht?

JAKOB So stand es dort oben geschrieben.

HERR Und jetzt? Ist der Augenblick vielleicht gekommen, wo ich deine Liebesgeschichte erfahren kann?

JAKOB Wer wollte das wissen?

HERR Auf gut Glück, fang nur immer damit an.

*

ERZÄHLER Und Jakob begann mit der Erzählung seiner Liebesabenteuer. Es war an einem Nachmittag im Herbst, die Luft war schwül. Der Herr schlief ein. Die Nacht überraschte sie auf freiem Feld: sie waren vom Wege abgekommen. Der Herr geriet in Zorn und fiel mit der Karbatsche über seinen Diener her. Jakob aber sagte sich bei jedem Schlag: Auch der stand offenbar dort oben geschrieben.

*

ERZÄHLER Lieber Hörer, du merkst es schon: ich bin auf dem besten Wege, und es hinge nur von mir ab,

dich ein Jahr, zwei Jahre, drei Jahre auf Jakobs Liebeshändel warten zu lassen. Ich brauchte ihn nur von seinem Herrn zu trennen und jeden von den beiden in so viele Abenteuer zu verwickeln, wie mir beliebte. Den Herrn könnte ich verheiraten und zum betrogenen Ehemann machen, Jakob ließe ich derweilen nach Westindien deportieren, den Herrn schickte ich ihm hinterher, und dann könnte ich sie auf ein und demselben Schiff nach Frankreich zurückkehren lassen. Wer wäre imstande, mich daran zu hindern? Es ist ja so leicht, Geschichten zu erfinden. Doch diesmal sollen die beiden mit einer elenden Nacht davonkommen, und du, treuer, geduldiger Zuhörer, mit diesem kleinen Aufschub.
(Musik.)

*

ERZÄHLER Mit Tagesgrauen waren sie wieder auf ihren Gäulen und setzten ihren Weg fort.

HÖRER Und wo ging ihr Weg hin?

ERZÄHLER Bester Zuhörer, du tust mir diese Frage schon zum zweiten Mal, und zum zweiten Mal muß ich dir antworten: Was kümmert das dich? Lasse ich mich erst einmal auf Ziel und Zweck ihrer Reise ein, dann gute Nacht, Jakobs Liebesgeschichte! Also... Stillschweigend ritten sie einige Zeit.

*

HERR Nun, Jakob, wo sind wir stehengeblieben?

JAKOB Da, wo Sie eingeschlafen sind, bevor wir vom Weg abkamen, bevor Sie zornig wurden und über mich herfielen.

HERR Meinetwegen. Ich gebe zu, daß ich verdrossen war.

JAKOB Ich auch.

HERR Also weiter im Text.

JAKOB Die Schlacht nimmt ihren Lauf, das feindliche Heer flieht, es läuft, wer laufen kann, die Sieger hinterdrein, und jeder denkt nur an sich. Aber ich blieb auf dem Schlachtfeld liegen, begraben unter einer gewaltigen Menge von Toten und Verwundeten. Erst am Tag darauf lud man mich auf einen Karren, um mich ins Lazarett zu bringen. – Ach, Herr, ich glaube, es gibt keine schlimmere Verwundung als am Knie!

HERR Geh, Jakob! Du machst Spaß.

JAKOB Beim Henker, Herr, das ist kein Spaß! Es gibt da, wo das Knie ist, ich weiß nicht wie viele Knochen und Sehnen und andere Sachen ...

WUNDARZT Ihr Diener hat vollkommen recht.

*

ERZÄHLER Dies sagte ein Mann, der mit einem Mädchen hinter sich auf dem Sattel unsern Reisenden nachritt und ihnen zugehört hatte; aber seine Rede wurde von Jakob und seinem Herrn sehr übel aufgenommen.

*

JAKOB Was geht Sie mein Knie an?

HERR Was fällt Ihnen ein, sich in unsere Geschichte einzumischen? Was verstehen Sie davon?

WUNDARZT Recht viel; denn ich bin Wundarzt von Beruf, Ihnen zu dienen; und ich werde Ihnen sogleich beweisen ...

MÄDCHEN Herr Doktor, setzen wir lieber unseren Weg fort, und lassen wir diese beiden Herren in Frieden. Sie scheinen es nicht gerne zu sehen, daß man ihnen etwas beweist.

WUNDARZT Nein und nochmals nein! Ich will ihnen beweisen, und ich werde ihnen beweisen, daß das Knie ...

ERZÄHLER Und indem er sich umdrehte, um zu beweisen, was zu beweisen war, stieß er seine Gefährtin an, so daß sie das Gleichgewicht verlor, vom Gaul fiel und mit dem einen Fuß am Steigbügel hängen blieb. Die Röcke schlugen ihr über dem Kopf zusammen. Jakob, nicht faul, hob sie auf und gab ihren Röcken die vorige Lage wieder.

*

HERR Das, Herr Chirurg, kommt beim Beweisen heraus.

WUNDARZT Das, mein Herr, kommt heraus, wenn man sich nichts beweisen lassen will.

JAKOB Streiten Sie sich nicht, trösten Sie lieber dieses gefallene und wieder aufgehobene Frauenzimmer. Es ist weder deine Schuld, Mädchen, noch die Schuld des Herrn Doktor, noch meine, noch die meines Herrn, sondern es stand dort oben geschrieben, daß der Herr Doktor sich in meine Liebesgeschichte einmischen, daß du dabei eine Beule am Kopf davongetragen und daß man deinen bloßen Hintern sehen sollte.

*

ERZÄHLER Ach, was könnte unter meinen Händen aus diesem Abenteuer nicht alles werden, wenn ich deine Geduld, geneigter Zuhörer, auf die Folter spannen wollte! Tausend Raufhändel und Liebschaften würde ich anhäufen; denn schließlich war diese Bäuerin unter ihrer Wäsche schön. Jakob und sein Herr hatten das wohl bemerkt, und nicht immer lauert man der Liebe eine so verführerische Gelegenheit ab. Warum sollte Jakob sich nicht zum zweiten Mal verlieben? Warum sollte er nicht zum zweiten Mal seinen Herrn ausstechen?

HÖRER War ihm das denn schon einmal begegnet?

ERZÄHLER Immer diese Fragen! Du willst also nicht, daß Jakob in der Erzählung seiner Liebschaft fortfahren soll? Ein für allemal! Erkläre dich! Macht sie dir Vergnügen oder nicht? Wenn ja, so wollen wir das Frauenzimmer wieder auf das Pferd des Wundarztes setzen, beide ihres Weges ziehen lassen und zu unsern Reisenden zurückkehren.
(Musik)

ERZÄHLER Jakob nahm wieder das Wort.

*

JAKOB Das ist der Lauf der Welt! Sie, der Sie in Ihrem Leben noch nie verwundet worden sind und gar nicht wissen, was ein Schuß ins Knie heißen will – Sie wollen mir gegenüber, dem das Knie zerschmettert worden ist und der nun schon seit zwanzig Jahren hinkt, behaupten ...

HERR Meinetwegen! Du magst recht haben. Überhaupt könntest du längst dein Lazarett erreicht haben, geheilt worden und in deine Liebesgeschichte verwikkelt sein, wenn dieser unverschämte Schwätzer von einem Wundarzt uns nicht dazwischengekommen wäre.

JAKOB Sie mögen sagen, was Sie wollen: der Schmerz an meinem Knie war unbeschreiblich. Er wurde noch schlimmer davon, daß der Karren unbequem und der Weg schlecht war; bei jedem Stoß stieß ich einen lauten Schrei aus.

HERR Weil es dort oben geschrieben stand, daß du schreien solltest.

JAKOB Allerdings. Ich wäre verblutet, wenn mein Karren, der letzte in der Reihe, nicht vor einer Bauernhütte gehalten hätte. Ich verlangte, abgeladen zu werden. Man legte mich auf die Erde. Die Bäuerin kam und brachte mir einen Schluck Wein. Sie tauchte den Zipfel ihrer Schürze in Essig und rieb mir Gesicht und Schläfen ab. Ach, das tat wohl!

HERR Elender Jakob, du Bösewicht! Jetzt sehe ich, worauf du hinauswillst.

JAKOB Herr, ich glaube, Sie sehen gar nichts.

HERR Hast du dich etwa nicht in diese Frau verliebt? Hast du nicht ihren Mann, den Bauern, deinen Wohltäter, betrogen?

JAKOB Und wenn ich das alles getan hätte, was ließe sich wohl dagegen einwenden? Steht es einem frei, sich zu verlieben, oder nicht? Wenn es dort oben geschrieben gewesen wäre – ich hätte mich ohrfeigen, mit dem Kopf gegen die Wand rennen, mir die Haare ausraufen können – es hätte alles nichts genützt, mir nicht und meinem Wohltäter auch nicht.

HERR Aber wenn man so denken wollte wie du, dann könnte man ja jedes Verbrechen begehen und brauchte sich noch nicht einmal einen Vorwurf daraus zu machen!

JAKOB Der Einwurf, Herr, hat mir schon mehr als einmal das Hirn zermartert. Und doch, können Sie mir ein Mittel sagen, wie sich die Schrift dort oben wegradieren läßt? Kann ich nicht ich sein? Und wenn ich ich bin, kann ich anders handeln als ich? Predigen Sie, soviel Sie wollen. Ihre Gründe mögen noch so gut sein; aber sobald es dort oben geschrieben steht, daß ich sie schlecht finden soll – sagen Sie selber, was kann ich machen?

*

ERZÄHLER Kluger Zuhörer! Nun siehst du wohl selber, wie weit ich dieses Gespräch über einen Gegenstand ausdehnen könnte, von dem man seit zweitausend Jahren soviel geschwatzt und geschrieben hat, ohne deswegen um ein Haarbreit vorwärtsgekommen zu sein. Weißt du mir also für das, was ich dir sage, nicht viel Dank, so wisse ihn mir wenigstens für das, was ich dir erspare! *(Musik.)*

ERZÄHLER Am andern Tag brach der Herr das Stillschweigen, und er fing mit dem gewöhnlichen Refrain an:

*

HERR Nun, Jakob? Weiter in deiner Geschichte!

JAKOB Ich weiß nicht, wo ich stehengeblieben bin; so oft bin ich unterbrochen worden, daß ich ebensowohl gleich wieder von vorn anfangen könnte.

HERR Untersteh dich! Du hattest dich von deiner Ohnmacht erholt, du lagst in einer Bauernhütte, die Bäuerin nahm sich deiner an...

JAKOB Gewiß. Jetzt fehlte mir nur noch ein Wundarzt. Der Bauer schickte seine Kinder aus, einen zu suchen. Unterdessen wurde mein Knie mit Kompressen belegt und mit Binden gewickelt. Man ermahnte mich, Geduld zu haben. Es war spät. Nach dem Abendbrot wandelte den Bauern eine üble Laune an, und er suchte einen Grund, mit seiner Frau zu zanken.

*

BAUER In die Mühle hättest du gehen sollen, wie ich es angeschafft habe...

BÄUERIN Ich will morgen hingehen.

BAUER Wärst du in die Mühle gegangen, dann hättest du nicht an der Tür gestanden. Wärst du nicht an der Tür gestanden, dann hätte niemand...

*

JAKOB Aber in diesem Augenblick hatte sich ein Chirurg eingefunden, und dann gleich noch einer und endlich ein dritter mit den ausgeschickten Kindern.

HERR So warst du unter Wundärzten wie der heilige Rochus unter seinen vielen Hüten.

JAKOB Der erste war, als der Sohn des Bauern zu ihm kam, nicht zu Haus gewesen, da hatte seine Frau nach dem zweiten geschickt, und der dritte war mit dem Boten angelangt.

*

WUNDARZT Ah! Guten Abend, Gevattern, treffen wir uns hier? Ich habe mich beeilt. Warm ist mir geworden. Gibt es hier nichts zu trinken?

BAUER Siehst du, Frau! Wärst du nicht an der Tür gestanden, so bräuchtest du jetzt nicht noch eine Flasche Wein aus dem Keller zu holen!

WUNDARZT Nur nicht soviel gestöhnt und gejammert! Geduld, Geduld! Wir wollen euch gleich helfen. Man wird doch noch sein Glas austrinken dürfen!

*

ERZÄHLER Wer es für wahr nimmt, was ich da erzähle, der irrt vielleicht weniger, als wer es für ein Märchen hält; denn es ist klar wie der Tag, daß ich keinen Roman schreibe; gerade das, was ein Romanschreiber auszunutzen nicht ermangeln würde, lasse ich außer acht. Sag selber, Zuhörer, der du dich auskennst in solchen Dingen – welchen Nutzen hätte nicht ein skrupelloser, ein anderer als ich aus der Erscheinung dieser drei Wundärzte gezogen! Er hätte sie vier, fünf, sechs Flaschen leeren lassen, ihre Unterredungen ausgebreitet, die Fülle ihrer Heilerfolge, Jakobs Ungeduld, die böse Laune des Hausherrn.

*

WUNDARZT Jakob ist ein Kind des Todes, wenn ihm nicht auf der Stelle das Bein abgenommen wird!

ZWEITER WUNDARZT Im Gegenteil! Man muß die Kugel und das Stück Tuch, das in die Wunde gedrungen ist, herausziehen, und er wird alsbald genesen.

DRITTER WUNDARZT Ganz recht!

ERSTER UND ZWEITER WUNDARZT Wer hat ganz recht?

DRITTER WUNDARZT Ihr alle beide!

*

ERZÄHLER Und sie wären über einander hergefallen und hätten sich mit Beleidigungen überhäuft, und viel würde nicht gefehlt haben, so hätten sie sich geprügelt. Siehe, lieber Zuhörer, das alles erlasse ich dir.

HÖRER Aber dafür wird man nun vor unsern Augen alle Amputationswerkzeuge auftischen, und wir werden Zeuge sein müssen, wie der Patient geschnitten und gebrannt wird!

ERZÄHLER Das wäre also nicht nach euerm Geschmack? Nun gut, so will ich über die Operation hinwegschlüpfen. Aber um alles Geld der Welt möchte ich meinen Zuhörern nicht verschweigen, daß Jakobs Herr seinem Pferd just an einem Graben die Sporen gab, so unglücklich, daß es stolperte und fiel; Jakobs Herr aber stieß sich sehr hart an einem spitzen Stein und schrie wie am Spieß:

*

HERR Mein Knie! Ich bin des Todes! Ich habe das Knie gebrochen!

*

ERZÄHLER Nun war Jakob die beste Haut von der Welt, und er hing zärtlich an seinem Herrn. Und doch möchte ich wissen, was in diesem Augenblick auf dem Grunde seiner Seele vor sich ging. Was meint ihr? Konnte er sich das Lachen verkneifen? Und sein Herr? Wäre es ihm nicht lieber gewesen, er hätte sich an einer andern Stelle verletzt als ausgerechnet am Knie? Ich frage euch und frage mich, wogegen er

wohl empfindlicher war: gegen den Schmerz oder dagegen, ausgelacht zu werden.
(Musik.)

ERZÄHLER Als Jakobs Herr sich von seinem Sturz und von seiner Angst ein wenig erholt hatte, gab er seinem Pferd erst recht die Sporen, so daß es wie der Blitz mit ihm davonjagte. Und was tat Jakobs Gaul? Er tat das gleiche. Denn es herrschte zwischen beiden Tieren die gleiche Vertraulichkeit wie zwischen ihren Reitern. Es waren zwei Paar Freunde.
Als die beiden Pferde atemlos wieder in Schritt fielen, sagte Jakob:

*

JAKOB Nun, Herrn, was halten Sie jetzt davon?
HERR Wovon denn?
JAKOB Von einer Wunde am Knie.
HERR Ich bin deiner Meinung: Es gibt nichts Schlimmeres.
JAKOB Aber welche Wunde meinen Sie?
HERR Die Wunde am Knie.
JAKOB An Ihrem Knie?
HERR Nein, nein, an deinem Knie, an meinem Knie, an allen Knien der Welt!
JAKOB Lieber Herr! Sie haben das Ding nicht richtig überlegt. Seien Sie überzeugt: Wir bedauern niemanden als uns selbst.
HERR Was für ein Unsinn!
JAKOB Jemand schreit, und Sie fragen ihn, woran er leide. Ich habe Schmerzen, antwortet jener. Aber was soll das heißen, fragen Sie sich. Sie werden diesem Wort *Schmerzen* erst in *dem* Augenblick eine Bedeutung beilegen können, da es Ihr Gedächtnis an eine schon gehabte Empfindung erinnert. Und selbst dann...

HERR Was für ein Sophist du doch bist, Jakob!

JAKOB Ach, wenn ich nur die Gedanken so von mir geben könnte, wie ich sie denke! Aber dort oben steht es geschrieben, daß ich die Dinge zwar im Kopf habe, daß mir aber die rechten Ausdrücke dafür nie in den Mund kommen sollen. Um aber auf ein Leiden zurückzukommen, das wir beide kennen, ich will sagen: auf die Geschichte meines Knies, welches durch Ihren Sturz nun fast zu Ihrem eigenen geworden ist...

HERR Nein, Jakob! Genug von diesen Knien! Kommen wir lieber wieder auf deine Liebesabenteuer zu sprechen, die übrigens durch meine Leiden ebenfalls fast zu den meinigen geworden sind.

JAKOB Gut. Ich war nun verbunden und fühlte ein wenig Linderung. Die Ärzte waren nach Haus gegangen, und meine Wirtsleute hatten sich zu Bett gelegt. Nur ein paar Bretter trennten ihre Schlafkammer von der meinigen. Ich mochte es anstellen, wie ich wollte, so hörte ich doch jedes Wort, das sie sprachen.

*

BÄUERIN Laß mich zufrieden, Mann. Ich habe heute keine Lust dazu. Es macht mir kein Vergnügen, jetzt, wo dieser arme, unglückliche Mensch vor unserer Tür liegt. Wer weiß, vielleicht muß er gar sterben.

BAUER Frau, das alles kannst du mir nachher sagen.

BÄUERIN Laß mich! Wenn du nicht aufhörst, stehe ich auf.

BAUER Wenn du dich allzu lange bitten läßt, wirst du am Ende leer ausgehen.

BÄUERIN Es ist nicht, daß ich mich bitten lasse; es ist nur, weil du manchmal so hart bist... So... So...

*

JAKOB Auf einmal wurde es ziemlich still, und erst nach einer Weile sprach der Mann:

BAUER Und was ich dir noch sagen wollte. Du weiß, das Jahr ist schlecht, der Wein will gar nicht geraten, das Korn ist zu teuer, und es gibt nirgends Arbeit. Niemand bezahlt, was er schuldig ist, die Gläubiger sind so hart, daß man verzweifeln könnte. Und bei solchen Zeiten nimmst du einen Unbekannten auf, der uns nun so lange auf dem Halse hängen wird, wie es Gott und dem Wundarzt gefällig ist. Der hat mit seinen Kollegen schon heut abend mehr Wein ausgetrunken als wir alle in einer Woche. Und wer soll ihn bezahlen, kannst du mir das sagen?

BÄUERIN Ja, du hast recht. Aber was tust du, wo es uns doch so knapp und spärlich geht? Du machst mir ein Kind, als hätten wir nicht schon Kinder genug!

BAUER Sag das nicht!

BÄUERIN O doch! Ich weiß ganz gewiß, daß ich schwanger werde.

BAUER Das sagst du immer.

BÄUERIN Es ist jedesmal soweit gekommen, wenn mir hinterher das Ohr juckte, und jetzt gerade juckt es mich so stark wie noch nie zuvor.

BAUER Ach dein Ohr, dein Ohr! Was versteht dein Ohr davon?

BÄUERIN Rühr mich nicht an! Laß mein Ohr in Ruhe! Faß es ja nicht an. Bist du denn ganz verrückt? Das wirst du noch bereuen!

BAUER Ach, woher denn.

BÄUERIN Erst willst du nicht aufhören, und dann, nach einem Monat, fängst du an zu brummen, als ob es meine Schuld gewesen wäre.

BAUER Ach, woher denn.

BÄUERIN Und in neun Monaten erst, da möchte ich dich hören.

BAUER Ach, woher denn.

BÄUERIN Also gut! Du hast es gewollt!

BAUER Ja, ja!

BÄUERIN Daß du es dir aber gut merkst und nicht hinterher so tust, als könntest du dich nicht erinnern, wie all die andern Male...

BAUER Nein, nein.

*

JAKOB Und so geschah es denn, daß unter lauter Nein, nein und Ja, ja dieser Mann, der so böse auf seine Frau war, weil sie einer gutmütigen Anwandlung nachgegeben hatte...

HERR Dieselbe Betrachtung habe ich auch angestellt.

JAKOB Daß dieser Mann nicht sehr konsequent war, ist gewiß; aber er war jung und seine Frau hübsch, und nie macht man mehr Kinder als zur Zeit der Not und des Mangels.

HERR Es ist wahr, niemand arbeitet mehr an der Vermehrung der Bevölkerung als die armen Leute.

JAKOB Es ist auch ihr einziges Vergnügen. Man tröstet sich bei Nacht über die Leiden des Tages. Während ich mir das selber sagte, empfand ich einen heftigen Stich im Knie, und ich rief aus: Ach, mein Knie!

*

BAUER Ach, liebe Frau!

BÄUERIN Ach, lieber Mann! Aber... aber... der Fremde...

BAUER Was ist mit ihm?

BÄUERIN Wenn er nun etwas gehört hat?

BAUER Mag er doch hören, was er will.

BÄUERIN Ich getrau mich nicht, ihm morgen ins Gesicht zu sehen.

BAUER Ach was! Bist du nicht meine Frau? Bin ich nicht dein Mann? Hat ein Mann seine Frau, hat eine Frau ihren Mann für nichts und wieder nichts?

BÄUERIN Ah! Ah!
BAUER Was hast du?
BÄUERIN Mein Ohr!
BAUER Was fehlt ihm denn?
BÄUERIN Es juckt mich noch viel ärger als vorhin.
BAUER Schlaf nur, dann wird es schon vergehen.
BÄUERIN Ich kann nicht. Ach, mein Ohr, mein Ohr!
BAUER Du mit deinem ewigen Ohr.

*

JAKOB Ich mag Ihnen nicht entdecken, was zwischen den beiden vorging. Nur, daß die Frau noch verschiedene Male leise und hastig wiederholte:
BÄUERIN Mein Ohr, mein Ohr!
JAKOB Nur, daß sie zuletzt in abgerissenen Silben und mit erlöschender Stimme stammelte:
BÄUERIN Mei...n O...hr! Mei...n O...hr!
JAKOB Nur, daß sie schließlich stillschwieg und daß dies Stillschweigen in mir die Vorstellung erweckte, als sei ihr Ohrjucken auf irgendeine Weise zur Ruhe gekommen. Das machte mir Vergnügen. Und ihr auch.
HERR Jakob; Hand aufs Herz! Willst du mir schwören, daß es nicht diese Frau war, in die du verliebt warst?
JAKOB Ich schwöre.
HERR Desto schlimmer für dich.
JAKOB Desto schlimmer oder desto besser! Sie glauben wohl, Herr, daß eine Frau mit einem solchen Ohr einem gern Gehör gibt?
HERR Ich glaube, daß es dort oben so geschrieben steht.

*

ERZÄHLER Und nun gerieten sie in einen Streit ohne Ende über die Frauen. Der eine behauptete, sie seien gut, der andere, sie seien böse – und sie hatten beide recht; der eine sagte, sie seien dumm, der andere, sie seien geistvoll – und sie hatten beide recht; der eine, sie seien falsch, der andere, sie meinten es aufrichtig – und sie hatten beide recht; der eine, sie seien geizig, der andere, sie seien freigebig – und sie hatten beide recht; der eine, sie seien häßlich, der andere, sie seien schön – und sie hatten beide recht; der eine, sie seien geschwätzig, der andere, sie seien verschwiegen – und sie hatten beide recht; der eine aufrichtig, der andre verstohlen; der eine unwissend, der andre aufgeklärt; der eine sittsam, der andre ausschweifend; der eine töricht, der andre gescheit; der eine groß, der andre klein – und sie hatten beide recht. *(Musik.)*

*

HERR Um aber wieder auf deine Liebesgeschichte zurückzukommen ...

JAKOB Nein, Herr, lassen Sie uns lieber nicht wieder damit anfangen!

HERR Willst du nicht mehr, daß ich sie erfahre?

JAKOB Ich schon, aber das Schicksal will es nicht. Sobald ich damit anfange, wird etwas passieren, das mir das Wort vom Munde wegnimmt, als wenn der Teufel selbst es auf mich abgesehen hätte. Ich sage Ihnen, ich werde nie mit dieser vermaledeiten Geschichte zu Ende kommen; dort oben steht es so geschrieben.

HERR Du könntest es wenigstens versuchen.

JAKOB Wie wäre es, wenn wir es umgekehrt anfingen, und Sie erzählten mir von Ihren Liebschaften? Vielleicht würde der Zauber dadurch gebrochen?

*

ERZÄHLER Der Herr fing an zu gähnen, gähnend schlug er mit der Hand auf den Deckel seiner Uhr, und indem er darauf schlug, sah er in die Ferne, und indem er in die Ferne sah, sprach er zu Jakob:

*

HERR Bemerkst du nicht etwas dort drüben?

JAKOB Ja; und ich wette, daß dieses Etwas dafür sorgen wird, daß weder ich mit meiner Liebesgeschichte vorankomme noch Sie mit der Ihrigen anfangen können.

*

ERZÄHLER Jakob hatte recht. Das Ding, das auf sie zukam und dem sie entgegenritten, war ein schwarz behangener Wagen, von vier schwarzen Pferden gezogen, die mit schwarzen, bis auf die Erde schleppenden Tüchern bedeckt waren. Auf dem Bock saß ein schwarzer Kutscher mit heruntergeschlagenem Hut, von dem ihm ein langer schwarzer Flor auf die Schulter herabfloß.

*

JAKOB Ach, mein Hauptmann! Mein armer Hauptmann! Er ist es, ich kann nicht daran zweifeln. Hier ist sein Wappen!

*

ERZÄHLER Jakob schrie auf, fiel vom Pferd, raufte sich das Haar, wälzte sich auf der Erde – und wirklich stand auf dem Wagen ein Sarg, mit einem Tuch behangen, auf dem Tuche lagen ein Degen und ein Ordensband, und neben dem Sarg saß ein Priester und psalmodierte. Der Wagen setzte seinen Weg fort; Jakob folgte ihm klagend und weinend; sein Herr ritt fluchend hinter Jakob her; die Bedienten bekräftigten dem armen Diener, daß der Kondukt seinen Hauptmann führe. Seitdem nämlich der Tod eines Freundes, der ebenfalls Hauptmann gewesen sei, diesen Offizier des Vergnügens beraubt habe, sich wenigstens einmal die Woche auf schwere Degen zu schlagen, sei er in eine Schwermut verfallen, die seinem Leben nach kurzer Zeit ein Ende bereitet habe.

HÖRER Was für ein haarsträubender Unsinn! War denn Jakobs Hauptmann von allen guten Geistern verlassen?

ERZÄHLER Warum so voreilig? Was weißt du davon, werter Freund und unduldsamer Zuhörer? Weißt du denn, wie es dabei zugegangen ist?

HÖRER Wie denn?

ERZÄHLER Das will ich dir gerne sagen. Aber erlaube wenigstens, daß Jakob zuerst seinem Hauptmann den Tribut des Lobes, der Tränen und des Bedauerns zollt, der diesem gebührt; daß er sich bei seinem Herrn entschuldigt; daß die beiden, Jakob und sein Herr, sich wieder aufs Pferd schwingen und auf ihren Weg machen.

HÖRER Meinetwegen! Aber um Himmelswillen, wo wollten die beiden Reisenden eigentlich hin?

ERZÄHLER Aber um Himmelswillen, gebe ich dir zur Antwort – weiß man je, wohin man will? Zum Beispiel du, wohin willst du? Muß ich dich wirklich an Äsops Abenteuer erinnern? Eines Abends sagte sein Herr zu ihm:

*

ÄSOPS HERR Äsop, geh ins Bad und sieh dich um. Wenn es nicht zu viele Leute gibt, wollen wir baden.

*

ERZÄHLER Ich weiß nicht, ob es Sommer oder Winter war; denn die Griechen badeten sich zu allen Jahreszeiten; ich weiß aber, daß Äsop sich auf den Weg machte, denn er war ein Sklave und mußte seinem Herrn gehorchen. Unterwegs aber traf er eine Patrouille, und der Wächter fragte ihn:

*

WÄCHTER Wohin?

ÄSOP Woher soll ich das wissen, mein Bester?

WÄCHTER Was, du weißt nicht, wohin du gehst? Vagabund! Marsch, ins Gefängnis.

ÄSOP Du siehst, daß ich recht hatte, als ich dir sagte, ich wüßte nicht, wohin ich ginge. Denn ich wollte ins Bad, und nun schleppst du mich ins Gefängnis.

*

ERZÄHLER Jakob folgte seinem Herrn, so wie du dem deinen folgst, und Jakobs Herr folgte seinem Herrn wie Jakob ihm.

HÖRER Aber wer war der Herr von Jakobs Herrn?

ERZÄHLER Was für eine Frage! Fehlt es einem wohl in dieser Welt an Herren? Jakobs Herr hatte, wie du, bester Zuhörer, Herren im Überfluß, und so konnte er es sich leisten, sie fortwährend zu wechseln, von einem Tag auf den andern...

HÖRER Ja, so sind die Menschen, und so war auch Jakobs Herr.

ERZÄHLER Wankelmütig wie du, mein Zuhörer! Neugierig wie du! Lästig wie du! Und fragesüchtig wie du.

HÖRER Warum fragte er so viel?

ERZÄHLER Schöne Frage! Er wollte wissen, wie es weitergeht.

HÖRER Das will ich auch. Zum Beispiel wüßte ich gern, was Jakob und sein Herr den ganzen Tag taten, und auch die ganze Nacht, wenn sie nicht schliefen?

ERZÄHLER Mancherlei. Sie reisten zu Pferd, rasteten, fingen Händel an und legten sie wieder bei; vor allem aber redeten sie miteinander; das heißt, gewöhnlich war es Jakob, der Diener, der erzählte, und sein Herr hörte zu.

HÖRER Und wovon handelten diese Erzählungen?

ERZÄHLER Da fragst du noch? Weißt du nicht, geneigter Zuhörer, wovon die meisten Erzählungen handeln, mit denen die Erzähler ihren geneigten Zu-

hörern die Zeit stehlen? Vom Krieg, von der Freundschaft, vom Verbrechen, vor allem aber: von der Liebe. Und in eben eine solche Liebesgeschichte sehen wir Jakob und seinen Herrn verwickelt. Der eine möchte sie erzählen, der andere möchte sie hören.
(Musik.)

*

JAKOB Mein seliger Hauptmann, mein armer Hauptmann, er hat immer gesagt: Alles, was uns an Gutem und an Bösem auf Erden begegnet, steht dort oben geschrieben.

HERR Man müßte es nur lesen können.

JAKOB Gewiß, Herr.

HERR Aber warum weinst du, Jakob?

JAKOB Mein armer Hauptmann! Er geht dahin, wohin wir alle müssen.

HERR Weine nur, tu dir keinen Zwang an. Ich möchte, daß deine Wehklage heftig und ungebunden sei, damit sie um so kürzer daure. Setz deinem Schmerz kein anderes Ziel, als welches die Zeit ihm setzen wird. Wir wollen uns bei dem Verlust unserer Freunde dem allgemeinen Gang der Dinge unterwerfen, wie wir diesem Gang der Dinge auch uns selbst unterwerfen werden, wenn es ihm belieben wird, über uns das Los zu fällen. Die Erde, die man in diesem Augenblick umwühlt, wird sich über dem Staub des Geliebten wieder setzen und befestigen; aber deine Seele wird ihre ganze Empfindlichkeit behalten.

JAKOB Herr, das ist alles wunderschön gesagt, aber wozu, beim Teufel, ist es gut? Ich habe meinen Hauptmann verloren, ich bin untröstlich darüber, und Sie? Sie beten mir wie ein Papagei ein Stück aus dem Trostschreiben eines Herrn oder einer Dame an eine andere Dame her, die ihren Geliebten verloren hat.

HERR Ich glaube, es war von einer Dame.

JAKOB Und ich, ich glaube, es war von einem Mann. Aber von wem es auch sein mag – wozu, beim Teufel, soll es gut sein? Halten Sie mich für die Geliebte meines Hauptmanns? Herr, mein Hauptmann war ein ehrenwerter Mann, und ich bin immer ein anständiger Kerl gewesen. Merken Sie sich das!

HERR Das bestreitet doch niemand, Jakob.

JAKOB Was soll aber dann Ihre Trostlitanei? Sie kommt mir überflüssig vor, gleichgültig, ob ein Herr sie verfaßt hat oder eine Dame.

HERR Jakob! Du hast aber aufmerksam zugehört, als ich dir die Stelle vortrug.

JAKOB Kann man denn weghören, wenn jemand etwas so Lächerliches sagt?

HERR Vortrefflich, Jakob! So habe ich meine Absicht erreicht und dich unvermerkt von deinem Schmerz abgelenkt. Gesteh nun selbst: Ist nicht der Gedanke an deinen Hauptmann jetzt so weit von dir entfernt wie der Leichenwagen? Und wenn es sich so verhält, kannst du dann nicht die Erzählung deiner Liebesgeschichte wiederaufnehmen, dort, wo du stehengeblieben bist, als wir dem Leichenwagen begegneten?

JAKOB Ich glaube, Sie haben recht. Aber wo war ich stehengeblieben?

HERR Das weiß ich nicht mehr.

JAKOB Ich ließ mich anwerben.

HERR Das hast du schon erzählt.

JAKOB Ich zog in die Schlacht.

HERR Weiter!

JAKOB Ich wurde verwundet.

HERR Das haben wir längst erfahren.

JAKOB Ich fand einen Wundarzt und fragte ihn: Habt Ihr vielleicht ein Bett frei?

WUNDARZT Nein.

JAKOB Was? Nicht einmal gegen Bezahlung, gegen gute Bezahlung?

WUNDARZT Oh, gegen Bezahlung, das ist was anderes. Aber Ihr, Freund, seht mir gar nicht danach aus, als könntet Ihr bezahlen, und gar gut bezahlen.

JAKOB Laßt das meine Sorge sein. Aber werde ich auch gut gepflegt?

WUNDARZT Auf das beste. Meine Frau versteht sich darauf, und meine Tochter auch. Sie wird Euch rasieren und den Verband abnehmen.

JAKOB Und was wird das kosten?

WUNDARZT Für Wohnung... Für Essen und Trinken... Für Arzneien... Und dann für meine Mühe... das macht...

(Musik.)

*

JAKOB Aber, lieber Herr, mir kommt es vor, als hörten Sie mir gar nicht zu.

HERR So ist es. Es stand dort oben geschrieben, Jakob, daß du diesmal reden solltest, ohne daß dir jemand zuhört.

JAKOB Wenn man jemandem nicht zuhört, so denkt man entweder an gar nichts, oder an etwas ganz anderes. Welches von beiden war bei Ihnen jetzt der Fall?

HERR Das letztere. Ich dachte über das nach, was einer der Diener in Trauerkleidern, die den Leichenwagen begleiteten, zu dir gesagt hat.

JAKOB Und was hat er gesagt?

HERR Dein Hauptmann soll durch den Tod eines Freundes seines größten Vergnügens beraubt worden sein; und dieses Vergnügen soll darin bestanden haben, sich wenigstens einmal jede Woche mit ihm auf schwere Degen zu schlagen. Das ist doch unbegreiflich.

JAKOB Ich begreife es recht wohl.

HERR Mir aber ist es ein Rätsel, und du wirst mir einen Gefallen tun, wenn du mir hilfst, es zu lösen.

JAKOB Und was hätten Sie davon?

HERR Wenig... Ich glaube aber, du möchtest gern, daß man dir zuhört, wenn du redest.

JAKOB Allerdings.

HERR Wie kann ich dir zuhören, Jakob, solange mir diese rätselhafte Rede im Kopf herumspukt? Befreie mich also davon, ich bitte dich.

JAKOB Meinetwegen. Aber schwören Sie mir wenigstens, daß Sie mich nicht dabei unterbrechen werden!

HERR Ich will dir's auf jeden Fall versprechen.

JAKOB Mein Hauptmann, ein guter Mann, ein galanter Mann, ein Mann von Verdienst, aber ein wenig ein Sonderling, hatte Freundschaft mit einem andern Offizier vom selben Korps geschlossen, der ebenfalls ein guter Mann war, ein galanter Mann, ein Mann von Verdienst, aber, um die Wahrheit zu sagen, auch er war ein bißchen sonderbar. Und somit...

*

ERZÄHLER Jakob wollte eben anfangen, die Geschichte seines Hauptmanns zu erzählen, als sie einen Troß von Leuten und Pferden hinter sich herkommen hörten. Es war der Leichenwagen, der wieder zurückkehrte. Er war umringt...

HÖRER Von Zöllnern?

ERZÄHLER Nein.

HÖRER Von Gendarmen?

ERZÄHLER Vielleicht. Jedenfalls marschierten vor dem Wagen mit dem Sarg der Kutscher, ganz in Schwarz, mit auf den Rücken gebundenen Händen; zwei Bediente, ganz in Schwarz, mit auf dem Rücken gebundenen Händen; und ebenso ein Priester im Ornat, der im Brevier Gebete für den Verstorbenen las.

*

JAKOB Mein Hauptmann, mein Hauptmann! Vielleicht ist er gar nicht tot!

*

ERZÄHLER Jakob wendete sein Pferd, gab ihm die Sporen und sprengte dem vorgeblichen Leichenzug entgegen; aber er war ihm noch nicht auf dreißig Schritt nahegekommen, als die Zöllner oder Gendarmen ihm zuriefen: Halt! Zurück, oder du bist ein Kind des Todes! Da hielt Jakob sein Pferd an und ging mit sich zu Rate. Es kam ihm aber so vor, als ob ihm eine Stimme zuraunte: Kehr um! Und das tat er.

*

HERR Nun, Jakob? Was ist geschehen?

JAKOB Das weiß ich nicht.

HERR Vielleicht waren es Schmuggler, die diesen Sarg mit Konterbande gefüllt hatten, und die Zöllner sind ihnen auf die Schliche gekommen.

JAKOB Aber wozu dann dieser Wagen mit dem Wappen meines Hauptmanns?

HERR Oder ist es am Ende eine Entführung? Man hat vielleicht in diesem Sarg, was weiß ich, eine Frau, ein Mädchen oder eine Nonne versteckt.

JAKOB Aber wozu dann dieser Wagen mit dem Wappen meines Hauptmanns?

HERR Soll es gewesen sein, was es will. Nur erzähl mir endlich die Geschichte zu Ende.

JAKOB Sie bestehen darauf? Aber vielleicht lebt mein Hauptmann noch.

HERR Was tut das zur Sache?

JAKOB Ich rede nicht gern von den Lebenden. Sie verderben einem allzuleicht die Geschichte, die man erzählt, mag man nun Gutes oder Böses über sie sagen: das Gute verpfuschen sie und das Böse machen sie wieder gut.

HERR Das beste wird sein, du erzählst die Sache, wie sie ist.

JAKOB Ich will's versuchen.

(Musik.)

Wir reisten durch Orléans, mein Hauptmann und ich. In der ganzen Stadt sprach man nur von einem Bürger namens Le Pelletier, der so barmherzig war, daß er sein ganzes Vermögen nach und nach den Bettlern und den Armen gab. Am Ende bettelte er selbst von Tür zu Tür, um in anderer Leute Beutel die Almosen zu suchen, die er aus dem seinigen nicht mehr nehmen konnte.

HERR Die Meinungen über diesen Herrn waren vermutlich sehr geteilt.

JAKOB Unter den Armen nicht; aber die Reichen betrachteten ihn als eine Art Wahnsinnigen. Es fehlte wenig und seine Verwandten hätten ihn als Verschwender einsperren lassen. Während wir uns in einem Gasthof erfrischten, baten wir einen Kellner, uns den ganzen Verlauf der Sache zu erzählen.

KELLNER Herzlich gern. Ich brachte gerade Herrn Aubertot, der gleich gegenüber der Kapuzinerkirche wohnt, etwas Schinken und eine Flasche Wein; er stand in der Tür und begrüßte Herrn Le Pelletier, der eben vorbeikam.

AUBERTOT Wie geht es Ihnen?

LE PELLETIER Gut, daß ich Sie treffe, Herr Aubertot. Wollen Sie mir nicht ein Almosen für die Armen geben?

AUBERTOT Nein, heute nicht, Herr Le Pelletier.

LE PELLETIER Wenn Sie wüßten, für wen es ist! Für eine arme Wöchnerin, die eben niedergekommen ist und keinen Lumpen hat, um ihr Kind darein zu wikkeln.

AUBERTOT Ich kann Ihnen nicht helfen.

LE PELLETIER Lassen Sie sich erweichen, guter, mitleidiger Herr Aubertot!

AUBERTOT Lassen Sie mich in Ruhe! Wenn ich geben will, so lasse ich mich nicht erst lange bitten.

KELLNER Mit diesen Worten drehte Herr Aubertot sich um und ging in sein Haus. Aber Herr Le Pelletier folgte ihm, von der Diele ins Wohnzimmer und vom Wohnzimmer in die Hinterstube, und dort geriet Herr Aubertot so außer sich über die Zudringlichkeit des Herrn Le Pelletier, daß er ihm eine Ohrfeige gab.

HAUPTMANN Und der stieß ihm nicht sogleich seinen Degen durch den Leib?

JAKOB Es war mein Hauptmann, der den Kellner das fragte, und dieser antwortete ihm:

KELLNER Nein, Herr. Rennt man denn den Leuten gleich den Degen durch den Leib?

HAUPTMANN Was tat er dann?

KELLNER Er lächelte und sagte zu Herrn Aubertot:

LE PELLETIER Diese Ohrfeige war für mich, aber wo bleibt Ihre Gabe für die Armen?

JAKOB Bei diesen Worten brachen alle, die uns zuhörten, in einen Ausruf der Bewunderung aus, nur nicht mein Hauptmann, der vielmehr erst recht hitzig wurde.

HAUPTMANN Ihr Herr Le Pelletier ist ein schlechter Kerl, ein Feigling, ein Narr, dem jedoch dieser Degen hier an meiner Seite schleunigst Genugtuung verschafft hätte, wenn ich zugegen gewesen wäre. Ihr

Herr Aubertot hätte von Glück sagen können, wenn es ihn nichts weiter als Nase und Ohren gekostet hätte!

KELLNER Nun, Sie sind Offizier, und Herr Le Pelletier war ein Christ; Sie haben eben nicht dieselben Begriffe von einer Ohrfeige.

HAUPTMANN Die Backe eines ehrlichen Mannes ist die Backe eines ehrlichen Mannes.

KELLNER Das ist nicht ganz die Meinung des Evangeliums.

HAUPTMANN Das Evangelium ist in meinem Herzen und in meiner Degenscheide. Ich kenne kein anderes.

KELLNER Ihr Evangelium, Herr Hauptmann, ist ich weiß nicht wo, und das meinige steht dort oben geschrieben.

HERR So soll ein Kellner sprechen? Verwünschter Schwätzer, ich höre, daß du es bist, der da redet! *(Musik.)*

*

ERZÄHLER Jakob merkte wohl, daß sein Herr schlechte Laune hatte, und deshalb schwieg er eine ganze Weile lang; und erst, als sie eine weite Ebene überquert hatten, fing er wieder an.

*

JAKOB Lieber Herr.

HERR Ach! Hast du die Sprache endlich wiedergefunden? Das freut mich für uns beide; denn ich fing an, Langeweile zu haben, daß ich dich nicht hörte, und du, daß du nicht redetest; also rede!

JAKOB Meines Hauptmanns bester Freund war ihm an Alter, Geburt, Dienstjahren und Verdiensten fast gleich. Der einzige Unterschied zwischen ihnen war, daß der eine reich, der andere arm war. Mein Hauptmann war der Reiche. Eine solche Gleichheit mußte entweder die stärkste Sympathie oder die stärkste Antipathie erzeugen; und sie erzeugte beides ... Verdammter Gaul, wo willst du hin? Immer bockt dieses Vieh! ... Ja, sie erzeugte beides. Es gab Tage, wo sie die besten Freunde der Welt waren, und andere, wo sie sich tödlich haßten. An den Freundschaftstagen umarmten sie sich, vertrauten einander ihre Leiden, Freuden und Geheimnisse an, und fragten einander um Rat. Trafen sie sich den Tag darauf, so gingen sie aneinander vorbei, ohne sich einen Blick zu schenken, nannten sich »Mein Herr«, gaben einander harte Worte, zogen vom Leder und schlugen sich. Wenn einer von beiden verwundet war, so warf sich der andere über seinen Kameraden, geriet außer sich, vergoß Tränen und wich nicht von seinem Bett, bis er wiederhergestellt war. Acht Tage, vierzehn Tage, einen Monat, darauf fing das Ding von vorn an. Einmal sagte ich zu meinem Hauptmann ... Ich weiß nicht, was dieses verwünschte Pferd hat, immer will es anderswohin als ich ... Aber, Herr Hauptmann, sagte ich, wenn Sie Ihren Freund nun umbrächten! – Bei diesen Worten liefen ihm die Tränen über die Backen, und er lief wie verrückt davon. Und zwei Stunden später brachte ihn entweder sein Kamerad verwundet nach Hause, oder er selbst leistete seinem Freund diesen Dienst. Kurz, es half nichts, man mußte die beiden trennen. Dies geschah endlich durch einen Befehl des Kriegsministers, dem man Nachricht von ihrer sonderbaren Beharrlichkeit gegeben hatte. Aber kaum waren die beiden voneinander getrennt, so verfielen sie in die tiefste Schwermut ... Mein Hauptmann erbat sich Urlaub. Zwei Meilen von seiner Garnison entfernt verkaufte er sein Pferd, verkleidete sich als Bauer und begab sich an den Ort, wohin man seinen Freund versetzt hatte. Er kam an, aber wie sehr sie sich auch Mühe gaben, die Freude des Wiedersehens zu verbergen, so schöpften doch einige andere Offiziere, die von der Sache wußten, Verdacht und warnten den Platzkommandanten. Dieser war ein Fuchs; er dachte sich, daß diese beiden Leute nicht acht Tage am selben Ort zubringen konnten, ohne daß ihre Tollheit sie wieder erfaßte, und so geschah es auch.

*

ERZÄHLER Du siehst, lieber Zuhörer, wie zuvorkommend ich bin. Es hinge nur von mir ab, Jakobs Erzählung zu unterbrechen, den Pferden, die den schwarzverhangenen Wagen zogen, einen Peitschenhieb zu versetzen, die Zöllner und Gendarmen Jakob ergreifen und festnehmen zu lassen. Ich könnte dich ungeduldig machen, aber ich tue es nicht. Denn dazu müßte ich lügen, und ich liebe die Lüge nicht.

HÖRER Und du weichst nie von den Tatsachen ab.

ERZÄHLER Nein. Das heißt, sofern es nicht nützlich und durch die Umstände geboten ist.

HÖRER Aha.

ERZÄHLER Tatsache ist, daß Jakob und sein Herr den verhangenen Wagen nicht mehr sahen und daß Jakob, beständig in Unruhe wegen des Gebarens seines Gauls, in seiner Erzählung fortfuhr.

*

JAKOB Nicht lang, und dem Platzkommandanten wurde hinterbracht, es hätte zwischen dem Bauern und dem Offizier einen lebhaften Streit gegeben; hierauf hätten sich die beiden zu einem Bankier in der Stadt begeben, wo sie verweilten.

Später erfuhr man, was beschlossen worden war: Weil sie nicht hoffen durften, sich je wiederzusehen, wollten sie sich auf Tod und Leben schlagen; und mein Hauptmann, der, wie gesagt, reich war, fühlte selbst im Augenblick der Raserei die Gesinnung der zärtlichsten Freundschaft noch so sehr, daß er seinem Freunde einen Wechsel auf vierundzwanzigtausend Livres ausstellte, damit dieser im Ausland davon leben könnte, falls er selbst ihn im Zweikampf töten sollte. Mein Hauptmann sagte zu seinem Freund:

*

HAUPTMANN Ich schlage mich nicht eher, als bis du diesen Wechsel angenommen hast.

FREUND Kannst du glauben, Freund, daß ich imstande wäre, dich zu überleben, wenn ich dich getötet hätte?

*

JAKOB Herr, ich hoffe, Sie bestehen nicht darauf, daß ich unsere ganze Reise auf diesem launischen Gaul machen soll... Sie kamen eben aus dem Haus des Bankiers heraus, als der Platzkommandant und seine Leute sie umringten. So wurden sie in letzter Minute getrennt. Mein Hauptmann mußte von seinem Freunde Abschied nehmen, um ihn nie wiederzusehen; denn kaum war er in seiner Heimat angelangt, so starb er.

HERR Und wer sagt dir, daß er gestorben ist?

JAKOB Ach, der Sarg, der Wagen mit seinem Wappen... Mein armer Hauptmann! Er ist tot, ich zweifle nicht mehr daran.

HERR Und der Priester mit auf den Rücken gebundenen Händen, und die Bedienten desgleichen, und die Zöllner oder Gendarmen, und die Rückkehr des Leichenwagens in die Stadt? Dein Hauptmann lebt, ich zweifle nicht mehr daran. Ich hoffe...

ERZÄHLER Aber Jakobs Pferd ließ Jakobs Herrn nicht ausreden. Es stob wie der Blitz davon, so daß bald nichts mehr von Jakob zu sehen war. Da aber Jakob und sein Herr nur dann etwas gelten, wenn sie beisammen, und nichts mehr, sobald sie getrennt sind, so, lieber, aufmerksamer Zuhörer, laß uns zusammen schwatzen, bis sie sich wieder vereinigt haben. *(Musik.)*

*

ERZÄHLER Vielleicht hältst du die Geschichte von Jakobs Hauptmann für ein Märchen, aber daran tust du unrecht. Ich schwöre dir, daß ich sie selber aus dem Munde des Stabschirurgen, eines Herrn von Saint-Etienne, gehört habe; dieser aber war ein sehr ernsthafter Mann, der gar nicht wie ein Spaßvogel aussah. Sieh dich also wohl vor, damit du nicht bei den Unterhaltungen zwischen Jakob und seinem Herrn das Wahre für falsch und das Falsche für wahr nimmst. Ich habe dich zur Genüge gewarnt, geneigter Zuhörer, und wasche mir nun die Hände.

HÖRER Aber diese beiden Offiziere waren doch allzu sonderbare Charaktere …

ERZÄHLER Und deshalb mißtraust du meiner Erzählung? Das ist nicht artig von dir, teurer Zuhörer.

HÖRER Artig oder nicht, mir scheint, als sollten wir lieber nachsehen, was aus Jakob geworden ist.

ERZÄHLER Ich glaube, wir haben ihn bei dem Wundarzt zurückgelassen, der sein verletztes Knie behandeln sollte, aber mehr an das Honorar als an Jakobs Leiden zu denken schien.

HÖRER Keineswegs. Wir haben Jakob zuletzt auf seinem launischen Pferd gesehen, das auf und davon galoppierte und Jakobs Herrn allein und ohne Unterhaltung zurückließ.

ERZÄHLER Und warum sollte das eine das andere ausschließen? Vielleicht ist der Schuß ins Knie nicht das einzige Leiden, das Jakob im Laufe seines Lebens zu erdulden hatte; vielleicht hat das wildgewordene Pferd ihn abgeworfen; vielleicht lag Jakob besinnungslos da, vielleicht hob man ihn auf und rief ihn durch starke Essenzen ins Leben zurück; vielleicht machte sein Herr sich auf die Suche nach ihm und fragte alle Leute, denen er begegnete:

*

HERR Habt ihr nicht einen langen, hageren Mann gesehen, der einen Schecken ritt?

WIRT Er ist vor einer Weile vorbeigesprengt, aber die Mähre hat ihn vor Sankt Martin zu Boden geworfen; ich habe es selbst gesehen; hier kommt er; zwei Männer bringen ihn auf einer Bahre.

*

HÖRER Und wer war der, welcher so mit Jakobs Herr sprach?

ERZÄHLER Ein Gastwirt, vor dessen Tür er angehalten hatte.

*

HERR Schnell, Herr Wirt, schnell ein Bett für den unglücklichen Menschen! Geschwind einen Chirurgen, einen Arzt, einen Apotheker... Jakob, Jakob!

JAKOB Sind Sie es, Herr?

HERR Ja, ich bin es; sieh mich doch an!

JAKOB Ich kann nicht. So stand es dort oben geschrieben, daß ich eine gewaltige Beule davontragen sollte...

*

ERZÄHLER Aber diesmal gab Jakobs Verletzung den Ärzten wenig zu tun; sein Herr wachte die Nacht über an seinem Bett und pflegte ihn; am andern Tag früh-

stückten sie und machten sich aus dem Staube. Da aber nichts geeigneter ist, einen gegenwärtigen Schmerz zu verscheuchen, als die Erinnerung an einen früheren, der längst überstanden ist, lenkte Jakobs Herr die Unterhaltung dahin zurück, wo das mutwillige Pferd sie unterbrochen hatte.
(Musik.)

*

HERR Gottlob! Du warst nun also im Hause des Chirurgen gut untergebracht ...

JAKOB Nur daß dieser tüchtige Doktor mir eine tüchtige Rechnung aufmachte: vierundzwanzig Franken im Monat für Wohnung, Nahrung und Pflege, zahlbar im voraus ...

HERR Immerhin warst du auf dem besten Wege, dich zu verlieben, entweder in die Frau des Arztes oder in seine Tochter.

JAKOB Ich glaube, Herr, Sie täuschen sich.

HERR Glaubst du etwa, ich ließe mich monatelang damit abspeisen, wie du beim Wundarzt verweilst, ehe ich das erste Wort von deiner Liebesgeschichte höre? Nein, Jakob, das geht nicht. Tu mir den Gefallen und springe über die Launen der Doktorin und die Fortschritte deiner Heilung hinweg, und komme zur Sache. Also, dein Knie ist fast geheilt, du fühlst dich ganz wohl, und du liebst.

JAKOB Gut, Herr, ich liebe, da Sie es so eilig haben.

HERR Und wen liebst du?

JAKOB Eine große Brünette von achtzehn Jahren, voll und gut gewachsen, mit großen schwarzen Augen, kleinem roten Mund, schönen Brauen, reizenden Händen ... Ah, Herr, die reizenden Hände! Diese Hände!

HERR Du glaubst sie noch zu halten?

JAKOB Sie selber, Herr, haben sie mehr als einmal verstohlen ergriffen, und nur von diesen kleinen Händen hing es ab, daß Sie nicht alles mit ihnen getan haben, wonach es Ihnen gelüstete.

HERR Weiß der Himmel, darauf war ich nicht gefaßt.

JAKOB Ich noch weniger.

HERR Ich kann mich weder an eine große Brünette erinnern noch an ihre hübschen Hände. Bemüh dich, etwas deutlicher zu werden!

JAKOB Schön. Aber dazu ist es nötig, daß wir wieder in das Haus des Chirurgen zurückkehren. Meine Wunde hatte sich fast geschlossen, so daß ich mit Hilfe einer Krücke ausgehen konnte, und es blieben mir noch ganze achtzehn Franken. Ich ging ins nächste Dorf, trat in eine Schenke, ruhte mich ein wenig aus, und gerade wollte ich mich auf den Heimweg machen, da hörte ich vor dem Haus das durchdringende Geschrei einer Frau. Sie lag am Boden, raufte sich die Haare und zeigte auf die Scherben eines großen Kruges.

JEANNE Ach, ich bin zugrunde gerichtet. Wie soll ich den Krug bezahlen? Wie soll ich meine armen Kinder ernähren, wenn mir der Verwalter, dieser hartherzige Büttel, alles wegnimmt!

JAKOB Gute Frau, was ich Euch zugestoßen?

JEANNE Seht Ihr's nicht? Ich bin gestolpert und gefallen, der Krug ist zerbrochen, und das ganze Öl ist ausgelaufen.

JAKOB Nun, was war es wert, das ausgelaufene Öl?

JEANNE Neun Franken, mehr, als ich in einem Monat verdienen kann.

JAKOB Da, nehmt, hier sind zwei Laubtaler, das macht zwölf Franken ... Und ohne ihren Dank abzuwarten, machte ich mich auf den Heimweg.
(Musik.)

HERR Das, Jakob, war eine schöne Tat.

JAKOB Eine Dummheit war es, Herr. Verzeihen Sie! Ich war noch nicht hundert Schritt von diesem Dorf entfernt, als ich mir's sagte, und bei meinem geldgierigen Arzt angekommen, mit leerer Börse, fühlte ich es noch viel deutlicher.

HERR Du könntest recht haben, und mein Lob ist vielleicht ebensowenig am Platz wie dein Mitgefühl. Ich sehe die Folgen voraus: du wirst deinem hartherzigen Chirurgen ausgeliefert sein, er wird dich aus dem Hause jagen ... Und doch, Jakob ... Gerade deswegen ... Ich bleibe bei meinem ersten Urteil!

JAKOB Nun, Herr, erlauben Sie mir, daß ich das ein wenig anders betrachte. Ich beklagte meine beiden Laubtaler, indem ich davonhumpelte. Dadurch bekam ich sie freilich nicht wieder, sondern ich verdarb mir nur mein gutes Werk. Ich war auf freiem Feld, und die Nacht war bereits hereingebrochen, als drei Banditen aus dem Buschwerk hervorsprangen, sich auf mich stürzten, mich zu Boden warfen, meine Taschen durchwühlten und höchst erstaunt waren, so wenig Geld bei mir zu finden. Als Zeugen des Almosens, das ich jener Frau gespendet hatte, waren sie überzeugt, daß einer, der leichten Herzens einen halben Louis d'or fahrenläßt, deren mindestens noch zwanzig haben müßte. In ihrem Zorn überlegten sie schon, ob sie mich nicht kaltmachen sollten, damit ich sie nicht anzeigte. Glücklicherweise hörten sie ein Geräusch und entflohen. So kam ich mit ein paar Schlägen und Prellungen davon. Ich machte mich wieder auf den Weg und kam um zwei Uhr nachts, bleich und entkräftet, bei meinem Wundarzt an. Als ich den Doktor weckte ... Aber, Herr, was ist Ihnen? Sie knirschen mit den Zähnen.

HERR Ja, das tue ich. Ich habe den Degen in der Faust, ich bin außer mir, ich stürze mich auf deine Räuber und räche dich. Erklär mir doch, wie konnte derjenige, der die große Rolle dort oben geschrieben hat, da hineinschreiben, daß eine so großmütige Handlung so übel vergolten werden sollte? Wie kann er es ruhig mitansehen, daß die Banditen dich mißhandeln und mit Füßen treten – er, den man doch den Inbegriff aller Vollkommenheit nennt!

JAKOB Langsam, lieber Herr, langsam! Was Sie da sagen, klingt mir verteufelt ketzerisch.

HERR Warum siehst du dich so um?

JAKOB Ich schaue, ob niemand Sie gehört hat... Der Doktor befühlte meinen Puls und stellte fest, daß ich Fieber habe. Ich legte mich nieder, ohne mein Abenteuer zu erwähnen, und grübelte lange vor mich hin. Was sollte ich tun? Ich hatte nicht einen einzigen Sou, und ich durfte nicht daran zweifeln, daß man mir am andern Morgen den Preis abverlangen würde, auf den wir uns geeinigt hatten.

HERR Mein armer Jakob! Was wirst du anfangen? Was wird nur aus dir werden? Deine Lage entsetzt mich.

JAKOB Gnädiger Herr, beruhigen Sie sich. Ich bin ja hier.

HERR Das hatte ich ganz vergessen. Aber wie erging es dir am andern Morgen?

JAKOB Herr, man weiß im Leben weder, worüber man sich freuen noch worüber man sich betrüben soll. Das Gute führt das Schlechte und das Schlechte das Gute mit sich. Wir tappen im Dunkeln unter dem, was dort oben geschrieben steht, und sind gleicherweise unvernünftig in unseren Wünschen, unserer Freude und unserem Kummer.

HERR Jakob, du bist ein Philosoph, gesteh es nur! Ich

weiß recht gut, daß diese Gattung Menschen bei den Großen verhaßt ist, vor denen sie die Knie nicht beugen, bei den Beamten, die von Amts wegen die Vorurteile beschützen, welche jene angreifen, und bei den Völkern, die von jeher die Sklaven der Tyrannen waren, die sie unterdrücken, der Schurken, die sie betrügen, und der Possenreißer, die sie belustigen. Du bist ein Philosoph, Freund Jakob, und das tut mir um deinetwillen leid.

*

HÖRER Aber wie wäre es, wenn Jakob seine Liebesgeschichte zu Ende erzählen würde, statt sich auf die Philosophie zu verlegen?

ERZÄHLER Was heißt hier Anfang, was heißt Ende, wo unsere beiden Reisenden selber stets in Gefahr sind, den Faden zu verlieren, und finden ihn doch wieder; so, geneigter Zuhörer, wird es auch dir ergehen, wenn du ihren Unterhaltungen folgst.
(Musik.)

*

ERZÄHLER Jakob und sein Herr waren sehr müde. Es war spät. Das Wirtshaus, in dem sie übernachten wollten, lag in einer Vorstadt, und das war gut so, denn die Wache hatte das Stadttor bereits geschlossen. Da – ich höre einen Lärm...

HÖRER Was hören Sie? Sie waren ja gar nicht dabei. Die Geschichte handelt doch nicht von Ihnen.

ERZÄHLER Das ist wahr. Nun, Jakob und sein Herr hören einen entsetzlichen Lärm in der Wirtsstube. Ich sehe zwei Männer...

HÖRER Gar nichts sehen Sie. Sie waren ja nicht dabei.

ERZÄHLER Das ist wahr. Zwei Männer saßen am Tisch und unterhielten sich in aller Ruhe miteinander. Die Wirtin des Hauses, die Fäuste in die Seiten gestemmt, goß eine Flut von Schimpfreden über ihnen aus, so daß Jakob, der Diener, gar nicht wußte, wo ihm der Kopf stand.

*

JAKOB Beruhigen Sie sich doch, liebe Frau, kommen Sie zu sich. Worum geht es eigentlich? Diese Herren scheinen mir ehrenwerte Leute zu sein.

WIRTIN Die – ehrenwerte Leute! Rohlinge sind das, Leute ohne Mitleid, ohne Gefühl. Was hat ihnen die arme Nicole zuleide getan, daß sie sie derart mißhandeln? Ja, sie haben sie vielleicht zum Krüppel gemacht, und ihr Leben lang wird sie unter den Folgen leiden.

JAKOB Ja, wenn das so ist, dann muß man nach einem Arzt schicken.

WIRTIN Das ist schon geschehen.

JAKOB Sie muß ins Bett.

WIRTIN Sie liegt schon und jammert, daß es einem das Herz zerreißt. Meine arme Nicole!

STIMME Frau Wirtin! Wo bleibt der Wein?

WIRTIN Ich komme schon.

STIMME Auf Zimmer neun fehlt noch Bettwäsche.

WIRTIN Gleich.

STIMME Die Koteletts und die Ente.

WIRTIN Ja, ja.

HERR Verdammter Erzschwätzer! Kaum ist man angekommen, fängt er schon an, seine Nase in fremde Sachen zu stecken. Was plauderst du da? Willst du mich bis morgen warten lassen? Jakob! Jakob!

WIRTIN Mir scheint, das ist Euer Herr, der Euch ruft.

JAKOB Ich komme schon.

WIRTIN Ach, wenn Ihr wüßtet, wie schlecht es ihr geht, der armen Kreatur!

HERR Jakob, wo bleibst du?

WIRTIN Lauft schnell, Euer Herr wird ungeduldig.

*

ERZÄHLER Es war wirklich Jakobs Herr, der sich allein umgezogen hatte und vor Hunger beinahe umkam; er wollte nämlich auf seinem Zimmer speisen. Endlich ging Jakob hinaus, und sogleich erschien auch die Wirtin auf der Schwelle.

*

WIRTIN Mein Herr, ich bitte tausendfach um Vergebung; es gibt tausend Dinge im Leben, die sich nicht so leicht verdauen lassen. Was wünschen Sie? Ich habe Hühner, Tauben, einen ausgezeichneten Hasenschlegel, auch wilde Kaninchen, denn wir sind hier im Lande der guten Kaninchen. Oder ziehen Sie eine Wildente vor?

*

ERZÄHLER Es wurde aufgetragen, und als Jakob mit seinem Herrn allein war, der mit vollen Backen kaute, ließ diesem die Neugier keine Ruhe.

*

HERR Jakob, was zum Teufel hast du da unten gemacht?

JAKOB Vielleicht etwas Gutes, vielleicht etwas Schlimmes, wer weiß.

HERR Was soll das heißen?

JAKOB Ich hinderte diese Frau, sich von zwei Männern halbtot prügeln zu lassen, die ihrer Dienstmagd mindestens den Arm entzweigeschlagen haben.

HERR Und was soll daran Schlimmes sein?

JAKOB Vielleicht wäre es eine Wohltat für sie gewesen, halbtot geschlagen zu werden, aus zehn Gründen, die wir nicht kennen, und sie womöglich auch nicht. Nehmen Sie mich zum Beispiel! Eines der glücklichsten Ereignisse in meinem Leben ...

HERR ... bestand wohl darin, daß du halbtot geschlagen worden bist?

JAKOB Ja, Herr.

HERR Und wie ist das zugegangen?

JAKOB Habe ich Ihnen nicht erzählt, wie ich zu den Soldaten gekommen bin, wie ich verwundet wurde, wie mich ein geldsüchtiger Wundarzt aufgenommen hat?

HERR Ja, ich erinnere mich.

JAKOB Wie ich einen Ausflug machte ...

HERR Meinetwegen. Aber schenk mir zu trinken ein.

JAKOB Wie ich meine letzten Taler einer armen Frau zum Almosen gab ...

HERR Hast du mir das wirklich alles erzählt?

JAKOB ... und wie ich auf dem Heimweg von Banditen überfallen wurde, die mich halbtot geschlagen haben ...

HERR Schon gut. Ich erinnere mich. Gib mir zu trinken! Und woraus ist der Streit unten in der Wirtsstube entstanden? Und warum hat man die Tochter oder Dienstmagd der Wirtin so schlecht behandelt?

JAKOB Woher soll ich das wissen?

HERR Was, du weißt nicht, worum es sich handelt, und mischst dich doch in einen solchen Streit? Jakob, das steht weder mit der Klugheit in Einklang noch mit den Prinzipien der Tugend.

JAKOB Was sind diese Prinzipien anderes als Regeln, die man den andern zum eigenen Besten vorschreibt? Alle Prediger wünschen, daß man sie befolgt; dabei befänden vor allem sie selber sich sehr wohl.

HERR Trotzdem ist die Tugend eine gute Sache; die Bösen und die Guten rühmen sie gleichermaßen. Schenk mir ein!

JAKOB Die einen wie die andern kommen auf ihre Rechnung dabei.

HERR Aber wieso eigentlich war es ein so großes Glück für dich, halbtot geschlagen zu werden?

JAKOB Es ist spät, Herr, Sie haben gut zur Nacht gespeist, wir sind beide müde; glauben Sie mir, es ist besser, wir gehen schlafen.
(Musik.)

*

ERZÄHLER In diesem Augenblick trat die Wirtin ein und fragte:

WIRTIN Was wünscht Ihr zum Nachtisch?

HERR Was Ihr habt.

WIRTIN Nanon, geschwind, bring Obst und Kuchen herauf!

HERR Mir scheint, Ihr wart recht aufgebracht?

WIRTIN Wer wäre da nicht aufgebracht, mein Herr? Wenn Ihr die Schreie der armen Kreatur gehört hättet! Gott sei Dank! Der Chirurg behauptet, es sei nichts Ernstes; sie hat aber doch zwei ungeheure Beulen, die eine am Kopf, die andre an der Schulter.

HERR Habt Ihr sie schon lange?

WIRTIN Höchstens vierzehn Tage. Man hat sie bei der Poststation hier in der Nähe ausgesetzt.

HERR Ausgesetzt? Wie meint Ihr das?

WIRTIN Mein Gott, ja! Es gibt eben Menschen, die ein Herz von Stein haben. Sie ist über den Fluß geschwommen, und wie durch ein Wunder ist sie hier angekommen. Ich habe sie nur aus Barmherzigkeit ins Haus genommen.

HERR Wie alt ist sie?

WIRTIN Ich glaube, etwas mehr als anderthalb Jahre.

JAKOB *(lachend)* Es ist eine Hündin! Es ist eine Hündin!

WIRTIN Und zwar das schönste Tier von der Welt. Ich würde sie nicht für zehn Louis d'or hergeben. Meine arme Nicole!

HERR Madame hat ein zärtliches Herz.

WIRTIN Ich hänge an meinen Tieren und an meinen Leuten.

HERR Daran tut Ihr gut. Aber wer sind die Herren, die Eure Nicole mißhandelt haben?

WIRTIN Sie sitzen unten und flüstern miteinander; denn sie bilden sich ein, man wisse nicht, wer sie sind. Aber obwohl sie noch keine drei Stunden in der Stadt sind, weiß ich alles von ihren Affären. Ich könnte Ihnen Sachen erzählen, das würden Sie nicht glauben ... Die Schwiegermutter des Jüngeren ist nämlich vor kaum drei Monaten hier durchgekommen, und die beiden sind in Trauer, weil sie ... Aber da bin ich ja schon dabei, die ganze Geschichte zu erzählen! Nein, meine Herren, ich wünsche eine gute Nacht. Hat der Wein geschmeckt?

HERR Sehr gut.

WIRTIN Und sind Sie mit dem Essen zufrieden?

HERR Nur der Spinat war etwas zu gesalzen.

WIRTIN Ich habe manchmal eine schwere Hand. Sie werden gut schlafen, es ist alles frisch bezogen.

*

ERZÄHLER Mit diesen Worten zog sich die Wirtin zurück, und Jakob und sein Herr begaben sich zu Bett, indem sie über das Mißverständnis lachten, daß sie eine Hündin für die Tochter der Wirtin gehalten hatten, und über die Leidenschaft für das entlaufene Tier, die diese Frau ergriffen hatte.

*

JAKOB Ich möchte wetten, daß diese Frau von allem, was hier im Hause ist, nur ihre Nicole liebt.

HERR Das mag wohl sein. Aber nun ist es genug für heute, und ich will schlafen.
(Musik.)

ERZÄHLER Am anderen Morgen steckte Jakob schon sehr früh den Kopf zum Fenster hinaus, um nach dem Wetter zu sehen, sah, daß es abscheulich war, legte sich wieder hin und ließ uns, seinen Herrn, mich und euch, schlafen, solange es uns gefiel.
Jakob, sein Herr und die anderen Reisenden, die in der Herberge eingekehrt waren, glaubten, der Himmel werde wieder aufklaren; aber damit war nichts; es fing im Gegenteil an, heftig zu regnen, und so entschlossen sich die Gäste, lieber einen Tag zu verlieren und auf besseres Wetter zu warten. Die einen unterhielten sich, die andern wagten sich vor die Tür und kehrten fluchend und stampfend in die Wirtsstube zurück, einige machten sich ans Trinken und Politisieren, andere spielten Karten, rauchten oder schliefen.

*

HERR Vielleicht hält uns der Himmel hier nur deshalb zurück, damit du, Jakob, deine Liebesgeschichte weiterbringst und ich die Genugtuung habe, ihr Ende zu vernehmen.

JAKOB Herr, man weiß nie, was der Himmel will oder nicht will; vielleicht weiß er es selber nicht. Aber wo war ich stehengeblieben? Ich bitte Sie, gnädiger Herr, bringen Sie mich auf den richtigen Weg zurück!

HERR Das will ich übernehmen, und um gleich mein Amt als Souffleur zu beginnen: Du warst in deinem Bett, im Hause des Chirurgen, ohne einen Sou, um die Rechnung des Arztes zu bezahlen.

JAKOB Da hört man einen Wagen vor der Haustür halten. Ein Bedienter tritt ein und fragt:

*

BEDIENTER Wohnt hier nicht ein armer Mann, ein Soldat, der mit einer Krücke geht?

WUNDARZT Ja, was wollt Ihr von ihm?

BEDIENTER Ihn in diesen Wagen hier setzen und mitnehmen.

WUNDARZT Er liegt in diesem Bett. Zieht die Vorhänge zurück, und Ihr könnt selber mit ihm sprechen.

BEDIENTER Vorwärts, Kamerad, steht auf, zieht Euch an und dann fort!

JAKOB Was wollt Ihr von mir? Laßt mich schlafen.

BEDIENTER Ich habe Befehle von meinem Herrn.

JAKOB Und hat Euer Herr Euch auch befohlen zu bezahlen, was ich hier schuldig bin?

BEDIENTER Das ist alles in Ordnung. Beeilt Euch, alle Welt erwartet Euch auf dem Schloß.

JAKOB Ich lasse mich überreden, ich ziehe mich an, man faßt mich unter die Arme. Ich hatte eben Abschied von dem Doktor genommen, wollte in den Wagen steigen und fortfahren ...

*

ERZÄHLER Jakob wollte fortfahren, als die Wirtin eintrat, ihr eingewickeltes Hündchen auf dem Arm, das sie küßte, streichelte, bedauerte und mit dem sie sprach, als wäre es ihr Kind.

*

WIRTIN Meine arme Nicole! Die ganze Nacht hat sie gewinselt. Und Sie, meine Herren, haben Sie gut geschlafen?

HERR Sehr gut.

WIRTIN Das Wetter sitzt fest und findet keinen Ausweg.

JAKOB Wir sind sehr ärgerlich darüber.

WIRTIN Haben die Herren einen weiten Weg?

JAKOB Das wissen wir selber nicht.

WIRTIN Die Herren reisen jemandem nach?

JAKOB Wir reisen niemandem nach.

WIRTIN Sie gehen und bleiben, je nach den Geschäften, die Sie unterwegs abzuwickeln haben?

JAKOB Wir haben keine Geschäfte.

WIRTIN Die Herren reisen zu ihrem Vergnügen?

JAKOB Oder zu unserm Mißvergnügen.

WIRTIN Ich hoffe, daß das erstere der Fall ist.

JAKOB Euer Wunsch wird nichts dran ändern, daß es genau so kommt, wie es dort oben geschrieben steht.

WIRTIN Oh! Dann handelt es sich wohl um eine Heirat.

JAKOB Vielleicht ja, vielleicht nein. Aber was ist das für ein Lärm?

WIRTIN Ach, das ist nur mein Mann, er ruft nach mir. Wer weiß, was er nun wieder will!

(Musik.)

WIRT Was zum Teufel treibst du nur die ganze Zeit hier oben?

WIRTIN Das siehst du doch. Ich unterhalte mich mit diesen beiden Herren.

WIRT Weißt du, wer gekommen ist? Mein Gevatter, du weißt schon, welcher, der immer Geld von uns leihen will und es nie zurückzahlt.

WIRTIN Da kommt er doch wahrhaftig die Treppe herauf.

WIRT Was willst du hier? Bringst du mir Geld?

GEVATTER Nein, Gevatter, du weißt doch, daß ich keines habe.

WIRT Du hast kein Geld, du Lump? Ich werde deine Ochsen und Pferde, deinen Pflug und dein Bett pfänden lassen, um mich bezahlt zu machen.

GEVATTER Ich bin kein Lump!

WIRT Was denn sonst? Immer, wenn du auf dem letzten Loch pfeifst, kommst du zu mir, und meine Frau, diese verdammte Schwätzerin, die Ursache aller Dummheiten meines Lebens, überredet mich, dir zu helfen. Ich leihe dir Geld, du versprichst, mir's zurückzuzahlen, aber noch nie hast du dein Wort gehalten. Doch jetzt ist meine Geduld am Ende. Verschwinde! Siehst du nicht, daß du diese beiden Herren hier störst?

HERR Aber keineswegs.

WIRT Verschwinden sollst du!

GEVATTER Alles, was du sagst, ist wahr. Aber es ist auch wahr, daß der Gerichtsvollzieher bei mir ist und daß wir bald an den Bettelstab gebracht sein werden, meine Tochter, mein Sohn und ich.

WIRT Das geschieht dir ganz recht.

GEVATTER Und meiner armen Margarete geschieht es auch recht, die so hübsch und gescheit ist und die jetzt nach Paris in Stellung gehen muß?

WIRT Was? Nach Paris schickst du sie? Du willst sie wohl zur Hure machen?

GEVATTER Nicht ich schicke sie, sondern du, weil du uns nicht helfen willst, du Geizhals.

WIRT Was? Ich soll ein Geizhals sein? Das ist nicht wahr.

GEVATTER Ich kann sie nicht mehr ernähren. Meine Tochter muß Dienstmagd werden, mein Sohn läßt sich bei den Soldaten anwerben.

WIRT Und an alledem werde ich schuld sein. Nein, das kann ich nicht zulassen. Du weißt ganz genau, daß ich es nicht soweit kommen lassen. Es ist schon ein Kreuz, wenn man solche Verwandten hat! Also gut, sage mir, was du brauchst.

GEVATTER Nichts brauche ich. Es ist schon schlimm genug, daß ich dir etwas schuldig bin; denn durch deine Schimpfreden tust du mehr Übles als Gutes durch deine Hilfe. Hätte ich nur Geld, ich würde es dir ins Gesicht werfen. Weiß Gott, was aus meiner Tochter wird; mein Sohn wird sich töten lassen; und ich werde betteln, wenn es sein muß, aber nicht vor deiner Tür! Laß mich ruhig pfänden. Mich bist du ein für allemal los.

WIRT Haltet ihn zurück, er weiß nicht, was er sagt!

WIRTIN Langsam, Gevatter, wir wollen lieber darüber nachdenken, wie dir zu helfen ist.

GEVATTER Ich will seine Hilfe nicht, sie ist mir zu teuer erkauft.

WIRT Laß ihn nicht gehn. Du mußt ihn zurückhalten! Er wird an der Kirchtür betteln! Das könnte ich nicht mitansehen.

*

ERZÄHLER Die Wirtin bemühte sich vergebens; der Bauer, der seinen Stolz hatte, wollte nichts annehmen. Der Wirt, mit Tränen in den Augen, wandte sich an Jakob und seinen Herrn und bat sie zu vermitteln, und jetzt beschworen alle miteinander den Bauern, Vernunft anzunehmen. Wenn ich jemals einen Mann gesehen habe ...

HÖRER Was soll das heißen? Sie waren doch gar nicht dabei. Sagen Sie lieber: Wenn *man* jemals einen Mann gesehen hat ...

ERZÄHLER Gut, meinetwegen! Wenn man jemals einen Mann gesehen hat, der bestürzt war über eine solche Abfuhr, außer sich darüber, daß man sein Geld nicht annehmen wollte, so war es dieser Wirt. Er umarmte seine Frau, beschwor Jakob und seinen Herrn und rief:

*

WIRT Schnell! Schickt jemanden zu ihm nach Haus, der den Gerichtsvollzieher bezahlt und davonjagt!

GEVATTER Du mußt doch zugeben ...

WIRT Ja! Ich gebe alles zu, was du willst! Aber was soll ich tun? Die Natur hat mich zum hartherzigsten und zugleich zum weichsten Mann gemacht. Ich bin, wie ich bin. Ich kann weder gewähren noch verweigern. Frau, mach schnell, geh hinunter und gib ihm, was er braucht! Zum Teufel, so lauf schon, worauf wartest du? Ich bitte dich, beeil dich. Danach kannst du meinetwegen zu diesen Herren zurückkehren, mit denen du dich, wie es scheint, ausnehmend gut verstehst.

(Musik.)

*

ERZÄHLER Die Frau und der Gevatter gingen hinunter, der Wirt blieb noch einen Augenblick, und als auch er gegangen war, sagte Jakob zu seinem Herrn:

*

JAKOB Das ist aber ein sonderbarer Mann! Erst hat der Himmel uns schlechtes Wetter geschickt, damit ich endlich dazu komme, Ihnen meine Liebesgeschichte zu erzählen; dann wieder schickt er uns einen Geizigen, der freigebig ist, und eine Wirtin, die das große Wort führt, um mich an eben dieser Erzählung zu hindern. Ich werde nicht klug daraus. Und Sie, gnädiger Herr, strecken sich in Ihrem Lehnstuhl aus, gähnen und klopfen auf Ihre Tabaksdose, als wäre Ihnen alles einerlei.

HERR Jakob, es ist noch nicht aller Tage Abend. Verschieben wir es auf ein andermal.

JAKOB Das heißt, der Himmel will für heute, daß ich meinen Mund halten und daß die Wirtin reden soll. Das ist eine Plaudertasche, die sich nichts anderes wünscht. Nun gut, ich gebe mich geschlagen.

HERR Du wirst verdrießlich.

JAKOB Ich rede eben auch gern.

HERR So schwatze denn, weil es uns beiden Vergnügen macht!

JAKOB Ich verließ also das Haus des Chirurgen, setzte

mich in den Wagen und kam im Schlosse an, wo man mich sehr freundlich empfing.

HERR Warst du denn dort bekannt?

JAKOB Die Frau, der ich meine letzten Laubtaler geschenkt hatte – Sie erinnern sich doch?

HERR Recht gut.

JAKOB Sie hieß Jeanne und war Botenfrau im Schloß. Sie hatte meine gute Tat ausposaunt, und der Herr hatte befohlen, daß man mich ausfindig macht und in sein Schloß schafft. Man hatte ihm die Fußtritte und die Faustschläge der Banditen nicht verschwiegen, mit denen mir meine gute Tat vergolten worden war. Sehen Sie nun wohl, Herr, daß niemand wissen kann, was dort oben geschrieben steht. Ist es gut oder übel getan, wenn man sein letztes Geld wegschenkt? Ist es ein Unglück, oder ist es keines, zu Boden geschlagen zu werden? Ohne dies hätte Herr Desglands nie von Jakob reden hören.

HERR Was? Du sprichst von Monsieur Desglands, dem Herrn von Miremont? Er ist einer meiner ältesten Freunde!

JAKOB Ganz recht. Und die schöne Brünette mit den schwarzen Augen ...

HERR ... ist Denise, die Tochter der Botenfrau.

JAKOB Eben die.

HERR Du hast recht, sie ist so schön, daß ich alles versucht habe, um sie zu verführen, aber vergebens. Diese Spitzbübin! Wenn ich mir vorstelle, daß sie einem Jakob den Vorzug gibt!

JAKOB Ein Jakob, Herr, ist so gut ein Mensch wie ein anderer.

HERR Jakob, du täuschst dich.

JAKOB Manchmal ist er sogar mehr wert als ein anderer.

HERR Du mißbrauchst meine Güte! Wenn du unverschämt wirst, dann nimm deine Flasche und pack dich, hinunter in die Gesindestube!

JAKOB Sie spaßen, Herr. Ich befinde mich recht wohl hier und gehe nicht hinunter.

HERR Ich befehle dir hinunterzugehen.

JAKOB Das kann nicht Ihr Ernst sein. Bedenken Sie, daß wir uns gar nicht mehr voneinander trennen lassen! Es steht dort oben geschrieben, daß, solange Jakob lebt und sein Herr lebt und selbst dann, wenn beide tot sind, alle Welt auf immer und ewig sagen soll: Jakob und sein Herr.

HERR Und ich sage: Jakob, geh hinunter.

JAKOB Ich bleibe, wo ich bin. *(Musik.)*

*

ERZÄHLER Und nun fingen Jakob und sein Herr an, aus vollem Halse zu schreien. Du sollst hinuntergehen. – Ich will nicht. – Du mußt! – Die Wirtin hörte den Lärm und kam herauf.

*

WIRTIN Aber, meine Herren, was ist denn los?

JAKOB Mein Herr ist im Kopf verrückt geworden.

HERR Haben Sie das gehört?

WIRTIN Er hat unrecht. Aber sprechen Sie einer nach dem andern, damit ich weiß, worum es sich handelt.

HERR Rede, Schurke!

JAKOB Reden *Sie* doch!

WIRTIN Nein, reden Sie, Jakob! Ihr Herr hat es Ihnen befohlen, und wenn man alles recht bedenkt, bleibt ein Herr immer ein Herr.

ERZÄHLER Jakob erklärte nun der Wirtin, was vorgefallen war, und die Wirtin hörte aufmerksam zu.

WIRTIN Wollen Sie mich nun zum Schiedsrichter ernennen, meine Herren?

JAKOB Herzlich gern.

HERR Herzlich gern, Frau Wirtin.

WIRTIN Und versprechen Sir mir auf Ihre Ehre, sich nach meinem Spruch zu richten?

JAKOB Auf Ehre!

HERR Auf Ehre!

WIRTIN Nun, nachdem uns durch Herrn Jakob alles vorgebracht worden ist, und es sich daraus erhellt, daß sein Herr ein sehr guter Herr und Jakob keineswegs ein schlechter Diener ist, so annullieren wir die Gleichheit, die sich durch lange Gewohnheit zwischen beiden gegründet hat, stellen diese jedoch sogleich wieder her, indem wir verkünden: Jakob geht hinunter, und wenn er hinuntergegangen ist, kommt er wieder herauf und tritt von neuem in alle seine alten Vorrechte ein. Sein Herr wird ihm die Hand reichen und freundlich zu ihm sagen: Guten Tag, Jakob! Es ist schön, daß du wieder hier bist. Und Jakob antwortet: Ich freue mich, wieder bei Ihnen zu sein. Der eine soll befehlen und der andere gehorchen, soweit es in eines jeden Kräften steht. Im übrigen soll, was der eine vermag und der andere schuldig ist, in die gleiche Dunkelheit gehüllt bleiben wie bisher.

JAKOB So steht es also dort oben geschrieben, daß ich hinunter muß!

WIRTIN Ja. Kommen Sie, Herr Jakob, und geben Sie mir Ihren Arm.

*

ERZÄHLER Jakob tat, wie ihm geheißen, doch kaum waren sie über die Schwelle, da eilte sein Herr ihm nach und umarmte ihn.

*

HERR Ja, es steht dort oben geschrieben, daß ich mich nie von diesem Originale soll trennen können und daß er, solang ich lebe, mein Herr und ich sein Diener sein soll.

WIRTIN So wie die Dinge stehen, werden Sie sich beide nicht schlecht dabei befinden.

(Musik.)

*

ERZÄHLER Als die Wirtin so den Streit geschlichtet und Jakob wieder in Gnaden hatte annehmen lassen, ging sie wieder ihren Geschäften nach. Der Herr klopfte auf seine Tabaksdose, und Jakob schenkte sich ohne Umstände ein neues Glas ein.

*

JAKOB Gnädiger Herr, könnten wir nicht, um in Zukunft jeden Streit zu vermeiden, allen ähnlichen Fällen durch einen ordentlichen Vertrag vorbeugen, bei dem jeder von uns zu seinem Recht kommt?

HERR Ich wäre es zufrieden.

JAKOB Nun, so wollen wir ausmachen: Erstens. Weil es nun einmal dort oben geschrieben steht, daß ich Ihnen unentbehrlich bin, so soll die Regel gelten: daß ich alle Vorrechte, die Sie mir einräumen, mißbrauchen darf, sooft ich dazu Gelegenheit finde.

HERR Aber, Jakob, noch nie ist ein solcher Vertrag geschlossen worden!

JAKOB Geschlossen oder nicht geschlossen, aber so und nach dieser Regel ist es von jeher geschehen, geschieht noch und wird geschehen, solange die Welt steht. Glauben Sie, andere Herren hätten nicht versucht, dieser Regel zu entrinnen? Oder halten Sie sich für klüger als alle, die vor Ihnen da waren? Geben Sie es auf! Denn es steht nicht in Ihrer Macht, dieser Regel zu entkommen. Zweitens aber wollen wir ausmachen: Weil Jakob sehr wohl weiß, welche Gewalt er über seinen Herrn hat, und weil sein Herr die eigene Schwäche einsieht, so soll die Regel gelten: daß Jakob unverschämt sein darf, sein Herr aber um des lieben Friedens willen so tun soll, als würde er es nicht gewahr. Denn dies alles wurde dort oben niedergeschrieben und in eben dem Augenblick besiegelt, als die Natur Jakob und seinen Herrn hervorbrachte. Es wurde nämlich dort oben beschlossen, daß Sie den Titel eines Herrn führen, ich aber im Besitz der Sache sein sollte.

HERR Aber wenn es so wäre, dann hättest du ja ein besseres Los gezogen als ich.

JAKOB Wer wollte das bestreiten?

HERR Und ich täte am besten daran, deinen Platz einzunehmen und dir den meinigen zu überlassen.

JAKOB Wissen Sie, was dann geschehen würde? Sie würden den Titel verlieren, ohne die Sache zu gewinnen. Nein, nein. Lassen Sie uns bleiben, wir wir sind!

HERR Das dünkt mich hart, sehr hart.

JAKOB Herr, lieber Herr! Löcken Sie nicht wider den Stachel, sonst sticht er sie nur um so mehr. Also, das wäre nun zwischen uns beiden abgemacht.

HERR Aber wenn die Natur es so will, wie du sagst, wozu bedarf es dann noch unserer Einwilligung?

JAKOB Halten Sie es denn für etwas Unnötiges, einmal recht klar und deutlich zu wissen, wie es mit einem steht? Alle unsere Streitigkeiten sind doch nur daher gekommen, daß wir uns noch nie ganz offen ins Gesicht gesagt haben: Sie, daß Sie mein Herr heißen wollen, und ich, daß ich Ihr Herr sein soll. Doch nunmehr ist das alles ins reine gebracht, und jetzt brauchen wir uns nur noch danach zu richten.

HERR Aber wo zum Teufel hast du all diese schrecklichen Weisheiten her?

JAKOB Aus dem großen Buche. Ach, Herr, man mag

noch soviel überlegen, grübeln und in allen möglichen Büchern studieren, man bleibt doch immer ein Abc-Schütze, wenn man nicht in dem großen Buche gelesen hat.
(Musik.)

*

ERZÄHLER Kaum hatte die Wirtin ihre dringendsten Geschäfte erledigt, da stand sie schon wieder unter der Tür, um das Mittagessen für morgen zu besprechen und ein wenig über ihre Gäste zu klatschen.

*

WIRTIN Der Mann, der meine arme Hündin so roh behandelt hat, ist übel dran. Er ist ein Edelmann, der eine höchst lächerliche Heirat geschlossen hat. Es ist der Marquis von Arcis, ein sehr liebenswürdiger Mann, der seinem Vergnügen lebte und nicht eben sehr an die Tugend der Frauen glaubte.
STIMME VON UNTEN Frau Wirtin!
WIRTIN Was gibt's?
STIMME VON UNTEN Die Rechnung für Nummer fünf.
WIRTIN Schau auf der Kaminecke nach. – Der Herr Marquis indessen fand eine Frau, die ihn streng hielt. Sie hieß Frau von Pommeraye und war eine Witwe von Stande, reich, stolz und streng. Er verliebte sich in sie, machte ihr den Hof, schwor ihr dauernde Treue ...
STIMME VON UNTEN Madame!
WIRTIN Was gibt's?
STIMME VON UNTEN Den Schlüssel zur Haferkiste!
WIRTIN Schau nach, ob er nicht am Nagel hängt. – Er schwor ihr dauernde Treue und gelangte nach einer Belagerung von mehreren Monaten an das Ziel seiner Wünsche.

ERZÄHLER Lieber Zuhörer! Ich habe vergessen, dir die Stellung der drei Personen zu malen; das war ein Fehler von meiner Seite; indes besser spät als nie. Denke dir also den Herrn im Schlafrock nachlässig auf einem großen Polsterstuhl ausgestreckt, mit der Schnupftabaksdose in der Hand; die Wirtin im Hintergrund, der Tür gegenüber, das Glas vor sich auf dem Tisch; und Jakob zu ihrer Rechten, die Ellbogen auf den Tisch gestützt und den Kopf zwischen zwei Champagnerflaschen gesenkt; zwei leere Flaschen hat er neben sich auf den Boden gestellt.

*

WIRTIN Die Sache hätte gut ausgehen können, wenn der Marquis bei seinen zärtlichen Gesinnungen geblieben wäre. Als aber ein paar Jahre verstrichen waren, fing er an, das Leben mit der Frau von Pommeraye einförmig zu finden.

STIMME VON UNTEN Frau Wirtin!

WIRTIN Was gibt's schon wieder?

STIMME VON UNTEN Der Bettelmönch ist da.

WIRTIN Gib ihm zwölf Sous für diese beiden Herren hier und sechs für mich. – Der Herr von Arcis ließ einen Tag, zwei Tage hingehen, ohne sich blicken zu lassen, und kürzte seinen Besuch immer mehr ab. Wenn er kam, sprach er nur ein Wort, streckte sich in einen Lehnsessel, nahm eine Zeitung zur Hand, warf sie wieder weg, sprach mit seinem Hund oder schlief ein. Madame de Pommeraye fühlte, daß sie nicht mehr geliebt wurde. Sie wollte sich davon überzeugen und fing es folgendermaßen an. Eines Mittags sagte sie nach dem Essen zu dem Marquis:

FRAU VON POMMERAYE Sie sind so sehr in Gedanken, mein Freund?

ARCIS Auch Sie.

POMMERAYE Ich kann es nicht leugnen, und zwar in ziemlich traurigen. Um die Wahrheit zu sagen... Aber nein, es ist besser, ich schweige.

ARCIS Warum denn, meine Liebe? Reden Sie frei heraus.

POMMERAYE Aber ich fürchte, Sie zu verletzen...

STIMME VON UNTEN Madame! Madame!

WIRTIN Ich habe euch doch gesagt, ich will meine Ruhe haben.

STIMME VON UNTEN Aber der Küfer ist da, wegen der Fässer.

WIRTIN Meine Herren, es ist wie verhext, ich bitte um Entschuldigung. Gleich bin ich wieder bei Ihnen.

*

ERZÄHLER Die Wirtin eilte davon, erschien aber gleich wieder und fuhr fort.

*

POMMERAYE Marquis, ich kann Ihnen nicht verhehlen, daß meine Gefühle für Sie nicht mehr die nämlichen sind wie vor einigen Monaten. Nennen Sie mich wankelmütig, flatterhaft! Ich will es ertragen; nur geben Sie mir nicht den Namen einer Heuchlerin, denn den verdiene ich nicht.

WIRT Frau, wo bist du?

WIRTIN Was gibt's schon wieder?

WIRT Nichts, nichts.

WIRTIN Man hat doch nicht einen Augenblick Ruhe in diesem Haus! Selbst an Tagen, wo kaum Gäste da sind. Wie bedauernswert ist eine Frau aus meinem Stand, besonders wenn sie einen so einfältigen Mann hat. – Hier sank Frau von Pommeraye in ihren Lehnstuhl zurück und fing an zu weinen. Der Marquis warf sich ihr zu Füßen und rief:

ARCIS Liebenswürdigste Frau, Ihre Aufrichtigkeit reißt mich hin. Ich wäre ein Ungeheuer, wenn ich Ihnen nicht gestände, daß es mir ebenso ergangen ist wie Ihnen; nur daß ich den Mut nicht fand, es Ihnen zu sagen.

POMMERAYE Ist das wahr, mein Freund?

ARCIS So wahr ich Ihr Freund bin; und wir können uns beide Glück wünschen, daß die Liebe, dieses vergängliche und trügerische Gefühl, uns zu gleicher Zeit verließ.

WIRTIN Nun wußte Frau von Pommeraye, woran sie war. Doch sie verbarg den tödlichen Verdruß, der ihr das Herz zerriß.

STIMME VON UNTEN Madame!

WIRTIN Was ist los?

STIMME VON UNTEN Die Postkutsche kommt!

WIRTIN Meine Herren, ich muß Sie verlassen; sobald aber alles besorgt ist und das Haus sich zur Ruhe gelegt hat, will ich Ihnen wieder aufwarten.

JAKOB Bringen Sie nur ein paar Flaschen von Ihrem Champagner mit!

HERR Und erzählen Sie uns die Geschichte, die mir Vergnügen macht, zu Ende. – Jakob! Ist dir nichts aufgefallen?

JAKOB Was denn?

HERR Daß diese Frau für eine Gastwirtin viel zu gut erzählt.

*

HÖRER Jakobs Herr hat recht, und ich glaube nicht recht an diese Wirtin.

ERZÄHLER Dein Unglauben, geneigter Zuhörer, kommt fast einem Lob gleich. Hinter jedem Erzähler, weißt du, steckt ein anderer Erzähler, der den ersten erfunden hat, und so fort. Deshalb wäre es auch eitel von mir, dein ungläubiges Kompliment auf mich zu beziehen; ich gebe es weiter an den, der mich erfunden hat. *(Musik.)*

*

WIRTIN Gott sei gedankt, sie liegen alle in ihren Betten; ich muß nicht mehr befürchten, unterbrochen zu werden, und kann Ihnen zuliebe, meine Herren, meine Geschichte zu Ende bringen. Doch wollen wir noch eins trinken.

HERR Wahrhaftig, Frau Wirtin, Sie haben recht.

JAKOB Es freut mich, daß Sie auch so denken, Herr.

HERR Ihr Champagner ist vortrefflich.

WIRTIN Ach, Sie meinen den Wein? Auf Ihr Wohl! Erinnern Sie sich noch, wo wir stehengeblieben sind?

HERR Ja, beim treulosesten aller Geständnisse.

WIRTIN Der Marquis von Arcis und die Frau von Pommeraye umarmten einander und nahmen Abschied. So groß der Zwang war, den die Dame sich in seiner Gegenwart angetan hatte, so ungehemmt gab sie sich ihrem Schmerz und ihrer Wut hin, als er weg war. Ich habe Ihnen schon gesagt, daß sie viel Stolz besaß; aber sie war in noch weit höherem Grade rachsüchtig. Doch wie wird sie es wohl anfangen, sich an dem Marquis zu rächen? Sie weiß es selber noch nicht; sie sinnt darüber nach ...

JAKOB Wie wäre es, wenn wir, während sie nachsinnt ...

WIRTIN Was! Die Flaschen sind schon leer? Johann!

STIMME VON UNTEN Madame?

WIRTIN Noch zwei Flaschen, von dem, der ganz hinten im Keller hinter den Reisigbündeln liegt!

STIMME VON UNTEN Ich verstehe schon.

WIRTIN Schließlich erinnerte sie sich an eine Frau aus der Provinz, die wegen eines Erbschaftsprozesses mit ihrer Tochter, einem jungen, schönen, wohlerzogenen Mädchen, nach Paris gekommen war. Der Prozeß ging verloren, die Frau war zugrunde gerichtet. Sie verfiel auf die Idee, ein Spielhaus einzurichten. Die Lebemänner von Paris trafen sich dort, spielten, soupierten, und gewöhnlich blieb der eine oder andere und brachte den Rest der Nacht bei der Mutter oder der Tochter zu, je nachdem es ihnen beliebte. Frau von Pommeraye ließ nun diese beiden Frauenzimmer, die sich Madame und Mademoiselle d'Aignon nannten, ausfindig machen und zu sich rufen.

POMMERAYE Ich danke Ihnen, daß Sie gekommen sind. Es scheint mir, daß Sie an Ihrer Lage wenig Freude finden?

MUTTER Gar keine. Meine arme Tochter ist so elend und schwermütig, daß sie darüber alle ihre Kunden verscheucht.

POMMERAYE Wenn ich mir nun vornähme, Ihnen beiden zu einem glänzenden Schicksal zu verhelfen, würden Sie einwilligen?

MUTTER Von ganzem Herzen.

POMMERAYE Sie müßten allerdings allen Vorschriften, die ich Ihnen geben werde, auf das pünktlichste folgen.

MUTTER Daran werde ich es nicht fehlen lassen.

POMMERAYE Gut. Gehen Sie wieder nach Hause. Verkaufen Sie Ihre Möbel und Ihre Kleider, und erwarten Sie meine Befehle. *(Musik.)*

*

JAKOB Ich beginne Geschmack an dieser Geschichte zu finden. Wie wäre es, wenn wir auf die Gesundheit der Frau von Pommeraye anstießen?

WIRTIN Recht gern, Herr Jakob.

JAKOB Und der Mademoiselle d'Aignon, die so wenig Talent zum Tanzen und soviel Melancholie hat, weil sie alle Abende mit einem andern Galan zu Bett gehen muß.

WIRTIN Spotten Sie nicht, Herr Jakob. Ach, wenn Sie wüßten, wie hart es ist, mit einem Mann, den man nicht liebt...

JAKOB Auf die Gesundheit der Mademoiselle d'Aignon also, weil sie eine solche Märtyrerin ist!

WIRTIN Meinetwegen.

JAKOB Frau Wirtin, lieben Sie Ihren Mann?

WIRTIN Nicht sonderlich.

JAKOB Auf seine Gesundheit!

WIRTIN Darauf können Sie allein trinken.

HERR Ist Ihr Gemahl denn schon zu Bett?

WIRTIN Schon lange.

HERR Und er läßt Sie so mit Ihren Gästen allein?

WIRTIN Das sind wir gewohnt. – Frau von Pommeraye mietete für die beiden Frauen eine Wohnung in der Vorstadt, ließ sie umziehen und machte sie mit den Vorschriften bekannt, die sie erdacht hatte:

*

POMMERAYE Sie unternehmen in Zukunft keine Spaziergänge mehr, denn Sie dürfen nicht erkannt werden. Sie kleiden sich bescheiden, nach Art der Betschwestern, denn man muß Sie für fromm und tugendhaft halten. Sie teilen kleine Almosen aus, nehmen aber selbst keinerlei Gaben an, denn man soll glauben, daß Sie weder arm noch reich sind. Sie nehmen keinerlei Besuche an, denn Sie müssen die größte Zurückgezogenheit vorspielen. Ich gebe zu, daß dieses Leben streng und langweilig ist; aber es wird nicht lange dauern, und ich verspreche Ihnen die glänzendste Belohnung dafür. Was die Kosten Ihrer kleinen Wirtschaft betrifft, so lassen Sie dies meine Sorge sein. Vor allen Dingen aber: Ich verlange Unterwerfung, blinde, unbeschränkte Unterwerfung unter meine Befehle, sonst haben Sie von der Zukunft nichts Gutes zu erwarten.

*

HERR Das ist ein Weiberkopf! Gott soll mich behüten, einen ähnlichen anzutreffen!

WIRTIN Geduld, Geduld! Sie kennen Frau von Pommeraye noch nicht. – Während die beiden Damen ihr ehrbares Leben anfingen, setzte unsere Heldin ihren freundschaftlichen Umgang mit dem Marquis fort. Sie ließ drei Monate verstreichen, bis es ihr an der Zeit schien, ihr Triebwerk in Gang zu setzen. An einem schönen Sommertag, da sie den Marquis bei sich zu Tisch erwartete, ließ sie der d'Aignon und ihrer Tochter sagen, sie möchten sich in den Botanischen Garten begeben. Der Marquis war bester Laune, und er ging gern darauf ein, als seine Freundin ihm nach dem Essen einen Spaziergang vorschlug. Als sie in die erste Allee zur Rechten einbogen, stieß Frau von Pommeraye einen Ruf der Überraschung aus:

*

POMMERAYE Sie hier, meine Lieben! Welche Überraschung. Wir haben uns eine Ewigkeit nicht gesehen! – Erlauben Sie, daß ich Ihnen den Marquis des Arcis vorstelle, meinen Freund. – Wie schön Ihre Tochter geworden ist, wie blühend sie aussieht!

*

WIRTIN Auf der Heimfahrt erkundigte sich der Marquis sehr angelegentlich nach den beiden Damen, und Frau von Pommeraye schilderte ihm ihre Vorzüge mit viel Wärme und inniger Anteilnahme.

JAKOB Wenn das so weitergeht, sehe ich voraus, daß der Marquis seinen Hals nicht mehr aus der Schlinge bringt, die man im Begriff ist, ihm umzulegen.

HERR Ich möchte wissen, worauf der Plan eigentlich hinausläuft.

JAKOB Ich nicht. Es würde mir mein ganzes Vergnügen stören.

WIRTIN Von diesem Tag an kam der Marquis weit öfter zur Frau von Pommeraye, die es wohl bemerkte, doch ohne ihn nach der Ursache zu fragen. Sie wartete stets, bis er selber von den beiden Damen zu sprechen anfing, immer mit Ungeduld und mit schlecht gespielter Gleichgültigkeit.

ARCIS Haben Sie Ihre Freundinnen gesehen?

POMMERAYE Nein.

ARCIS Sie handeln nicht schön an den beiden. Mir scheint, als lebten sie in beengten Umständen. Glauben Sie nicht, daß man ihnen helfen sollte? Ich würde es mir zur Ehre anrechnen, etwas für sie zu tun. Wenn ich ihnen fünfzig Louis d'or schicken würde ...

POMMERAYE Ihr Geschenk würde nicht angenommen, davon bin ich überzeugt. Glauben Sie übrigens nicht, daß ein solcher Korb angebracht wäre? Ihre Anwandlung von Mitleid kommt recht plötzlich und ist höchst verdächtig. Marquis, Marquis! Seien Sie auf der Hut! Verwechseln Sie dieses Mädchen nicht mit denen, die Sie bisher gekannt haben. Ein solches Geschöpf verführt man nicht. Da gibt es kein Gehör; Sie werden nie an Ihr Ziel gelangen.

WIRTIN Mit einem Mal erinnerte sich der Herr des Arcis an ein dringendes Geschäft. Er sprang hastig auf und verließ mürrisch das Haus. Einen Monat lang blieb er ganz aus. Dann kam er wieder, aber er sah traurig, melancholisch, ja verfallen aus.

*

POMMERAYE Was fehlt Ihnen, Marquis? Sie haben sich lange Zeit nicht sehen lassen; jetzt kommen Sie zum

Vorschein, sehen aus, als hätten Sie im Grabe gelegen, und irren umher wie eine Seele, die spukt?

ARCIS Ich halte es nicht länger aus! Die Tochter Ihrer Freundin hat den lebhaftesten Eindruck auf mich gemacht. Ich habe mir alle Mühe gegeben, sie zu vergessen, aber es will mir nicht gelingen. Ich muß sie wiedersehen, und Sie müssen mir dazu verhelfen. Ersparen Sie Ihren Freundinnen alle die Verrücktheiten, deren ich fähig wäre. Ich würde sie sonst ohne Anmeldung aufsuchen, ja, ihre Tür sprengen; ich bürge für nichts. Sie sehen doch, in welchem Zustand der Erregung ich mich befinde.

WIRTIN Bemerken Sie wohl, meine Herren, daß der Marquis die ganze Zeit über kein Wort hervorgebracht hatte, das nicht ein Dolchstich für das Herz der Frau von Pommeraye gewesen wäre. Sie erstickte fast vor Wut.

JAKOB Frau Wirtin, was ist das für ein Teufelsweib! Ich zittere wie Espenlaub und muß mir wieder Mut antrinken. Wollen Sie mich alleine trinken lassen?

WIRTIN Ich bin nicht so furchtsam. Auf Ihr Wohl, Herr Jakob! – Frau von Pommeraye spannte den Marquis einen Monat lang auf die Folter; durch arglistige Reden versuchte sie, ihn noch mehr zu reizen, noch mehr anzufeuern und noch tiefer ins Verderben zu stürzen. Schließlich lud sie die beiden Frauen zum Mittagessen ein und sagte dem Marquis, er möge sich überraschend melden lassen, damit es den Anschein habe, als sei das Zusammentreffen ein bloßer Zufall.

*

POMMERAYE Da sehen Sie, Marquis, wozu ich mich durch meine Freundschaft für Sie verleiten lasse! Zeigen Sie mir zu Paris die Frau, die das getan hätte. Aber sehen Sie sich vor! Das kann weiterführen, als

Sie wollen. Dieses Mädchen wird nie die Ihrige werden oder nur unter Bedingungen, die ganz und gar nicht nach Ihrem Geschmack sind.

ARCIS Es hilft nichts, sie muß mein werden, oder ich gehe zugrunde.

POMMERAYE Versprechen Sie mir wenigstens, daß Sie keine unlauteren Mittel anwenden und daß Sie ohne mein Vorwissen keinen weiteren Schritt tun werden.

WIRTIN Der Marquis versprach es, aber wie Madame de Pommeraye wohl wußte und voraussah, hielt er sich nicht daran; er ließ den beiden Frauen Briefe zukommen, bat ihren Beichtvater um Vermittlung und wandte sich endlich geradezu an die Mutter selbst mit einer Botschaft, in der er ihr eine ansehnliche Summe bot und Hoffnungen andeutete, welche mit der Zeit reifen könnten; außerdem sandte er ihr ein Kästchen voll der kostbarsten Juwelen. Die d'Aignons waren begeistert von diesem Anerbieten, aber Frau von Pommeraye erinnerte sie an ihren Vertrag und drohte sogar damit, alles zu verraten. Zum großen Leidwesen unserer Betschwestern mußte die junge d'Aignon die Ohrringe, die ihr so gut standen, wieder abnehmen, und Brief und Schmuck wurden mit einer Antwort zurückgeschickt, aus der der ganze Stolz beleidigter Tugend sprach. Der Marquis, zur Rede gestellt, entschuldigte sich tausendmal bei der Frau von Pommeraye, schlug ihre wiederholten Warnungen in den Wind und bat um die Erlaubnis, noch einen letzten Versuch wagen zu dürfen.

ARCIS Ich möchte den beiden Damen eine beträchtliche Leibrente zusichern und ihnen, solange sie leben, eins von meinen Häusern in Paris und ein zweites auf dem Lande als Eigentum einräumen.

POMMERAYE Tun Sie das. Aber glauben Sie mir, Ihre

Angebote werden kein besseres Glück machen als Ihre vorigen. Ich kenne diese Damen und weiß, daß ihnen ihre Ehre mehr gilt als alle Reichtümer.

WIRTIN Das neue Angebot wurde gemacht, und wieder hielten die drei Frauen Rat. Mutter und Tochter erwarteten in bangem Schweigen die Entscheidung der Frau von Pommeraye. Diese ging einige Minuten lang auf und ab, ohne ein Wort zu sprechen.

POMMERAYE Nein, nein. Ihr werdet den Vorschlag ablehnen. Denn dies alles ist meinem beleidigten Herzen noch zu wenig!

MUTTER Aber um Gottes willen, gnädige Frau! Stellen Sie sich vor, wie hart es für uns ist, ein so gewaltiges Vermögen von uns stoßen zu müssen. Das Glück meiner armen Tochter wäre für immer gemacht!

POMMERAYE Bildet ihr euch etwa ein, daß alles, was ich tat, euch zuliebe geschehen ist? Wer seid ihr, und was bin ich euch schuldig? Was hindert mich, euch beide wieder zu euerm früheren Gewerbe zurückzuschikken? Ich glaube gern, daß, was euch angeboten, für euch zuviel ist, aber für mich ist es zuwenig. Madame! Schreiben Sie hier die Antwort, die ich Ihnen diktieren werde!

WIRTIN Erschrocken noch mehr als niedergeschlagen, kehrten die beiden Frauen in ihre Behausung zurück. *(Musik.)*

*

JAKOB Die Frau hat den Teufel im Leib! Was will sie denn noch? Die Hälfte eines großen Vermögens, ist das etwa keine genügende Strafe dafür, daß eine Liebe erkaltet?

HERR Jakob, du bist nie ein Frauenzimmer und noch weniger ein tugendhaftes Frauenzimmer gewesen. Du urteilst nach deinem Charakter, den die Frau von

Pommeraye nicht hat. Soll ich dir etwas sagen? Ich fürchte, dort oben, wo alle unsere Handlungen verzeichnet stehen, dort steht geschrieben, daß sich der Marquis des Arcis mit einer Buhldirne vermählen wird.

WIRTIN Der Marquis ließ seine Freundin nicht lange warten.

POMMERAYE Nun, wie steht es mit Ihrem neuen Vorschlag?

ARCIS Zurückgewiesen! Ich bin verzweifelt. Ich weiß nicht mehr, was ich tun soll. Ich hätte Lust, ans Ende der Welt zu reisen.

POMMERAYE Das lohnt nicht der Mühe. Sie würden bis Fontainebleau kommen und dann umkehren.

WIRTIN Und so geschah es. Ein paar Tage später kam der Marquis mit dem festen Vorsatz zurück, das Mädchen zu heiraten.

JAKOB Der arme Marquis! Er tut mir leid.

HERR Mir nicht besonders.

WIRTIN Der Heiratskontrakt wurde aufgesetzt, das Aufgebot bestellt; der Marquis machte der Frau von Pommeraye einen prachtvollen Diamantring zum Geschenk, und die Hochzeit ging vor sich.

*

JAKOB Ich frage mich nur, wie die Hochzeitsnacht verlief.

HERR Schweig, Dummkopf!

WIRTIN Die Brautnacht ging recht gut hin, aber am andern Morgen...

JAKOB War es denn am andern Morgen nicht so gut wie am Abend vorher?

WIRTIN Am andern Morgen schrieb die Frau von Pommeraye ein Billett an den Marquis und bat ihn, unverzüglich zu ihr zu kommen. Die Rede, die sie ihm hielt, war kurz.

POMMERAYE Marquis, lernen Sie mich kennen! Sie wußten sich die Liebe einer ehrlichen Frau zu erwerben, aber nicht, sie zu schätzen und zu erhalten. Diese Frau bin ich. Sie hat sich gerächt. Sie hat Ihnen eine Person zur Gemahlin gegeben, die Ihrer würdig ist. Verlassen Sie mein Haus, und fragen Sie in der Rue Traversière nach, in einem Haus, das »Zur Stadt Hamburg« heißt. Dort wird man Ihnen sagen, was für ein sauberes Handwerk Ihre Frau und Ihre Schwiegermutter zehn Jahre lang getrieben haben.

WIRTIN Der Schrecken und die Bestürzung des Marquis lassen sich unmöglich ausdrücken. Er irrte in den Straßen umher, dann ließ er anspannen und blieb vierzehn Tage fort, ohne daß man wußte, was aus ihm geworden war. Endlich zurückgekehrt, schloß er sich ein und schrieb zwei Briefe: einen an seine Frau, den andern an seine Schwiegermutter, die das Haus noch am selben Tage verließ und in ein Karmeliterinnen-Kloster ging, wo sie vor wenigen Tagen gestorben ist. Die Tochter kleidete sich an und trat in das Zimmer ihres Gemahls. Schon unter der Tür fiel sie auf die Knie.

TOCHTER Was Sie auch über mich beschlossen haben, ich bin es zufrieden. Verbannen Sie mich, treten Sie mich mit Füßen, ich habe es verdient.

ARCIS Stehen Sie auf. Ich habe Ihnen vergeben. Seien Sie von heute an eine Frau von Ehre, seien Sie glücklich, und machen Sie, daß auch ich es bin. Stehen Sie auf, Marquise, es schickt sich nicht, daß sie knien. Madame des Arcis, ich bitte Sie, stehen Sie auf, und umarmen Sie mich.

TOCHTER Ich darf es nicht glauben.

ARCIS Ich fange an zu ahnen, daß mich mein Schritt nie reuen wird und daß diese Pommeraye, statt sich an mir zu rächen, mir einen großen Dienst geleistet hat. Liebe Gemahlin, kleiden Sie sich an, man wird unterdessen Ihre Koffer packen. Wir wollen auf mein Gut reisen und dort so lange bleiben, bis wir uns ohne Nachteil für Sie oder für mich wieder in Paris zeigen dürfen.

WIRTIN Herr und Frau des Arcis blieben ganze drei Jahre von Paris abwesend. *(Musik.)*

*

JAKOB Ich wollte doch wetten, daß ihnen diese drei Jahre wie ein Tag vorgekommen sind, daß der Marquis einer der besten Ehemänner und sie eine der besten Ehefrauen geworden ist, die es je auf Erden gegeben hat.

HERR Ich glaube es auch, aber ich kann mir nicht recht erklären, warum ich es glaube; denn mit ihrer Aufführung bin ich ganz und gar nicht zufrieden gewesen. Hat sie sich nicht mit zwei boshaften Weibern in eine abgefeimte Verschwörung eingelassen? Wie kann ein solches Mädchen die demütig bittende Frau sein, die wir zu Füßen ihres Mannes gesehen haben?

WIRTIN Wer kann wissen, was in ihrem Herzen vorging? Soviel ist sicher, daß sie eine ausgezeichnete Ehefrau geworden ist und ihr Mann so vergnügt wie ein König mit ihr lebt.

HERR Ich gratuliere ihm dazu; da hatte er mehr Glück als Verstand.

WIRTIN Und ich, ich wünsche Ihnen angenehme Ruhe. Es ist schon spät. Ich bin im Hause die Letzte zu Bett und muß die Erste aus dem Bett sein. Ein verwünschtes Gewerbe, Gastwirt zu sein. Gute Nacht, meine Herren, Sie werden gewiß recht gut schlafen, Herr Jakob, die Augen fallen Ihnen schon zu.

(Musik.)

ERZÄHLER Du bildest dir vielleicht ein, lieber Zuhörer, das Verhalten der Frau von Pommeraye möchte noch schwerer zu verteidigen sein als das der Mademoiselle d'Aignon; und gewiß hätten Jakob und sein Herr einen längeren Disput über diesen Gegenstand führen können, wenn sie nicht so müde gewesen wären. Wenn es dir recht ist, werde ich für einen Moment ihre Stelle einnehmen.
Sag mir, warum gerätst du eigentlich so in Wut? Was hat Frau de Pommeraye dir getan, daß du ausrufst: Dies abscheuliche Weib, diese Heuchlerin! Wir wollen ganz kalt von der Sache reden. Du magst diese Frau hassen oder fürchten, aber verachten kannst du sie nicht. Ihre Rache ist gräßlich, aber sie wird durch keinen Eigennutz befleckt. Hast du dir überlegt, wie viele Opfer sie dem Marquis gebracht, wieviel sie für ihn getan hat? Als sie seine Huldigungen annahm, sagte man von ihr: Endlich ist dieses Tugendwunder geworden wie unsereins! Übrigens nahte sie sich dem Alter, da der Verlust eines Liebhabers unersetzlich bleibt, und sie sah sich für die Zukunft zur Einsamkeit und zur Langeweile verdammt. Was sagst du dazu, redlicher Zuhörer? Bist du nicht etwas zu schnell bei der Hand mit deinem Tadel?

HÖRER Aber was ich so abscheulich an der Marquise finde, ist nicht, daß sie sich rächt, sondern daß sie so nachtragend ist, so intrigant, so kaltblütig in ihrer Bosheit.

ERZÄHLER Auch ich, auch Jakob, auch sein Herr, auch die Wirtin finden das nicht schön. Und doch ... Aber während ich mich von meinem Eifer, die Frau von Pommeraye zu verteidigen, hinreißen lasse, schnarcht Jakobs Herr, als ob er mir zugehört hätte; und Jakob, der kaum mehr gehen kann, spukt barfuß und im Hemd im Zimmer herum, stößt alles um und weckt seinen Herrn auf.

*

HERR Jakob, du bist wohl betrunken?

JAKOB So halb und halb.

HERR Warum gehst du nicht ins Bett?

JAKOB Gleich, Herr. Aber hier, in dieser Flasche, ist noch Champagner, der verderben könnte. Es wäre jammerschade, ihn verrauchen zu lassen...

*

ERZÄHLER Jakob wußte das zu verhindern. Aber über das, was weiter geschah, als er endlich das Licht ausgelöscht hatte, gibt es zwei Lesarten. Die eine behauptet, er sei durchs ganze Zimmer getappt, ohne sein Bett zu finden.

*

JAKOB Entweder es hat sich heimlich davongemacht, oder wenn es noch da ist, so steht dort oben geschrieben, daß ich es nicht finden soll.

*

ERZÄHLER Und damit habe sich Jakob auf ein paar Stühle gestreckt und sei eingeschlafen. – Die andere Lesart versichert hingegen, dort oben habe gestanden, daß Jakob über die Stühle stolpern, platt auf den Boden fallen und dort liegenbleiben sollte bis zum hellen Morgen. Von diesen beiden Versionen, freundlicher Zuhörer, kannst du dir diejenige auswählen, die dir besser gefällt, und dann erzähle ich dir endlich, was ich dir für diesmal umsonst versprochen habe: wie Jakobs Liebesgeschichte weiterging. – Am Vormittag des anderen Tages klarte das Wetter auf...

HÖRER Hatte es denn am Tag zuvor gehagelt oder geschneit?

ERZÄHLER Einige Reisende brachten die Nachricht, daß die Furt wieder passierbar sei ...

HÖRER Waren sie in eine Sintflut geraten?

ERZÄHLER Vor der Tür des Gasthofes wimmelte es von Reisenden, die durch das böse Wetter aufgehalten worden waren und sich nun anschickten, ihren Weg fortzusetzen.

HÖRER Ich weiß nicht, von welchem Gasthof die Rede ist.

ERZÄHLER Jakob ging in den Stall, um die Pferde zu holen, und sein Herr bezahlte die Wirtin sehr reichlich. Sie stand in der Tür und hielt ihr Hündchen im Arm, das sie wieder streichelte, als wär's ihr Kind.

HÖRER Was hat denn das Hündchen in diesem Roman verloren?

ERZÄHLER Wenn du mir immer ins Wort fällst, fragesüchtiger Zuhörer, wirst du um so weniger erfahren, je größer deine Neugier ist. – Endlich grüßte man einander, gab den Pferden die Sporen und ritt von dannen.

*

HERR Jakob, was denkst du von der sonderbaren Liebe dieser Wirtin zu ihrem Hund?

JAKOB Sie wundert mich nicht. Haben Sie nicht bemerkt, gnädiger Herr, daß arme Leute, wenn sie auch selber kaum einen Bissen Brot haben, dennoch einen Hund ins Haus nehmen? Daraus folgere ich, daß jeder Mensch einem andern befehlen will. So kommt es denn, daß jedermann auf der Welt seinen Hund hat. Der Minister ist des Königs Hund; der Erste Sekretär der Hund des Ministers; die Frau ist des Mannes Hund, oder der Mann ist der Hund der Frau; und so immer weiter fort. Wenn Sie, Herr, mich zum Schwatzen bringen, ob ich gleich lieber schweigen möchte (was allerdings, um die Wahrheit zu sagen, bei mir nicht oft vorkommt), oder wenn Sie mich, während ich gern schwatzen möchte, schweigen lassen (was bei mir äußerst schwerhält) oder wenn Sie von mir verlangen, daß ich Ihnen meine Liebesgeschichten erzähle und ich lieber von etwas anderm redete, oder wenn Sie mich unterbrechen, während ich meine Liebesgeschichten erzähle – bin ich dann etwas anderes als Ihr Hund?

HERR Jakob, Jakob, was redest du da! Du, der fortläuft, wenn ich ihn rufe, und der, wenn ich ihn fortschicke, herbeieilt; du, der du schläfst, wenn du eilen sollst, und polterst, wenn ich meine Ruhe haben will; du, der du schwatzt, wenn du schweigen, und schweigst, wenn du reden sollst – du gäbest einen gar übel abgerichteten Hund ab!

JAKOB Befehlen Sie mir nur, meine Geschichte weiter zu erzählen, und Sie werden wunders sehen, wie folgsam ich bin. *(Musik.)*

*

HERR Nun, Jakob?

JAKOB Ich weiß nicht, wo ich anfangen soll.

HERR Du bist in den Krieg gezogen, verwundet worden, auf dem Weg der Besserung; man hat dich auf das Schloß meines Freundes Desglands gebracht, und die Botenfrau Jeanne hat ihrer jungen Tochter Denise, der hübschen Brünette mit den schwarzen Augen, anbefohlen, für dich zu sorgen. Jedoch ehe du fortfährst, sag mir eines: War Denise noch im Besitz ihrer Jungfernschaft? Nun, was hustest du?

JAKOB Ich glaube schon.

HERR Und du?

JAKOB Oh, die Zeit war längst vorbei, wo die meine noch auf den Feldern umherschweifte.

HERR Dein Roman mit Denise war also gar nicht deine erste Liebesgeschichte?

JAKOB Warum nicht?

HERR Weil man die liebt, der man sie gibt, wie man von der geliebt wird, der man sie raubt.

JAKOB Manchmal ja, manchmal nein.

HERR Und wie verlorst du die deine? Ich wette, du wurdest von irgendeiner unzüchtigen alten Vettel aus deinem Dorf in die Lehre genommen?

JAKOB Wetten Sie nicht, Sie würden verlieren.

HERR Oder von der Köchin deines Pfarrers?

JAKOB Sie würden wieder verlieren.

HERR Jetzt aber, glaub' ich, hab ich's!

JAKOB Das glaube ich nicht.

HERR Es war am Tag der Kirchweih oder zur Ostermesse...

JAKOB Es war weder Kirchweih, noch war's zu Ostern.

HERR Du gingst in die Stadt...

JAKOB Ich ging nicht in die Stadt.

HERR Es stand dort oben, wo alles verzeichnet ist, was uns begegnet, so geschrieben, daß du in einer Schenke eine jener gefälligen Kreaturen treffen und dich betrinken würdest...

JAKOB Ich war nüchtern, und was dort oben geschrieben stand, war nur, daß Sie in die Sucht verfallen würden, immer zu raten, und zwar immer verkehrt. So wie Sie mich vor sich sehen, Herr, bin ich einmal getauft worden.

HERR Halunke! Willst du mit dem Verlust deiner Junggesellenschaft dort anfangen, wo du aus dem Taufbecken gehoben wurdest? Da kann ich ja lange warten, bis du zur Sache kommst.

JAKOB Ich wurde getauft, also hatte ich einen Paten. Meister Bigre, so hieß er, war der beste Stellmeister des Dorfes, und er hatte einen Sohn, der ebenfalls Bigre hieß. Wir waren achtzehn oder neunzehn, da verliebten wir uns beide in eine kleine Näherin namens Justine. Sie war nicht die Grausamste, aber sie wollte doch auch einen Korb austeilen, und dabei fiel ihre Wahl auf mich.

HERR Das ist wieder eine von den weiblichen Sonderbarkeiten, die gar nicht zu begreifen sind.

JAKOB Mein Pate, der Wagenschmied, wohnte in einem winzigen Haus, das aus zwei Räumen bestand: unten war der Laden, oben ein Hängeboden. Bigre der Vater schlief unten, Bigre der Sohn oben. Wenn mein Pate des Abends fest eingeschlafen war, öffnete mein Freund leis die Tür, und Justine stieg die kleine Leiter zum Hängeboden hinauf. Am Morgen, ehe der Vater erwachte, entwischte Justine so, wie sie gekommen war. Dieses muntere Hin und Her sollte aber bald gestört werden, so stand es dort oben geschrieben, und so geschah es auch.

HERR Durch den Vater?

JAKOB Nein.

HERR Durch einen Rivalen?

JAKOB Nein, nein. Sie werden immer weiterraten, Herr, aber, ich wiederhole es, immer verkehrt.

(Musik.)

JAKOB Eines Morgens ruhte mein Freund Bigre etwas länger als gewöhnlich in den Armen Justines, da wurden die beiden durch ein lautes Geschrei von unten geweckt:

VATER Bigre! Verfluchter Faulpelz! Es ist schon sechs vorbei. Willst du bis Mittag schlafen? Ich werde dir gleich Beine machen.

SOHN Ich bin schon wach!

VATER Der Pächter wartet auf die Achse, die ich geflickt

habe. Lauf und bring sie ihm, sonst steige ich hinauf und schlag sie dir über den Schädel!

JAKOB Mit einem Satz war mein Freund aus dem Bett, sprang, die Hose in der Hand, die kleine Leiter hinunter und rannte mit der Achse auf der Schulter zum Pächter; Bigre der Vater hingegen machte sich unten im Laden an die Arbeit. Nach ein paar Schlägen mit der Axt braucht er eine Prise Tabak, aber er kann seine Tabaksdose nicht finden. Sicher hat sie dieser Spitzbube geholt, denkt er, steigt zum Hängeboden hinauf und sieht sich dort nach ihr um.

HERR Und Justine?

JAKOB Sie war in ihrem Schrecken unter das Bett geglitten und gab keinen Mucks von sich.

HERR Und Bigre, dein Freund?

JAKOB Lieferte seine Achse ab und kam zu mir gelaufen.

SOHN Du mußt mir helfen. Wenn mein Vater etwas merkt, jagt er Justine aus dem Haus, und ich sehe sie nicht wieder.

JAKOB Mach dir keine Sorgen, Bigre. Geh ein wenig spazieren, und ich werde dich aus deiner Klemme befreien. Nur eins verlange ich: Laß mir ein wenig Zeit. – Sie lächeln, Herr, was finden Sie dabei?

HERR Nichts.

JAKOB Ich ziehe mich an und laufe zu seinem Vater.

VATER Guten Morgen, Jakob, woher kommst du, was willst du hier so früh am Morgen?

JAKOB Woher ich komme, das kann ich dir nicht sagen. Aber wie ich mich nach Hause schleichen soll, ohne daß mein Vater etwas merkt, das weiß ich nicht.

VATER Ah! Du hast die Nacht woanders zugebracht.

JAKOB Und mein Vater versteht in diesem Punkt keinen Spaß.

VATER Er hat ganz recht. Aber frühstücken wir erst einmal. Bei einer Flasche Weißwein wird uns schon etwas einfallen.

JAKOB Mir ist nicht danach zumut. Ich kann mich ja vor Müdigkeit kaum noch auf den Beinen halten.

VATER Du bist wohl nicht zum Schlafen gekommen? Hoffentlich war sie hübsch! Hör zu: Mein Junge ist fort, steig einfach auf den Hängeboden, und wirf dich auf sein Bett.

JAKOB Das lasse ich mir nicht zweimal sagen. Ich steige hinauf, ziehe mich aus, hebe die Decke auf, taste überall herum – nirgends eine Spur von Justine. Ich bücke mich, greife unters Bett, stoße auf einen ihrer Arme, ziehe sie an mich; sie kommt zitternd unter dem Bett hervor.

JUSTINE Du wirst mich doch nicht verraten, Jakob?

JAKOB Ich umarme sie, beruhige sie und mache ihr ein Zeichen, daß sie sich aufs Bett legen soll. Sie ringt die Hände.

JUSTINE Wenn er uns hört... Wenn er heraufkommt...

JAKOB Nein, nein, beruhige dich. Sei still. Leg dich nieder...

HERR Verräter! Schurke! Weißt du, was für ein Verbrechen du im Begriff bist zu begehen?

JAKOB Ich weiß nicht, ob es ein Verbrechen war, aber ich weiß, daß ich ihr nichts Böses tat, und sie mir auch nicht. Zuerst wich sie mir aus, aber ich stellte mich, als wollte ich das Bett verlassen und etwas hinunterrufen.

*

JUSTINE Ich hätte dich nicht für so gemein gehalten... Aber versprich mir wenigstens eins...

JAKOB Was?

JUSTINE Daß Bigre nichts davon erfährt.

HERR Du hast es ihr versprochen, und alles ging sehr gut.

JAKOB Und dann noch einmal sehr gut.

HERR Und dann noch einmal sehr gut?

JAKOB Es ist genau so, als wären Sie dort gewesen. Inzwischen war mein Freund Bigre ungeduldig und mürrisch um das Haus herumgestreift, und als er mich nirgends sah, kam er nach Hause.

VATER Wo warst du denn so lange? Da, nimm diese Felge, und mache sie fertig, aber draußen auf dem Hof.

SOHN Warum draußen?

VATER Weil du sonst mit deinem Hämmern deinen Freund Jakob aufwecken würdest.

SOHN Jakob?

VATER Ja, er ist oben auf dem Hängeboden und ruht sich aus. Wohin willst du? Laß den armen Teufel doch schlafen!

HERR Das alles hast du mitangehört? Und Justine auch?

JAKOB So, wie Sie mich jetzt hören, Herr.

HERR Und was tatest du?

JAKOB Ich lachte.

HERR Und Justine?

JAKOB Sie raufte sich die Haare.

HERR Jakob, du bist ein Barbar.

JAKOB Nein, Herr, nein; ich habe Gefühl, aber ich spare es mir für eine bessere Gelegenheit auf. – Inzwischen hatte ich mich angezogen und war hinuntergestiegen.

*

VATER Das hat dir aber gutgetan, Jakob. Du hast den Schlaf gebraucht. Als du kamst, sahst du ganz bleich aus, und jetzt bist du rot und frisch wie ein Apfel.

Bigre, mach eine Flasche auf, wir wollen frühstücken. Hast du Hunger, Jakob?

JAKOB Allerdings.

VATER Eßt und trinkt!

SOHN Ich habe keinen Durst und keinen Hunger.

VATER Ich kenn dich gar nicht wieder, mein Sohn. Da muß diese Justine dahinterstecken. Entweder sie hat dich versetzt, oder du hast sie mit einem andern überrascht, und nun läßt du den Kopf hängen!

JAKOB Ich glaube, du hast es erraten, Pate.

SOHN Jakob, laß deine Witze bleiben!

JAKOB Prost! Trink mit uns, mein Freund. Du betrübst dich wegen einer Kleinigkeit.

*

JAKOB Aber er warf mir ein paar Blicke zu, als wollte er mich umbringen.

HERR Und wie ging die Geschichte zwischen deinem Freund und Justine aus?

JAKOB Wie soll sie ausgegangen sein? Er war wütend, sie noch mehr; sie weinte, er war gerührt; sie schwor ihm, ich sei der treuste Freund, den er je gehabt habe, und ich schwor ihm, sie sei das anständigste Mädchen im Dorf. Er glaubte uns, bat uns um Verzeihung, und alles endete im schönsten Frieden. Und nun sagen Sie mir, Herr, warum Sie diese Geschichte unbedingt hören wollten.

HERR Um die Frauen besser zu kennen.

JAKOB Hatten Sie diese Lehre nötig?

HERR Um die Freunde besser zu kennen.

JAKOB Die haben einander zu allen Zeiten gegenseitig angeführt, und so wird es auch in alle Zukunft bleiben.

(Musik.)

ERZÄHLER Jakob hat recht: es ist doch immer das gleiche. Diese ewigen Liebesgeschichten, lieber Zuhörer – was hast du eigentlich davon? Zwei, drei, vier davon habe ich dir schon erzählt, und du hast immer noch nicht genug? Allerdings, ich möchte, daß du mir zuhörst, also muß ich mich nach deinem Geschmack richten. Und solange du lebst, hat man dich mit lauter Liebesgeschichten gefüttert. Mich wundert's, daß du dieser Magerkur nicht überdrüssig wirst! Du und Jakobs Herr, ihr seid einander in diesem Punkt sehr ähnlich.

*

HERR Nur ein Dummkopf, Jakob, könnte aus deinen Erzählungen kein Vergnügen und keine Belehrung schöpfen. Also fahre fort und sage mir, wie deine Erziehung weiterging.

JAKOB Das war bei einer Hochzeit. Man hatte mich bei Tisch zwischen die beiden ärgsten Witzbolde des Dorfes gesetzt; die aber hielten mich für einfältiger, als ich war. Sie machten allerhand Scherze über die Hochzeitsnacht; ich aber stellte mich, als verstünde ich nicht, was sie meinten. Sie lachten mich aus, und ihre Frauen riefen vom anderen Ende des Tisches herüber:

SUSANNE Was gibt es denn zu lachen da unten?

MÄNNERSTIMME Ha, ha, ha! Dieser Jakob ist so komisch! Ich werde dir's heute nacht erzählen.

JAKOB Während ich still in meinem Bett liege, erzählen die beiden Spaßmacher ihren Frauen, daß ich mit meinen zweiundzwanzig Jahren noch so ahnungslos in den Dingen der Liebe sei, als wäre ich eben zur Welt gekommen. Die beiden Frauen hörten sich das an und dachten sich ihr Teil. Am anderen Morgen sagte mir die eine, sie hieß Susanne:

SUSANNE Jakob?

JAKOB Ja, Nachbarin, womit kann ich dienen?

SUSANNE Jakob, ich möchte, ich möchte ... Geh mit mir ins Holz, und hilf mir, ein wenig Reisig zu schneiden!

JAKOB Sehr gern, Frau Susanne. – Wir kommen ins Gemeindewäldchen, der Ort ist abschüssig, Susanne ist müde und legt sich, so lang sie ist, mit gespreizten Beinen auf die Erde, die Hände über dem Kopf verschränkt. Ich stehe unterhalb von ihr und schlage mit der Sichel ins Unterholz. Sie zieht ihre Beine an sich und nähert die Fersen ihrem Hintern. Die aufgerichteten Knie machen ihre Röcke sehr kurz. Ich aber ließ beständig meine Hippe sausen, ohne recht zu sehen, wohin ich schlug, und daher schlug ich oft daneben.

SUSANNE Jakob, Jakob, was tust du da?

JAKOB Susanne, ich tue, was Sie wollen!

HERR Und so hat sie dir eine Junggesellenschaft geraubt, die du gar nicht mehr hattest.

JACOB Das ist wahr, Herr, aber sie merkte den Betrug.

SUSANNE Du bist ein Spitzbube, Jakob! Du hast meinen Mann hinters Licht geführt, daß es eine Art hat!

JAKOB Was wollen Sie damit sagen?

SUSANNE Nichts, nichts, du verstehst mich schon. Täusche mich noch einige Male auf dieselbe Weise, und ich will dir verzeihen.

JAKOB Ich band das Reisig zusammen und nahm es auf den Rücken, und wir gingen munter nach Hause. *(Musik.)*

*

JAKOB Ein paar Tage später kommt die Frau des anderen Spaßmachers, die blonde Margarete, vorbei.

MARGARETE Kannst du mir nicht helfen? Ich habe ein

paar Sack Getreide, die muß ich mahlen lassen. Du hast doch einen Esel; vielleicht kannst du das Korn aufladen und zur Mühle bringen?

JAKOB Sehr gern, Frau Nachbarin, heut nachmittag bin ich Ihnen zu Diensten. – Ich lade auf, gehe zur Mühle. Nun, das Wasser war niedrig, die Mühle ging langsam, der Müller war betrunken, es wird Abend, bis ich mich mit den Mehlsäcken auf den Heimweg mache. Der Weg führt an ein paar Weidenbüschen vorbei, und wen sehe ich da sitzen und warten in der Dämmerung? Frau Margarete.

MARGARETE Jakob, da bist du ja endlich! Setz dich her, und plaudern wir ein wenig.

JAKOB Gern, Frau Margarete. – Aber Sie sind ja so still, Sie sagen ja gar nichts.

MARGARETE Ich denke eben an das, was mir mein Mann von dir erzählt hat.

JAKOB Sie müssen ihm nichts glauben, er ist ein Lästermaul.

MARGARETE Er behauptet, du seist noch niemals verliebt gewesen.

JAKOB Das ist allerdings wahr.

MARGARETE Was! In deinem Alter solltest du noch nicht wissen, was eine Frau ist?

JAKOB Eine Frau? Wie meinen Sie das?

HERR Jakob, du bist ein Schuft!

JAKOB Herr, die andere hatte sich nicht täuschen lassen, und ich wollte, daß diese sich täuscht. Frau Margarete saß neben mir in der Dämmerung und träumte. Ihre Brust hob sich, ihre Augen hatten sich geschlossen, ihr Mund war geöffnet, sie stieß einen tiefen Seufzer aus.

JAKOB Frau Nachbarin! Frau Margarete! Was ist mit Ihnen? Sind Sie ohnmächtig? Ist Ihnen nicht wohl?

MARGARETE Es ist nichts, Jakob! Ich weiß nicht, was mich gepackt hat. Das ist ganz plötzlich über mich gekommen ...

HERR Sie hat gelogen, Jakob.

JAKOB Ja, sie hat gelogen.

MARGARETE Ich habe geträumt ...

JAKOB Träumen Sie öfter so?

MARGARETE Manchmal. Weißt du, daß sich die Leute über dich lustig machen? Das gefällt mir nicht.

JAKOB Warum sorgen Sie nicht dafür, daß es nicht wieder geschieht?

MARGARETE Wie soll ich dafür sorgen?

JAKOB Indem Sie mich lehren ...

MARGARETE Was denn?

JAKOB Das, was ich nicht weiß, und worüber Ihr Mann so gelacht hat.

MARGARETE Nein, nein. Ich weiß zwar, daß du ein guter Junge bist und es niemandem erzählen würdest, aber ich traue mich nicht.

JAKOB Aber Sie wissen nicht, wie dankbar ich Ihnen wäre. – Ich drückte ihr die Hände, und sie drückte sie mir ebenfalls. Ich küßte sie auf die Augen, und sie küßte mich auf den Mund. Inzwischen war es ganz dunkel geworden. Sie ergriff wieder eine meiner Hände und führte sie, ich weiß nicht, wohin. Tatsache aber ist, daß ich ausrief:

JAKOB Da ist ja nichts! Da ist ja gar nichts!

HERR Jakob, du bist ein doppelter Schuft!

JAKOB Tatsache ist, daß sie nur sehr wenig anhatte und ich ebenfalls. Tatsache ist, daß ich immer die Hand dort hatte, wo bei ihr nichts war, und daß ihre Hand dort weilte, wo es bei mir umgekehrt war. Tatsache ist, daß ich mich unter ihr befand und infolgedessen sie sich auf mir. Tatsache ist, daß ich ihr in keiner

Weise half und daß ihr deshalb nichts anderes übrigblieb, als die ganze Mühe auf sich zu nehmen. Tatsache ist, daß sie sich meiner Belehrung mit so großem Eifer hingab, daß ein Augenblick kam, in dem ich glaubte, sie lasse dabei ihr Leben. Tatsache ist, daß ich, ohne zu wissen, was ich sagte, ausrief: Ach, Frau Susanne, wie wohl Sie mir tun!

HERR Du willst sagen, Frau Margarete?

JAKOB Nein, nein! Tatsache ist, daß ich die beiden Namen verwechselte und daß ich, anstatt Frau Margarete zu sagen, Frau Susanne sagte. Tatsache ist, daß ich Frau Margarete gestand, daß Frau Susanne mich eben das, was sie mich eben zu lehren glaubte, bereits vor drei oder vier Tagen gelehrt hätte, wenn auch auf etwas andere Weise. Tatsache ist, daß sie zu mir sagte:

MARGARETE Was! Susanne und nicht ich?

JAKOB Tatsache ist, daß ich ihr antwortete: Keine von euch beiden! Tatsache ist, daß sie mich ein wenig ausschalt, während ich mich auf ihr befand und folglich sie sich unter mir, und daß sie mir gestand, daß ihr dies viel Vergnügen mache, aber doch nicht soviel wie auf die andere Art; und schon befand sie sich wieder auf mir und folglich ich mich unter ihr. Tatsache ist, daß, nachdem wir ein Weilchen geruht und stillgeschwiegen hatten, weder sie sich unter mir noch ich mich auf ihr, weder sie sich auf mir noch ich mich unter ihr befand, denn wir lagen beide auf der Seite; sie hatte den Kopf nach vorn geneigt und schmiegte ihren Hintern an mich. Tatsache ist, daß, wenn ich weniger gewußt hätte, Margarete mich alles gelehrt hätte, was man lernen kann. Tatsache ist, daß es uns recht schwer wurde, wieder ins Dorf zurückzukommen. Tatsache ist, daß ich ganz außer Atem bin, daß ich Halsschmerzen vom Reden bekommen habe und daß ich Ihnen die nächsten vierzehn Tage wahrscheinlich nichts mehr werde erzählen können.

HERR Und du hast diese beiden Frauen nicht wiedergesehen?

JAKOB Verzeiht, Herr, mehr als einmal.

HERR Alle beide?

JAKOB Alle beide.

HERR Sie haben sich nicht überworfen?

JAKOB Im Gegenteil, sie verstanden sich nur allzugut miteinander, und ich tat nichts, um ihre Eintracht zu stören.

(Musik.)

*

HÖRER Ich frage mich schon geraume Zeit, wie ein verständiger Mann wie Herr Diderot, der sich auf seine Philosophie etwas zugute tut, ein Vergnügen daran finden kann, derart unzüchtige Erzählungen zum besten zu geben?

ERZÄHLER Erstens, lieber Zuhörer, habe ich das alles nicht erfunden, es hat sich wirklich so zugetragen, zumindest hat Jakob es Wort für Wort so erzählt, und dafür kann ich nichts; und zweitens, wenn ich, was er seinem Herrn erzählt hat, dir weitererzähle, so fühle ich mich weniger schuldig als der große römische Geschichtsschreiber Sueton, wenn er uns die Ausschweifungen des Kaisers Tiberius überliefert. Sag mir doch, warum runzelst du nicht die Stirn über die Klassiker? Warum bist du so nachsichtig, wenn es sich um Catull und Horaz handelt, um Petronius, Seneca und Voltaire? Muß man denn tot sein, um Gnade vor deinen Augen zu finden? Wenn du nur ein wenig über deine Vorwürfe nachdenkst, dann wirst du bald einsehen, daß sie auf schwachen Beinen stehen. Bist du unschuldig, dann wirst du mir nicht zuhören, oder du wirst nicht verstehen, was ich sage; bist du verdorben, dann werde ich dir nicht schaden. Jedenfalls mir scheint es so, als mißt du die Handlungen der Menschen mit zweierlei Maß.

HÖRER Aber was Horaz und Voltaire geschrieben haben, das ist Kunst!

ERZÄHLER Um so schlimmer; denn je besser ihre Bücher sind, desto mehr wird man sie lesen.

HÖRER Dagegen dein Jakob fabuliert nichts als ein abgeschmacktes Flickwerk an Begebenheiten, die teils wahr und teils erlogen, ohne Anmut erzählt und so bunt durcheinandergewürfelt sind, daß man kaum weiß, was dabei vorn und was hinten ist.

ERZÄHLER Um so besser; je kunterbunter mein Roman ist, desto weniger wird man ihm zuhören. Wie du dich auch drehen und wenden magst, immer hast du unrecht, verehrter Tadler. Ist meine Arbeit gut, so wird sie dir Vergnügen machen; ist sie schlecht, so wird sie kein Unheil stiften. Ich belustige mich damit, die Torheiten, die du begehst, unter entlehnten Namen zu beschreiben; deine Torheiten bringen mich zum Lachen, meine Schilderung macht dich verdrießlich. Lieber Zuhörer, ich finde, um offen zu reden, der Schlimmere von uns beiden bin nicht ich. Und wenn ich kein so höflicher Erzähler wäre, hätte ich beinahe gesagt: Du bist ein arger Heuchler.

(Musik.)

*

ERZÄHLER Hier findet sich in den Unterredungen zwischen Jakob und seinem Herrn eine Lücke, die äußerst beklagenswert ist und von der ich gar nicht weiß, wie ich sie ausfüllen soll. Ich kann mir diesen Mangel nur dadurch erklären, daß Jakob und sein

Herr einen Tag, zwei Tage, ja vielleicht eine halbe Woche verbrachten, ohne den Mund aufzutun. Jakob hustete und schneuzte sich, sein Herr schaute auf die Uhr, zog seine Tabaksdose heraus und nahm eine Prise, ohne es zu merken, und damit brachten die beiden eine halbe Woche zu.

HÖRER Vielleicht war es so, vielleicht auch nicht.

ERZÄHLER Du glaubst mir nicht?

HÖRER Ich glaube, es stand dort oben geschrieben, daß Jakob und sein Herr sich glänzend unterhielten, daß aber dir, dessen Beruf es wäre, mir davon zu erzählen, nichts mehr einfallen will.

ERZÄHLER Nun gut, wenn dir ein munteres Hirngespinst lieber ist als eine hustende Wahrheit, so will ich Jakob und seinen Herrn, dir zuliebe, gleich wieder zum Reden bringen.

*

HERR Es scheint mir, Jakob, daß deine Stimme weniger rauh klingt, daß dein Husten nachgelassen hat und daß dir das Sprechen wieder leichter fällt.

JAKOB Das scheint Ihnen bloß so, ist aber nicht der Fall.

HERR Du kannst also deine Liebesgeschichte nicht fortsetzen?

JAKOB Nein.

HERR Sollen wir noch eine Woche stumm wie die Fische zubringen? Was sagst du?

JAKOB Ich sage, daß Sie, Herr, weder Halsschmerzen noch Schnupfen, noch Husten haben und daß es daher an der Zeit wäre, *mich* zu unterhalten. Wie wäre es, wenn *Sie* Ihre Liebesgeschichten erzählen wollten, statt immer nur auf den meinigen zu bestehen?

*

ERZÄHLER Und Jakobs Herr schaute nach der Uhr, öffnete seine Tabaksdose, nahm eine Prise und schickte sich an, mit seiner Liebesgeschichte zu beginnen. Ich aber lege keinen Wert darauf, sie zu hören; deshalb werde ich ihm den Mund stopfen.

HÖRER Und wie soll das zugehen?

ERZÄHLER Ganz einfach. Ich zeige ihm zum Beispiel eine junge Bäuerin mit Strohhütchen und roten Unterröcken, die zu Fuß oder auf einem Esel daherkommt. Warum könnte diese junge Bäuerin nicht Frau Susanne oder Frau Margarete sein oder die Wirtin vom »Großen Hirsch« oder die alte Jeanne oder gar ihre Tochter Denise? Ein Romanschreiber würde sich das nicht entgehen lassen, aber ich mache mir nichts aus Romanen. Meine Absicht ist es, wahr zu sein, und ich habe sie ausgeführt. Und deshalb wird sich auch der alte Offizier, der soeben in einem Einspänner, begleitet von einer hübschen Frau, auf uns zukommt, sich nicht als Jakobs Hauptmann entpuppen.

HÖRER Aber Jakobs Hauptmann ist doch schon ganz am Anfang dieses Romans gestorben?

ERZÄHLER Glaubst du das? Warst du auf seiner Beerdigung?

HÖRER Nein.

ERZÄHLER Hast du gesehen, wie die Erde auf seinen Sarg fiel?

HÖRER Nein.

ERZÄHLER Er ist also tot, oder er lebt noch, ganz wie es mir gefällt. Es hinge nur von mir ab, diesen Einspänner anzuhalten und zusammen mit dem Hauptmann eine endlose Folge von Ereignissen aussteigen zu lassen. Auf diese Weise würdest du weder Jakobs Liebesgeschichte erfahren, noch die seines Herrn. Aber, wie gesagt, ich verschmähe solche billigen Kunstgriffe. Bleiben wir lieber bei der Wahrheit,

und warten wir ab, bis Jakobs Halsschmerzen vergangen sind.
(Musik.)

*

ERZÄHLER Jakob war eben im Begriffe, den Faden seiner Liebesgeschichte wiederaufzunehmen.

HÖRER Er hatte ihn wohl verloren?

ERZÄHLER Ja; denn ein Unwetter hatte die beiden Reisenden überfallen und sie gezwungen, von ihrem Weg abzuweichen …

HÖRER Wohin wollten sie denn?

ERZÄHLER Wohin? Lieber Zuhörer, deine Neugier ist recht lästig. Was zum Teufel hättest du davon, wenn ich dir sagte, sie wollten nach Rom oder nach Sankt Jakob zu Compostela oder nach Saint-Germain? Doch wenn du darauf bestehst, will ich dir sagen, daß sie ihren Weg zu einer ungeheuer großen Burg nahmen, auf deren Stirnseite geschrieben stand: Ich gehöre niemandem und gehöre jedermann. Du warst schon darin, ehe du hineinkamst, und wirst noch darin sein, wenn du schon wieder hinaus bist.

HÖRER Sind sie denn in diese Burg hineingegangen?

ERZÄHLER Nein; denn entweder war die Aufschrift falsch, oder sie waren schon drin, ehe sie hineinkamen.

HÖRER Dann sind sie nicht dort geblieben?

ERZÄHLER Doch; denn entweder war die Aufschrift falsch, oder sie waren noch darin, als sie schon wieder abgereist waren.

HÖRER Das verstehe, wer mag. Was haben sie denn in dieser Burg angefangen?

ERZÄHLER Jakob sagte, was dort oben geschrieben stand, und sein Herr, was ihm beliebte. Und sie hatten beide recht. – Ihr werdet sagen, ich rede einfach drauflos, und weil ich nicht wisse, was ich mit meinen beiden Reisenden anfangen solle, so nähme ich meine Zuflucht zur Allegorie. Nun, ich will euch alles zugestehen, was ihr wollt; ich bedinge mir nur eines aus, daß ihr mich mit allen weiteren Nachfragen über Jakobs und seines Herrn letztes Nachtlager verschont. Sie mögen nun eine große Stadt erreicht und die Nacht bei gefälligen Mädchen zugebracht haben oder bei einem alten Freund eingekehrt sein, der sie auf das beste bewirtet hat; oder bei Bettelmönchen, wo sie um Gotteslohn schlecht beherbergt und schlecht verpflegt worden sind; oder in einem Gasthof, wo man ihnen auf silbernen Schüsseln ein zähes Stück Fleisch reichen und sehr teuer bezahlen ließ; oder bei einem Dorfpfarrer, der die Hühnerställe seiner Pfarrkinder plünderte, um ihnen ein Frikassee vorzusetzen; oder vielleicht haben sie sich in einer reichen Abtei an vortrefflichen Weinen berauscht, üppig gegessen und sich gehörig den Magen verdorben. Sucht euch aus, was euch am besten gefällt!

Nur das eine weiß ich ganz genau: Sie waren noch keine zwanzig Schritte von ihrem Nachtlager fortgeritten, da sagte der Herr zu seinem Diener Jakob:

*

HERR Nun, Jakob, willst du mir jetzt erzählen, wie es weiterging mit deiner Liebesgeschichte?

JAKOB Ich glaube, daraus kann nichts werden. Erstens ist der Weg, den wir vor uns haben, zu kurz; zweitens weiß ich nicht, wo ich stehengeblieben bin; und drittens habe ich eine verteufelte Ahnung, als sollte diese Geschichte nie zu Ende kommen. Kaum werde ich angefangen haben zu erzählen, da wird mir schon wieder eine glückliche oder unglückliche Katastrophe das Wort vom Munde entführen.

HERR Desto besser, wenn es eine glückliche Katastrophe ist!

JAKOB Wer kann das wissen? Aber ich will es riskieren. Sagen Sie mir nur, wo war ich stehengeblieben?

HERR Du warst bei den Soldaten gelandet...

JAKOB Ich zog in die Schlacht...

HERR Eine Kugel traf dich ins Knie...

JAKOB Man pflegte mich eher schlecht als recht...

HERR Ein glücklicher Zufall...

JAKOB ...brachte mich auf das Schloß des Herrn Desglands...

HERR ...meines Freundes. Dein Knie war ein wenig besser, und die kleine Denise hatte von ihrer Mutter den Auftrag erhalten, dich zu pflegen.

JAKOB Sie hätten nur sehen sollen, wie behutsam und leicht ihre Hand meinen Verband öffnete und wie sie meine Wunde auswusch! Ich saß am Rande ihres Bettes; sie kniete mit einem Knie auf dem Boden, und mein Bein ruhte auf ihrem Schenkel. War der Verband erneuert, so ergriff ich ihre beiden Hände und dankte ihr. Ich wußte gar nicht, wie ich ihr meine Dankbarkeit bezeigen sollte. Kein Hausierer durfte sich auf dem Schlosse blicken lassen, ohne daß ich ihm etwas für sie abkaufte: bald ein Halstuch, bald ein goldenes Kreuzchen, bald ein paar Ellen Musselin. Einmal wußte ich nicht, was ich ihr geben sollte, und kaufte ihr Strumpfbänder; sie waren von Seide, weiß, rot und blau verbrämt, und trugen einen Spruch. Am Morgen, ehe sie kam, hängte ich sie über die Stuhllehne, die vor meinem Bett stand.

*

DENISE Ach, was für hübsche Strumpfbänder!

JAKOB Sie sind für meine Liebste bestimmt.

DENISE Haben Sie denn eine Liebste, Herr Jakob?

JAKOB Freilich. Und sie hat mir etwas dafür versprochen, was mich glücklich machen wird, wenn sie Wort hält.

DENISE Was denn?

JAKOB Daß ich ihr das eine von den Bändern mit eigener Hand umbinden soll. – Mit diesen Worten faßte ich sie beim Arm, zog sie an mein Bett, nahm einen von ihren Füßen, setzte ihn auf den Rand des Bettes, schlug ihre Röcke bis ans Knie zurück, küßte ihr Bein und band ihr das Strumpfband um. Es war kaum geschehen, so trat Jeanne, ihre Mutter, ins Zimmer.

HERR Ein ungelegener Besuch!

JAKOB Vielleicht, vielleicht auch nicht. Ihr Blick fiel sogleich auf das zweite Band, das Denise noch in der Hand hielt.

JEANNE Ein schönes Strumpfband. Aber wo ist das andere?

DENISE An meinem Bein. Nicht wahr, Mutter, ich muß auch das andere behalten, da ich das eine schon umhabe?

JEANNE Ja, Herr Jakob, da hat Denise recht. Ein Strumpfband kann nicht von dem anderen getrennt werden.

JAKOB So will ich ihr das andere in Ihrer Gegenwart umbinden.

JEANNE Nein, nein, das geht nicht an.

JAKOB So muß sie mir alle beide wiedergeben.

JEANNE Das geht noch weniger an.

*

ERZÄHLER Jakob schwieg, sein Pferd blieb vor einem Brunnen stehen, und sein Herr nahm eine Prise Tabak.

*

HERR Jakob, wir wollen hier absteigen und eine Pause machen.

JAKOB Warum?

HERR Weil du aller Wahrscheinlichkeit nach jetzt an das Ende deiner Liebesgeschichte gelangt bist.

JAKOB Noch nicht ganz.

HERR Ist man einmal bis zum Knie gekommen, so hat man nicht mehr weit.

JAKOB Lieber Herr! Denise hatte einen längeren Schenkel als andere Mädchen!

(Musik.)

HERR Nun, Jakob, spanne mich nicht auf die Folter, und erzähle mir, wie es weiterging mit deiner Liebesgeschichte.

JAKOB Zum Teufel mit meiner Liebesgeschichte! Ich merke gerade ...

HERR Was denn?

JAKOB Ich finde meinen Geldbeutel nicht wieder!

HERR Schau in deinem Mantelsack nach!

JAKOB Ich habe alle meine Taschen umgekehrt – er ist verschwunden. Mir scheint, ich habe ihn unter dem Kopfkissen meines Bettes liegenlassen.

HERR Jetzt, wo du davon sprichst, scheint es auch mir... Wo ist denn meine Uhr? Zum Kuckuck mit deiner endlosen Liebesgeschichte! Ich habe sie am Kamin hängenlassen. Jakob, ich bitte dich, mach dich sofort auf den Weg und bring sie mir zurück.

*

ERZÄHLER Jakob ließ sich nicht lange bitten und ritt gemächlich zurück; denn er übereilte sich nie.

HÖRER Zurück wohin? Zu dem riesengroßen Schloß?

ERZÄHLER Nein, nein! Unter all den möglichen und unmöglichen Nachtlagern, die ich vorhin aufgezählt habe, suche dir eines aus, das am besten zu diesem

Abenteuer paßt. – Herr und Diener sind also getrennt; ich weiß nicht, welchem von beiden ich den Vorzug geben und wen ich begleiten soll. Lieber Zuhörer, willst du Jakob folgen, so sieh dich vor; die Suche nach dem Beutel und der Uhr könnte lange dauern und so verwickelt werden, daß er so schnell nicht zu seinem Herrn und einzigen Vertrauten zurückkehren möchte – und dann gute Nacht, Jakobs Liebesgeschichte! Willst du ihn aber Uhr und Beutel allein suchen lassen und seinem Herrn Gesellschaft leisten, so wäre das wohl recht artig, doch du würdest im höchsten Grade Langeweile haben. Ich weiß nicht, ob du diese Art von Menschen kennst; Jakobs Herr, wie die meisten Herren, hat wenig Ideen im Kopf; und sagt er etwas Gescheites, so hat er es von einem andern gehört. Er hat Augen wie du und ich; aber man weiß nicht, ob er etwas sieht. Er schläft nicht und ist nicht wach, er lebt so in den Tag hinein; das ist seine Verrichtung.

Dieser Automat setzte also seinen Weg fort und sah sich von Zeit zu Zeit um, ob Jakob nicht wiederkäme; doch kein Jakob war zu sehen.

*

HERR Dieser Spitzbube, dieser Galgenvogel, dieser Taugenichts! Wo bleibt er denn? Was treibt er? Braucht er soviel Zeit, um einen Beutel und eine Uhr wiederzuholen? Ich will ihn prügeln, ja gewiß, er soll es mir büßen, der Herumtreiber!

*

ERZÄHLER Nun suchte er seine Tabaksdose in der Achseltasche, wo sie nicht steckte, und geriet vollends außer Fassung; denn er wußte nicht, was er ohne seine Uhr, ohne seine Tabaksdose und ohne seinen Jakob anfangen sollte. Das waren die drei großen Hebel sei-

seines Lebens: Tabak zu nehmen, nachzusehen, wieviel die Uhr sei, und Fragen über Fragen an Jakob zu richten. – Nun, verehrter Zuhörer, hast du den Herrn satt und möchtest, daß wir den Diener aufsuchen, da er durchaus nicht wiederkommen will? Der arme Jakob! In dem Augenblick, in dem wir hier von ihm sprechen, beklagte er sich bitterlich und rief:

*

JAKOB So stand es also dort oben, wo alles verzeichnet ist, was uns geschah, geschieht und geschehen wird, geschrieben, daß ich an ein und demselben Tag für einen Straßenräuber gehalten, beinah ins Gefängnis gesperrt und beschuldigt werden sollte, ein Mädchen verführt zu haben!
(Musik.)

*

ERZÄHLER Jakob hatte sich dem Schlosse genähert, ich meine: dem Ort ihres letzten Nachtlagers, da begegnete er einem alten Mann mit einem Kasten auf dem Rücken und einem verschlissenen schwarzen Hut auf dem Kopf. Es war einer jener Hausierer, die man Galanteriewarenkrämer zu nennen pflegt.

*

KRÄMER Herr Baron! Nur ein Augenblickchen! Ist Ihnen nichts gefällig? Schnallen, Gürtel, Uhrketten, hochfeine Dosen, Ringe, Petschafte und eine Uhr! O Herr Baron, eine schöne, goldene Uhr, ziseliert, mit doppeltem Gehäuse, fast neu!

JAKOB Höre, Freund, gerade eine Uhr ist es, was ich suche; zeig mir einmal das gute Stück mit dem goldenen Gehäuse; vielleicht gefällt sie mir!

KRÄMER Das sollte mich nicht wundernehmen, so schön, wie sie ist. Erst seit wenigen Stunden ist sie mein; ich habe sie wohlfeil gehandelt, und wohlfeil will ich sie auch wieder weggeben. Ich bin für die kleinen, aber häufigen Gewinne, und außerdem – Sie scheinen mir ein artiger, feiner Herr zu sein, und ich will die Uhr eher Ihnen als einem andern gönnen.

JAKOB Du hast recht, sie ist sehr schön, und außerdem weiß ich, daß sie recht genau geht. Ich nehme sie mit. Schönen Dank, mein Freund!

KRÄMER Wie? Was soll das heißen, schönen Dank?

JAKOB Das soll heißen, daß ich diese Uhr ganz gut kenne. Sie gehört meinem Herrn, und meinem Herrn will ich sie wiederbringen.

KRÄMER Ich kenne den Herrn nicht; diese Uhr ist mein, ich habe sie gekauft und redlich bezahlt.

*

ERZÄHLER Er packte Jakob beim Kragen und schickte sich an, sich die Uhr mit Gewalt wiederzuholen. Jakob faßte sein Pferd beim Zügel, ergriff seine Pistole und setzte sie dem Hausierer auf die Brust. Der Krämer fürchtete um sein Leben und ließ Jakob fahren, der auf sein Pferd stieg und in aller Ruhe weiter auf die Stadt zu ritt, indem er sich sagte: Die Uhr hätten wir wieder, nun wollen wir uns nach unserm Geldbeutel umsehen. – Der Hausierer machte in aller Eile seinen Kasten zu, nahm ihn auf den Rücken und lief hinter Jakob her.

*

KRÄMER Diebe! Räuber! Mörder! Haltet ihn! Zu Hilfe!

STIMMEN Wo? Wer?

KRÄMER Dort vorn! Schnell! Haltet ihn!

STIMMEN Wen? Den Reiter, der so gemächlich auf das Stadttor zureitet?

KRÄMER Ja, der.

STIMMEN Ach was, Ihr seid nicht gescheit! So seelenruhig reitet doch kein Dieb!

KRÄMER Und doch ist es einer, Ihr könnt es mir glauben. Er hat mir mit Gewalt eine goldene Uhr genommen, der Straßenräuber. Ich bin zugrunde gerichtet, wenn ihr mir nicht helft, sie ist dreißig Louis d'or unter Brüdern wert. Er geht mit meiner Uhr davon, und wenn er seinem Pferd die Sporen gibt, so kriege ich sie in meinem Leben nicht wieder! Eine Belohnung, eine Belohnung für den unter euch, der ihn einholt!

*

ERZÄHLER Eine Menge Männer, Weiber und Kinder fing also an, Jakob nachzulaufen, und der schreiende Hausierer folgte ihnen so hurtig, wie es seine Bürde erlaubte. So langte der ganze Aufzug in der Stadt Conches an.

HÖRER Wo, in Conches?

ERZÄHLER Ja, in Conches. Weißt du nicht, wo das liegt? Es war in dieser Stadt; denn dort hatten Jakob und sein Herr die Nacht zuvor verbracht.

HÖRER Also nicht in dem großen Schloß mit der sinnreichen Schrift?

ERZÄHLER Nein.

HÖRER Und warum hast du mir das nicht gleich gesagt?

ERZÄHLER Verzeih, treuer Zuhörer; es ist mir erst in diesem Augenblick eingefallen.
(Musik.)

*

Die Einwohner liefen aus ihren Häusern, vereinigten sich mit dem Bauern und dem Hausierer und umringten Jakob, so daß er keinen Schritt weiterkonnte.

*

KRÄMER Du Strauchdieb! Jetzt haben wir dich! Gib meine Uhr heraus! Du mußt sie hergeben, und obendrein sollst du auch noch gehängt werden!

JAKOB Ich weiß nicht, was ihr wollt; aber ich weiß, daß es in dieser Stadt einen Polizeileutnant gibt. Man bringe mich zu ihm, und ich will beweisen, daß ich kein Lump bin, wohl aber, daß dieser Hausierer einer sein könnte. Es ist wahr, ich habe ihm die Uhr abgenommen; aber sie gehört nicht ihm, sondern meinem Herrn. Mein Herr und ich, wir sind vorgestern abend hier angekommen und haben bei dem Polizeileutnant, einem alten Freund, logiert.

*

ERZÄHLER Daß ich euch nicht früher gesagt habe, wer Jakob und seinen Herrn beherbergt hat, bitte ich euch zu entschuldigen; es liegt nur daran, daß ich's vergessen hatte. – Der Haufen folgte Jakob und dem Krämer bis vor das Haus des Polizeileutnants von Conches. Das zusammengelaufene Volk mußte draußen bleiben. Jakob und der Hausierer, die einander am Knopfloch festhielten, gingen hinein.

*

POLIZEILEUTNANT Bist du es, mein guter Jakob? Was führt dich ohne deinen Herrn hierher zurück?

JAKOB Die Uhr meines Herrn; er hatte sie am Kamin hängenlassen, und ich habe sie im Kasten dieses Mannes wiedergefunden. Auch komme ich meines Beutels wegen, den ich unter dem Kopfkissen habe liegenlassen, und der ebenfalls wieder auftauchen wird, sobald Sie es befehlen.

POLIZEILEUTNANT Und sobald es dort oben geschrieben steht.

*

ERZÄHLER Der Polizeileutnant ließ sogleich seine Bedienten heraufkommen, und kaum waren sie erschienen, so zeigte der Hausierer auf einen großen Schlingel, der nicht die beste Miene hatte und erst vor kurzem ins Haus gekommen war.

*

KRÄMER Dieser da hat mir die Uhr verkauft.

POLIZEILEUTNANT Und du hast sie ihm abgenommen, obwohl du dir denken konntest, daß sie gestohlen war. Ihr verdient beide, auf die Galeeren zu kommen! Du gibst das Geld heraus, das der Hehler dir bezahlt hat, und ziehst auf der Stelle deine Livree aus ... Und du machst, daß du aus dem Lande kommst, so schnell dich deine Füße tragen, und läßt dich hier nicht wieder blicken! Ihr treibt beide ein Handwerk, das Unglück bringt. – So, Jakob, und nun zu deinem Geldbeutel.

JAVOTTE Ich glaube, daß ich ihn habe.

POLIZEILEUTNANT Was, Javotte, du hast ihn gestohlen?

JAVOTTE Nein, gnädiger Herr.

POLIZEILEUTNANT Nein?

JAVOTTE Er hat ihn mir gegeben.

JAKOB Ich soll dir meinen Beutel gegeben haben?

JAVOTTE Ja.

JAKOB Der Teufel soll mich holen, wenn ich etwas davon weiß.

POLIZEILEUTNANT Ja, wenn die Sache so ist ... Jakob, wir wollen es gut sein lassen und nicht weiter untersuchen.

JAKOB Was meinen Sie?

POLIZEILEUTNANT Ich meine, daß Javotte hübsch und gefällig ist, wie ich sehe.

JAKOB Aber Herr Polizeileutnant, ich schwöre Ihnen ...

POLIZEILEUTNANT Wieviel war in dem Beutel?

JAKOB Ungefähr neunhundertsiebzehn Livres.

POLIZEILEUTNANT Ah, Javotte! Neunhundertsiebzehn Livres für eine Nacht? Ich wußte nicht, daß du so teuer bist! Das ist zuviel für ihn, und zuviel für dich. Gib mir den Beutel! – Hier hast du einen Laubtaler, das ist genug für die Dienste, die du ihm geleistet haben magst. Du bist mehr wert, aber für einen anderen als Jakob. Ich wünsche dir, daß du alle Tage zweimal soviel verdienst, aber außer meinem Hause, verstehst du? – Und du, Jakob, mach, daß du wieder auf dein Pferd und zu deinem Herrn kommst!

*

ERZÄHLER Jakob grüßte den Polizeileutnant und entfernte sich, ohne etwas zu erwidern, aber er dachte sich sein Teil.

*

JAKOB Die Unverschämte! Die Spitzbübin! Es stand also dort oben geschrieben, daß ein anderer bei ihr schlafen und Jakob dafür bezahlen sollte!

*

ERZÄHLER Tröste dich, Jakob! Sei froh, daß du mit so wenigen Kosten deinen Beutel und die Uhr deines Herrn wiedererlangt hast.
(Musik.)

*

ERZÄHLER Und ich, geneigter Zuhörer, ich mache hier Schluß mit meiner Erzählung; denn ich habe dir von meinen beiden Helden alles gesagt, was ich weiß.

HÖRER Was? Du willst einfach aufhören? Mittendrin aufhören? Das geht nicht an, das lassen wir uns nicht gefallen. Wie? Jakob mit Uhr und Beutel auf der Straße, und sein Herr, der irgendwo auf der Straße ihn erwartet... Das ist kein Schluß!

ERZÄHLER Muß denn alles einen Schluß haben? Geht

die Welt nicht weiter, ohne sich um unsere Geschichten zu kümmern? Und woher weißt du, daß Jakobs Herr ruhig am Wegesrand auf ihn wartet? Vielleicht ist er längst davongeritten, vielleicht hat er sich in ganz andere Abenteuer verwickelt, von denen wir nichts ahnen? Vielleicht finden die beiden einander nie wieder?

HÖRER Das ist unmöglich; was sollte Jakob ohne seinen Herrn anfangen und gar sein Herr ohne ihn und seine Geschichten?

ERZÄHLER Das weiß ich nicht.

HÖRER Und Jakobs Liebesgeschichte, mit der du uns so lange zum Narren gehalten hast?

ERZÄHLER Hat Jakob nicht hundertmal gesagt, es stehe dort oben geschrieben, daß er seine Liebesgeschichte nie zu Ende bringen werde? Ich sehe allmählich ein, daß er recht hatte. Ich sehe aber auch, lieber Zuhörer, daß dir das leid tut. Nun gut! Warum nimmst du seine Erzählung nicht selber auf, dort, wo er stehengeblieben ist, und setzt sie nach eigener Phantasie fort? Suche Jakob, und frag ihn aus, wenn dir selbst nichts einfällt! Er wird sich gewiß nicht lange bitten lassen und deinen Wunsch befriedigen, denn so ganz allein auf der Landstraße wird er sich langweilen und einen Zuhörer brauchen, da ihm sein Herr abhanden gekommen ist.

HÖRER Das geht nicht an; du hast diesen Roman angefangen, und du bist es uns schuldig, ihn zu Ende zu bringen.

ERZÄHLER Nun gut, wie du meinst. Ich habe eine gewisse Denkschrift in Händen, aus der ich das Fehlende vielleicht ergänzen könnte. Aber wozu das? Vielleicht sind diese Memoiren gefälscht; ich habe Gründe, ihnen nicht ganz zu vertrauen. Kann man sich denn für etwas interessieren, was man nicht für wahr hält?

HÖRER Diese Skrupel sind nur ein Vorwand, und ein fadenscheiniger dazu; willst du, daß wir dir glauben, so mußt du weiter lügen!

ERZÄHLER Ich will dir entgegenkommen und über das Weitere eine genaue Untersuchung anstellen, damit du ein gerechtes Urteil über *Die Gespräche Jakobs des Fatalisten und seines Herrn* fällen kannst; denn dieser Roman gehört gewiß zu den wichtigsten, die seit dem *Pantagruel* des Meisters Rabelais und seit dem *Abenteuerlichen Simplizissimus* erschienen sind. Ich verspreche also, daß ich die Memoiren, die ich in meiner Schublade habe, mit der größten kritischen Sorgfalt durchlesen und dir, meinem verehrten Zuhörer, verkünden will, was davon zu halten ist.

(Musik.)

*

ERZÄHLER Ich habe die bewußte Handschrift durchgelesen. Sie besteht aus drei Abschnitten, und ich bin zu dem Schluß gekommen, daß der erste eine untergeschobene Fälschung ist, die ich nicht überliefern will; der zweite ist von zweifelhafter Echtheit und erinnert allzusehr an *Das Leben des Tristram Shandy* von Laurence Sterne; aber da du unbedingt den Fortgang von Jakobs Liebesgeschichte hören willst, so magst du selber urteilen, was davon zu halten ist.

*

VORLESER Eines Tages kam Denise in aller Frühe, um Jakob zu verbinden. Alles schlief noch im Schlosse. Sie erkundigte sich nach Jakobs Befinden; er erwiderte, er habe kein Auge zugetan, denn er leide unter einem heftigen Jucken an seinem Knie. Denise erbot sich, Linderung zu schaffen. Jakob streckte sein Bein aus dem Bett, und Denise fing an, mit einem Stück Flanell unterhalb der Wunde, anfangs mit einem Finger, dann mit zweien, dann mit dreien, dann mit vieren, endlich mit der ganzen Hand zu reiben. Dann legte sie den Finger und schließlich die ganze Hand auf die Wunde selber und stillte das Jucken. Nur war es damit noch nicht getan, daß sie Jakob unterhalb des Knies und auf dem Knie frottiert hatte; denn das Jucken ließ sich oberhalb nur um so heftiger spüren. Denise nahm also ihren Flanell und fing an, oberhalb des Knies ziemlich stark zu reiben, anfangs mit einem Finger, dann mit zweien, dreien, vieren und zuletzt mit der ganzen Hand. Die Leidenschaft Jakobs, der kein Auge von ihr ließ, stieg bis zu einem solchen Grade an, daß er ihr nicht länger widerstehen konnte, stürmisch Denises Hand ergriff, und sie ...

*

HÖRER So zweifelhaft soll die Geschichte also ausgehen? Ich hätte Denise für standhafter gehalten!

ERZÄHLER Und wer behauptet das Gegenteil? Jakob ergriff ihre Hand und küßte sie, das ist alles! Du bist es, der eine ausschweifende Phantasie hat und etwas heraushört, was der Text mit keinem Worte sagt!

HÖRER Gut, er küßte also bloß ihre Hand.

ERZÄHLER Ja. Jakob hatte zuviel Verstand, um ein Mädchen zu verführen, das er heiraten wollte, und sich so ein Mißtrauen zu bereiten, das ihn vielleicht nie mehr verlassen hätte.

HÖRER Aber hat er nicht schon längst alles mögliche versucht, um ihre Gunst zu erlangen?

ERZÄHLER Vielleicht wollte er sie damals noch nicht zu seiner Frau machen.
(Musik.)

Wie dem auch sei, der letzte Abschnitt aus meinem Manuskript ist unzweifelhaft echt.

HÖRER Und woraus wollen Sie das schließen?

ERZÄHLER Weil ich ihn selber geschrieben habe. – Wir haben Jakobs Herrn verlassen, wie er auf die Rückkehr seines Dieners wartete; vor langer Weile wäre er schier eingenickt. Sein Pferd setzte sich von ganz allein in Bewegung, und nach einigen Irrwegen führte es ihn zu dem Schloß seines Freundes Desglands, wo es ein großes Wiedersehen gab. Nur eines fehlte ihm zu seiner Zufriedenheit, nämlich sein Diener, der ihm so unentbehrlich war wie seine Uhr. Jedesmal, wenn er in die Tasche faßte, um zu sehen, wie spät es war, fand er dort das Gesuchte nicht, und jedesmal rief er seufzend aus:

*

HERR Armer Jakob! Was ist aus dir geworden!

*

ERZÄHLER Der arme Jakob! Was mag aus ihm geworden sein? Vielleicht schmachtete er, an Händen und Füßen gefesselt, in der Tiefe eines düsteren Kerkers, vielleicht war er unter die Räuber gefallen, vielleicht litt er Hunger und Durst; es könnte freilich auch sein, daß er sich sehr lustige Tage machte und sich auf Tanzböden und Gelagen herumtrieb; genug, eines Abends, man wollte eben das große Tor schließen und die Kerzen auslöschen, vernahm man das Wiehern eines Pferdes vor dem Schloß.

*

DESGLANDS Wer mag das sein, der so spät hier ankommt?

HERR Bist du es, lieber Jakob?

JAKOB Sind Sie es, lieber Herr?

HERR Hast du meine Uhr mitgebracht?

JAKOB Hier.

HERR Und deinen Beutel?

JAKOB Hier.

HERR Du bist sehr lange ausgeblieben.

JAKOB Nicht zu lange für das, was ich unterdessen getan habe. Hören Sie mir nur recht aufmerksam zu! Ich bin hingeritten, habe mich herumgebalgt und alle Bauern auf dem Feld, alle Einwohner der Stadt in Aufruhr gebracht; ich bin für einen Straßenräuber gehalten und vor den Richter geführt worden, habe zwei Verhöre ausgestanden; bin beinahe Ursache dafür geworden, daß zwei Menschen gehängt worden wären; habe einen Bediensteten aus dem Hause jagen lassen und eine Magd um ihren Dienst gebracht; bin überführt worden, bei einem Geschöpf geschlafen zu haben, das ich nie mit Augen gesehen hatte und doch bezahlte, und bin auf mancherlei Wegen und Umwegen wieder zu Ihnen zurückgekommen. – Und Denise? Wo ist Denise?

DENISE Sind Sie's, Herr Jakob? Wie viele Tränen haben Sie mich gekostet!

DESGLANDS Gläser her! Wein her! Geschwind, geschwind! Hier gibt es eine Verlobung zu feiern! *(Musik.)*

*

ERZÄHLER Einige Tage darauf starb der alte Hausvogt des Schlosses; Jakob bekam seine Stelle; einen Monat später wurde die Hochzeit gefeiert. Jetzt ist Jakob wohl beschäftigt, mit seiner Denise dem Zeno und dem Spinoza Jünger zu zeugen. Desglands liebt ihn, sein Herr hält ihn in Ehren, seine Frau betet ihn an; denn so stand es dort oben geschrieben.

Gründe, meinem alten Hausrock nachzutrauern, oder: Eine Warnung an alle, die mehr Geschmack als Geld haben

Warum habe ich ihn nicht behalten? Er paßte zu mir, ich paßte zu ihm. Er schmiegte sich jeder Wendung meines Körpers an; er hat mich nie gestört; er stand mir so gut, daß ich mich ausnahm wie von Künstlerhand gemalt. Der neue, steif und förmlich, macht mich zur Schneiderpuppe. Kein Bedürfnis, dem der alte nicht entgegengekommen wäre; denn fast nie hat die Armut etwas dagegen, sich nützlich zu zeigen. Lag Staub auf einem Buch, schon bot sich einer seiner Zipfel an, ihn abzuwischen. War mir die Tinte eingetrocknet und wollte nicht mehr aus der Feder fließen, so lieh er mir einen Ärmel: lange schwarze Streifen legten von den häufigen Diensten, die er mir geleistet hat, Zeugnis ab. An diesen Tintenspuren war der Mann der Literatur, der Schriftsteller, der arbeitende Mensch zu erkennen. Und heute? Ich sehe aus wie ein reicher Tagedieb, man sieht mir nicht mehr an, wer ich bin.

Unter seinem Schutz hatte ich weder das Ungeschick des Dieners noch mein eigenes, weder Feuer noch Wasser zu fürchten. Ich war ganz und gar Herr meines alten Hausrocks; ich bin zum Sklaven des neuen geworden.

Der Drache, der das Goldene Vlies zu bewachen hatte, war nicht weniger auf der Hut als ich. Der Gegenstand meiner Sorge hüllt mich ein.

Der Greis, der sich Hals über Kopf in ein junges Mädchen verliebt hat und ihren Launen hilflos ausgeliefert ist, fragt sich den ganzen Tag lang: Wo ist sie geblieben, meine gute alte Haushälterin? Welcher Teufel hat mich geritten, als ich ihr den Laufpaß gab um dieser Verrückten willen? Dann seufzt er; es kommen ihm die Tränen.

Ich seufze nicht, mir kommen keine Tränen; doch immer wieder sage ich mir: Verdammt soll er sein, der Kerl, der auf die Idee gekommen ist, aus einem Stück gewöhnlichen Stoffs eine Kostbarkeit zu machen, indem er ihn scharlachrot färbte! Verfluchtes Luxuskleid, dem ich meine Reverenz erweise! Wo ist er hin, mein bescheidener, mein bequemer Wollfetzen?

Liebe Freunde, haltet an den Freunden fest, die euch geblieben sind. Fürchtet die Schläge des Reichtums! Laßt euch mein Beispiel eine Lehre sein. Die Armut hat ihre Freiheiten, der Reichtum seine Zwänge.

Ach, Diogenes! Wenn du deinen Schüler im prunkvollen Mantel eines Aristipp sehen könntest, wie würdest du ihn auslachen! Und was dich betrifft, Aristipp, so ist dieser prunkvolle Mantel durch manche Niederträchtigkeit erkauft. Was für ein Unterschied zwischen deinem verwöhnten, liebedienerischen, schlaffen Dasein und dem freien, standhaften Leben des zerlumpten Kynikers! Und ich, ich habe die Tonne verlassen, in der ich mein eigener Herr war, um in die Dienste eines Tyrannen zu treten.

Und das ist noch nicht alles, mein Lieber! Ich will dir sagen, welche Verwüstungen der Luxus anrichtet, welche Folgen es hat, wenn man sich ihm ausliefert.

Mein alter Hausrock und der ganze Plunder, mit dem ich mich eingerichtet hatte – wie gut paßte eins zum andern! Ein Stuhl aus Rohr, ein Tisch aus Holz, eine Bergamo-Tapete, halb Hanf halb Seide, ein fichtenes Brett, auf dem ein paar Bücher standen, einige verräucherte Stiche ohne Rahmen, einfach auf die alte Wandtapete genagelt; unter den Kupferstichen drei oder vier Gipsabgüsse; das alles paßte in seiner Kargheit aufs allerschönste zu meinem alten Hausrock.

Jetzt ist alles aus den Fugen. Die Übereinstimmung ist dahin, und mit ihr das richtige Maß, die Schönheit.

Eine alte Jungfer, die als Haushälterin in ein Pfarrhaus kommt, eine Frau, die einen Witwer heiratet, ein Minister, der seinen gestürzten Vorgänger ersetzt, ein

Jesuit, der die Gemeinde eines Jansenisten übernimmt – keiner von ihnen kann mehr Unruhe stiften als die scharlachrote Robe, die sich bei mir eingenistet hat.

Der Anblick einer Bäurin mißfällt mir nicht. Das grobe Tuch, das ihren Kopf bedeckt; das strähnige Haar, das ihr ins Gesicht fällt; die Lumpen, die sie notdürftig bedecken; der schlechte, kurze Rock, der ihr nur bis zu den Knien reicht; ihre bloßen, schmutzbedeckten Füße: das alles stört mich nicht; es ist das Bild einer Lebenslage, die ich achte; es drückt das ganze Elend eines unentbehrlichen, unglücklichen Standes aus, den ich beklage. Aber übel wird mir, und trotz der Duftwolke, die sie umgibt, wende ich der Hure den Rücken zu, deren englische Spitzenhaube, deren zerrissene Manschetten, deren schmuddlige Seidenstrümpfe und abgetretene Schuhe mir die Misere von heute zeigen, die dem Überfluß von gestern auf dem Fuße folgt.

So hätte es auch in meiner Wohnung ausgesehen, wäre es dem scharlachroten Gebieter nicht gelungen, seinen Stil durchzusetzen. Ich habe mit ansehen müssen, wie die Bergamo-Tapete, die so lange die Wände bedeckt hat, einem Behang aus Damast wich. Zwei ganz passable Stiche, der *Mannaregen in der Wüste* von Poussin und die *Esther vor Ahasver* vom selben Künstler, wurden ohne Gnade vertrieben, und zwar durch einen *Greis* von Rubens – das war die arme Esther – und durch ein *Gewitter* von Vernet – das war der *Mannaregen.*

Der Rohrstuhl wurde einem Maroquinsessel zuliebe ins Vorzimmer verbannt.

Das schwache Fichtenbrett, das sich unter dem Gewicht von Homer, Vergil, Horaz, Cicero durchgebogen hatte, wurde von seiner Last befreit, die sich in einem Intarsienschrank verbarrikadiert hat, einem Zufluchtsort, der jenen Autoren besser zu Gesicht steht als mir.

Ein Spiegel beherrscht neuerdings meinen Kamin.

Die beiden hübschen Gipsabgüsse, die ich Falconets Freundschaft verdanke, der sie mit eigner Hand restauriert hatte, mußten einer sitzenden Venus weichen; so ist der Ton der Gegenwart an einer antiken Bronze zerschellt.

Der Tisch aus Holz hat noch eine Zeitlang das Feld behauptet, unter dem Schutz meiner aufgehäuften Hefte und Papiere, und es sah ganz so aus, als könnte ihn dieses Durcheinander noch lange vor der drohenden Katastrophe bewahren. Eines Tages ereilte auch ihn das Schicksal; trotz meiner Faulheit landeten die Broschüren und die Manuskripte in den Fächern eines kostbaren Schreibtisches.

Das ist der unselige Hang zur Konvention. Es ist das Zartgefühl, das alles ruiniert, der anspruchsvolle Geschmack, der alles verändert, ausrangiert, verschönert, das Oberste zuunterst kehrt; der die Ersparnisse der Väter plündert, die Mitgift der Töchter aufzehrt, die Ausbildung der Söhne gefährdet. Er, der so viele schöne Dinge und so viele Übel hervorbringt, er ist es, der mir statt meines alten Holztisches dieses unselige, kostbare *bureau-plat* aufgenötigt hat, er ist es, der ganze Völker zugrunde richtet; ja, vielleicht wird der gute Geschmack es sein, der eines Tages meine Habseligkeiten auf die Brücke von Saint-Michel zur Versteigerung schleift, und die heisere Stimme des Auktionators wird dazu rufen: Zwanzig Louis d'or für eine sitzende Venus!

Die leere Wand zwischen der Schreibtischplatte und dem *Gewitter* von Vernet, der darüber hängt, wirkte störend und kahl. Diesen freien Platz hat eine Uhr eingenommen, und was für eine Uhr! Eine Pendule von Geoffrin, deren Vergoldung nun mit dem Schimmer der Bronze wetteifert.

Und dann war da noch eine Ecke neben meinem Fenster frei, die nach einem Sekretär schrie; sie hat ihn bekommen.

Die letzte Lücke, die es noch zu beanstanden gab, zwischen dem Aufsatz des Sekretärs und dem schönen Rubens-Kopf, wurde von zwei Bildern La Grenées zugedeckt.

Da hängt nun eine *Magdalena* desselben Malers, dort eine Skizze von Vien oder von Machy, denn neuerdings habe ich mich auch auf Zeichnungen verlegt. Und auf diese Weise hat sich die bescheidene Dachstube des Aufklärers in das auftrumpfende Kabinett eines Steuerpächters verwandelt. Das ist ein Hohn auf die miserable Verfassung meines Landes, und ich habe meinen Teil daran.

Von meiner früheren, simplen Einrichtung ist mir nur noch ein Flickenteppich geblieben. Dieser armselige Vorleger verträgt sich kaum mit meinem Luxus; das ist mir klar. Aber ich habe mir geschworen, und ich schwör's mir heute noch – denn Denis, der Philosoph, wird nie ein Meisterstück aus der Gobelinweberei von Chaillot mit Füßen treten –, daß ich diesem alten Stück die Treue halten werde, so wie der Bauer, der sich aus seiner Hütte ins Königsschloß versetzt sieht, seine Holzpantoffeln anbehält. Wenn ich am frühen Morgen im prächtigen Scharlachrock mein Arbeitszimmer betrete und ich senke den Blick, dann finde ich ihn wieder, meinen Flickenteppich; er erinnert mich an meine frühere Lage, und mein Stolz bleibt mir im Halse stecken.

Nein, mein Freund, nein; noch bin ich nicht korrumpiert! Meine Tür steht jedem offen, der sich in seiner Not an mich wendet; er wird mich zugänglich finden; ich höre ihn an, ich bedaure ihn, ich rate und helfe, so gut ich kann. Mein Herz hat sich nicht verhärtet, ich spiele nicht den Erhabenen. Mein Rücken ist so breit wie früher, und er trägt seine Last. Es herrscht der alte Ton, freimütig und mitfühlend. Mein Luxus ist neuen Datums, und das Gift hat noch nicht gewirkt. Aber wer weiß, wohin das führt? Was ist von einem Menschen zu erwarten, wenn es soweit kommt, daß er seine Tochter vergißt, sich in Schulden stürzt und aufhört, sich um seine Familie zu kümmern, statt sparsam zu wirtschaften und Vorsorge zu treffen?

Ich bitte dich, großer Prophet, erhebe deine Arme zum Himmel und lege ein Wort ein für einen Freund, der in Gefahr schwebt; sprich zu Gott: »Wenn du, Herr, in deiner ewigen Weisheit siehst, daß der Reichtum das Herz von Denis verdirbt, dann schone die Meisterwerke nicht, die er anbetet; zerstöre sie und wirf ihn zurück in die Armut, aus der er gekommen ist!« Und ich meinerseits werde dem Himmel sagen: Herr, ich füge mich der Bitte deines Propheten und deinem Ratschluß. Ich lasse alles fahren, nimm es mir, nimm mir alles, nur nicht meinen Vernet. Ja, laß mir den Vernet! Es ist ja nicht der Künstler; du bist es doch, der ihn geschaffen hat. Verschone das Werk der Freundschaft und das deiner Hände. Sieh nur diesen Leuchtturm und den zweiten Turm, der sich rechts davon erhebt; sieh diesen alten, vom Sturm zerfetzten Baum. Wie schön dieses Massiv gemalt ist! Und über dem dunklen Berg da, sieh die moosbedeckten Felsen. So hat sie deine allmächtige Hand geschaffen, so hat sie deine gütige Hand geschmückt. Sieh jene Steinterrasse, wie sie sich stufenweise vom Fuß des Felsens bis zum Meer herabsenkt ... ein Bild der Vergänglichkeit; denn du hast dafür gesorgt, daß die Zeit auch die härtesten Dinge dieser Welt zernagt. Wie wäre dieser Abhang sonst ans Licht deiner Sonne getreten? Herr, wenn du dieses Werk der Kunst zerstörst, wird man von dir sagen, du seist ein eifersüchtiger Gott. Hab Erbarmen mit den Schiffbrüchigen, die an diesem Ufer gestrandet sind. Du hast ihnen den Abgrund gezeigt, laß es damit genug sein. Oder hast du sie nur gerettet, um sie endgültig zugrunde zu richten? Erhöre ihr Dankgebet, hilf demjenigen, der die jämmerlichen Reste seiner Habe zusammenrafft! Nimm die Verwünschungen jenes Verzweifelten nicht beim Wort, der sich eine glückliche Heimkehr versprach; er hatte davon geträumt, sich zurückzuziehen und seine Ruhe zu finden; er glaubte, seine letzte Reise zu tun. Hundertmal hat er sich unterwegs an den Fingern abgezählt, was er zurückgelegt hatte, und bedacht, was er damit anfangen wollte: nun sind alle seine Hoffnungen zunichte geworden; es ist ihm kaum genug geblieben, um seinen nackten Leib zu decken. Laß dich rühren von der Zärtlichkeit dieses Paars; du siehst ja, welchen Schrecken du der Frau eingejagt hast; sie dankt dir auch noch für das Unglück, das ihr erspart blieb. Ihr Kind, zu jung, um zu begreifen, welcher Gefahr es, wie sein Vater und seine Mutter, ausgesetzt war, kümmert sich unterdessen um seinen treuen Reisegefährten; es legt seinem Hund das Halsband an; beschütze es, denn es ist ohne Schuld. Siehst du die Mutter dort, die mit ihrem Mann dem Tod in den Fluten mit knapper Not entgangen ist; nicht um ihr eigenes Leben hat sie gezittert, sondern um das ihres Kindes. Du siehst, wie sie es an die Brust drückt, wie sie es küßt.

Herr, erkenne auf diesem Bild die Wasser wieder, die du erschaffen hast, ob sie nun dein Atem erregt oder ob deine Hand sie glättet! Diese finsteren Wolken hast du versammelt, und dir hat es gefallen, sie wieder zu zerstreuen. Schon lösen sie sich auf und entfernen sich; schon kehrt der Abglanz der Sonne auf der Wasserfläche wieder; am rötlichen Horizont ahne ich bereits die kommende Stille. Wie weit er ist, dieser Horizont! Er berührt sich nicht mit dem Meer. Der Himmel scheint sich unter ihm zu dehnen, als wollte er den ganzen Erdkreis umfangen. Gib diesem Himmel sein volles Licht wieder und dem Meer seinen ganzen Frieden. Laß die gestrandeten Matrosen ihr Schiff wieder flottmachen; steh ihnen bei in ihrer Arbeit; gib ihnen neue Kräfte, und laß mir mein Bild. Laß es mir; es gleicht der Rute, mit der du den Menschen in seiner Eitelkeit züchtigst. Denn schon kommen die Leute nicht mehr zu mir, um mich anzuhören; sie wollen meinen Vernet bewundern. Der Maler hat den Philosophen auf seinen Platz verwiesen.

Ja, mein Freund, ich besitze einen schönen Vernet. Sein Sujet ist das Ende eines Sturms, bei dem es ohne schwere Katastrophe abgeht. Noch ist die See bewegt, noch ist der Himmel voller Wolken; die Matrosen mühen sich um das gescheiterte Schiff, von den nahen Bergen eilen die Anwohner herbei. Wieviel Geist hat dieser Künstler! Ein paar Hauptfiguren genügen ihm, um alle Umstände des Moments, den er gewählt hat, darzustellen. Wie wahr diese Szene wirkt, wie leicht, ungezwungen und kraftvoll ist das gemalt! Ich will dieses Zeugnis seiner Freundschaft behalten; ich möchte, daß mein Schwiegersohn es seinen Kindern vermacht, und daß es von ihnen auf seine Kindeskinder und Urenkel kommt.

Wenn ihr sehen könntet, wie auf dieser Leinwand alles zusammenstimmt, wie es sich zum Ganzen fügt und ineinandergreift, wie alles, ohne Übertreibung und Effekthascherei, zur Geltung kommt – diese Berge rechts im zarten Dunst, die Felsen und die Bauwerke, die sie tragen, wie gelungen, wie malerisch dieser

Baum! Wie das Licht auf der Terrasse dort spielt, welche Schattierungen es zeigt; und die Figuren – wie sie verteilt sind, so wahr, bewegt, natürlich, voller Leben! Man nimmt Anteil an ihnen, man merkt ihnen die Kraft des Malers an. Wie rein sie gezeichnet sind, wie sie sich vom Hintergrund abheben; und dann die unendliche Weite des Raumes, die Wiedergabe des Wassers! Was für Wolken, was für ein Himmel, was für ein Horizont! Ganz im Gegensatz zur landläufigen Technik ist hier der Hintergrund düster, der Vordergrund von Licht erfüllt. Kommt und seht ihn euch an, meinen Vernet, aber laßt ihn, wo er ist.

Mit der Zeit werden die Schulden abgetragen sein, meine Skrupel werden zur Ruhe kommen; reine Freude wird mich erfüllen. Ihr braucht nicht zu befürchten, daß mich die Sucht ergreift, schöne Gegenstände anzuhäufen. Die Freunde, die ich gewann, sind mir geblieben, und es sind ihrer nicht mehr geworden.

Ich habe meine Kurtisane, nicht sie mich. Ich bin glücklich in ihren Armen. Doch bin ich darauf gefaßt, sie, wenn die Stunde gekommen ist, dem zu überlassen, der mir lieb ist und den sie glücklicher machen kann als mich. Und, um euch mein Geheimnis ins Ohr zu sagen: diese Schönheit, die sich andern so teuer verkauft – mich hat sie nichts gekostet.

Über die Frauen

Der *Essai sur le caractère, les mœurs et l'esprit des femmes dans les différents siècles* von Antoine Léonard Thomas ist 1772 in Paris erschienen; Diderots Bemerkungen finden sich in Grimms *Correspondence littéraire* vom selben Jahr.

Ich habe viel übrig für Thomas; ich weiß sein stolzes Gemüt und seinen noblen Charakter zu schätzen. Er hat viel Geist; er ist ganz und gar anständig; und das heißt, er ist kein gewöhnlicher Mensch. Doch hat er sich, nach seiner *Abhandlung über die Frauen* zu urteilen, nie von einer Leidenschaft hinreißen lassen, die ich mir lobe – weniger der Freuden wegen, die sie uns einbringt, als wegen der Leiden, über die sie uns hinwegtröstet. Er hat viel gegrübelt, aber zuwenig empfunden. Er hat sich den Kopf zerbrochen, aber sein Herz ist ungerührt geblieben. Ich an seiner Stelle hätte mich weniger neutral, weniger besonnen ausgedrückt; ich hätte mehr Anteilnahme, mehr Wärme aufgebracht für das einzige Wesen auf dieser Erde, das uns Gefühl mit Gefühl vergilt und sein Glück findet in dem Glück, das es uns schenkt. Fünf oder sechs Seiten voller Überschwang, in seine Arbeit eingestreut, hätten die strikte Folge seiner sorgfältigen Betrachtungen brechen und ein reizvolles Werk daraus machen können. Er aber wollte, daß sein Buch weder dem einen noch dem andern Geschlecht angehöre, und leider hat er dieses Ziel erreicht. Ein Zwitter, ein Hermaphrodit ist dabei herausgekommen, dem es an weiblicher Lässigkeit ebenso fehlt wie an männlicher Energie. Dennoch, wenige unter unsern Tagesschriftstellern wären zu einer solchen Arbeit imstande gewesen, der man Belesenheit, Verstand, Scharfsinn und Ausgewogenheit anmerkt. Dafür fehlt es ihr an Abwechslung, an jener Geschmeidigkeit, die nötig wäre, um der unendlichen Vielfalt eines Wesens gerecht zu werden, das in seiner Kraft und seiner Schwäche bis zum Extrem geht, das beim Anblick einer Maus oder einer Spinne in Ohnmacht fällt, den größten Schrecknissen des Lebens aber nicht selten die Stirn zu bieten weiß.

Vor allem in der Liebesleidenschaft, in den Attacken der Eifersucht, den Aufwallungen mütterlicher Zärtlichkeit, den Anwandlungen des Aberglaubens, in der Art, wie sie teilnehmen an den ansteckenden Gefühlen der Menge, zeigt sich, was uns an ihnen erstaunt: dann sind sie schön wie die Engel Klopstocks oder fürchterlich wie Miltons Teufel. Ich habe Frauen gesehen, die sich in die Liebe, die Eifersucht, den Aberglauben, die Wut bis zu einem Grad hineinsteigerten, den ein Mann nie erleben wird. Der Gegensatz zwischen ihren heftigen Zuckungen und der Zartheit ihrer Züge macht sie abscheulich und entstellt sie um so mehr. Was uns betrifft, so brechen sich unsere Leidenschaften an den Geschäften und Streitigkeiten des Alltags. Die Frau hütet die ihrigen; das ist der fixe Punkt, auf den sie unablässig ihr Augenmerk richtet, da sie ansonsten meist unbeschäftigt oder mit nichtigen Dingen befaßt ist. Dieser Punkt kann sich bis ins Unermeßliche ausdehnen, und dann fehlt der leidenschaftlich erregten Frau zum Wahnsinn nur die gänzliche Abgeschiedenheit, die sie sucht.

Die Unterwerfung unter einen Gebieter, der ihr mißfällt, ist für sie eine Qual. Ich habe eine anständige Frau zittern sehen vor Abscheu, sobald ihr eigener Mann in die Nähe kam; ich habe gesehen, wie sie sich ins Bad stürzte, und bemerkt, daß sie sich nie genügend reingewaschen fühlte von der Beschmutzung, zu der sie gezwungen worden war. Diese Art von Widerwillen ist uns Männern so gut wie unbekannt. Unser Organ ist weniger nachtragend. Manch eine Frau stirbt, ohne je den höchsten Genuß der Wollust gekannt zu haben. Dieses Gefühl, das ich mit einer flüchtigen Epilepsie vergleichen möchte, empfinden sie selten, während es uns entgegenkommt, sobald wir es herbeirufen. Sie, die Frauen, flieht oft das Glück in den Armen des Mannes, den sie anbeten. Wir dagegen finden es selbst an der Seite einer willigen Frau, die uns mißfällt. Sie sind weniger Herr über ihre Sinne als wir, und der Lohn, der ihnen zuteil wird, ist weniger schnell und weniger gewiß. Hundertmal täuscht sie ihre Erwartung. Ihr Organismus ist von dem unsern so verschieden, die Triebfeder ihrer Lust so zart, die Quelle derselben so tief verborgen, daß es kein Wunder ist, wenn sie ganz ausbleibt oder in die Irre geht.

Wenn ihr hört, wie eine Frau die Liebe verwünscht, und wie ein Schriftsteller das Urteil der Öffentlichkeit verachtet, so dürft ihr daraus schließen, daß die Reize der einen schwinden und das Talent des andern nachläßt. Nie hat ein Mann sich auf den geheiligten Dreifuß des delphischen Orakels gesetzt. Die Rolle der Pythia steht nur einer Frau an. Nur ein Weiberkopf kann derart außer sich geraten, daß er wahrhaftig das Nahen eines Gottes ahnt; nur eine Frau kann sich erregen, die Haare raufen, schäumen, rufen: *Ich fühle ihn, ja, er ist es, der Gott ist da!* und ihm dann ihre Stimme leihen. Ein Einsiedler, der Heilige Hieronymus, glühend in seinem Denken und in seinen Worten, sprach einst zu den Häuptern einer Sekte: *Haltet euch an die Frauen; sie nehmen leicht auf, weil sie unwissend sind; sie verbreiten ohne weiteres die Lehre, weil sie oberflächlich sind; sie halten länger an ihr fest, weil sie eigensinnig sind.* Undurchdringlich in ihrer Verstellung, grausam in ihrer Rache, zäh in ihren Plänen, skrupellos in ihren Mitteln, von einem tiefen heimlichen Haß auf die Despotie der Männer beseelt, scheint es, als hingen sie einer selbstverständlichen Verschwörung an, die es auf die Herrschaft abgesehen hat – einer Art Geheimbund, wie ihn die Priester aller Nationen geschlossen haben. Sie kennen seine Satzung, ohne daß sie sich darüber aussprechen müßten.

In ihrer angeborenen Neugierde wollen sie alles wissen, sei es, um Gebrauch davon zu machen, sei's, um Schindluder damit zu treiben. In Zeiten der Revolution geben sie sich aus Neugier den Parteiführern hin. Wer sie durchschaut, der hat in ihnen einen unerbittlichen Feind. Liebt ihr sie, so werden sie euch ins Verderben stürzen und sich selbst mit hineinreißen; durchkreuzt ihr die Absichten, die ihnen der Ehrgeiz einflößt, so wird ihr Herz bewegen, was der Dichter der Roxane in den Mund legt:

Was gilt mir Liebe, wenn sich mein Geliebter nicht
noch heut mit mir vermählt, wenn er es wagt, der Wicht,
mir vorzuhalten Regeln öd und Pflichten leer,
mir, die ich alles für ihn tat – und was tat er? –,
ja, dann verlaß ich ihn, denn er ist undankbar.
Ich achte meiner Liebe nicht, nicht der Gefahr
für mich, und stoß in jenes Elend ihn zurück,
aus dem ich selber ihn erhob zu seinem Glück.

Racine, *Bajazet*, I, 3.

Sie alle sollten sich gesagt sein lassen, was ein anderer, weniger eleganter Dichter einer von ihnen vorhält:

Im Taumel der Begierde haltet ihr gewandt
stets noch die Zügel eurer Herrschaft in der Hand,
weil es euch nicht genügt, wenn Liebe ihr gewinnt,
weil euer dreistes Herz auf Unterwerfung sinnt.
Ihr werdet immer nur nach der Regierung trachten
und noch den ritterlichsten, besten Freund verachten,
wenn euern schönen Augen er nicht unbedingt
Ehr und Gesetz und Pflicht und Gott zum Opfer bringt.

Crebillon, *Catilina*, II, 1.

Wenn einer Frau sehr viel daran liegt, euch irrezuführen, wird sie den Rausch der Leidenschaft vortäuschen; ja sie wird ihn sogar empfinden, ohne sich zu vergessen. Noch im Augenblick ihrer Hingabe verfolgen die Frauen manchmal eine verborgene Absicht. Sie verstehen es besser als wir, sich über ihre eigene Lust etwas vorzumachen.

Der Stolz ist ein Fehler, der ihnen näherliegt als uns. Eine junge Samojedin tanzte nackt mit einem Dolch in der Hand. Es schien, als wollte sie sich erstechen; aber sie wich ihren eigenen Stößen so geschickt aus, daß sie ihren Landsleuten weismachen konnte, ein Gott mache sie unverwundbar; und somit erschien sie ihnen als eine geheiligte Person. Diesem rituellen Tanz wohnten einige Reisende aus Europa bei; und so fest sie auch davon überzeugt waren, daß diese Frau nichts weiter war als eine abgefeimte Gauklerin, so wußte sie doch ihre Augen durch die Gewandtheit ihrer Bewegungen zu täuschen. Am andern Tag wurde sie gebeten, ihren Tanz zu wiederholen. *Nein*, erwiderte sie, *ich tanze nicht noch einmal; der Gott will es nicht; ich würde mich verwunden.* Man ließ nicht nach, sie zu bitten. Die Eingeborenen schlossen sich dem Wunsch der Europäer an.

Sie tanzte. Sie wurde entlarvt. Das merkte sie; und im selben Augenblick stürzte sie hin, die Brust von ihrem Dolch durchbohrt. *Ich wußte es*, sagte sie denen, die ihr zu Hilfe eilten; *der Gott hat es nicht gewollt; ich sah es kommen.* Was mich daran wundernimmt, ist nicht, daß sie den Tod der Schande vorzog, sondern daß sie sich hat heilen lassen.

Und haben wir nicht hier und heutzutage (auf den Versammlungen der jansenistischen Sektierer) eine Frau gesehen, die, mit einem Fallhütchen auf dem Kopf, die Kindheit der Kirche darstellte, mit Händen und Füßen an ein Kreuz genagelt, die Seite von Lanzenstichen durchbohrt, wie sie vor Qualen zuckend ihre Rolle durchhielt? Während der kalte Schweiß von ihren Gliedern rann und ihre Augen schon vom Schleier des Todes getrübt waren, wandte sie sich an den Anführer dieser Herde von Fanatikern und, statt wie ein leidender Mensch zu klagen: *Mein Vater, ich will schlafen*, sprach sie mit der Stimme eines kleinen Kindes: *Papa, ich will in die Heia.* Auf einen Mann kommen hundert Weiber, die einer solchen Stärke und Geistesgegenwart fähig sind.

Dieselbe Frau oder eine ihrer Gefährtinnen sagte, indem sie ihn schmachtend anblickte, dem jungen du Doyer, während er ihr mit einer Zange die beiden Nägel herauszog, die ihre Füße durchbohrten: *Gott, der uns die Gabe verlieh, Wunder zu wirken, hat uns noch lange nicht in den Stand der Heiligkeit versetzt.*

Madame de Staël wird zusammen mit ihrer Herrin, der Herzogin von Maine, in die Bastille gebracht; sie muß feststellen, daß die Herzogin alles gestanden hat. Schon sehen wir sie weinen, sich am Boden wälzen, schreien: *Ach, meine unglückliche Gebieterin ist wahnsinnig geworden!* Von einem Mann kann man etwas Derartiges nicht erwarten.

Die Frau ist in ihrem Inneren mit einem Organ versehen, das empfänglich ist für schreckliche Krämpfe. Dieses Organ beherrscht sie und ruft in ihrer Phantasie Hirngespinste aller Art hervor. Im hysterischen Delirium kommt sie auf die Vergangenheit zurück und greift der Zukunft vor; alle Zeiten werden ihr dann zur Gegenwart. Ihre überschwenglichen Ideen entspringen sämtlich dem Organ, das ihrem Geschlecht eigentümlich ist. In ihrer Jugend hysterisch, wird die Frau in höherem Alter leicht zur Betschwester; wenn ihr im Alter einiges von ihrer Energie verblieben ist, so spricht ihr Kopf nach wie vor die Sprache der Sinne, mögen diese auch längst verstummt sein.

Nichts liegt so nahe beieinander wie die Ekstase, das Zweite Gesicht, die Wahrsagerei, die Offenbarung, die schwärmerische Poesie und die hysterische Veranlagung. Wenn die Karschin aus Preußen ihr Auge zum gewitterflammenden Himmel erhebt, sieht sie Gott in der Wolke; sie sieht, wie er aus einem Zipfel seines schwarzen Mantels Blitze auf das Haupt des Gottlosen schleudert; sie sieht es vor sich, das Haupt des Bösen. Ebenso fühlt sich die Nonne in ihrer Zelle bis in die Lüfte erhoben; ihre Seele ergießt sich in den Schoß der Gottheit; ihre Essenz vermischt sich mit der des göttlichen Wesens; sie windet sich; sie stirbt dahin; ihre Brust hebt und senkt sich immer schneller; ihre Gefährtinnen, die sich um sie scharen, lösen ihr den Gürtel des Gewandes, das ihr zu eng wird. Es wird Nacht; sie vernimmt den Gesang der Engel; ihre eigene Stimme fällt ein in diesen Chor. Endlich kehrt sie zur Erde zurück; sie spricht von unsagbaren Freuden; man lauscht ihr; sie ist überzeugt; man glaubt ihr alles.

Eine von der Hysterie beherrschte Frau empfindet – ich weiß nicht was, Höllenqualen oder himmlische

Freuden. Zuweilen hat mich das erschauern lassen. Ich habe sie gesehen und gehört, wie die Wut eines wilden Tieres sie ergriff – und diese Bestie ist ein Teil ihrer selbst. Welch ein Taumel! Welch ein Ausdruck! Was sie hervorstieß, das waren nicht die Worte einer Sterblichen. Madame Guyon legt in ihrer Schrift *Sturzbäche* eine Beredsamkeit an den Tag, die ohne Beispiel ist. Und es war die Heilige Therese, die von den Dämonen sagte: *Wie unglücklich müssen sie sein, da sie die Liebe nicht kennen.* Der Quietismus ist die Heuchelei des verderbten Mannes und die wahre Religion der empfindsamen Frau.

Immerhin, einen Mann gibt es, der von so lauterem Charakter und so schlichten Sitten war, daß eine liebenswürdige Frau sich ohne nachteilige Folgen neben ihm vergessen und ihrem Gott hingeben durfte; er war aber auch der einzige; er hieß Fénelon.

Eine Frau war es, die in den Gassen Alexandrias, barfuß, mit fliegendem Haar, eine Fackel in der einen, einen Wasserkrug in der anderen Hand, umherschweifte und rief: *Mit dieser Fackel will ich den Himmel verbrennen und mit diesem Wasser die Hölle löschen, auf daß der Mensch Gott nur um seiner selbst willen liebe.* Nur eine Frau kann in einer solchen Rolle aufgehen.

Doch so ungestüm diese Phantasie, so unbezwingbar dieser Geist scheinen mag, ein Wort reicht hin, um sie niederzuschlagen. Zu den Frauen von Bordeaux, die über furchtbare Krämpfe klagten, sagt ein Arzt: *Euch droht die Fallsucht!* – und sogleich sind sie geheilt. Ein andrer Arzt schwingt vor den Augen einer Schar von Mädchen, die an Anfällen litten, ein glühendes Eisen; und sogleich sind sie gesundet. Lebensüberdruß ergreift die Weiber von Milet; die Obrigkeit erklärt, die erste, die Hand an sich lege, werde splitternackt auf dem

Marktplatz zur Schau gestellt; und siehe da, die Milesierinnen söhnen sich mit dem Leben aus. Die Frauen sind einer Raserei ausgesetzt, die epidemisch wirkt. Das Beispiel einer einzigen reißt eine Menge anderer mit sich fort. Nur die erste ist strafwürdig; die übrigen sind krank. O Frauen, was seid ihr für sonderbare Geschöpfe!

Ein klein wenig Phantasie und Mitgefühl – ach, lieber Monsieur Thomas, warum haben Sie sich diesen Gaben nicht anvertraut, die Ihnen doch gewiß nicht fremd sind? –, und schon hätten Sie unser Herz gerührt. Warum haben Sie uns nicht gezeigt, wie die Frauen, kaum daß die ersten Kinderkrankheiten überstanden sind, in ihrer Entwicklung beengt und in ihrer Ausbildung vernachlässigt werden; und dabei sind sie den Launen des Schicksals nicht weniger, sondern mehr ausgesetzt; denn ihre Seele ist labiler, und es fehlt ihnen jene angeborene oder erworbene Festigkeit, die uns gegen die Wechselfälle des Lebens wappnet; kaum sind sie erwachsen, verurteilt man sie zum Schweigen; zu alledem sind sie auch noch einem Ungemach unterworfen, das sie auf ihre Rolle als Gattin und Mutter vorbereitet; sobald dieser Fall eintritt, sind sie unruhig, niedergeschlagen, schwermütig; ihre Eltern sind besorgt, denn nun geht es nicht nur um das Leben und die Gesundheit ihres Kindes, sondern um seinen Charakter: In diesem Augenblick entscheidet sich nämlich, was aus einem Mädchen werden wird. Von nun an wird sie ihr Leben lang scharfsinnig sein oder einfältig, finster oder heiter, ernst oder flatterhaft, gut oder bösartig, die erfüllte oder die enttäuschte Hoffnung ihrer Mutter. Lange Jahre hindurch wird dieses Ungemach sie jeden Monat heimsuchen. Der Augenblick ist gekommen, der sie von der Herrschaft ihrer Eltern befreien soll; ihre

Phantasie eröffnet ihr eine Zukunft voller Illusionen; ihr Herz schwelgt in heimlichen Wonnen. Ja, freue dich nur, unglückliches Geschöpf! Die Tyrannei, der du entkommen bist, hätte sich mit der Zeit unmerklich gemildert; diejenige, die dir bevorsteht, wird mit den Jahren unaufhaltsam zunehmen. Man wählt ihr einen Gatten. Sie wird Mutter. Die Schwangerschaft ist für fast alle Frauen hart. Unter Schmerzen, bei Gefahr ihres Lebens, auf Kosten ihrer Reize und oft zum Schaden ihrer Gesundheit bringen die Frauen ihre Kinder zur Welt. Die erste Wohnstatt des Säuglings und die beiden Quellen seiner Nahrung, diese beiden wesentlichen Organe des Geschlechts, sind unheilbaren Krankheiten ausgesetzt. Vielleicht ist keine Freude auf Erden mit der einer Mutter zu vergleichen, die ihr Erstgeborenes erblickt; aber dieser Augenblick des Glücks wird teuer erkauft. Der Vater kann die Sorge um seine Söhne einem Hauslehrer anvertrauen, den er bezahlt; die Obhut der Töchter bleibt Aufgabe der Mutter. Das Alter schreitet fort; die Schönheit schwindet; es kommen die Jahre der Verlassenheit, der trüben Laune und der Langeweile. Durch ein Ungemach hat die Natur sie auf die Mutterschaft vorbereitet; durch jahrelange und gefährliche Beschwerden wird ihr diese Gabe wieder abgenommen. Was bleibt ihr dann? Von ihrem Gatten vernachlässigt, von ihren Kindern verlassen, von der Gesellschaft mißachtet, bleibt ihr nur die Kirche als einzige und letzte Zuflucht.

In fast allen Ländern hat die Grausamkeit der bürgerlichen Gesetze sich mit der Grausamkeit der Natur gegen die Frauen verbündet. Sie werden behandelt wie schwachsinnige Kinder. Keine Art der Quälerei gibt es, die der zivilisierte Mann nicht ungestraft an der Frau verüben könnte. Die einzige Vergeltung, die in ihrer

Macht steht, bringt das Zerwürfnis der Ehe mit sich und wird mit mehr oder weniger offener Verachtung gestraft, je nachdem, wie es mit den Sitten der Nation bestellt ist. Aber auch bei den Wilden gibt es keine Art der Mißhandlung, der die Frau nicht ausgesetzt wäre. Sie lebt unglücklich in den großen Städten, doch noch unglücklicher im Urwald.

Hört, was eine Indianerin vom Orinoco darüber zu sagen hat, und hört es, wenn ihr könnt, ohne Erschütterung. Der Missionar Gumilla, ein Jesuit, machte ihr Vorwürfe, weil sie eine Tochter, die sie geboren hatte, ums Leben brachte, indem sie ihr die Nabelschnur zu kurz abschnitt.

Wollte Gott, entgegnete sie ihm, wollte Gott, meine Mutter hätte in dem Augenblick, da sie mich zur Welt brachte, Liebe und Erbarmen genug gehabt, um ihrem Kinde all das zu ersparen, was ich erleiden mußte und bis ans Ende meiner Tage erleiden werde! Hätte meine Mutter mich bei meiner Geburt erstickt, so wäre ich gestorben; aber ich hätte den Tod nicht gefühlt und wäre dem schlimmsten Elend entgangen. Was habe ich nicht schon ausgestanden, und wer weiß, welche Leiden mir noch bevorstehen? Stelle dir, Pater, die Plagen vor, die einer Indianerin unter Indianern beschieden sind. Sie folgen uns aufs Feld mit Pfeil und Bogen. Wir müssen uns mit einem Kind abschleppen, das an unserer Brust hängt, und mit einem zweiten, das wir in einem Korbe tragen. Sie schießen einen Vogel oder fangen einen Fisch. Uns lassen sie das Erdreich umgraben; und wenn wir die ganze Last der Feldarbeit überstanden haben, müssen wir uns mit der Ernte abmühen. Sie kehren abends ohne Last auf ihren Schultern heim; wir aber sollen ihnen Wurzeln zum Essen und Mais zum Trinken bringen. Zu Hause unterhalten sie sich mit ihren Freunden, während wir Wasser und Holz holen, um ihnen ihr Abendessen zu bereiten. Kaum haben sie gegessen, so schlafen sie ein; wir aber bringen fast die ganze Nacht damit zu, Mais zu mahlen oder Chica für sie anzusetzen. Was ist der Lohn für unsere nächtliche Mühe? Sie trinken ihre Chica und berauschen sich daran; und sind sie erst betrunken, so raufen sie uns an den Haaren und treten uns mit Füßen. Ach, Pater, wollte Gott, meine Mutter hätte mich bei der Geburt erstickt! Du weißt sehr wohl, daß unsere Klagen berechtigt sind. Was ich dir erzähle, das siehst du alle Tage. Aber von unserem größten Unglück kannst du nichts ahnen. Es ist traurig genug für die arme Indianerin, daß sie ihrem Mann wie eine Sklavin dienen muß, mit Schweiß bedeckt auf dem Feld und ohne Ruhe zu finden im Haus; entsetzlich aber ist es, wenn sie mit ansehen muß, wie er nach zwanzig Jahren eine andere, Jüngere, Unerfahrene zur Frau nimmt. Von nun an hängt er ihr allein an. Sie schlägt uns, schlägt unsere Kinder, kommandiert uns herum, behandelt uns wie ihre Mägde; und beim geringsten Murren, das wir uns erlauben, schwingt sie den Stock... Ach, Pater, wie sollen wir einen solchen Zustand ertragen? Was kann eine Indianerin Besseres tun, als daß sie ihrem Kind eine Knechtschaft erspart, die tausendmal schlimmer ist als der Tod? Wollte Gott, Pater, ich sage es noch einmal, meine Mutter hätte mich lieb genug gehabt, um mich zu begraben, sobald ich geboren war! Mein Herz hätte weniger zu leiden, und meine Augen hätten weniger zu weinen gehabt.

Frauen, ich beklage euer Los! Für euer Elend kann es nur eine Entschädigung geben; und wäre ich Gesetzgeber, so wäre sie euch womöglich zuteil geworden. Von jeder Knechtschaft befreit, hättet ihr, wo immer ihr euch zeigt, als unantastbar gegolten.

Wer über die Frauen schreibt, Monsieur Thomas, der muß seine Feder in den Regenbogen tauchen und den Staub von Schmetterlingsflügeln über jede Zeile streuen; so wie beim Hündchen des Pilgers muß es bei jedem Pfotendruck Perlen regnen. Doch von Ihrer Hand ist dergleichen nicht zu erwarten. Damit, daß man über die Frauen spricht, und daß man meinetwegen gut von ihnen spricht, Monsieur Thomas, damit ist es nicht getan; ich möchte sie vor mir sehen. Ja, ich will sie vor Augen haben wie empfindliche Instrumente, an denen der geringste Wandel der Sitten und Gebräuche abzulesen ist. Setzen Sie, so unparteiisch und genau wie nur möglich, die Vorrechte des Mannes und der Frau fest; aber vergessen Sie dabei nicht, daß die Frauen für Grundsätze und Argumente wenig übrig haben; daß ihre Überzeugungen nicht allzutief in ihrem Verständnis gegründet sind; daß die Ideen und Begriffe der Gerechtigkeit, der Tugend, des Lasters, des Guten und des Bösen nur an der Oberfläche ihrer Seele schwimmen; daß sie mit der ganzen Gewalt der Natur an ihrer Eigenliebe und an ihrem Eigennutz festhalten; und daß sie, obgleich äußerlich gesitteter als wir, in ihrem Innern die wahren Wilden geblieben sind; mehr oder weniger verfahren sie allesamt nach der Art des Machiavell. Überhaupt ist das Symbol der Frauen das der Apokalypse, und auf ihrer Stirne steht geschrieben: *Mysterium*. Wo sich für uns eine eherne Mauer auftürmt, da finden sie oft nur ein Spinnennetz.

Man hat die Frage aufgeworfen, ob die Weiber für die Freundschaft geschaffen seien. Nun gibt es Frauen, die Männer, und Männer, die Frauen sind; was mich betrifft, so werde ich mir nie ein Mannweib zum Freunde wählen. Mag sein, daß wir mehr Verstand haben als die Frauen; an Instinkt hingegen sind sie uns weit überlegen. Eine einzige Lehre hat sich ihnen gut eingeprägt, nämlich das Feigenblatt, das sie von ihrer Urmutter ererbt haben, recht wohl zu tragen. Alles, was man ihnen beibringt und was man ihnen achtzehn, neunzehn Jahre lang immer wieder einschärft, läuft auf den einen Satz hinaus: Mein Kind, nimm nur dein Feigenblatt in acht; es steht gut, es steht recht übel mit deinem Feigenblatt.

Bei einem galanten Volk wie dem unsrigen hat eine Liebeserklärung mit Gefühlen nichts zu tun. Mann und Frau erblicken nichts weiter darin als einen Austausch von Annehmlichkeiten. Doch was hat dann dieses Wort zu bedeuten, das sich so leicht ausspricht und so geschwind versteht: *Ich liebe Sie?* In Wirklichkeit besagt es nur: Wenn Sie, mein Fräulein, mir Ihre Unschuld und Ihren Ruf opfern, wenn Sie Ihre Selbstachtung und die aller andren verlieren, wenn Sie der Gesellschaft von nun an mit gesenkten Augen begegnen wollen – es sei denn, Sie hätten sich bereits an ein leichtfertiges Leben gewöhnt und wären unverschämt genug, der Meinung der Welt die Stirn zu bieten –; wenn Sie also allem Anstand entsagen, ihre Eltern vor Kummer sterben lassen und mir dafür einen Augenblick des Vergnügens verschaffen wollen, dann bin ich Ihnen wirklich sehr verbunden.

Mütter, lest euren Töchtern diese Zeilen vor. Sie sind der kurzgefaßte Kommentar zu allen Schmeicheleien, die man an sie richten wird; ihr könnt sie nie zu früh davor warnen. Man hat der Galanterie soviel Bedeutung beigelegt, daß dem Mädchen, hat es einmal den ersten Schritt getan, kein Rest von Tugend mehr zu bleiben scheint. Es ergeht ihm so wie der Scheinheiligen und dem heuchlerischen Priester, bei denen der Unglaube fast schon die Sittenlosigkeit besiegelt. Wenn sie die

Schwelle zum Verbrechen erst überschritten haben, so schrecken sie vor nichts mehr zurück.

Während wir in den Büchern lesen, lesen die Frauen im großen Buch der Welt. So befähigt sie gerade ihre Unwissenheit, die Wahrheit ohne Zögern aufzunehmen; man braucht sie ihnen nur zu zeigen. Keine Autorität hat sie hörig gemacht; bei uns dagegen trifft die Wahrheit an den Pforten der Vernunft eine Schildwache nach der andern an, die ihr den Eintritt verwehrt, mögen diese Wächter auch Plato, Aristoteles, Epikur oder Zeno heißen. Die Weiber sind selten systematisch, sie hängen stets von den Eingebungen des Augenblicks ab.

Thomas sagt kein Wort von den Vorteilen, die der Umgang mit Frauen für einen Schriftsteller hat; das nenne ich undankbar. Da die Seele der Frauen nicht zimperlicher als die unsrige ist; da es ihnen aber die Schicklichkeit nicht erlaubt, sich ebenso freimütig wie wir zu äußern, so haben sie sich ein eigenes, zartes Gezwitscher geschaffen, auf dessen Melodie sich alles singen läßt, was man nur will; man muß nur oft genug in ihrer Volière mitgepfiffen haben. Entweder schweigen die Frauen dazu, oder sie geben sich den Anschein, als wagten sie das, was sie sagen, gar nicht auszusprechen.

Man errät ohne weiteres, daß Rousseau viel Zeit zu Füßen der Frauen verloren, und daß Marmontel manche Stunde in ihren Armen verbracht hat. Thomas und d'Alembert hingegen hat man fast im Verdacht, daß sie allzu brav geblieben sind.

Im Umgang mit Frauen gewöhnt man sich daran, auch die trockensten und schwierigsten Probleme klar und elegant zu behandeln. Man richtet seine Rede immer nur an sie; man möchte von ihnen gehört werden; man fürchtet, sie zu ermüden und zu langweilen; und man nimmt eine ganz eigene Leichtigkeit im Ausdruck an, die im Gespräch entsteht und in den Stil eingeht. Und wenn eine Frau Genie hat, so prägt es sich bei ihr, wie ich glaube, ursprünglicher aus als bei uns.

Der Menschenfreund

Eine Komödie

Den Manen Diderots

Personen

MARIANNE DE CHEPY
SOPHIE DE VERTILLAC, ihre Freundin
HENRIETTE DE VERTILLAC, deren Tochter
JULIE BERTRAND, Witwe eines Kapitäns
MARIE BEAULIEU, Madame de Chepys Begleiterin
DENIS DIDEROT
PHILIPPE DESBROSSES, Anwalt und Wechselagent
FRANÇOIS DE CRANCEY, Liebhaber der Mademoiselle de Vertillac
GUILLAUME DE MALVERTE, Polizeiminister
NICOLAS SURMONT, Schriftsteller
BIBI, Sohn der Madame Bertrand
JACQUES, Diener bei Madame de Chepy
PICARD, Diener bei Madame de Chepy

Ort

Ein Tag auf dem Landsitz der Madame de Chepy unweit von Paris

Zeit

Um das Jahr 1765

Erster Akt

(Picard, am Fenster lehnend. Auftritt Madame de Chepy, Mademoiselle Beaulieu.)

MADAME DE CHEPY Wo ist Jacques?
PICARD Ich habe ihn nicht gesehen, Madame.
MADAME DE CHEPY Er trödelt! Er lümmelt herum! Er ist ein Parasit! Und Sie sind um kein Haar besser.
PICARD Ich wollte Sie fragen, Madame, ob ich diese Woche nach Hause fahren darf, zu meiner Frau.
MADAME DE CHEPY Urlaub, Picard? Nach allem, was Sie sich geleistet haben, wollen Sie auch noch Urlaub haben?
PICARD Meine Frau hat gesagt...
MADAME DE CHEPY Das sieht euch ähnlich. Noch einen Lumpenkerl in die Welt zu setzen – etwas Besseres fällt euch nicht ein.
PICARD Ist das alles, Madame?
MADAME DE CHEPY Nein, das ist nicht alles. Wenn ihr euch in den nächsten drei Tagen auch nur einmal in der Kneipe sehen laßt, dann werfe ich euch alle beide hinaus.
PICARD Ist das alles, Madame?
MADAME DE CHEPY Nein. Ich muß auch am Abend über euch verfügen können. So geht es nicht weiter. Dieses Chaos, dieses Durcheinander... Am Freitag zum Beispiel. Wir sind in der Oper, wir verlassen die Loge, wir stehen im Foyer. Wo ist die Dienerschaft? Wir warten, wir rufen – niemand weit und breit. Wenn der Minister nicht zufällig dagewesen wäre und uns aus schierem Mitleid nach Hause gebracht hätte, stünden wir vermutlich jetzt noch da.

PICARD Ist das alles, Madame?

MADAME DE CHEPY Nein. Wie spät ist es?

PICARD Gleich elf Uhr.

MADAME DE CHEPY Schon elf Uhr! Es ist zum Verzweifeln. Suchen Sie Jacques, und sagen Sie ihm, er soll auf der Stelle zu Herrn Diderot gehen. Ich lasse Herrn Diderot bitten, zu mir zu kommen, und zwar sofort.

(Madame de Chepy und Mademoiselle Beaulieu ab. Auftritt Jacques.)

PICARD Heute ist wieder einmal der Teufel los.

JACQUES Was wollte sie denn?

PICARD Sie kommt hereingestürmt, die Beaulieu immer hinterher – händeringend und mit verdrehten Augen, wie gewöhnlich, die liebe Beaulieu –, furchtbar in Eile, frag mich nicht, warum, und dann stellt sie sich hier in der Mitte des Zimmers auf *(er ahmt Madame de Chepys Positur nach)* und entwirft ein Charaktergemälde. Mein lieber Jacques!

JACQUES Ich kann es mir vorstellen.

PICARD Ich, Picard, bin ein geiler Lumpenkerl, der nichts anderes im Sinn hat, als andere Lumpenkerle in die Welt zu setzen.

JACQUES Schon möglich.

PICARD Und du, du bist ein Eckensteher, ein Parasit, ein Trinker, der Madame nach der Oper verhungern läßt.

JACQUES Wenn es dort oben so geschrieben steht, was bleibt mir anderes übrig?

PICARD Sie will uns hinauswerfen, hat sie gesagt.

JACQUES Das sagt sie immer.

PICARD Und die anderen Diener beneiden uns noch, diese Hornochsen! »Ihr habt es gut. Eine solche Herrschaft müßte man haben. Aufgeklärte Leute!« Das hat mir erst gestern der Kammerdiener des Ministers gesagt. Wenn der wüßte...

JACQUES Vielleicht hat er recht.

PICARD Ja, du grinst, aber ich halte das keinen Tag länger aus.

JACQUES Du wirst es genauso lang aushalten, wie es dort oben geschrieben steht, keinen Tag mehr und keinen Tag weniger.

PICARD Hör mir auf mit deinem »dort oben«! Dort oben steht nur das eine geschrieben: daß du dir alles gefallen läßt. Zum Beispiel, daß man dich einen Parasiten nennt.

JACQUES Es ist am Ende etwas Wahres daran. Ist dir noch nie aufgefallen, mein lieber Picard, daß alle Herrschaften ihre Diener für faul, dumm und verkommen halten?

PICARD Und umgekehrt.

JACQUES Und wer nicht faul, dumm und verkommen ist, was macht der?

PICARD Der wehrt sich.

JACQUES Falsch. Der stellt sich dumm und faul. Nur die Ruhe, mein lieber Picard! Die Ruhe ist unsere stärkste Waffe.

(Auftritt Madame de Chepy, Mademoiselle Beaulieu.)

MADAME DE CHEPY Was? Sie sind immer noch da?

PICARD Ich habe Jacques Bescheid gesagt, Madame.

MADAME DE CHEPY Hinaus! Und treten Sie mir ja nicht unter die Augen, Jacques, ohne Herrn Diderot mitzubringen.

JACQUES *zu Picard:* Herrn Diderot? Wieso?

PICARD Pst! Komm!

(Beide ab.)

MADAME DE CHEPY Das ganze Haus voller Nichtsnutze. Dabei weiß ich nicht, wo mir der Kopf steht. Die Soiree für Baron Grimm, die Verhandlungen mit den Buchhändlern, der Krach mit dem Generalstaatsanwalt... Und dann das Theater. Als hätte ich nicht genug Theater im Haus! Beaulieu, können Sie lesen?

MADEMOISELLE BEAULIEU Aber Madame!

MADAME DE CHEPY Haben Sie schon Theater gespielt?

MADEMOISELLE BEAULIEU Oft, aber nur in der Schule, bei den Ursulinerinnen.

MADAME DE CHEPY Ach ja.

MADEMOISELLE BEAULIEU Ich mußte immer die Märtyrerin spielen.

MADAME DE CHEPY Das kann ich mir denken.

MADEMOISELLE BEAULIEU Ich liebe das Theater über alles. Es ist ein unvergleichliches Gefühl, wenn man auf der Bühne steht...

MADAME DE CHEPY Schon gut. Können Sie mir etwas aufsagen?

MADEMOISELLE BEAULIEU Mit dem größten Vergnügen.

MADAME DE CHEPY Aber bitte nichts Heiliges.

MADEMOISELLE BEAULIEU Natürlich nicht.

(Auftritt Madame de Vertillac.)

MADAME DE CHEPY Sophie, meine Liebe, da bist du ja endlich!

MADAME DE VERTILLAC Wenn du wüßtest, was ich durchgemacht habe! Aber erst muß ich dich umarmen... und nochmals umarmen. Ich bin gerädert.

MADAME DE CHEPY Beaulieu, bringen Sie einen Stuhl für Madame de Vertillac.

MADAME DE VERTILLAC Ich treffe in der Stadt ein, ich ziehe mich um, ich lasse mich sogleich zu dir bringen.

Paris ist wie Blei in dieser Hitze. Der Schmutz auf den Straßen, und dieser Geruch – einfach ekelhaft! Die Luft ist voller giftiger Keime.

MADAME DE CHEPY Aber meine Liebe!

MADAME DE VERTILLAC Doch! Ich spüre es förmlich auf der Haut. Man muß fürchten, sich anzustecken. Du weißt nicht, wie gut du es hast hier draußen, in deinem Park, eine Meile vor der Stadt.

MADAME DE CHEPY Wie war deine Reise?

MADAME DE VERTILLAC Fürchterlich. Unwetter, Blitz und Hagel, die Straßen ein einziger Brei. Schindmähren wie aus der Apokalypse! Der Postillon war zwar höflich – so etwas trifft man selten heutzutage –, aber langsam, langsam! Ich bin fast umgekommen. Drei volle Tage waren wir unterwegs.

MADAME DE CHEPY Ich freue mich ja sehr, dich wiederzusehen, liebe Sophie, aber warum diese Eile?

MADAME DE VERTILLAC Ich bin auf der Flucht vor einem Liebhaber.

MADAME DE CHEPY Entschuldige, aber das ist etwas ganz Neues. Wie heißt denn der Mann, der dir einen solchen Schrecken einjagt?

MADAME DE VERTILLAC Erstens kennst du ihn nicht, und zweitens ist er nicht mein Liebhaber, sondern der meiner Tochter.

MADAME DE CHEPY Ich gratuliere.

MADAME DE VERTILLAC Bitte nicht.

MADAME DE CHEPY Wie ich sie kenne, die arme Henriette – sie ist ja so vernünftig! –, wird sie eine tadellose Wahl getroffen haben.

MADAME DE VERTILLAC Der Junge ist passabel, das gebe ich zu. Vielleicht nicht der Klügste, aber ganz passabel.

MADAME DE CHEPY Wie sieht er aus?

MADAME DE VERTILLAC Schlank, sehnig, gute Haltung. Frisch und ungeduldig wie ein junger Hengst.

MADAME DE CHEPY Aha. Er gefällt dir.

MADAME DE VERTILLAC Das schon.

MADAME DE CHEPY Aber?

MADAME DE VERTILLAC Ich will nicht, daß Henriette ihn heiratet.

MADAME DE CHEPY Dann ist also nicht die Tochter verrückt.

MADAME DE VERTILLAC Nein.

MADAME DE CHEPY Sondern die Mutter.

MADAME DE VERTILLAC Schon möglich.

MADAME DE CHEPY Willst du mir nicht sagen, was eigentlich gegen diese Verbindung spricht?

MADAME DE VERTILLAC Die Familie, Marianne, die Familie. Es sind die Cranceys, Nachbarn von uns. Sie sitzen auf ihrem Gut wie die Schnecke im Salat. Die letzte Neuerscheinung, von der sie gehört haben, ist die Bibel. Von ihrer Küche will ich gar nicht reden. Eintopf, meine Liebe, Eintopf! Kurzum, sie leben wie vor zweihundert Jahren.

MADAME DE CHEPY Man sagt, es seien herzensgute Leute.

MADAME DE VERTILLAC Das ist es ja eben! Noch dazu sind sie von einer geradezu empörenden Gesundheit. Die kleinste Migräne halten sie für eine Todsünde. Schon am frühen Morgen kommen sie mit breitem Lächeln die Treppe herunter, ganz entzückt über die Einöde, in der sie leben.

MADAME DE CHEPY Nun, wenn es Henriette glücklich macht...

MADAME DE VERTILLAC Und was wird aus mir? Ich soll in diesen Zimmern schlafen, wo ein unsäglicher Geruch durch alle Ritzen dringt? Das ganze Haus ist voller Fliegen. Wenn geschlachtet wird, geraten sie in eine Art Taumel.

MADAME DE CHEPY Aber du bist doch selber auf dem Lande geboren.

MADAME DE VERTILLAC Ein Grund mehr, es zu verabscheuen. Und das alles sollte ich auf mich nehmen, nur damit Henriette ihr Vergnügen findet mit diesem ... diesem ...

MADAME DE CHEPY Hengst?

MADAME DE VERTILLAC Ich denke nicht daran!

MADAME DE CHEPY Und wie soll es weitergehen?

MADAME DE VERTILLAC Bestimmt findet sich ein anderer, ein intelligenter Junge mit guten Verbindungen, einer, mit dem ich mich mindestens unterhalten kann.

MADAME DE CHEPY Und wenn er sie unglücklich macht?

MADAME DE VERTILLAC Unglücklich durch den einen, unglücklich durch den andern, was liegt daran?

MADAME DE CHEPY Es ist immerhin ein Unterschied, ob sich eine Frau ihr Unglück selber aussucht, oder ob sie dazu verurteilt wird.

MADAME DE VERTILLAC Findest du?

MADAME DE CHEPY Findest du nicht?

MADAME DE VERTILLAC Reden wir lieber von dir. Was macht dein platonischer Verehrer, dieser bleiche Virtuos?

MADAME DE CHEPY Ich habe ihn fortgeschickt.

MADAME DE VERTILLAC Er sah aus wie ein Engel.

MADAME DE CHEPY Diese Jünglinge enervieren mich. Sie geben vor, mich anzubeten, doch in Wirklichkeit möchten sie, daß ich ihr Leben in die Hand nehme. Eine Mama suchen sie.

MADAME DE VERTILLAC Ich weiß nicht, ob ich dich bedauern oder beneiden soll. Und deine Freigeister, was machen sie? Was gibt es Neues von ihnen?

MADAME DE CHEPY Den üblichen Zank. Sie werden mit jedem Tag pedantischer. Die Enzyklopädie steckt in den größten Schwierigkeiten.

MADAME DE VERTILLAC Marianne: Was ist eigentlich eine Enzyklopädie? Ich habe nie gewagt, danach zu fragen.

MADAME DE CHEPY Hättest du gewußt, was ein Brahmine ist, oder ein Barthelemit?

MADAME DE VERTILLAC Ein Barthelemit?

MADAME DE CHEPY Das alles findest du in diesen Folianten. Dann wiederum erklären dir die Verfasser, wie man Brot bäckt, und was ein Bettler ist.

MADAME DE VERTILLAC Das weiß doch jeder.

MADAME DE CHEPY Diderot weiß es besser als alle andern.

MADAME DE VERTILLAC Siehst du ihn manchmal?

MADAME DE CHEPY Viel zu selten. Er redet sich auf seine Arbeit heraus. »Ein Mühlstein«, stöhnt er, kaum daß er zur Tür herein ist. »Ein Mühlstein um meinen Hals! Die Mitarbeiter, die mir auf der Nase herumtanzen, die Verleger, die mich betrügen, und dazu noch der Ärger mit den Behörden.« Er befürchtet, daß der Hof die Enzyklopädie verbieten lassen will.

MADAME DE VERTILLAC Dann wäre er seine Plage los.

MADAME DE CHEPY Ja. Aber versuch einmal, ihm seinen Mühlstein abzunehmen! Er klammert sich förmlich daran. Er verlangt, daß ich meine Verbindungen spielen lasse, daß ich ihm Bürgen verschaffe. Und was das Schlimmste ist: Er fühlt sich zum Wohltäter der Menschheit berufen.

MADAME DE VERTILLAC Er wird doch nicht etwa fromm geworden sein?

MADAME DE CHEPY Aber nein. Er spielt den Menschenfreund. Das ist alles.

MADAME DE VERTILLAC Das ist beängstigend.

MADAME DE CHEPY »Man muß seinen Feinden recht geben«, hat er neulich gesagt, »wenn sie es am wenigsten vermuten. Das entwaffnet sie.« Da es niemanden gebe, der völlig im Recht sei, könne auch niemand ganz und gar unrecht haben, nicht einmal Rousseau. Neulich hat er für einen jungen Mann, der ihn vor seiner Haustür abfing, eine Anzeige entworfen, zur Werbung für eine Pomade, die gegen Haarausfall helfen soll.

MADAME DE VERTILLAC Er kann eben nicht nein sagen.

MADAME DE CHEPY Krethi und Plethi möchte er helfen. Gleichzeitig läuft er den Frauen nach.

MADAME DE VERTILLAC Das kenne ich. Das hat er immer getan.

MADAME DE CHEPY War es nicht umgekehrt? Wie oft hat er sich über dich beklagt!

MADAME DE VERTILLAC Wirklich? Wie lieb von ihm.

MADAME DE CHEPY Die Damen, die er neuerdings bevorzugt, sind nicht sehr gesellschaftsfähig. Ansonsten glänzt er auf den Soupers, er spielt, er macht Schulden. Kurzum, er weiß nicht, was er will.

MADAME DE VERTILLAC Sieht er immer noch so gut aus?

MADAME DE CHEPY O ja.

MADAME DE VERTILLAC Glaubst du, daß er mich vermißt?

MADAME DE CHEPY Sein größter Vorzug ist, daß man nicht klug aus ihm wird. Er ist heiter, er ist verbittert; er wütet, er grübelt; er begeistert sich, er seufzt, und das alles auf einmal.

MADAME DE VERTILLAC Wer weiß, was für ein Kummer an ihm nagt.

MADAME DE CHEPY Warum fragst du ihn nicht selber? Ich habe nach ihm schicken lassen.

MADAME DE VERTILLAC Aber doch nicht meinetwegen?

MADAME DE CHEPY Wo denkst du hin! Ich brauche ihn für mein Theater.

MADAME DE VERTILLAC Wann ist die Premiere?

MADAME DE CHEPY Sobald wie möglich.

MADAME DE VERTILLAC Du siehst superb aus, Marianne. Ich frage mich, wie du das machst.

MADAME DE CHEPY Du auch.

MADAME DE VERTILLAC Ich bin völlig erschöpft.

(Auftritt Picard.)

MADAME DE CHEPY Natürlich. Picard! Madame de Vertillac möchte sich etwas ausruhen. Sorgen Sie für alles. Und dann holen Sie Feder, Tinte und Papier. Ich wünsche, daß alles bereit ist, wenn Diderot kommt.

(Madame de Vertillac und Picard ab.)

MADAME DE CHEPY Sie ist ein wenig exaltiert, aber sie spielt ihre Rolle gut. Und Sie, Beaulieu? Was können Sie mir vortragen?

MADEMOISELLE BEAULIEU Molière vielleicht?

MADAME DE CHEPY Welche Rolle?

MADEMOISELLE BEAULIEU Die Arsinoë aus dem *Menschenfeind.*

MADAME DE CHEPY Die Stelle, wo sie mit Célimène Streit anfängt?

MADEMOISELLE BEAULIEU »Die Welt ist nicht mehr blind ...«?

MADAME DE CHEPY Ja.

MADEMOISELLE BEAULIEU »Die Welt ist nicht mehr blind und läßt von leichten Siegen, wie es die Ihren sind, Madame, sich nicht betrügen. Und Ihre Schönheit mag die Männer zwar entzücken, doch sie berechtigt nicht, auf uns herabzublicken.«

MADAME DE CHEPY Nicht übel, Beaulieu.

MADEMOISELLE BEAULIEU Sie wollen wieder einmal ein Stück aufführen lassen?

MADAME DE CHEPY Allerdings.

MADEMOISELLE BEAULIEU Darf ich fragen, wie das Stück heißt?

MADAME DE CHEPY Noch ist es nicht geschrieben.

MADEMOISELLE BEAULIEU Die Dramatiker werden sich um diese Aufgabe reißen.

MADAME DE CHEPY Sie ahnen nicht, wie launisch diese Bestien sind! Um eine Ausrede sind sie nie verlegen, wenn es ans Schreiben geht.

MADEMOISELLE BEAULIEU Und trotzdem wollen Sie...

MADAME DE CHEPY Jawohl. Ich habe mir vorgenommen, heute in drei Tagen ein Stück aufführen zu lassen, das es noch gar nicht gibt, und von dem niemand weiß, wo es herkommen soll.

MADEMOISELLE BEAULIEU Ich habe das Gefühl...

MADAME DE CHEPY Ach, Beaulieu, Sie mit Ihren Gefühlen!

(Mademoiselle Beaulieu kniet sich hin, legt den Kopf auf den Schoß ihrer Herrin und spielt mit ihren Kleidern.)

(Auftritt Jacques, der unter der Tür innehält und die Damen beobachtet.)

MADEMOISELLE BEAULIEU Marianne!

MADAME DE CHEPY Nicht hier! Was fällt dir ein? Man kommt.

(Mademoiselle Beaulieu ab.)

JACQUES Madame, Picard hat mir gesagt, ich soll Herrn Diderot aufsuchen. Das ist doch richtig, oder? Habe ich etwas falsch gemacht?

MADAME DE CHEPY Und wo ist Herr Diderot? So reden Sie schon!

JACQUES Ich hätte mich nicht so beeilen dürfen. Das ist immer ein Fehler.

MADAME DE CHEPY Was soll das heißen?

JACQUES Ich laufe also in die Stadt, das heißt, ich renne geradezu, ich bin ganz außer Atem ... Sie wissen, daß er ganz oben wohnt, furchtbar weit oben? Die reinste Kletterpartie. Ich hätte mir um ein Haar das Genick gebrochen. Aber für Sie, Madame, ist mir kein Weg zu beschwerlich. Ich steige also und steige, da kommt mir dieses Mädchen entgegen auf der vermaledeiten Hühnerleiter. »Sagen Sie mir, Mademoiselle, wohnt hier nicht der berühmte Herr? Sie wissen schon, wen ich meine.« – »Welcher Herr?« fragt sie, hübsch, die Kleine, kann ich Ihnen sagen, appetitlich, ich kam kaum an ihr vorbei ... »Der Herr, der den ganzen Tag lang schreibt, der Schriftsteller.« – »Gleich die erste Tür links, aber Sie müssen fest klopfen, damit er Sie hört; er schläft noch.«

MADAME DE CHEPY Verdammter Schwätzer, was soll der Unsinn? Kommt er, oder kommt er nicht?

JACQUES Aber Madame, er schläft ja noch, ich muß ihn doch erst wecken. Ich überlege also, ob ich klopfen soll, oder ob ich der Tür einen Tritt gebe. Warum nicht gleich einen Tritt, sage ich mir. Da gibt die Tür nach, und ich falle beinah kopfüber ins Zimmer. Er, der Herr Diderot, sitzt im Nachthemd im Bett, er schäumt vor Wut, er schimpft, er flucht, aber wie! Mit einer Gutherzigkeit, sage ich Ihnen, so freundlich habe ich noch keinen Menschen fluchen hören. »Was

ist, mein Freund?« fragt er. »Sie werden sich doch nicht verletzt haben?«
(Auftritt Picard mit Schreibzeug.)

MADAME DE CHEPY Haben Sie ihm alles ausgerichtet? Wann kommt er?

JACQUES Madame, könnten Sie mich bitte eines nach dem andern fragen? Sie bringen mich ganz durcheinander.

MADAME DE CHEPY Das geht zu weit. Ich werfe euch alle miteinander aus dem Haus.
(Auftritt Diderot. Er wird nicht bemerkt und bleibt unter der Tür stehen.)

JACQUES Wenn Sie so streng sein wollen, gnädige Frau, dann, fürchte ich, steht dort droben geschrieben, daß Sie ganz ohne Dienstboten auskommen müssen.

MADAME DE CHEPY Ah, eine Welt ohne Dienstboten, das wäre das Paradies! *(Sie bemerkt Diderot.)* Diderot! Seien Sie willkommen! – Und auf dieses Gesindel ist man angewiesen.
(Jacques und Picard ab.)

DIDEROT So wie der König auf den Minister, der Minister auf seinen Sekretär, der Reiche auf den Armen, der Arme auf seinen Hund. Ihr Diener hat mich aus dem Schlaf gerissen, den ich so nötig hatte; es war fast fünf Uhr früh, als ich nach Hause kam.

MADAME DE CHEPY Wo waren Sie denn?

DIDEROT Bei Grimm.

MADAME DE CHEPY Ihre Vorliebe für diesen deutschen Streber begreife ich nicht. Er hat Ihnen gewiß seine neuesten Glossen vorgelesen.

DIDEROT Über den Sklavenhandel, über die Fortschritte in der Kenntnis der Insekten, über die Steuerreform.

MADAME DE CHEPY Allwissend.

DIDEROT Wie immer.

MADAME DE CHEPY Und unausstehlich. Ich wüßte gern, wer ihn zum Baron gemacht hat. Er beutet Sie aus. Seine Korrespondenz lebt von Ihren Ideen. Dann stopft er sein Blättchen mit den neuesten Klatschgeschichten aus und verschickt es bis in die entlegensten Kuhdörfer seiner Heimat.

DIDEROT Auch in Gotha und Weimar gibt es Leute, die lesen und schreiben können.

MADAME DE CHEPY Nur ich bekomme seine Elaborate nicht zu Gesicht. Ich erfahre alles aus zweiter Hand. Das ist doch keine Manier! Dieser Grimm hat keine Tenue.

DIDEROT Sie tun ihm Unrecht. Er ist der bestfrisierte Mann in Paris.

MADAME DE CHEPY Sie konnten sich wieder einmal nicht losreißen.

DIDEROT Nach dem Souper fing man an zu spielen. Ich habe alles verloren, was ich bei mir hatte.

MADAME DE CHEPY Ach was, man hat Sie gefeiert. Deshalb sind Sie so lange geblieben. Geben Sie es zu!

DIDEROT Nichts ist lästiger als die Bewunderung. Sie ist der Fliegenfänger des Geistes.

MADAME DE CHEPY Ich glaube Ihnen kein Wort. Sie setzen sich an den Spieltisch und stehen nicht auf, bevor Sie Ihren letzten Louis d'or verloren haben, nur damit Ihnen keine Indiskretion entgeht.

DIDEROT Ich halte mir die Ohren zu und beneide die Ignoranten. Die Ruhe ist ihr Himmelreich.

MADAME DE CHEPY Warum gehen Sie dann so gern zu Grimm?

DIDEROT Warum komme ich so gern zu Ihnen, liebe Freundin?

MADAME DE CHEPY Oh, ich weiß nur zu gut, wie wenig Sie sich aus mir machen. Sie würden mich kaltblütig der Einsamkeit überlassen.

DIDEROT Wenn mich etwas abhalten könnte, Sie aufzusuchen, dann wäre es Ihr Gefolge. Diese jungen Leute ...

MADAME DE CHEPY Soll ich Ihnen ein Geheimnis verraten? Manchmal hasse ich meine Gäste. Diese ganze Bande würde mich von heute auf morgen fallenlassen, wenn ich mein Theater nicht hätte. Was glauben Sie, weshalb ich mir diese Extravaganz leiste? Eine Premiere für ein paar Dutzend Zuschauer, und das zwei- bis dreimal im Jahr?

DIDEROT Weil Sie es nicht lassen können, Perlen vor die Säue zu werfen. Ich finde das heroisch.

MADAME DE CHEPY Sie wissen genau, lieber Diderot, wie es mit unseren öffentlichen Bühnen bestellt ist. Ich gehe hin – anscheinend muß man hingehen –, ich lasse diese Hochämter der Langeweile über mich ergehen, ich sterbe vor Ungeduld, denn unter fünf Stunden tun es unsere Hohepriester nicht mehr, ich verhungere fast, ich schimpfe, und auf der Heimfahrt sinne ich auf Rache. Ich werde diesen Mumien zeigen, was eine Komödie ist. Meine private Bühne ist klein ...

DIDEROT ... kostet Sie ein Vermögen und bringt Ihnen nichts als Scherereien.

MADAME DE CHEPY Allerdings. Es gibt gewisse hochgestellte Kretins, die mir mit der Zensur drohen, mir! Eine Unverschämtheit!

DIDEROT Was haben Sie gegen die Zensur, liebe Freundin? Ich liebe die Zensur; sie ist die wahre Kritik. Das Risiko ist die vornehmste Quelle der Inspiration. Was glauben Sie, warum tausend Leute in Paris ihre sämtlichen Orden dafür hergeben würden, zu einer Ihrer Premieren eingeladen zu werden? Jede Vorstellung könnte die letzte sein. Kann es einen angenehmeren Kitzel geben?

MADAME DE CHEPY Sie sprechen aus Erfahrung. Ich sehne mich nicht danach, mir die Finger zu verbrennen.

DIDEROT Es muß ja nicht gleich die Bastille sein.

MADAME DE CHEPY Sehr liebenswürdig.

DIDEROT Obwohl der Generalstaatsanwalt, ein gewisser Herr de Bois, den ich nicht kenne…

MADAME DE CHEPY Was ist mit ihm?

DIDEROT Gestern abend, bei Grimm, war sehr viel von ihm die Rede.

MADAME DE CHEPY Dieser hinterlistige, scheinheilige, abgefeimte Schuft!

DIDEROT Sie haben nichts für ihn übrig?

MADAME DE CHEPY Ein bornierter Heuchler, der seit Jahren versucht, mich unmöglich zu machen.

DIDEROT Dann wird es Sie freuen zu hören, daß sein Sturz nur noch eine Frage von Wochen sein dürfte.

MADAME DE CHEPY Erzählen Sie.

DIDEROT Dieser Herr de Bois, der stets einen Schlapphut trägt, um die Perücke zu sparen, denn er hat kein Haar mehr auf dem Kopf…

MADAME DE CHEPY Ich weiß.

DIDEROT …vergafft sich nun in einen achtzehnjährigen Cherub, dessen blonde Locken, ich weiß nicht warum, als unwiderstehlich gelten.

MADAME DE CHEPY Und da der Alte sich in seinem Amt unmäßig bereichert hat…

DIDEROT …lebt der Jüngling fortan mit ihm unter

einem Dach und nimmt ihn kunstvoll aus wie eine Weihnachtsgans.

MADAME DE CHEPY Wenn ein Dieb den andern bestiehlt, lacht sich der Teufel ins Fäustchen.

DIDEROT Es kommt noch besser. Der blonde Cherub stöbert in den Papieren seines Gönners, findet Briefe, aus denen klar hervorgeht, daß der Staatsanwalt sich hat bestechen lassen. Es soll sich um mehrere Millionen handeln.

MADAME DE CHEPY Den Rest kann ich mir denken.

DIDEROT Herr de Bois zahlt, aber er ist geizig, und sein kleiner Liebling ist nicht eben bescheiden. Erst verlangt er eine Kutsche, dann ein Landhaus. Kurz, der Staatsanwalt läßt ihn verhaften. Aber wo sind die Briefe? Sie tauchen im geheimen Konsistorium auf. Der Skandal ist nicht mehr zu vertuschen. Ist das nicht eine herrliche Geschichte?

MADAME DE CHEPY Das hätte ich nicht von Ihnen gedacht, lieber Diderot. Sie, der Sie sich die Ohren zuhalten, der Sie nichts wissen wollen vom Charivari der Salons! Wie kommt es, daß Sie diese niederträchtige Intrige so freudig weitererzählen?

DIDEROT Ich dachte, die Geschichte könnte Ihnen gelegen kommen.

MADAME DE CHEPY Sie ist genau das, was ich brauche. Ihre geschickte Hand könnte sie unsterblich machen.

DIDEROT Das verstehe ich nicht.

MADAME DE CHEPY Lieber Diderot, haben Sie nicht erraten, warum ich es so eilig hatte, Sie zu sehen?

DIDEROT Nein.

MADAME DE CHEPY Ich brauche ein Stück von Ihnen, und zwar heute noch, spätestens morgen.

DIDEROT Ich bin untröstlich, diesen Wunsch muß ich abschlagen.

MADAME DE CHEPY Warum?

DIDEROT Erstens bin ich überarbeitet.

MADAME DE CHEPY Das sind Sie immer. Es hindert Sie nicht daran, bis fünf Uhr früh am Spieltisch zu sitzen.

DIDEROT Zweitens trage ich, zu meinem Glück oder meinem Unglück, einen Kopf mit mir herum, der sich nicht kommandieren läßt.

MADAME DE CHEPY Ich verlange ja nicht, daß Sie ein Meisterstück schreiben.

DIDEROT Sie wollen eine Premiere, von der ganz Paris spricht und die gewisse Leute bis aufs Blut reizen soll.

MADAME DE CHEPY Allerdings.

DIDEROT Schließlich soll dieses Wunderwerk mir selber gefallen. Ich bin aber immer unzufrieden mit dem, was ich mache.

MADAME DE CHEPY Sie sind nur zu faul und zu vorsichtig, um mir zu helfen.

DIDEROT Sie wissen doch, daß ich seit fünfzehn Jahren immer dasselbe schreibe. Ich kann Ihnen auf Anhieb ein halbes Dutzend junger Leute nennen, die Ihnen etwas Amüsanteres liefern würden als ich.

MADAME DE CHEPY Ich will Sie und keinen andern. Kein anderer kann so geistvoll und zugleich so bösartig sein.

DIDEROT Ich bin für meine eiserne Gutmütigkeit bekannt.

MADAME DE CHEPY Es hat noch jedesmal Streit gegeben, wenn Sie etwas veröffentlicht haben. Ich weiß das zu schätzen. Ein Mann wie Sie hätte auch gar kein Recht, gutmütig zu sein.

DIDEROT Ich habe tausend andere Dinge am Hals.

MADAME DE CHEPY Sie meinen Ihre zweifelhaften Liebesgeschichten und Ihre frivolen Schulden.

DIDEROT Wenn es nur meine eigenen wären!

MADAME DE CHEPY Sie geben sich mit den Schulden anderer Leute ab?

DIDEROT Es bleibt mir eben nichts erspart.

MADAME DE CHEPY Ein Freund von Ihnen?

DIDEROT Das wäre zuviel gesagt. Es handelt sich um einen gewissen Desbrosses.

MADAME DE CHEPY Den Anwalt?

DIDEROT Anwalt ist er auch.

MADAME DE CHEPY Und?

DIDEROT Nun, er steckt in der Klemme. Sie wissen doch, daß er ein Spekulant ist. Ein Abenteurer.

MADAME DE CHEPY Mein lieber Diderot, was verstehen Sie von Spekulationen?

DIDEROT Sehr wenig, aber genug, um ihm zuzuhören. Das regt meine Phantasie an. Werden Sie mir böse sein, wenn ich Ihnen gestehe, daß ich ihn hierherbestellt habe?

MADAME DE CHEPY In mein Haus?

DIDEROT Wir könnten uns in den Garten setzen und die ganze Geschichte in ein paar Minuten erledigen.

MADAME DE CHEPY Müssen Sie sich denn in alles einmischen? Ein Spekulant ist dazu da, mit Geld zu jonglieren. Sie sollten bei Ihren Manuskripten bleiben. Aber nein! Sie glauben ja, Sie könnten alles besser machen. Die Vernunft in Person. Ein kluges Wort, und das Dunkel lichtet sich. Und das Hauptquartier für Ihre Samariterarbeit, das wollen Sie offenbar bei mir einrichten!

DIDEROT Ich möchte Sie um keinen Preis stören.

MADAME DE CHEPY Oh, Sie können sich hier wie zu Hause fühlen.

DIDEROT Danke.

MADAME DE CHEPY Bevor Ihr Stück nicht fertig ist, erlaube ich Ihnen sowieso nicht, fortzugehen.

DIDEROT Ich kann Ihnen nichts versprechen.

MADAME DE CHEPY Die Saison beginnt in ein paar Tagen, ich suche verzweifelt nach einem Autor, ich nehme meine Zuflucht zu meinem alten Freund Diderot, und was tut dieser Freund?

(Auftritt Mademoiselle Beaulieu.)

MADAME DE CHEPY Er weigert sich. Er ignoriert mich. Ich bin ihm gleichgültig.

(Sie läßt sich an einem Toilettentisch nieder und beginnt sich zu schminken.)

MADEMOISELLE BEAULIEU Haben Sie alles, was Sie brauchen, Monsieur?

DIDEROT Ich danke Ihnen von Herzen, Mademoiselle.

MADAME DE CHEPY Jeden Dienstboten behandeln Sie besser als mich. Von diesem Fräulein hier ließen Sie sich nur allzu gerne herumkommandieren. Wenn sie wenigstens hübsch und intelligent wäre! Aber sie ist weder das eine noch das andere, nur prätentiös und selbstzufrieden. Glauben Sie, ich hätte nicht bemerkt, was für Blicke sie Ihnen zuwirft, während ich meine Toilette mache?

MADEMOISELLE BEAULIEU Meinen Sie mich, Madame?

MADAME DE CHEPY Ihre Neigung zu Herrn Diderot macht Ihnen alle Ehre.

DIDEROT Ich gebe zu, Madame, daß mir Mademoiselle Beaulieu sehr wohlerzogen scheint.

MADAME DE CHEPY Wenn das so ist, dann werden Sie, Beaulieu, vielleicht bei Herrn Diderot ein gutes Wort für mich einlegen.

(Madame de Chepy ab.)

MADEMOISELLE BEAULIEU Jetzt ist sie wütend. Und Sie lehnen sich zufrieden zurück.

DIDEROT Glauben Sie, daß es ein Gewitter geben wird? Es ist recht schwül.

MADEMOISELLE BEAULIEU Das ist alles Ihre Schuld! Sie machen sich lustig über mich! Das schönste Zimmer im ganzen Haus haben Sie auch beschlagnahmt.

DIDEROT Sind Sie mir böse? Ich gebe zu, daß die Sache erst jetzt anfängt, mir Spaß zu machen. Spielen Sie?

MADEMOISELLE BEAULIEU Theater?

DIDEROT Nein, Klavier.

MADEMOISELLE BEAULIEU Lieber nicht.

DIDEROT Ah! Es ist ein Silbermann. Das Allerneueste. Meinen Respekt. Sehen Sie nur! Die Hämmerchen sind mit Leder gepolstert. Jede Taste hat eine eigene Feder. Die Dämpfung ist genial. *(Er probiert und versucht, die Saiten nachzuziehen.)* Ich glaube eine leichte Verstimmung zu bemerken.

MADEMOISELLE BEAULIEU Leichte Verstimmung nennen Sie das?

DIDEROT Ich meine das Instrument. Do, do, do ... Mi, mi, mi ...

MADEMOISELLE BEAULIEU Wollen Sie auch noch unsere Ohren martern?

DIDEROT *(klappt das Piano zu.)* Im Gegenteil. Ich möchte Ihnen gefällig sein. Was meinen Sie? Soll ich das Stück schreiben? Ich sehe Ihnen an, daß Sie für Ihr Leben gern eine Rolle spielen würden.

MADEMOISELLE BEAULIEU So etwas vergißt sie nie. Sie haben ja gesehen, wie schnell sich die liebe Beaulieu in einen abscheulichen Trampel verwandelt.

DIDEROT Sie hängen an Madame de Chepy?

MADEMOISELLE BEAULIEU Das geht Sie gar nichts an.

DIDEROT Man langweilt sich nie bei ihr.

MADEMOISELLE BEAULIEU Wenn Sie mir einen Gefallen tun wollen, dann bleiben Sie bei Ihrer Weigerung;

oder, wenn Sie nachgeben wollen, dann tun Sie es Madame zuliebe.

DIDEROT Dann lassen wir es eben. Ich habe ohnehin keine Zeit und keine Ruhe. Was man für die Bühne schreibt, ist immer verlorene Mühe. Entweder es taugt nichts, dann kann man es bleibenlassen; oder die Regisseure trampeln darauf herum, bis nur ein kümmerlicher Rest übrigbleibt.

MADEMOISELLE BEAULIEU Sie sind schlecht auf Regisseure zu sprechen.

DIDEROT Sie sind schlimm genug, aber die Schauspielerinnen aus der guten Gesellschaft, die nichts gelernt haben, sind schlimmer. Ich würde diese Damen nicht einmal für eine Provinzbühne engagieren.

MADEMOISELLE BEAULIEU Das sagen Sie mir, drei Tage vor meinem ersten Auftritt?

DIDEROT Lassen Sie es bleiben. Bleiben Sie lieber beim Lockenwickeln.

MADEMOISELLE BEAULIEU Eben haben Sie noch verkündet, Sie würden das Stück schreiben, um mir eine Freude zu machen, und jetzt ...

DIDEROT Wir werden sehen.

(Auftritt Jacques.)

JACQUES Mademoiselle! Die gnädige Frau verlangt nach Ihnen!

(Mademoiselle Beaulieu ab.)

DIDEROT Da sind Sie ja endlich, Jacques. Bringen Sie mir etwas zu trinken, und einen kleinen Imbiß. Vielleicht etwas Huhn. Ja, Huhn. Sehen Sie, ich sitze hier, ich grüble, ich malträtiere mein Gehirn, aber es nützt nichts. Mir fällt nichts ein.

JACQUES Muß einem denn immer etwas einfallen, Herr Diderot?

DIDEROT Ich fürchte, ja; das ist mein Beruf.

JACQUES Da können Sie einem leid tun.

DIDEROT Gehen Sie manchmal ins Theater, Jacques?

JACQUES Ich warte draußen im Wagen, bis die Vorstellung zu Ende ist.

DIDEROT Da haben Sie es gut. Vielleicht können Sie mir eine Geschichte erzählen, damit ich ein Stück daraus machen kann?

JACQUES Nein.

DIDEROT Ich muß aber ein Stück schreiben und weiß nicht wie.

JACQUES Was ist daran gelegen? Spielt man nicht Ihre Komödie, so spielt man die eines andern. Ich habe noch nie ein Theater gesehen, das leer stünde, weil den Verfassern nichts eingefallen wäre. *(Pause.)* Wissen Sie, was Ihnen fehlt, Herr Diderot?

DIDEROT Was denn?

JACQUES Die Ruhe. Mein einstiger Herr zum Beispiel, der Hauptmann, hatte einen Kameraden, den er nicht leiden konnte und der ihm zur Last fiel; denn dieser umwarb ihn und ließ sich nicht abschütteln. Der Herr Kamerad, ein ehrgeiziger Mensch, wird befördert, macht eine gute Partie, nimmt seinen Abschied und kauft ein großes Haus in der Nachbarschaft, nur um meinem Herrn näher zu sein. Er trifft ein halbes Jahr lang Vorbereitungen, putzt alles zur Hochzeit heraus, während mein Herr, der Hauptmann, in seinem kleinen Wasserschloß sitzenbleibt, wo alles alt und morsch ist, so, daß es schon zum Dach hereinregnet. Der Kamerad schreibt ihm Briefe, die Briefe werden nicht beantwortet. Er sendet seinen Diener, der Diener wird nach Hause geschickt. Endlich findet die Hochzeit statt. Mein Herr geht nicht hin, läßt kein Wort hören, keine Glückwünsche bestellen. Da erbost sich der Kamerad, schwört, sich zu rächen, wirft mit Beleidigungen um sich, will sich mit meinem Herrn schlagen; immer noch keine Antwort. Es kommt ein Sekundant, mein Herr läßt sich verleugnen und legt sich ins Bett. Der Nachbar, außer sich, steigt auf sein Pferd. Zufällig stehe ich am Fenster und sehe ihn kommen. »Es ist Ihr Herr Kamerad«, sage ich. »Er kommt wie der Teufel geritten.« Mein Herr ist schläfrig, er rührt sich nicht, läßt sich erzählen, wie der Nachbar im vollen Galopp über die Zugbrücke will. Die Bretter geben nach, er fällt samt dem Pferd in den Wassergraben, und ich muß meinem Herrn schildern, wie er unter den Seerosen ersäuft. »Friede seiner armen Seele«, sagt mein Herr, der Hauptmann, und bekreuzigt sich. »Aber sag mir nur, Jacques, warum hat er mich nicht in Ruhe gelassen?«

DIDEROT Und was haben Sie Ihrem Herrn geantwortet?

JACQUES Nichts.

DIDEROT Weil es keine Ruhe gibt! Das hätten Sie ihm sagen sollen.

JACQUES Keine Ruhe?

DIDEROT Weil die menschliche Gesellschaft einer Tretmühle gleicht. – Wo bleibt mein Huhn?

JACQUES Gleich, Herr Diderot.

(Während Diderot weiterspricht, geht Jacques unbemerkt ab.)

DIDEROT Einer Tretmühle, sage ich, einem Räderwerk, von dem wir angetrieben werden, indem wir es antreiben, oder umgekehrt – ja, wer das unterscheiden könnte! –, und der eine keucht hinter dem anderen her, aus Not, aus Langeweile, aus Gier. Wehe dem, der sich vorgesetzt hat, diese Maschine zu verstehen!

Die Verabredungen der tugendhaften Leute befestigen das Verbrechen. Die Idioten haben einen guten Schlaf. Aber wir anderen, Jacques? Sie bringen mir, was ich brauche. »Ist das alles, Herr Diderot?« – »Wie Sie wünschen, Herr Diderot.« Man füttert mich nicht, damit ich rede. Man füttert mich, um mir das Maul zu stopfen. Warum widersprechen Sie mir nicht? Ich verlange, daß Sie mir widersprechen! Jacques?
(Er bemerkt, daß er allein ist, zuckt die Achseln, streckt die Glieder und gähnt.)

(Vorhang.)

Zweiter Akt

(Auftritt Picard.)

PICARD Herr Diderot! Herr Diderot!

DIDEROT Was ist? Warum so aufgeregt?

PICARD Da draußen sieht es aus wie in einem Wartesaal. Lauter Herrschaften, die nach Ihnen fragen.

DIDEROT Schicken Sie die Herrschaften fort.

PICARD Aber sie lassen sich nicht abweisen.

DIDEROT Dann sollen sie eben warten.

PICARD Madame hat angeordnet...

DIDEROT Setzen Sie sich hin. Erzählen Sie mir in aller Ruhe, wer gekommen ist.

PICARD Der erste hat dreckige Stiefel an und trägt eine Kutscherpeitsche unterm Arm. Er knurrt wie ein Hund und knirscht mit den Zähnen, wie ein Gläubiger, der sein Geld sehen will. Der andere sieht auch verdächtig aus.

DIDEROT Welcher andere?

PICARD Er ist sehr elegant. Er geht im Korridor auf und ab. Er blättert in seinen Papieren und murmelt vor sich in.

DIDEROT Das finden Sie verdächtig?

PICARD Ich glaube, das ist ein Blutsauger, oder ein Hexenmeister.

DIDEROT Das wird Desbrosses sein. – Weiter.

PICARD Dann ist noch ein junger Mann da, mit einem großen Strauß Blumen.

DIDEROT Blumen? Für mich?

PICARD Ich glaube, er will nicht zu Ihnen. Ich glaube, das ist der Neue von Madame.

DIDEROT Ist das alles?

PICARD Nein.

(Auftritt Jacques mit Tablett.)

JACQUES Bitte, Herr Diderot.

DIDEROT Danke. Kein Nachtisch? Kein Obst?

JACQUES Der Gärtner war heute noch nicht da.

DIDEROT Das Huhn ist versalzen. Und was soll das hier sein?

JACQUES Ihr Weißwein.

DIDEROT Was? Weißwein? Kein Champagner?

JACQUES Sie haben nichts von Champagner gesagt.

DIDEROT Ich trinke zu Mittag immer Champagner.

JACQUES Das habe ich nicht gewußt, Herr Diderot.

DIDEROT Dann wissen Sie es jetzt. Den fünfjährigen, mit dem grünen Etikett. Nehmen Sie das wieder mit.

JACQUES Sehr wohl, Herr Diderot.

(Jacques ab.)

DIDEROT So, Picard. Was machen wir jetzt?

PICARD Da wäre noch die Dame.

DIDEROT Eine Dame? Warum haben Sie das nicht gleich gesagt?

PICARD Sie ist in einen Witwenschleier eingewickelt, mindestens zwanzig Ellen vom feinsten Crêpe.

DIDEROT Ist sie jung?

PICARD Jung und hübsch.

DIDEROT Traurig?

PICARD Traurig vielleicht, aber nicht untröstlich.

DIDEROT Lassen Sie die Witwe eintreten.

PICARD Und was mache ich mit den andern?

DIDEROT Halten Sie die Herrschaften bei Laune. Hier, das ist für Sie und für Ihre Frau. Sie haben gewiß eine Frau und drei Kinder.

PICARD Fünf, Herr Diderot. Aber ich sehe sie nie.

DIDEROT Warum nicht? Haben Sie Streit mit Ihrer Familie?

PICARD Madame will nicht, daß ich sie besuche.

DIDEROT Das ist hart.

PICARD Sehr hart.

DIDEROT Ich werde mit Madame darüber sprechen, Picard.

PICARD Wenn Sie das tun könnten! Danke, Herr Diderot.

DIDEROT Und nun herein mit der Witwe!
(Picard ab. Auftritt Madame Bertrand.)

MADAME BERTRAND Ich muß mich setzen. Durch ganz Paris bin ich gelaufen. Die reinste Ochsentour, bei diesem Wetter.

DIDEROT Nehmen Sie Platz, Madame. Sie wollen doch zu mir? Ich heiße Diderot.

MADAME BERTRAND Es war nicht leicht, Sie zu finden. Ich habe mich durchgefragt.

DIDEROT Geben Sie mir Ihre schönen Hände, und machen Sie es sich bequem.

MADAME BERTRAND Man hat mir übel mitgespielt.

DIDEROT Eine Frau wie Sie hätte ein besseres Los verdient.

MADAME BERTRAND Sagt Ihnen der Name Bertrand etwas?

DIDEROT Bertrand, Bertrand...

MADAME BERTRAND Der Kapitän des Dreimasters Drachen, der vor der chinesischen Küste gesunken ist. Die Mannschaft wurde gerettet. Der Kapitän ist ertrunken.

DIDEROT Ich habe davon gehört.

MADAME BERTRAND Er war mein Mann. Dreiundzwanzig Jahre lang hat er bei der Marine gedient.

DIDEROT Respekt vor dem Kapitän, und meine Verehrung für seine schöne Witwe.

MADAME BERTRAND Ich brauche nicht Ihre Verehrung, sondern Ihre Hilfe.

DIDEROT Ja?

MADAME BERTRAND Er hat mich und mein Kind ohne einen roten Heller zurückgelassen. Ich bin zum Ministerium gegangen und habe eine Pension verlangt.

DIDEROT Die man Ihnen nicht abschlagen konnte.

MADAME BERTRAND Nein.

DIDEROT Mit der Sie aber unzufrieden sind.

MADAME BERTRAND Ja.

DIDEROT Der Staat hat kein Geld. Der Staat hat in solchen Fällen nie Geld.

MADAME BERTRAND Die Rente reicht mir. Ich möchte nur, daß sie auf meinen Sohn übertragen wird.

DIDEROT Ich verstehe diesen Wunsch, aber ich verstehe auch den Minister, der nichts davon hören will.

MADAME BERTRAND Warum?

DIDEROT Sie sind jung, Sie sind tüchtig, Sie sehen entzückend aus ...

MADAME BERTRAND Und wenn mir etwas zustößt, was soll dann aus meinem Sohn werden? Aber die Beamten, mit denen ich zu tun habe, würden mich am liebsten hinauswerfen. »Schon wieder diese Witwe«, heißt es. »Bedaure, wir haben alle Hände voll zu tun.«

DIDEROT Das ist nicht sehr höflich.

MADAME BERTRAND Oh, ich könnte Ihnen noch ganz andere Dinge erzählen. Welchen Preis manche dieser Herren für ihre Hilfe fordern, das können Sie sich gar nicht vorstellen.

DIDEROT Vielleicht doch. Man müßte sehr kalt oder sehr scheinheilig sein, um solche unbedachten Wünsche zu verurteilen.

(Er tritt ihr näher.)

MADAME BERTRAND Oder ein ehrenhafter Mensch, wie Sie.

DIDEROT Ach, aus diesem Grund sind Sie auf mich verfallen?

MADAME BERTRAND Und weil Sie Schriftsteller sind.

DIDEROT Das bedeutet nur, daß ich ein armer Teufel bin.

MADAME BERTRAND Es heißt, Sie hätten schon manches erreicht.

DIDEROT Die Leute wissen nur nicht, wie man es anstellen muß.

MADAME BERTRAND Aber Sie wissen es.

DIDEROT Das sagt man mir nach. Leider Gottes!

MADAME BERTRAND Und wie muß man es anstellen?

DIDEROT Man muß sich die Sache zu eigen machen.

MADAME BERTRAND Wären Sie dazu bereit?

DIDEROT Wenn es nicht anders geht. Überlegen wir einen Moment... Ja, ich sehe eine Möglichkeit... Allerdings nur, wenn Sie einverstanden sind.

MADAME BERTRAND Womit?

DIDEROT Selbst mein bester Freund würde nur auf mich hören, wenn ich in eigener Sache spreche.

MADAME BERTRAND Ihr Freund? Ich verstehe nicht.

DIDEROT Ich habe an Herrn de Malverte gedacht, den Polizeiminister.

MADAME BERTRAND Ich wußte nicht, daß Sie solche Freunde haben.

DIDEROT Warum nicht?

MADAME BERTRAND Ein armer Teufel wie Sie!

(Auftritt Jacques mit Tablett.)

JACQUES Bitte, Herr Diderot.

DIDEROT Danke, das ist schon besser. Darf ich Sie einladen? Jacques, ein Glas und ein Gedeck für Madame.

MADAME BERTRAND Ich möchte nichts.

DIDEROT Wirklich nicht? Der Champagner ist ausgezeichnet.

MADAME BERTRAND Lieber nicht.

DIDEROT Das ist alles, Jacques.
(Jacques ab.)

MADAME BERTRAND Sie werden also mit Herrn de Malverte sprechen?

DIDEROT Er kommt jeden Donnerstag hierher zum Abendessen. Wenn Sie später noch einmal vorbeikommen möchten ... Sie erlauben doch?
(Er ißt.)

MADAME BERTRAND Es stimmt also, was man mir erzählt hat. Sie tun tatsächlich etwas für die Leute, die Ihre Hilfe brauchen. Das hätte ich nicht gedacht.

DIDEROT Warum nicht?

MADAME BERTRAND Weil es eine Sache ist, kluge Bücher zu schreiben, in denen bewiesen wird, daß es denjenigen schlechtgeht, denen es schlechtgeht; und eine andere Sache, etwas für diese Menschen zu tun.

DIDEROT Ich bliebe lieber bei meinen Büchern. Anscheinend hat sich die ganze Welt dazu verschworen, mich vom Schreiben abzuhalten.

MADAME BERTRAND Ich möchte Ihnen nicht zur Last fallen.

DIDEROT Bei Ihnen ist es etwas anderes.

MADAME BERTRAND Wieso?

DIDEROT Sie sind eine Frau, Sie sind liebenswürdig, lebhaft, eigensinnig, schön.

MADAME BERTRAND Ich muß gestehen, daß ich mir einen Philosophen anders vorgestellt habe.

DIDEROT Wie denn?

MADAME BERTRAND Weniger bestechlich.

DIDEROT Wenn ich Ihnen nun verspreche, Sie so zu behandeln, als wären Sie häßlich, mürrisch und verwelkt?

(Auftritt Desbrosses.)

DESBROSSES Sie haben ja eine Leibwache vor der Tür! Ich muß Sie dringend sprechen.

DIDEROT Ich habe Sie warten lassen. Entschuldigen Sie.

DESBROSSES Sie haben Besuch. Reizenden Besuch. Ich warte draußen.

DIDEROT Nein, bleiben Sie.

MADAME BERTRAND Ich darf also mit Ihrem Beistand rechnen?

DIDEROT Gewiß. Bitte kommen Sie wieder, und bringen Sie Ihren Sohn mit. Ich möchte ihn Herrn de Malverte vorstellen.

MADAME BERTRAND Gut. Ich hole mein Kind und komme wieder.

DIDEROT Ich begleite Sie hinaus.

MADAME BERTRAND Das ist nicht nötig.

(Madame Bertrand ab.)

DESBROSSES Malverte? Welcher Malverte?

DIDEROT Der Minister. Ich erwarte ihn.

DESBROSSES Das hat mir noch gefehlt.

DIDEROT Ich möchte ihm einen kleinen Streich spielen.

DESBROSSES Mit Hilfe der verschleierten Dame.

DIDEROT Mit ihrer Hilfe, oder um ihr zu helfen.

DESBROSSES Sie planen eine Ihrer Mystifikationen. Mit solchen Komödien vertun Sie Ihre Zeit, Herr Philosoph?

DIDEROT Seit wann sind Sie unter die ernsthaften Leute gegangen, lieber Desbrosses?

DESBROSSES Ich komme, um Abschied von Ihnen zu nehmen. Mit mir ist es aus und vorbei.

DIDEROT Ist es so ernst?

DESBROSSES Meine Geschäfte sind zusammengebrochen. Das liegt in ihrer Natur, denn sie waren aufgebaut wie ein Kartenhaus. Unsere Phantasie gaukelt uns vor, ein Turm könne in den Himmel wachsen, fort und fort, ohne Ende. Aber je eifriger wir ein Klötzchen auf das andere setzen, desto geringer der Windhauch, den es braucht, um das Gebäude umzuwerfen. Kurz, es ist das Gewöhnlichste von der Welt eingetreten, nämlich mein Ruin.

DIDEROT Ihre Geschäfte sind mir immer rätselhaft geblieben.

DESBROSSES Auf diesem Umstand beruhte mein Erfolg. Habe ich Ihnen nie von meinen zwölf Aposteln erzählt?

DIDEROT Nein.

DESBROSSES In jeder Residenzstadt Europas wimmelt es von geschickten Nichtsnutzen und eleganten Schuften. Lesen Sie eine Handvoll solcher Leute auf, verschaffen Sie ihnen ein Handgeld und installieren Sie sie an den wichtigsten Handelsplätzen. Nun brauchen Sie Ihren Agenten nur noch einen mysteriösen Kredit zu verschaffen, und Sie sind auf dem besten Weg, sich ein Vermögen aus dem Nichts herbeizuzaubern.

DIDEROT Wie soll das zugehen?

DESBROSSES Sie lassen Ihre Leute einen Wechsel nach dem andern ziehen, einen immer höher als den andern. Wenn Ihnen diese Papier vorgelegt werden, versäumen Sie nie zu zahlen. Diese Luftgeschäfte kosten Sie keinen Sou, aber sie verschaffen Ihnen einen ungeahnten Kredit bei allen führenden Bankhäusern.

DIDEROT Ich fürchte, ich fange an, Sie zu verstehen.

DESBROSSES Eines Tages sind Ihre Agenten wie vom Erdboden verschluckt.

DIDEROT Und mit ihnen eine starke Summe Geldes, das sie sich geliehen haben.

DESBROSSES Eine Woche später taucht der größte Teil davon wieder auf.

DIDEROT In Ihrem Portefeuille. Wenn das keine Mystifikation ist!

DESBROSSES Jedermann kennt sie; das, was wir Geld nennen, ist nichts anderes. So hätte es noch ein paar Jahre weitergehen können. Ich war auf dem besten Weg, mir ein ungeheures Vermögen zu verschaffen, da ist mir einer meiner Agenten zuvorgekommen. Dieser Judas hat Kasse gemacht, und ich sitze mit einem Haufen gefälschter Wechsel da.

DIDEROT Und nun?

DESBROSSES Stehe ich vor der Wahl, ob ich meine Ehre oder mein Leben verlieren will. Sie kann mir nicht schwerfallen. Der Tod nimmt alles von uns, was uns bedrückt. Was soll daran so schmerzhaft sein?

DIDEROT Sie reden wie ein Stoiker, mein Freund. Diese trüben Anwandlungen sind mir nicht fremd.

DESBROSSES Also?

DIDEROT Also müßte ich Ihnen recht geben, wenn Sie, sagen wir, an einer unheilbaren Krankheit litten. Aber wegen einer Geldgeschichte! Wegen der Nachrede der Welt! Wegen eines Übels, das, nehmen Sie alles in allem, mehr in der Einbildung der Menschen existiert...

DESBROSSES Das Gefängnis eine Einbildung?

DIDEROT Seien Sie kein Narr, Desbrosses! Ich weiß, was Sie tun werden.

DESBROSSES Ich auch.

DIDEROT Sie werden Ihre Gläubiger um ein paar hundert Louis d'or prellen, sich in die nächste Postkutsche werfen und unter einem anderen Himmel Ihr Glück aufs neue versuchen.

DESBROSSES Vertane Mühe, hinter einem Phantom herzujagen, das nur in unseren Köpfen existiert.

DIDEROT Bedenken Sie, daß die Einflüsterungen der Philosophie uns gefährlich werden können.

DESBROSSES Ausgerechnet Sie müssen mir das sagen.

DIDEROT Ich weiß, wovon ich rede. Haben Sie gefrühstückt?

DESBROSSES Nein.

DIDEROT Sehen Sie! Es ist nicht gut, wenn man mit leerem Magen philosophiert. Jacques! Jacques!

(Auftritt Jacques.)

JACQUES Herr Diderot?

DIDEROT Bitte bringen Sie für Herrn Desbrosses eine Kleinigkeit. Es darf doch dasselbe sein? Geflügel? Käse? Obst?

DESBROSSES Vielen Dank.

DIDEROT Und noch eine Flasche vom selben, Jacques.

JACQUES Wie Sie wünschen.

(Jacques ab.)

DIDEROT Und nun zu unseren Plänen.

DESBROSSES Da gibt es nicht viel zu planen.

DIDEROT Was Sie heute eingebüßt haben, gewinnen Sie morgen. Das ist doch Ihr Metier!

DESBROSSES Davon verstehen Sie nichts.

DIDEROT Sind Sie sicher?

DESBROSSES Die Verleger betrügen Sie. Sie hausen in einer Mansarde. Sie haben Schulden.

DIDEROT Daran sehen Sie, daß mir Ihre Lage nicht fremd ist.

DESBROSSES Lassen Sie mich in Frieden.

DIDEROT Wie alt sind Sie, Desbrosses?

DESBROSSES Einunddreißig.

DIDEROT Einunddreißig, und da wollen Sie die Flinte ins Korn werfen? Denken Sie an Samuel Bernard, den Bankier des Königs. Kürzlich ist er achtzig geworden. Als ich ihn das letztemal traf, hat er mir gesagt – hören Sie mir gut zu! –: Mein ganzes Vermögen wollte ich in die Seine werfen, da wo sie am tiefsten ist; ja, ich ließe mich nackt auf der Straße aussetzen, mitten im Winter, wenn ich nur noch einmal vierzig sein könnte; ich finge von vorne an, und in drei Jahren wäre ich wieder ganz oben, verlassen Sie sich drauf!

DESBROSSES Er hat leicht reden.

(Auftritt Jacques.)

DIDEROT Stellen Sie das dorthin, Jacques. Ist der Gärtner gekommen? Ist das Obst frisch?

JACQUES Gewiß, Herr Diderot.

DIDEROT Ich habe Ihnen doch gesagt, daß das Huhn versalzen ist! Lassen Sie das Zeug liegen, Desbrosses. Es schmeckt abscheulich.

JACQUES Haben Sie sonst noch Wünsche?

DIDEROT Nein.

(Jacques ab. Desbrosses ißt.)

DIDEROT Also. Sie fahren morgen früh nach Den Haag. Dort sind Sie vorerst sicher. Ich gebe Ihnen eine Anweisung auf einen Buchhändler, der mir Geld schuldig ist. Lassen Sie ihm keine Ruhe, bis er zahlt! Von dort aus fahren Sie nach St. Petersburg.

DESBROSSES Was soll ich dort? Ich kann kein Wort Russisch.

DIDEROT Die Leute, auf die es ankommt, sprechen Französisch. Ich gebe Ihnen ein paar Empfehlungsschreiben mit. In drei Tagen kennen Sie alle Welt.

DESBROSSES Und dann?

DIDEROT Dort wird ein Mann wie Sie immer gebraucht. Mit Ihren Kenntnissen, Ihrem Geschick ...

DESBROSSES Wer hätte je einen Spekulanten gebraucht?

DIDEROT Oh, Sie können dort Ihr Geld sogar auf ehrliche Weise verdienen. Denken Sie nur an den Pelzhandel, die Werften, die Gold- und Silberminen. Wer soll das alles in Gang bringen?

DESBROSSES Aber ich als Ausländer...

DIDEROT Das Land ist unentwickelt. Man kennt dort keine Witwenkassen, keine Leihhäuser.

DESBROSSES Man müßte Banken gründen.

DIDEROT Assekuranzen.

DESBROSSES Man könnte – warten Sie! – Lotterien errichten.

DIDEROT Natürlich. Oder Anleihen auflegen, oder Aktienvereine stiften.

DESBROSSES Gar keine schlechte Idee. Sagen Sie, woher wissen Sie das? Und warum wollen Sie mir helfen?

DIDEROT Ich habe keine Ahnung.

DESBROSSES Das kann nicht sein.

DIDEROT Sie gefallen mir, mein lieber Desbrosses. Sie sind mein Antipode. Außerdem bin ich es leid, immer nur hinter meinem Schreibtisch zu sitzen.

DESBROSSES Ach ja, die Enzyklopädie. Ein solches Werk macht allwissend.

DIDEROT Die Enzyklopädie langweilt mich. Es ist viel

amüsanter, Ihre Flucht ins Werk zu setzen, noch dazu unter der Nase des Polizeiministers. Bleiben Sie bitte in der Nähe. Aber passen Sie auf, daß Sie ihm nicht begegnen.

DESBROSSES Ich habe keine Angst vor ihm.

DIDEROT Er wird Sie verhaften lassen.

DESBROSSES Das glaube ich kaum.

(Er flüstert Diderot etwas ins Ohr.)

DIDEROT Vierundsechzigtausend Livres? Ist das Ihr Ernst?

(Desbrosses nickt. Diderot lächelt.)

(Desbrosses ab. Auftritt Crancey.)

CRANCEY Es ist leichter, in Versailles vorzusprechen als bei Ihnen. Eine geschlagene Stunde warte ich schon in Ihrem Vorzimmer. Ich koche vor Wut.

DIDEROT Vielleicht sind Sie so gut, mir zu sagen, wer Sie sind?

CRANCEY François de Crancey. Ich bin Mademoiselle de Vertillacs Verlobter, und ich verlange, daß Sie mich anhören.

DIDEROT Mit dem größten Vergnügen.

CRANCEY Sie müssen uns helfen.

DIDEROT So?

CRANCEY Madame de Vertillac verweigert mir die Hand ihrer Tochter, obwohl ich Henriette liebe, obwohl ich ihr Wort habe. Sie hat sich in den Kopf gesetzt, unsere Leidenschaft zu vernichten.

DIDEROT Eine Leidenschaft auf Leben und Tod, nehme ich an?

CRANCEY Sie brauchen nicht ironisch zu werden.

DIDEROT Und nun?

CRANCEY Nun hat sie beschlossen, Henriette in Sicherheit zu bringen, das heißt, nach Paris.

DIDEROT Sie sind ihr nachgereist?

CRANCEY Ich habe mich auf den Bock gesetzt und den Postkutscher gespielt.

DIDEROT Hm. Und die Mama hat nichts bemerkt?

CRANCEY Einmal, mitten in einem Wolkenbruch, hätte ich fast den Wagen umgeworfen. Aber dann, in der Nacht, ist sie eingeschlafen, und wir...

DIDEROT Den Rest kann ich mir denken.

CRANCEY Ich begreife nicht, was sie gegen mich hat. Ich bin nicht arm.

DIDEROT Ein paar Äcker, ein paar Morgen Wald und ein Haus drei Tage von Paris.

CRANCEY Ich bin nicht unansehnlich.

DIDEROT Sie lassen Ihre Anzüge in der Kleinstadt machen.

CRANCEY Ich bin nicht dumm.

DIDEROT In Paris können Sie nicht mitreden.

CRANCEY Ich lasse mir von Ihnen keine Grobheiten an den Kopf werfen.

DIDEROT Ich sage nur, was die andern denken. Mit den Städten wachsen auch die Vorurteile. Aber lassen Sie sich nicht irremachen! Die Landwirtschaft ist nicht nur nützlich. Sie ist schön. Bleiben Sie dabei. Es muß ein eigenes Gefühl sein, mit bloßen Händen ein Kalb aus dem Leib der Mutter zu holen.

CRANCEY Ja.

DIDEROT Aufzustehen am frühen Morgen, um fünf Uhr, wenn alles glänzt und die Körper fast durchsichtig scheinen im kühlen Licht.

CRANCEY Ja, ganz durchsichtig.

DIDEROT Eben. Sie sind verloren, mein Lieber. Madame de Vertillac verabscheut alles, was Ihnen gefällt.

CRANCEY Dieses eingebildete alte Luder!

DIDEROT Mein lieber Crancey, Sie sprechen von meiner lieben Freundin und von Ihrer zukünftigen Schwiegermutter.

CRANCEY Ich wünsche ihr die Pest an den Hals.

DIDEROT Nicht so laut, da ist sie. Verschwinden Sie lieber!

CRANCEY Ich denke nicht daran.

(Auftritt Madame und Mademoiselle de Vertillac.)

MADAME DE VERTILLAC Wenn du so weitermachst, Henriette, kann ich dich nirgends vorstellen. Du siehst aus, als hättest du eine Kröte verschluckt.

MADEMOISELLE DE VERTILLAC François!

MADAME DE VERTILLAC Denis! Da bist du ja endlich! Nun, was ist? Umarme mich! Empfängt man eine alte Freundin mit einem solchen Gesicht?

DIDEROT Verzeih mir, Sophie. Ich wußte nicht, daß du in Paris bist.

MADAME DE VERTILLAC Jetzt weißt du es.

DIDEROT Ich habe entsetzlich viel zu tun. Ich weiß nicht, wo mir der Kopf steht.

MADAME DE VERTILLAC So? – Henriette, ist das nicht unser Kutscher? Was wollen Sie? Sind Sie mit Ihrem Trinkgeld nicht zufrieden?

(De Crancey nimmt seinen Hut ab und blickt ihr ins Gesicht.)

Herr de Crancey! Sie sind wirklich schwer abzuschütteln!

CRANCEY Ich habe mir erlaubt...

MADAME DE VERTILLAC Sie sind der Mensch, der mich drei Tage lang in der Postkutsche gemartert hat. Und du, Henriette, hast es gewußt und nichts gesagt.

MADEMOISELLE DE VERTILLAC Ja, Mama.

DIDEROT Was hättest du an ihrer Stelle getan, Sophie?

MADAME DE VERTILLAC Ach, hör auf! Die beiden machen mich noch wahnsinnig mit ihren albernen Seufzern. *(Zu Diderot.)* Da gibt es gar nichts zu lachen.

DIDEROT Das einfachste wäre, du würdest die beiden auf der Stelle verheiraten.

MADAME DE VERTILLAC Mein Herr, Ihr Vorgehen ist unverzeihlich.

CRANCEY Nur die Liebe hat mich dazu bewogen.

MADAME DE VERTILLAC Die Liebe! Das ist doch Unfug.

DIDEROT Wer wüßte das besser als wir beide, meine liebe Sophie.

MADAME DE VERTILLAC Wenn Sie mich weiter anöden, Herr de Crancey, dann stecke ich Henriette, obwohl ich Pfaffen nicht ausstehen kann, in das nächstbeste Kloster. Ich verabschiede mich. Adieu, mein lieber Denis.

(Madame und Mademoiselle de Vertillac ab.)

CRANCEY Wie kann eine Mutter so verständnislos, so kalt, so grausam sein?

DIDEROT Ich kenne Sophie. Sie will sich unterhalten. Was wäre unterhaltsamer als ein Familiendrama?

CRANCEY Sie soll sich in acht nehmen! Sagen Sie ihr das! Sonst gibt es einen Skandal, der auf die ganze Familie zurückfällt.

DIDEROT Langsam, langsam!

CRANCEY Sie sollte an ihren Ruf denken. Sie muß augenblicklich entscheiden, oder ich stehe für die Folgen nicht ein. Ich entführe Henriette. Ich ...

DIDEROT Sind Sie zu Ende?

CRANCEY Ich wende Gewalt an.

DIDEROT Diese aufgeregte Manier bringt Sie nicht weiter. Legen Sie den beiden Damen gegenüber eine gleichgültige Miene an den Tag.

CRANCEY Das bringe ich nicht fertig.

DIDEROT Können Sie nicht Vernunft annehmen, wenigstens für eine Viertelstunde?

CRANCEY Also gut. Gleichgültig wie ein Fisch und vernünftig wie ein Tuchhändler.

DIDEROT Madame de Vertillac wird Sie auf Knien bitten, Ihre Tochter zu heiraten.

CRANCEY Was sagen Sie da?

DIDEROT Sie müssen mir nur Carte blanche geben.

CRANCEY Ohne weiteres.

DIDEROT Sie fragen nicht, wozu?

CRANCEY Ich würde einen Pakt mit dem Teufel schließen, wenn es nötig wäre.

DIDEROT Der Vergleich geht ein bißchen zu weit.

CRANCEY Was werden Sie tun?

DIDEROT Erwarten Sie meine Nachricht. Und jetzt lassen Sie mich allein. Ich habe zu tun.
(De Crancey ab.)

DIDEROT Jacques!
(Auftritt Jacques.)

JACQUES Was befehlen Sie?

DIDEROT Ich befehle gar nichts.

JACQUES Kann ich abräumen?

DIDEROT Setzen Sie sich.

JACQUES Ich?

DIDEROT Oder haben Sie keine Zeit für mich?

JACQUES Ich habe immer Zeit.

DIDEROT Und Ruhe. Sie sind ein kluger Kopf.

JACQUES Manchmal, Herr Diderot, ist es klüger, weniger klug zu sein.

DIDEROT Bei mir würde Ihnen diese Vorsicht wenig nützen. Ich möchte Sie etwas fragen. Haben Sie Freunde?

JACQUES Wer das wüßte!

DIDEROT Freunde, Kameraden, Bekannte, wie Sie wollen. Würden Sie diesen Leuten helfen?

JACQUES Vielleicht, vielleicht auch nicht.

DIDEROT Allen auf einmal?

JACQUES Soviel Geld habe ich nicht.

DIDEROT Und wenn es sich nicht um Geld handelt?

JACQUES Worum denn?

DIDEROT Um einen Streit, um ein Unglück, um eine Heirat.

JACQUES Also doch um Geld.

DIDEROT Gewissermaßen.

JACQUES Ich habe zwei Vettern in der Auvergne. Der eine heiratet meine Freundin Suzanne, der andere schläft mit ihr, sie kriegt ein Kind. Da stirbt der Bischof, dem sie zwei Jahre lang die Küche geführt hat, und hinterläßt ihr, Sie können sich denken warum, einen Batzen Geld. Die arme Suzanne stirbt im Kindbett, und die beiden Vettern streiten sich um die Vaterschaft; denn der Säugling ist reicher als das ganze Dorf. Sie rufen mich zu Hilfe. Ich spiele den Schiedsrichter. Sie schwören Stein und Bein, mein Urteil anzunehmen; doch kaum habe ich meinen Spruch gefällt, da fallen beide über mich her und schlagen mich halbtot. Das kommt davon, wenn man den Leuten helfen will. Wenn es etwas gibt, was der Mensch verabscheut, dann ist es die Selbstlosigkeit.

DIDEROT Wie lautete Ihr Urteilsspruch?

JACQUES Das Geld gehört dem Kind, habe ich gesagt, und mich selber habe ich als Vormund eingesetzt.

DIDEROT Das nenne ich eine edle Tat.

JACQUES Die mir nichts weiter eingebracht hat als blaue Flecken.

DIDEROT Sie raten mir also, die Finger davon zu lassen?

JACQUES Wovon, Herr Diderot?

DIDEROT Von den Angelegenheiten anderer Leute.

JACQUES Ich würde mir nie erlauben, Ihnen einen Rat zu geben. Kehren Sie in Ihrem Herzen ein, dort werden Sie die Antwort finden.

DIDEROT Der göttliche Rousseau hätte es nicht rührender ausdrücken können.

JACQUES Göttlich oder nicht, der Herr Rousseau ist mir unbekannt.

DIDEROT Wie, Sie hätten noch nie von ihm gehört und nichts von dem vernommen, was ihm alle Welt nachsagt?

JACQUES Nein, Herr Diderot.

DIDEROT Daß er nichts von unseren Fortschritten hält, sondern sich in den Kopf gesetzt hat, wir täten besser daran, auf allen vieren zu gehen, so wie die Natur uns geschaffen hat?

JACQUES Nein, Herr Diderot.

DIDEROT Daß er einen Kontrakt entworfen hat, dem zufolge wir alle, wenn wir ihn nur unterschreiben wollten, weder zuviel noch zuwenig äßen und also glücklich und zufrieden miteinander auskämen?

JACQUES Nein, Herr Diderot.

JACQUES Daß er ein tückischer Heuchler ist, der andern die strengste Tugend predigt, doch seine eigenen Kinder überantwortet er dem Findelhaus?

JACQUES Wer weiß, ob das nicht wohlgetan war. Hätte es meine Freundin, die arme Suzanne, mit ihrem Bankert ebenso gehalten, so wäre ich nicht verprügelt worden. – Darf ich abräumen?

(Er räumt Geschirr und Flaschen weg. Diderot versucht, ihm zu helfen, und begleitet ihn zur Tür hinaus.)

DIDEROT Passen Sie auf! Sie werden die Gläser fallen lassen. Gehen Sie zweimal!

JACQUES Das ist ein guter Rat, Herr Diderot.

DIDEROT Aber Sie halten sich nicht daran.

(Jacques ab. Auftritt Surmont.)

DIDEROT Schon wieder Sie! Ist man vor Ihnen nirgends sicher?

SURMONT Sie haben mich nicht erwartet?

DIDEROT Nein.

SURMONT Sie gehen mir aus dem Weg.

DIDEROT Ich denke nie an Sie, Surmont, außer wenn Sie mir die Tür einrennen. Was sollen diese albernen Blumen?

SURMONT Die sind für Madame de Chepy.

DIDEROT Sie suchen ein neues Opfer?

SURMONT Was könnte natürlicher sein? – Wollen Sie nicht hören, wie es mir geht?

DIDEROT Wie geht es Ihnen?

SURMONT Es geht mir gut. Ich habe den Kopf frei und fühle mich frisch und biegsam wie eine Weidenrute. Ich sage nie etwas Falsches, wenn es mein Vorteil ist, wahr zu sein, und nie etwas Wahres, wenn ich es nützlich finde, zu lügen.

DIDEROT Ich weiß.

SURMONT Übrigens bin ich unwissend, gefräßig, unverschämt.

DIDEROT Wem sagen Sie das?

SURMONT Niemand kauft meine Bücher, niemand will meine Komödien spielen. Sie müssen mir helfen.

DIDEROT Warum?

SURMONT Ich verblüffe Sie. Das gefällt Ihnen. Ich glaube, Sie haben sogar ein wenig Angst vor mir.

DIDEROT Natürlich.

SURMONT Ich weiß, daß ich auf Sie bauen kann. Und Sie wissen: auf meinen Undank ist Verlaß.

DIDEROT Das ist wahre Freundschaft.

SURMONT Sie gehen in den Tiergarten, um sich zu zerstreuen. Sie strecken den Arm zwischen die Gitterstäbe, um den Affen zu füttern, und er beißt Sie in die Hand. Das ist der stillschweigende Vertrag zwischen uns beiden. Sie tun mir Gutes, und ich vergelte es mit Bösem. Diese heilige Übereinkunft gilt zwischen uns, wie sie zwischen dem König und dem Narren, dem Herrn und dem Diener, dem Menschen und dem Affen gilt.

DIDEROT Was wollen Sie von Madame de Chepy?

SURMONT Sie ist reich, sie ist charmant, ich bewundere sie.

DIDEROT Gehen Sie in ihr Boudoir. Madame de Chepy wird Sie fragen, womit Sie sich beschäftigen. Sie behaupten, daß Sie in Zukunft nur noch für das Theater schreiben wollen.

SURMONT Nach meinen Stücken kräht kein Hahn.

DIDEROT Madame de Chepy wird in ein paar Tagen eine ihrer berühmten Privatvorstellungen geben. Alles wird dasein, was in der Politik und bei Hofe eine Rolle spielt. Diese Premieren sind immer sehr brisant, sehr chic, sehr risqué. Leider fehlt es diesmal an einer Kleinigkeit. Madame de Chepy hat ihr Publikum, sie hat ein Theater, sie hat die Schauspieler und die Dekorationen. Sie hat nur kein Stück. Das ist Ihre Chance, Surmont.

SURMONT Wann soll das Stück fertig sein?

DIDEROT Lieber heute als morgen.

SURMONT Warum setzen Sie auf mich?

DIDEROT Weil ich in Ihren Augen eine Gier sehe, die mir abhanden gekommen ist.

SURMONT Sie erwarten doch nicht, daß ich eine Idee habe? Ich denke nie, wenn ich schreibe.

DIDEROT Natürlich nicht. Aber das Thema liegt doch auf der Hand. Sie nehmen einen hohen Beamten, sagen wir einen Minister oder einen Richter, ja, warum nicht, einen Generalstaatsanwalt...

SURMONT Sie meinen Monsieur de Bois? Ich habe von der Geschichte gehört.

DIDEROT Ja. Schon haben Sie eine Hauptfigur, von der das ganze Land redet. Der Rest ist einfach. Sie müssen nur dafür sorgen, daß das Gute recht gut und das Böse recht böse wirkt, damit die Zuschauer nicht ins Grübeln kommen. Nein, warten Sie! Ich habe noch eine viel bessere Idee.

(Er winkt ihn herbei und flüstert ihm etwas ins Ohr. Die beiden lachen.)

SURMONT Aber das ist ganz und gar unmöglich.

DIDEROT Warum?

SURMONT Ich kenne Madame de Chepy doch gar nicht, und ihre Gäste noch weniger.

DIDEROT Das ist auch nicht nötig. Ich sage Ihnen alles, was Sie wissen müssen. Ich weiß auch schon den Titel für Ihr Stück: Die Parasiten.

SURMONT Das müssen Sie mir erklären.

DIDEROT Ihre Komödie ist ein Spiegel, in dem jeder seine eigene Fratze sieht, auch der Autor. Sie werden sich jetzt zurückziehen in das kleine blaue Zimmer im ersten Stock. Ich werde Ihnen auf die Sprünge helfen. Sie schildern ab, was sich hier unten im Salon abspielt. Das ist alles.

SURMONT Madame de Chepy wird sprachlos sein.

DIDEROT Sicherlich.

SURMONT Man wird sich entrüsten.

DIDEROT Unbedingt.

SURMONT Und wer bekommt die Fußtritte ab, wenn das Stück mißfällt? Ich!

DIDEROT Schon möglich.

SURMONT Sie schicken mich vor, weil Ihnen die Sache zu riskant ist.

DIDEROT Umsonst ist der Tod.

SURMONT Man wird das Stück verbieten.

DIDEROT Dann sind Sie erst recht der Held des Tages.

SURMONT Ein zweifelhaftes Vergnügen.

DIDEROT Lassen Sie die Finger davon!

SURMONT Sie sind satt. Ich soll verhungern. Ist das Ihre ganze Philosophie?

DIDEROT Tun Sie, was Sie wollen, nur lassen Sie mich jetzt zufrieden. Und vielen Dank für die Blumen. *(Er nimmt ihm den Strauß ab. Surmont ab.)*

DIDEROT Und nun zu diesem Schwachkopf von Crancey. *(Er schreibt.)* »Lieber Freund... Ich bin entsetzt... Wie konnten Sie nur...« Je dümmer, desto besser. Ich habe es satt, euern Wirrwarr in Ordnung zu bringen. *(Er kratzt sich.)* Sei vernünftig, Denis, sage ich mir. Aber zu was ist sie nütze, diese Vernunft, wenn man es mit lauter Idioten zu tun hat. Verdammt! *(Er kratzt sich wieder.)* Alles voller Ungeziefer. Eine Ameise! *(Er holt sie hervor und setzt sie auf den Tisch.)* Sie müht sich ab. Sehr klug, sehr grausam, sehr unermüdlich. Aber was will sie? Sie sucht ihren Haufen, von irgendeinem blinden Trieb geleitet. Entsetzlicher Eifer! Die Enzyklopädie, die Wissenschaft, der Staat... Alles sehr sinnreich eingerichtet. Bis der erstbeste Spaziergänger mit seinem Stock das ganze Gebäude umstürzt. *(Er betrachtet die Ameise.)* Dann beginnt das Ganze von vorn. Ohne zu wissen, was sie tun, erbauen diese Bestien eine neue Ordnung... ein neues Chaos... Wie mir das alles zum Halse heraushängt! *(Er schlägt die Ameise tot.)*

(Auftritt Jacques.)

JACQUES Madame läßt fragen, ob Sie zum Abendessen bleiben.

DIDEROT Das hängt ganz davon ab ... *(Jacques gähnt.)* Sind Sie müde? Setzen Sie sich. Ich bin dabei, eine Mine zu legen. Verstehen Sie etwas davon?

JACQUES Nein. Aber mein früherer Herr, der Hauptmann, hat immer gesagt: Je stärker die Mine, desto schlimmer für den Feuerwerker, wenn er selber darauf tritt.

DIDEROT Ohne Risiko geht es nicht. Jetzt brauche ich noch Cranceys Antwort ... Nein, bleiben Sie hier, Jacques. Ruhen Sie sich aus. *(Er schreibt.)* »Ich bin zerknirscht, lieber Diderot. Aber wie hätte ich dieser Versuchung widerstehen können?« ... Und so weiter. Hm. Dann muß noch ein Heiratskontrakt her. Jacques, können Sie schreiben?

JACQUES Das kommt darauf an.

DIDEROT Einen Brief?

JACQUES Lieber nicht.

DIDEROT Warum nicht?

JACQUES Das gibt nur Ärger.

DIDEROT Da könnten Sie recht haben. Aber Sie sollen gar nicht in Ihrem eigenen Namen schreiben. Sehen Sie, diese Zeilen müssen von anderer Hand geschrieben sein, damit es nicht so aussieht, als kämen sie von mir.

JACQUES Lieber nicht, Herr Diderot. Meine Handschrift ist schlecht, niemand kann sie lesen. Picard, der schreibt wunderbar. Er macht Schnörkel wie ein Sekretär.

DIDEROT Ich verstehe, Sie haben keine Lust, den Feuerwerker zu spielen.

JACQUES Ach, Herr Diderot, wir werden alle in die Luft fliegen, wenn es dort oben geschrieben steht. *(Er gähnt.)* Oder aber es wird keinem Menschen ein Haar gekrümmt, wie in der Geschichte vom Spion wider Willen und von der vertauschten Ordre.

DIDEROT Was ist das für eine Geschichte?

JACQUES Das war nach der Einnahme von Bergen-op-Zoom in der Kampagne gegen die Belgier. Mein früherer Herr, der Hauptmann, saß als Stadtkommandant im Rathaus und wollte eben ein Huhn verspeisen, da sprengt ein Reiter zum Tor herein, ganz vermummt, mit einer Kapuze über dem Kopf und mit einem Brief aus dem Hauptquartier in der Hand. Der Kerl läßt sich melden, mein Herr erbricht das Siegel und liest: »Der Überbringer dieses Schreibens ist ein feindlicher Kundschafter, der auf allerhöchsten Befehl ohne Gnade gehenkt werden soll.« *(Er stockt.)*

DIDEROT Und? Hat man den Spion gehängt?

JACQUES Woher denn! Drei Tage später hat ihn der Herzog von Orléans zum Ritter des Sankt-Ludwig-Ordens geschlagen und zum Obristen befördert.

DIDEROT Aber wie ist das zugegangen?

JACQUES Daran war nur das Hündchen schuld. Wenn das Hündchen meines früheren Herrn, des Hauptmanns, nicht gewesen wäre ... *(Er stockt.)*

DIDEROT Ja? *(Jacques antwortet nicht. Lange Pause.)* Jetzt ist er eingeschlafen.

(Diderot entfernt sich auf Zehenspitzen. Jacques öffnet die Augen und lächelt. An der Tür wendet sich Diderot um. Jacques schließt die Augen. Diderot ab.)

(Vorhang.)

Dritter Akt

(Auftritt Diderot und Picard.)

PICARD Was befehlen Sie, Herr Diderot?

DIDEROT Nicht so laut! *(Das folgende leise, um Jacques nicht zu wecken, der in seinem Sessel schläft.)* Hören Sie gut zu, Picard. Mit diesem Brief hier, nein, mit dem andern da, setzen Sie sich an den Tisch und schreiben ihn ab... Manchmal frage ich mich, warum ich Schriftsteller geworden bin. Ich hätte einen ganz gefährlichen Verbrecher abgegeben. Das ist für Sie, Picard. Haben Sie mich verstanden?

PICARD Ja.

DIDEROT Schreiben Sie schön. Ich bin gleich wieder da. *(Diderot ab.)*

PICARD Geizig ist er nicht, das muß man ihm lassen. Was für ein Gekritzel! So ein Philosoph kann wirklich alles, außer lesen und schreiben. *(Er schreibt.)* »Wie hätte ich dieser Versuchung widerstehen können?« – Jacques! Jacques!
(Er schüttelt ihn.)

JACQUES Was ist?

PICARD Jacques, wie schreibt man »widerstehen«, mit oder ohne e?

JACQUES Woher soll ich das wissen?

PICARD Weißt du, was er gesagt hat?

JACQUES Wer?

PICARD Der Herr Diderot. »Ich hätte einen ganz gefährlichen Verbrecher abgegeben«, hat er gesagt.

JACQUES Na und?

PICARD Erst schreibt er einen Brief an sich selber, und

dann antwortet er darauf. Das ist doch nicht normal.

JACQUES Entweder du wunderst dich, oder du schreibst.

PICARD Unterbrich mich nicht! Jetzt habe ich schon wieder einen Fehler gemacht.

JACQUES Du machst überhaupt einen Fehler nach dem anderen, Picard.

(Jacques ab.)

PICARD »Henriettes Ehre steht auf dem Spiel.« *(Er schreibt.)* Auf dem Spiel. Verdammt! *(Er beginnt zu tupfen und zu kratzen. Er flucht, zerreißt das Blatt und fängt noch einmal von vorne an.)*

(Auftritt Diderot.)

DIDEROT Sind Sie fertig?

PICARD Gleich.

DIDEROT Geben Sie her.

(Auftritt Mademoiselle Beaulieu.)

MADEMOISELLE BEAULIEU Madame de Chepy ist sehr schlecht auf Sie zu sprechen.

DIDEROT Das tut mir leid.

MADEMOISELLE BEAULIEU Sie hat recht. Leider läßt sie ihren Zorn an mir aus.

DIDEROT So? *(Zu Picard.)* Danke.

(Picard ab.)

MADEMOISELLE BEAULIEU Das Frisieren hat endlos gedauert. Auch Madame de Vertillac wollte partout nicht stillhalten.

DIDEROT Die Damen haben sich gestritten?

MADEMOISELLE BEAULIEU Ihretwegen. Madame de Vertillac hat Sie in Schutz genommen.

DIDEROT War das nötig?

MADEMOISELLE BEAULIEU Gewiß. *(Sie ahmt Madame de Chepy nach.)* »Er tut nichts«, heißt es, »er macht sich breit, er hält Hof. Im ganzen Haus wimmelt es von fremden Leuten, und niemand kümmert sich um mich.«

DIDEROT Ich arbeite doch. Mein Stück ist auf dem besten Wege.

MADEMOISELLE BEAULIEU Ich möchte Sie nicht stören.

DIDEROT Stören Sie mich so oft wie möglich! Stören Sie mich bei Tag und Nacht! Ich kann mir keine hübschere Abwechslung denken.

MADEMOISELLE BEAULIEU Lassen Sie mich los! Sie sind ein Wüstling.

(Auftritt Madame de Chepy.)

MADAME DE CHEPY Ich brauche Ihre Komödie nicht mehr.

DIDEROT Haben Sie Ihre Premiere abgesagt?

MADAME DE CHEPY Nein.

DIDEROT Dann verstehe ich nicht...

MADAME DE CHEPY Das ist auch nicht nötig.

DIDEROT Sie haben einem anderen Autor den Vorzug gegeben.

MADAME DE CHEPY Vielleicht.

DIDEROT Dann kann ich mein Stück ins Feuer werfen?

MADAME DE CHEPY Wie ich Sie kenne, haben Sie keine Zeile geschrieben.

DIDEROT Sehen Sie sich diesen Schreibtisch an!

MADAME DE CHEPY Sie haben Wichtigeres zu tun. Besuche empfangen, meinem Mädchen den Kopf verdrehen... Glauben Sie, ich hätte nichts gemerkt? Widersprechen Sie mir nicht, Beaulieu.

DIDEROT Ich bin offenbar in Ungnade gefallen.

MADAME DE CHEPY Aber wie kommen Sie darauf, mein

lieber Diderot? Ich bin entzückt, daß Sie sich Zeit für mich genommen haben, und ich würde es Ihnen sehr übelnehmen, wenn Sie nicht ein paar Tage blieben. *(Madame de Chepy und Mademoiselle Beaulieu ab. Diderot lächelt, blättert in seinen Papieren und liest.)*

DIDEROT Schöne Handschrift, meine Güte! Das kann man ja kaum lesen. *(Er lacht.)* Das ist nicht schlecht. *(Ein Huhn betritt das Zimmer. Diderot betrachtet es eine Weile geistesabwesend, ohne von ihm Notiz zu nehmen. Pause.)*

DIDEROT Jacques! Picard!
(Auftritt Picard.)

DIDEROT Was ist das?

PICARD Ein Huhn, Herr Diderot.

DIDEROT Das sehe ich! Hinaus damit!
(Picard verscheucht das Huhn. Picard ab. Auftritt Malverte.)

DIDEROT Herr Minister.

MALVERTE Mein lieber Diderot! Was machen Sie für ein mürrisches Gesicht? Bin ich Ihnen nicht willkommen? Wie lange ist es her, daß Sie mich besucht haben? Sechs Monate? Ein Jahr? Sie sollten sich schämen!

DIDEROT Ja, ich verliere meine Zeit, während Sie für die Sicherheit Frankreichs sorgen.

MALVERTE Wir wollen nicht übertreiben. Der Polizeidienst geht seinen Gang wie ein Ochsenkarren. Ich beneide Sie oft um Ihre Ungebundenheit. Unsereiner muß sich um die geringsten Bagatellen kümmern.

DIDEROT Ich weiß. Neuerdings protegieren Sie sogar den armen Rousseau.

MALVERTE Er leidet viel.

DIDEROT Und wir leiden unter seinem Aberwitz. Es wundert mich, daß Sie so viel für ihn übrig haben.

MALVERTE Aber lieber Freund, Sie werden doch nicht eifersüchtig sein? In meinem Herzen ist immer noch Platz. Was glauben Sie, weshalb ich hier bin?

DIDEROT Um eine Freundin zu besuchen, deren Pläne Sie mit Wohlwollen verfolgen.

MALVERTE In Versailles weiß man ihren Ehrgeiz weniger zu schätzen. Schreckhaft wie ein Kaninchen und empfindlich wie ein Soufflé – da haben Sie unsere Hofgesellschaft. Eine Anspielung zuviel, und es gibt Ärger.

DIDEROT Sie können unbesorgt sein. Die Premiere wird nicht stattfinden.

MALVERTE Aber Madame de Chepy ist fest entschlossen.

DIDEROT Mein kleiner Finger sagt mir, daß ihr das wenig nützen wird.

MALVERTE Es wäre mir peinlich, wenn ich eingreifen müßte.

DIDEROT Früher waren Sie weniger heikel.

MALVERTE Sie wissen, daß mir nichts anderes übrigblieb.

DIDEROT Das sagt sich leicht.

MALVERTE Sind Sie mir immer noch böse?

DIDEROT Aber nein! Was wäre aus mir geworden, wenn Sie mir nicht Gelegenheit gegeben hätten, das Gefängnis kennenzulernen? Es ist die Schule der wahren Empfindung.

MALVERTE Vorausgesetzt, man bringt, wie Sie, nur drei Monate in Vincennes zu und wird, wie Sie, äußerst zuvorkommend behandelt.

DIDEROT Das ist wahr.

MALVERTE Von der Krone des Märtyrers, die ich Ihnen aufsetzen mußte, haben Sie den schönsten Gebrauch gemacht.

DIDEROT Sagen Sie mir eines, lieber Freund. Ich wollte Sie schon immer danach fragen: Erst haben Sie meine Manuskripte beschlagnahmen lassen. Dann waren diese Papiere, zwanzig große Kartons, auf einmal verschwunden. Schließlich erfuhr ich, wo sie versteckt waren: in Ihrer eigenen Wohnung. Warum haben Sie das getan?

MALVERTE Ich wußte, daß sie dort niemand suchen würde.

DIDEROT Das war edel gehandelt.

MALVERTE Ich hatte meine Gründe. Das Spiel der Polizei ist verwickelter, als man denkt. Nach den Querschädeln, die Ihnen auf der Gasse begegnen, dürfen Sie nicht urteilen. Nur der Stümper wirft sich auf das Nächstliegende. Er begreift nicht, daß es hundert Kunstgriffe, Rücksichten, Spitzfindigkeiten braucht, um die ungeheure Maschine in Gang zu halten, von der das Wohl eines ganzen Landes abhängt. Sie ahnen nicht, wieviel Delikatesse nötig ist, um in dieses Uhrwerk einzugreifen, ohne daß eine Feder bricht. Ein guter Polizist muß ein Künstler sein.

DIDEROT Das ließe sich auch von einem guten Verbrecher sagen.

MALVERTE Mag sein. Was aber Ihre Papiere betrifft, so habe ich recht behalten. Ich gab sie Ihnen wieder, und kein Hahn hat danach gekräht. Dieser kleine Schachzug hat mir Ihre Freundschaft eingebracht.

DIDEROT Das ist wahr.

MALVERTE Heute würde kein Mensch mehr auf die Idee kommen, die Enzyklopädie zu verbieten.

DIDEROT Sind Sie sicher?

MALVERTE Ich könnte mir sogar das Vergnügen machen, Ihr Mitarbeiter zu werden, natürlich anonym.

DIDEROT Ich würde mich glücklich schätzen. Ich suche dringend einen Autor, der die Artikel »Spekulation« und »Wucher« übernehmen könnte.

MALVERTE Wie kommen Sie auf mich? Ich verstehe nichts von diesen Dingen.

DIDEROT Wirklich nicht?

MALVERTE Nein.

DIDEROT Verzeihen Sie, verehrter Freund, aber auch ich habe meine ... wie soll ich sagen? ... meine Quellen.

MALVERTE *(nach einer Pause:)* Das ist ganz und gar unmöglich.

DIDEROT Sie haben Sorgen.

MALVERTE Nicht der Rede wert.

DIDEROT Geldsorgen.

MALVERTE Wie alle Welt.

DIDEROT Es handelt sich um vierundsechzigtausend Livres.

MALVERTE *(nach einer langen Pause:)* Gut. Warum sollte ich es leugnen? Ich habe mir diese Summe geliehen.

DIDEROT Von einem gewissen Desbrosses.

MALVERTE Der Name tut nichts zur Sache.

DIDEROT Das war unbesonnen.

MALVERTE Niemand weiß etwas davon.

DIDEROT Außer mir und Desbrosses.

MALVERTE Ich verlasse mich auf Sie.

DIDEROT Und Desbrosses wird den Mund halten.

MALVERTE Aber es liegt ein Haftbefehl gegen ihn vor.

DIDEROT Ich weiß.

MALVERTE Er kann jeden Augenblick ergriffen werden.

Man wird ihn verhören. Wenn er anfängt zu plaudern ...

DIDEROT Das wäre peinlich.

MALVERTE Ich müßte meinen Abschied nehmen. Das beste wäre, er schösse sich eine Kugel durch den Kopf.

DIDEROT Es wäre schade um ihn.

MALVERTE Um diesen Hasardeur?

DIDEROT Er ist kein gewöhnlicher Gauner. Fast hätte ich gesagt, er ist ein Künstler, der Ihre Achtung verdient. Andererseits – vierundsechzigtausend Livres sind eine schöne Summe.

MALVERTE Das ist es ja!

DIDEROT Lassen Sie ihn laufen.

MALVERTE Das kann ich nicht.

DIDEROT Und wenn ich dafür sorge, daß er Frankreich verläßt? Dann ist er vor Ihren Häschern sicher, und Sie sind sicher vor ihm.

MALVERTE Soll er ungestraft davonkommen?

DIDEROT Bedenken Sie, daß Paris nur noch ein Schatten seiner selbst wäre, wenn man alle Halsabschneider einsperren wollte.

MALVERTE Ich sehe ein, daß die anständigen Leute noch viel gefährlicher sind als die Kriminellen.

DIDEROT Ich mache keinen Anspruch auf diesen Titel.

MALVERTE Das ist beruhigend.

DIDEROT Auch ich habe gewisse Sorgen.

MALVERTE Das freut mich zu hören. Eine Polizeischikane?

DIDEROT Nein.

MALVERTE Eine Geldgeschichte?

DIDEROT Nicht eigentlich.

MALVERTE Schade.

(Auftritt Jacques.)

JACQUES Entschuldigen Sie.
(Er ergreift die Vase mit den Blumen und trägt sie fort.)

DIDEROT Wo schleppen Sie denn die Vase hin?

JACQUES Die gnädige Frau hat danach gefragt.

DIDEROT Die Blumen waren für mich. *(Jacques antwortet nicht.)* Ich bin für niemanden zu sprechen, Jacques. Für niemanden!
(Jacques ab.)

MALVERTE Nun?

DIDEROT Haben Sie je den Namen Bertrand gehört? Madame Bertrand?

MALVERTE Meinen Sie die eiserne Witwe? Seit Monaten versetzt diese Frau drei Ministerien in Schrecken. Noch ein paar Querulanten wie sie, und wir könnten unsere Büros zumachen.

DIDEROT Sie sind doch gar nicht zuständig.

MALVERTE Natürlich nicht. Aber sie ist nicht die Frau, die sich mit einer solchen Auskunft abfände. Was will sie? Eine Pension. Gut, nach langem Hin und Her gibt ihr der Marineminister eine Pension. Er denkt, nun hätte er seine Ruhe. Aber nein! Jetzt antichambriert sie bei Ihnen. Was ist es diesmal? Will sie mehr Geld?

DIDEROT Nein. Sie möchte nur, daß auch ihr Sohn versorgt wäre.

MALVERTE Das ist unmöglich, ganz unmöglich. Wo kämen wir hin? Hundert andere Witwen würden uns die Türen einrennen. Der Staat steckt bis zum Hals in Schulden.

DIDEROT Ach so.

MALVERTE Wir müssen den Haushalt konsolidieren.

DIDEROT Natürlich.

MALVERTE Außerdem verstehe ich nicht, was Sie an dieser Dame interessiert.

DIDEROT Haben Sie je einen Blick auf sie geworfen?

MALVERTE Naja, ich gebe zu, sie ist recht hübsch.

DIDEROT Nehmen Sie an, ich hätte sie vor zehn Jahren ebenso hübsch oder noch hübscher gefunden?

MALVERTE Dann hätten Sie jetzt vermutlich genug von ihr.

DIDEROT Ich kann mich doch auf Ihre Diskretion verlassen?

MALVERTE Unbedingt.

DIDEROT Madame Bertrand hat ihren Kapitän geachtet, aber ich glaube kaum, daß er ihre große Liebe war. Kurz, das Kind, dem sie nun um jeden Preis diese Pension zukommen lassen will, dieses Kind...

MALVERTE Ist nicht von ihm.

DIDEROT Sie sagen es.

MALVERTE Sie sind mir ein schöner Philosoph! Aber meinetwegen. Ich müßte mit Poultier von der Marine sprechen. Unangenehmer Patron: Er wird das Reglement hervorziehen, sich hinter seinen Vorschriften verschanzen...

DIDEROT Jetzt reden Sie wie ein Beamter. Ich wußte nicht, daß Sie so kleinlich sein können, und so undankbar.

MALVERTE *(nach einer Pause:)* Ich verstehe. Sie sind ein Monstrum.

DIDEROT Ich? Ein harmloser Schriftsteller, der ein Herz für Witwen und Waisenkinder hat?

MALVERTE Also gut. Bis wann brauchen Sie das Dekret?

DIDEROT Bis heute abend.

MALVERTE Ich werde das Nötige veranlassen.

DIDEROT Sie sind ein Engel.

MALVERTE Ich warne Sie, Diderot, gehen Sie nicht zu weit!

DIDEROT Verlassen Sie sich ganz auf mich.
(Malverte ab. Auftritt Jacques.)

JACQUES Ich bitte um Verzeihung, aber...
DIDEROT Was ist denn nun schon wieder?
JACQUES Die gnädige Frau wünscht, daß ich ihr den *Großen Pitaval* bringe.
DIDEROT Was? Seit wann liest Madame de Chepy am hellichten Nachmittag Kriminalgeschichten?
JACQUES Herr Surmont hat darum gebeten.
DIDEROT Wie soll ich hier arbeiten, wenn man mir die ganze Bibliothek leer räumt?
JACQUES Es tut mir leid, aber Madame hat befohlen...
DIDEROT Schon gut. *(Pause.)* Jacques?
JACQUES Ja.
DIDEROT Sie sind mir den Rest Ihrer Geschichte schuldig geblieben.
JACQUES Welcher Geschichte, Herr Diderot?
DIDEROT Vom Spion wider Willen.
JACQUES Von einem Spion?
DIDEROT Und von der vertauschten Ordre.
JACQUES Sie müssen sich täuschen.
DIDEROT Sie haben mir doch erzählt, wie Ihr früherer Herr, der Hauptmann, in Bergen-op-Zoom saß und gerade seine gebratene Taube verzehren wollte...
JACQUES Verzeihen Sie, Herr Diderot, aber ich glaube, es war ein Huhn.
DIDEROT Ein Huhn?
JACQUES Ich glaube ja.
DIDEROT So?
JACQUES Er wollte also gerade sein Huhn verzehren, und was geschah dann?
DIDEROT Woher soll ich das wissen? Es ist Ihre Geschichte, nicht die meine.

JACQUES Ich kann mich beim besten Willen nicht mehr erinnern.

DIDEROT Sie sind ein verdammter Dickschädel. Und der Brief aus dem Hauptquartier? Der allerhöchste Befehl, den Überbringer ohne Gnade zu henken?

JACQUES Welchen Überbringer?

DIDEROT Und dann die plötzliche Rettung, der Sankt-Ludwigs-Orden, das Hündchen … Gerade an dieser Stelle sind Sie eingeschlafen.

JACQUES Mit Verlaub, Herr Diderot, das glaube ich nicht.

DIDEROT Hier, in diesem Sessel.

JACQUES Das ist unmöglich. Die gnädige Frau würde nie erlauben, daß sich die Dienerschaft hier niederläßt, um zu schlafen.

DIDEROT Sie weigern sich also, mir zu sagen, wie die Geschichte weitergeht?

JACQUES Wenn ich es wüßte, würde ich Ihnen gern zu Diensten sein.

DIDEROT Ich soll mir also ewig das Hirn darüber zermartern, was aus diesem Menschen geworden ist?

JACQUES Sie werden es gewiß leicht erraten.

DIDEROT Das ist teuflisch.

JACQUES Ach, Herr Diderot! Was kümmert es Sie, ob die Ordre vertauscht wurde oder nicht, ob der Mensch ein Spion war oder nicht, ob man ihn gehenkt hat oder nicht. Was kann Ihnen daran gelegen sein, ob Jacques eingeschlafen ist, oder ob er wachte? Es ist ja so leicht, Geschichten zu erfinden, und so schwer, die wahren von den erfundenen zu unterscheiden. Der *Große Pitaval* zum Beispiel …

DIDEROT Gehen Sie, Jacques! Gehen Sie mir aus den Augen, und lassen Sie sich nicht wieder blicken.
(Jacques ab. Auftritt Madame de Vertillac.)

MADAME DE VERTILLAC Was murmelst du da?

DIDEROT Nichts.

MADAME DE VERTILLAC Du führst Selbstgespräche, mein lieber Denis. Das kommt davon, wenn man so viel allein ist und so viel zu sagen hat wie du.

DIDEROT Allein sind wir alle, Sophie.

MADAME DE VERTILLAC Du hast mich also ganz und gar vergessen?

DIDEROT Wo denkst du hin.

MADAME DE VERTILLAC Sag lieber nichts. Du würdest mich doch nur anschwindeln.

DIDEROT Und du, Sophie?

MADAME DE VERTILLAC Ich könnte dir die Wahrheit sagen und uns beide in Verlegenheit bringen. Erzähl mir lieber, was deine Arbeit macht.

DIDEROT Immer dasselbe. Ein einziges Durcheinander.

MADAME DE VERTILLAC So vergeudest du dein Leben! Dabei bräuchtest du nur die Hand auszustrecken, und das Glück wäre dir sicher.

DIDEROT Manchmal trauere ich den Zeiten nach, da ich weniger weise war.

MADAME DE VERTILLAC Ich finde dich verändert. Du bist verbittert. Wenn du so weitermachst, wirst du als Griesgram enden.

DIDEROT Ich habe mir vorhin den jungen Crancey vorgenommen.

MADAME DE VERTILLAC Ich hoffe, du hast ihm diese Heirat ausgeredet.

DIDEROT Das ist unmöglich.

MADAME DE VERTILLAC Er ist harmlos bis zur Blödigkeit.

DIDEROT Bist du sicher?

MADAME DE VERTILLAC Du kennst seine Eltern nicht. Diese Höhlenmenschen!

DIDEROT Für einen Bärenhäuter schreibt er aber ein ganz ordentliches Französisch.

MADAME DE VERTILLAC Woher willst du das wissen?

DIDEROT Er hat mir zwei Briefe geschrieben.

MADAME DE VERTILLAC Sonderbar! Versteht er sich auszudrücken?

DIDEROT Etwas altmodisch, aber sehr gefühlvoll.

MADAME DE VERTILLAC Was du nicht sagst! Würdest du erlauben, daß ich einen Blick in diese Briefe werfe?

DIDEROT Lieber nicht. Ich weiß doch, wie ungerecht und maßlos du sein kannst.

MADAME DE VERTILLAC Ich werde nie in diese Verbindung einwilligen, wenn du das meinst.

DIDEROT Um so schlimmer für alle Beteiligten.

MADAME DE VERTILLAC Du mit deinen Unkenrufen! Statt daß du dich freust, eine Freundin wiederzusehen, die nie aufgehört hat, zärtlich an dich zu denken. Du brauchst nicht zu erschrecken, Denis. Ich werde dich nicht in Versuchung führen. Schließlich habe ich meine Grundsätze. Lächle nicht so impertinent!

DIDEROT Das würde ich mir nie erlauben.

MADAME DE VERTILLAC Du hast gelächelt.

DIDEROT Ich habe nur an unseren Ausflug nach Châtoillenot gedacht. Vom Schloß herüber kam diese Musik. *(Er setzt sich ans Klavier und spielt.)* Weißt du noch? *(Er singt ein paar Takte mit.)* Deine Gouvernante – war sie wirklich krank, oder hast du sie fortgeschickt?

MADAME DE VERTILLAC Ich kann mich nicht erinnern. *(Sie lacht.)*

DIDEROT Die Dächer funkelten in der Abendsonne. Der Wind fuhr durch die Kastanien. Gleich wird es ein Gewitter geben, hast du gesagt. Das große Scheunentor stand weit offen. Ein betörender Geruch!

MADAME DE VERTILLAC Hör auf, Denis! Sei nicht albern.

DIDEROT Meine kleine Sophie!
(Er steht auf und kommt näher.)

MADAME DE VERTILLAC Nein, laß mich! *(Veränderte Stimme. Sie spielt halb mit.)* Ich kann Heu nicht ausstehen! *(Sie flieht, er läuft ihr nach. Sie stürzt und bringt auch ihn zu Fall.)* Ich bekomme Heuschnupfen!

DIDEROT Meine Sophie! Mein Lämmchen!

MADAME DE VERTILLAC Nein, nein! Ich sterbe.

DIDEROT *(steht plötzlich auf. Kaltblütiger Ton:)* Siehst du! So und nicht anders ist Henriette zumute.

MADAME DE VERTILLAC Wie?

DIDEROT Was geschehen ist, ist geschehen. Dein ganzer Zorn kann daran nichts ändern.

MADAME DE VERTILLAC Was soll das heißen?

DIDEROT Lies selber! Nein, einen Augenblick. Zuerst mußt du mir versprechen, daß du das, was in diesen Briefen steht, mit keinem Wort erwähnen wirst, weder de Crancey noch deiner Tochter gegenüber.

MADAME DE VERTILLAC Muß das sein? Also gut. *(Sie liest.)* Wer hätte das der schüchternen, kleinen Henriette zugetraut? Noch dazu auf der Reise! In einem Wirtshausbett! In der tiefsten Provinz!

DIDEROT Dort oder in Châtoillenot.

MADAME DE VERTILLAC Dieser Crancey verlangt sogar einen Heiratsvertrag.

DIDEROT Du mußt froh sein, wenn er dabei bleibt.

MADAME DE VERTILLAC Wo ist der Kontrakt? Her damit! Ich unterschreibe alles. *(Sie tut es.)* Und dann fort mit Schaden, in die Kirche mit den beiden. Ich sehe schon, ich werde mein Leben lang einer Horde von Dorftrotteln ausgeliefert sein.

DIDEROT Wenn es dort droben so geschrieben steht, meine Liebe...

(Madame de Vertillac ab. Diderot begleitet sie hinaus. Auftritt Jacques und Picard. Die beiden Diener öffnen die Flügeltüren.)

JACQUES Da bin ich wieder.

DIDEROT Sie sind wie die Erinnerung. Man wird Sie nicht los.

PICARD Es dauert nur einen Augenblick.

(Sie machen sich am Pianoforte zu schaffen, entfernen Leuchter, Noten, Decken und versuchen, das Instrument zu bewegen.)

DIDEROT Was machen Sie mit meinem Klavier?

JACQUES Die gnädige Frau hat uns beauftragt...

DIDEROT Ihr könnt mir doch nicht das ganze Zimmer ausräumen.

JACQUES Ich bitte um Verzeihung, aber...

DIDEROT Ich werde mich bei Madame de Chepy beschweren.

(Diderot ab. Er bleibt, unbemerkt von den Dienern, hinter der Flügeltür stehen und horcht.)

PICARD Siehst du, jetzt ist er beleidigt.

JACQUES Soll er doch beleidigt sein!

PICARD Ich weiß nicht, was du gegen ihn hast.

JACQUES Das fragst du noch?

PICARD Er ist anders als die anderen Herrschaften.

JACQUES Er ist viel schlimmer.

PICARD Heute hat er mir zwei Laubtaler gegeben. Hier! Außerdem will er mit der Alten reden, daß sie mir Urlaub gibt.

JACQUES Und du fällst darauf herein!

PICARD Er schreit einen wenigstens nicht an.

JACQUES Dazu ist er viel zu hinterlistig.

PICARD Er hat Verständnis für unsereinen.

JACQUES Das sind die ärgsten Blutsauger, die verständnisvollen.

PICARD Ich würde lieber heute als morgen für ihn arbeiten.

JACQUES Dann geh doch, Picard! Du wirst schon sehen, wie er dich ausquetscht, dieser neugierige Mistkerl, wie er dir die Würmer aus der Nase zieht. Überall muß er sich einmischen, alles muß er wissen, auch wenn es ihn einen Dreck angeht.

PICARD Weil er ein Philosoph ist. Das verstehst du nicht.

JACQUES Das versteh ich ganz genau. Er spielt den armen Mann und liegt dem Haus auf der Tasche.

PICARD Darüber würde ich mir keine Sorgen machen.

JACQUES Und verfressen ist er! »Wo ist mein Obst? Wo ist mein Champagner? Nehmen Sie das Huhn weg, das Huhn ist versalzen.« Von mir aus kann er sich seinen Champagner in den Hintern stecken.

PICARD Sei doch still! Wenn uns jemand hört...

JACQUES Und nie, nie kann er einen in Ruhe lassen. Immer sucht er nach einer schwachen Stelle, und wenn er sie gefunden hat, lacht er. Ich könnte dem Kerl die Zähne einschlagen. Die Treppe könnte ich ihn hinunterwerfen.

(Er versetzt dem Klavier einen Fußtritt.)

PICARD Paß doch auf! Das gibt Kratzer.

JACQUES Das ist mir egal! Ich haue das ganze Klavier kaputt, wenn er nicht endlich verschwindet.

(Pause. Sie betrachten das Klavier. Jacques zieht seinen Rock aus und hängt ihn über die Stuhllehne. Die beiden Diener fassen das Klavier an und schieben es zur Tür. Dort erblicken sie Diderot. Er lächelt. Jacques und

Picard ab. Diderot nimmt die Jacke vom Stuhl und betrachtet sie eingehend. Dann legt er seinen Rock ab, wirft ihn über die Stuhllehne und zieht die Jacke des Dieners an. Auftritt Crancey.)

CRANCEY Sie grollt mir immer noch ... Was haben Sie denn da an?

DIDEROT Sie mit Ihren Kutscherstiefeln fragen mich, was ich anhabe?

CRANCEY Madame de Vertillac grollt mir immer noch, aber sie ist einverstanden.

DIDEROT Hier!

CRANCEY Ein Heiratskontrakt! Den hat sie unterschrieben?

DIDEROT Ja.

CRANCEY Das grenzt an Zauberei. Wie haben Sie das nur angefangen?

DIDEROT Fragen Sie lieber nicht.

CRANCEY Ich danke Ihnen. Ich danke Ihnen.

DIDEROT Ich würde mir das Ganze noch einmal gründlich überlegen. Noch ist es Zeit, die Heirat abzublasen.

CRANCEY Aber warum denn?

DIDEROT Nicht, daß Sie mir in drei oder dreizehn Jahren kommen und sagen: »Das ist alles Ihre Schuld, Diderot! Warum haben Sie mich nicht gewarnt?«

CRANCEY Das würde mir nie einfallen.

DIDEROT Henriette wird Ihnen pünktlich jedes Jahr ein reizendes Kindchen schenken. Sie werden Ihr Kraut und Ihre Rüben ziehen. Die Großeltern werden Ihnen Gesellschaft leisten, die Eltern, die Tanten, von der Schwiegermutter ganz zu schweigen. Haben Sie bemerkt, wie ähnlich Henriette ihrer Mutter sieht? In zehn Jahren wird sie ebenso launisch sein, ebenso eigensinnig und frivol wie meine liebe Sophie, dieses »eingebildete alte Luder«. Ich wiederhole nur Ihre Worte, mein Lieber.

CRANCEY Sie sind ein ganz gemeiner... ein ganz gemeiner...

DIDEROT So? Vor einer Minute haben Sie noch behauptet, Sie seien mir unendlich dankbar.

CRANCEY Wenn Sie die Ehe für ein Unglück halten, warum zum Teufel haben Sie mir dann geholfen?

DIDEROT Das frage ich mich auch.

(Crancey ab.)

DIDEROT *(als spräche er mit Madame de Chepy:)* O ja, ich verstehe, Madame. Ich verstehe. Sie wollen mich loswerden. Ich belästige Sie. Sprechen Sie es offen aus! Ich bringe Ihnen fremde Leute ins Haus, Ungeziefer! – »Was sagen Sie da?« – Ich sage: Ungeziefer! Jawohl! Und dafür muß ich büßen. Ich werde ausgehungert. Man leert mir das Zimmer aus. Wenn er nicht gehen will, bitte, dann lassen wir eben die Vasen verschwinden, die Bücher, die Möbel, sogar das Klavier. Da, nehmen Sie auch meinen Stuhl. Bitte! *(Er steht auf und bietet seinen Stuhl an.)* Bringen Sie ihn in Sicherheit! Ich brauche keinen Stuhl. Ich kann stehen! *(Er geht auf und ab.)* Sie glauben, Sie könnten mich aus der Fassung bringen, nicht wahr, Madame? Da sind Sie nicht die einzige. O nein! Alle wollen sie mir an den Kragen, die Priester, die Verleger, die Herren im Staatsrat, im Justizpalast, in den Ministerien. Es gefällt ihnen nicht, was ich sage, was ich bin. Ich durchschaue ihre Machenschaften. Ich rieche den Moder, ich höre, wie es in den Wänden tickt, wie es unter den Tapeten kriecht und wimmelt. Aber ich behalte die Ruhe. Ihr bringt mich nicht soweit, daß ich toll werde

wie Rousseau, dieser jämmerliche Schwadroneur! *(Zwei Hühner kommen ins Zimmer. Diderot fixiert sie, nimmt sein Tintenfaß zur Hand, zielt, wirft, verfehlt die Hühner, läuft hinter ihnen her und verjagt sie.)* Ein Komplott! Das ist ein Komplott! Nur, mich bringt ihr nicht soweit! Mich nicht!
(Auftritt Madame de Chepy.)

MADAME DE CHEPY Aber mein lieber Denis! Was haben Sie?

DIDEROT *(große Geste:)* Ruhig! Ruhig! Ganz ruhig!

MADAME DE CHEPY Sie haben sich kostümiert. Sie produzieren sich also nicht nur bei Grimm, wo Sie Ihr Geld am Spieltisch lassen? Jetzt machen Sie auch noch Theater für sich selbst?

DIDEROT Putt, putt, putt, putt!

MADAME DE CHEPY Wie bitte?

DIDEROT Putt, putt, putt, putt, putt!

MADAME DE CHEPY Beaulieu! Beaulieu! Wo sind Sie?

DIDEROT Ich brauche Ihre Beaulieu nicht. Sie können Ihre Beaulieu behalten. Diese läufige Nonne, die ihre Augen verdreht, sobald sie die Mutter Oberin sieht!

MADAME DE CHEPY Diderot!
(Auftritt Mademoiselle Beaulieu.)

MADEMOISELLE BEAULIEU Was ist Ihnen? *(Leise:)* Was hat er denn?

DIDEROT Gute Frage! Was hat er denn, dieser Schmierfink, dieser Schmarotzer? Man setzt ihn in einen Hühnerstall. Was will er mehr? Das wollen Sie doch sagen, nicht wahr?

MADEMOISELLE BEAULIEU Hühnerstall?

MADAME DE CHEPY Ich ertrage das nicht länger.

MADEMOISELLE BEAULIEU Man muß etwas tun.

DIDEROT Man muß etwas tun. Auspeitschen! Auspeitschen wäre das Beste, nicht wahr, Mademoiselle? Ich wüßte nur gerne, wer wen. Sieh da, Ihre Augen glänzen ja schon! Geben Sie es zu! Es gibt nichts Schöneres als die Sklaverei. »Die gesellschaftliche Ordnung ist ein geheiligtes Recht.« Jean-Jacques Rousseau. Gesellschaftliche Ordnung! Daß ich nicht lache. Drei königliche Nachtstuhlprüfer, sieben Hühneraugenoperateure, vierzehntausend Barbiere. Es stinkt. Es stinkt in Paris. Wo niemand die Straßen kehrt, wo niemand die Dächer flickt... Merken Sie nicht, wie feucht es hier ist? Es regnet herein, es tropft von der Decke... Fünfunddreißigtausend Huren, hundertfünfzigtausend Lakaien, achtzigtausend Bettler und Diebe. Ungeziefer, Parasiten, Richter und Polizisten, der Bankier des Königs an der Spitze des Gesindels. »Die Heiligkeit der Gesetze, das Glück der Gerechten und die Bestrafung des Bösen.« Rousseau. Tropf, tropf! Nur so weiter. Ich bemitleide Rousseau. Ich verkünde hiermit, daß ich ihn bemitleide!

MADAME DE CHEPY Ich verstehe Sie nicht.

DIDEROT Ich bemitleide ihn. Ich habe ihm Unrecht getan.

MADAME DE CHEPY Man sagt, Sie wären einer der ersten gewesen, die ihn fallenließen.

DIDEROT Das ist eine Verleumdung! Ich war sein Freund.

MADAME DE CHEPY Sie verabscheuen ihn. Sie haben ihn aus Paris vertrieben.

DIDEROT Ich weiß. Ich weiß. Asche! Asche über mein Haupt! Zur Strafe sitze ich hier, wo man ertrinkt. Tropf, tropf! Tun Sie etwas, holen Sie die Handwerker, Beaulieu, bevor es zu spät ist. O Rousseau, ich sage dir, du hast recht, tausendmal recht! Ich muß dir Abbitte tun, du hattest recht mit deinen Lügen! *(Auftritt Madame de Vertillac.)*

MADAME DE VERTILLAC Denis! *(Zu den anderen.)* Was ist geschehen?

MADEMOISELLE BEAULIEU Herr Diderot hat zuviel getrunken.

MADAME DE CHEPY Wenn es nur das wäre!

DIDEROT Willkommen im Hühnerstall. Du kommst gerade recht.

MADAME DE VERTILLAC Denis, was meinst du?

DIDEROT Denis! Denis! Denis! Putt, putt, putt! Komm, komm ins Heu! Du bist ja ganz feucht, durchnäßt vom Regen. »Heufieber, Heufieber! Ich sterbe.« Putt, putt, putt.

MADAME DE VERTILLAC Man muß einen Arzt rufen.

DIDEROT Einen Arzt! Natürlich. Ich bilde mir das alles nur ein. Daß ihr mich haßt, daß ihr mich bespitzelt, daß ihr mich einsperren wollt. Ab mit ihm nach Bicêtre, in die Salpêtrière, zu den Irren! Ins Tollhaus wollt ihr mich bringen, Blindekuh spielen mit mir, im Dunkeln, in der Feuchtigkeit, im Moder. Unterhaltsam für euch, amüsant, nicht wahr?

MADAME DE VERTILLAC Mein armer Denis, beruhige dich doch.

DIDEROT Oh, ich bin ruhig, ganz ruhig. Ich verliere nie die Beherrschung. Das räumen mir selbst meine Feinde ein. Ich würde mich nie und nimmer Ihretwegen echauffieren, meine Damen. Das wäre doch geschmacklos, nicht wahr? Nur, weil es hier riecht, weil es tropft, weil es kriecht und wimmelt, weil hier alles voller Ungeziefer ist? Ah, Sie glauben mir nicht? Ich bilde mir das nur ein? Ich werde es Ihnen beweisen!

Hier. *(Er ergreift einen Brieföffner und macht sich auf allen vieren am Parkett zu schaffen. Man hört die Riemen krachen.)* Nein, hier nicht. Aber feucht, alles feucht! Sehen Sie? Modrig. Und durch die Fäulnis kommt der Schwamm, das Ungeziefer. *(Er bricht weitere Bretter heraus. Die Bestürzung der Anwesenden bringt ihn zum Lachen.)* Da! Da! Die Maden, die Schaben, die Milben!

MADEMOISELLE BEAULIEU Er zerstört das ganze Haus.

DIDEROT Spüren Sie, wie das juckt? Kratzen Sie sich! Das ist eine Wohltat. Diese Insekten werden Sie alle überleben. Sie dauern mich, meine Herrschaften, ich beklage Sie, es bricht mir das Herz, daß Sie so niedrig sind, so klein, kleiner noch als alles, was da brütet und aus den Eiern schlüpft. *(Er zeigt mit der Hand, wie niedrig ihm das erscheint.)* Wie das kriecht und kriecht! Niedriger als das Ungeziefer, viel niedriger! Wie das voreinander kriecht, *(er macht es vor)* aufeinander, durcheinander, übereinander...

MADAME DE CHEPY Ich ertrage das nicht länger. Man muß Hilfe holen. Wo ist Jacques? *(Zu Mademoiselle Beaulieu.)* Suchen Sie ihn!

(Mademoiselle Beaulieu ab. Diderot steht auf.)

DIDEROT Nein, nein, ich habe alles falsch gemacht. Er hat recht, tausendmal recht, in seiner Hundehütte, in seinem Kaftan, daß er seine Kinder ins Findelhaus steckt, recht, daß er die Hand beißt, die ihn füttert. Er und ich, wir haben ein Recht darauf, euch zu peinigen, euch auszubeuten! Wäre ich nicht so gutmütig, ich würde euch alle umbringen, ausräuchern, zerdrücken. Contrat social, Contrat social! »Geheiligtes Recht.« Allein auf einer Insel im Bieler See. Ich habe alles falsch gemacht, mein Freund, mein Ekel. Du hast recht, man muß einen Punkt machen. Keine Soupers mehr, kein Ungeziefer auf dem Teller. Es ist genug. *(Er läßt sich auf seinen Sessel fallen und bedeckt die Augen. Pause.)*

(Auftritt Mademoiselle Beaulieu und Jacques.)

MADAME DE CHEPY Jacques, holen Sie die Bücher aus meinem Boudoir und bringen Sie das Klavier zurück.

JACQUES Sehr wohl, Madame.

DIDEROT Ich brauche Ihr Klavier nicht.

MADAME DE CHEPY Dann sehen Sie in der Apotheke nach, ob noch Opiumtinktur da ist.

DIDEROT Das brauchen Sie ihm nicht zweimal zu sagen. Er weiß Bescheid. Nicht wahr, Jacques? Er spioniert, er horcht, er sieht alles, er denkt sich sein Teil. Er ist unbestechlich. Das ist ja das Unangenehme. Jetzt, da Rousseau nur noch in seinem Wahn lebt, ist er der einzige Philosoph, der in Frankreich zu finden ist. Entschuldigen Sie, Herr Philosoph, ich habe mir Ihren Rock ausgeborgt. Hier ist der meinige. Bitte sehr! Wird's bald?

JACQUES *(zu Madame de Chepy:)* Soll ich?

MADAME DE CHEPY Tun Sie, was er sagt. *(Jacques zieht Diderots Rock an. Auftritt Surmont.)*

SURMONT Hier geht es ja zu wie auf dem Theater.

MADAME DE CHEPY Herr Diderot ist unpäßlich.

MADAME DE VERTILLAC Unpäßlich? Er ist außer Rand und Band.

SURMONT Er ist erschöpft. Er hat zuviel nachgedacht. Er hat es satt. Das kann ich verstehen.

DIDEROT Halten Sie den Mund! Ich verbiete Ihnen, mich zu verstehen! Wenn Sie es noch einmal versuchen, schlage ich Ihnen alle Knochen entzwei.

SURMONT Auch das kann ich verstehen.

MADAME DE VERTILLAC Um Gottes willen, Jacques, halten Sie ihn fest. *(Jacques versucht es, und nach einem kleinen Handgemenge gelingt es ihm.)* Er hat sich beruhigt.

MADAME DE CHEPY Henriette sollte ihn ein paar Monate auf ihren Gutshof einladen. Früh zu Bett und früh aus den Federn, ein wenig Gartenarbeit, und überall dieser gesunde Stallgeruch...

(Diderot verbirgt sein Gesicht in den Händen.)

MADAME DE VERTILLAC Um Himmels willen, Marianne, sei still! Das ist wirklich nicht der Moment...

MADAME DE CHEPY Kommen Sie.

(Madame de Chepy und Mademoiselle Beaulieu ab.)

SURMONT Er sieht schlecht aus.

(Diderot stürzt zu Boden.)

MADAME DE VERTILLAC So helfen Sie ihm doch!

(Surmont und Jacques legen ihn auf ein Sofa. Madame de Vertillac beugt sich über ihn. Pause.)

SURMONT Wenn er sich totstellt, ist er am gefährlichsten.

(Er versetzt Diderot einen Rippenstoß. Diderot fährt schreiend in die Höhe und läßt sich wieder fallen.)

MADAME DE VERTILLAC Er ist völlig erschöpft. Schlaf, mein armer Denis! Du brauchst Ruhe. *(Pause.)*

SURMONT Schläft er?

MADAME DE VERTILLAC Ja.

(Madame de Vertillac und Surmont ab. Pause. Diderot öffnet die Augen.)

DIDEROT Jacques?

JACQUES Ja, Herr Diderot?

DIDEROT War ich gut?

(Jacques antwortet nicht. Er zieht Diderots Rock aus und hängt ihn über die Stuhllehne. Dann befreit er Diderot vorsichtig, ohne daß dieser sich von seinem Lager erheben müßte, von der Dienerjacke, die er anhat. Jacques faltet sie zusammen und legt sie über den Arm. Diderot schläft. Jacques verläßt auf Zehenspitzen das Zimmer.)

(Vorhang.)

Vierter Akt

(Jacques am Fenster lehnend. Picard, der das Zimmer aufräumt und das Parkett repariert.)

PICARD Alles nur, weil ein paar Hühner ins Zimmer gekommen sind? Das glaube ich nicht.

JACQUES Nein?

PICARD Hast du es denn selber gesehen?

JACQUES Ich lasse den Kerl nicht aus den Augen.

PICARD Versprich mir, daß du die Sache so erzählst, wie sie vorgefallen ist.

JACQUES Mein lieber Picard, man erzählt eine Sache nie so, wie sie vorgefallen ist. Erst hat er meine Jacke angezogen. Dann hat er gegackert.

PICARD Herr Diderot? Gegackert? Das kann nicht sein.

JACQUES Willst du hören, wie es weiterging, oder willst du es nicht hören?

PICARD Ja, ja! Ich will auch alles glauben.

JACQUES »Ich ertrinke«, hat er geschrien. Er glaubt nämlich, daß es bei uns zum Dach hereinregnet. Dann hat er sich auf dem Boden gewälzt und das Parkett kaputtgemacht, weil bei uns alles voller Milben und voller Wanzen ist. Genau wie Herr Rousseau.

PICARD Wie wer?

JACQUES Hast du nie von Herrn Rousseau gehört?

PICARD Nein.

JACQUES Das ist ein armer Teufel, der auf allen vieren geht.

PICARD Das wird ja immer ärger! Und was haben die andern dazu gesagt? Die gnädige Frau? Und Madame de Vertillac?

JACQUES Tat ein paar Seufzer und schlug die Augen

zum Himmel auf, während er den Kopf in den Händen verbarg. Bei diesem Possenspiel rief die eine: »Ach Gott, was sind wir arme Menschen!« – »Vielleicht bessert er sich«, jammerte die andere, »doch ist wenig Hoffnung. Manchmal hat er wieder einen lichten Moment, es ist zum Staunen! Welch ein Verlust für die Philosophie!« Bei alldem gebe ich zu, daß er seine Sache versteht. Er hat Genie.

PICARD Was ist denn das?

JACQUES Etwas Teuflisches, eine Gabe, die den sanftesten Menschen zu einer wilden Bestie macht.

PICARD Vielleicht hat er sich nur einen Scherz machen wollen.

JACQUES Ja, einen Scherz.

PICARD Wußte er am Ende im voraus, daß sie verstummen, seufzen, sich ärgern würden, und daß er ohnmächtig auf dem Boden läge?

JACQUES Richtig.

PICARD Und seine impertinenten Bemerkungen waren vorher ausgesonnen?

JACQUES Vorher ausgesonnen.

PICARD Dann ist er eine ganz gefährliche Kanaille.

JACQUES Wer wollte das bestreiten?

PICARD Aber sag mir, Jacques, wie ist die Sache ausgegangen?

JACQUES Wie alles auf der Welt ausgeht. Er wurde müde, und er ist eingeschlafen.

PICARD Wirklich und wahrhaftig?

JACQUES Vielleicht, vielleicht auch nicht.

PICARD Hat er sich nicht entschuldigt?

JACQUES Entschuldigt? Wofür?

PICARD Man kann doch nicht gackern, schreien, auf allen vieren gehen, und dann so tun, als ob nichts vorgefallen wäre.

JACQUES Warum nicht? Wenn die Herrschaften mit ihren Vergnügungen fertig sind, gehen sie auf ihre Zimmer, um ein wenig auszuruhen, und wenn sie wieder herunterkommen, geht alles so weiter, wie es sich gehört. Du wirst schon sehen. Alles kommt in Ordnung, alle werden zufrieden sein, alles nimmt ein gutes Ende.

PICARD Ein gutes Ende? Wie denn?

JACQUES Ah! Du willst, daß ich dir erzähle, was noch gar nicht vorgefallen ist? Na schön. Gern. Aber dazu brauche ich eine Glaskugel.

PICARD Eine Glaskugel?

JACQUES Natürlich. Alle Propheten haben eine Glaskugel, in die sie hineinschauen.

PICARD Vielleicht gibt es in der Küche eine.

JACQUES Komm her, Picard! Näher! Noch näher! Ich werde deine Augen nehmen, die tun es auch.
(Er beugt sich über ihn.)
Ich sehe eine weiße Hochzeit.

PICARD Wer denn? Die Beaulieu?

JACQUES Die braucht keinen Mann. Nein, die kleine Vertillac.

PICARD Mit dem Herrn, der so laut spricht und kein Trinkgeld gibt.

JACQUES Das hat er schlau eingefädelt.

PICARD Wer?

JACQUES Und du hast ihm dabei geholfen. Du hast die Briefe gefälscht.

PICARD Ich?

JACQUES Freilich, du Dummkopf. Das wird ein Geschrei geben. *(Er ahmt Madame de Vertillac nach.)* »Sie sind ein Schürzenjäger! Ein Erpresser!« *(Er ahmt Crancey nach.)* »Ich kann nichts dafür. Das war Herr Diderot.« *(Madame de Vertillacs Stimme.)* »Dieses Ungeheuer!« *(Eigene Stimme.)* Da hast du die Hochzeit! Es bleibt ihnen gar nichts anderes übrig.

PICARD Und was wird mit dem anderen?

JACQUES Mit wem?

PICARD Dem Kerl, der die Komödie für Madame schreiben soll.

JACQUES Laß sehen! *(Er blickt in Picards Augen.)* Der hat nichts zu lachen. Den hat er ans Messer geliefert.

PICARD Wer?

JACQUES Wer, wer! Der Herr Diderot natürlich.

PICARD Und was wird Madame dazu sagen?

JACQUES *(Er blickt in Picards Augen.)* »Ich finde das alles sehr amüsant, meine Herren. Sehr amüsant!« Und zu dir sagt sie: »Picard, Sie trödeln schon wieder! Ich werfe Sie hinaus!« Wie immer, mein lieber Picard. Alles wie immer!

(Jacques und Picard ab. Auftritt Madame de Vertillac, Crancey.)

MADAME DE VERTILLAC So, mein Herr. Jetzt will ich Ihnen sagen, wie ich von Ihnen denke. Sie sind ein Schürzenjäger. Schlimmer noch, Sie sind ein Erpresser!

CRANCEY Liebe, verehrungswürdige ...

MADAME DE VERTILLAC Sie leugnen mir ins Gesicht? Sie und Henriette?

CRANCEY Vielleicht habe ich etwas falsch gemacht. Aber Henriette hat sich gewiß nichts vorzuwerfen.

MADAME DE VERTILLAC Ach so? Dann hat sie vermutlich geschlafen? Oder war sie ohnmächtig? Oder was wollen Sie damit sagen? Daß Sie Gewalt gebraucht haben?

(Auftritt Madame Bertrand, Malverte, Bibi.)

MADAME BERTRAND Bibi, sag dem Herrn guten Tag, und bedanke dich! Ich weiß nicht, Herr Minister, was aus uns geworden wäre, wenn Sie uns nicht geholfen hätten.

MALVERTE Aber ich bitte Sie.

(Er nimmt das Kind auf die Knie und betrachtet es.)

MADAME DE VERTILLAC *(zu Crancey:)* Ich glaube Ihnen kein Wort. Ich habe nämlich Beweise in der Hand, schwarz auf weiß. Hier! Bitte!

MALVERTE Wie heißt du denn?

BIBI Bibi.

MALVERTE Bibi! Er ist dem Vater wie aus dem Gesicht geschnitten, nicht wahr, Madame?

MADAME BERTRAND Das finde ich nicht.

CRANCEY *(zu Madame de Vertillac:)* Das ist die Hand von Diderot.

MADAME DE VERTILLAC Und dieser Brief hier, von wem ist der?

CRANCEY Das weiß ich nicht.

MALVERTE *(zu Madame Bertrand:)* Seine Augen! Dieselbe Farbe, derselbe lebhafte Blick.

MADAME BERTRAND Mein Mann hatte blaue Augen, und Bibi hat schwarze.

MALVERTE Und die Haare ... Dieses zarte Blond ...

MADAME BERTRAND Mein Mann war kastanienbraun.

MADAME DE VERTILLAC *(zu Crancey:)* Das ist doch Ihre Schrift?

CRANCEY Nein.

MADAME DE VERTILLAC Aber es steht doch Ihr Name darunter! Hier!

CRANCEY Was? *(Er liest.)*

MALVERTE Bibi! Auch du wirst bestimmt den Mund nicht halten können, wenn du groß bist, genausowenig wie dein Vater.

MADAME BERTRAND Wenn er ebenso mundfaul ist wie der...

MALVERTE Mundfaul?

CRANCEY *(zu Madame de Vertillac:)* Das ist nicht wahr! Das bin ich nicht gewesen.

MADAME DE VERTILLAC Wer denn dann?

MALVERTE *(zu Madame Bertrand:)* Sie brauchen mir doch nichts vorzumachen! Ich verstehe Sie, und ich verstehe den Reiz, den ein Mann wie Diderot auf die Damen auszuüben vermag. Er war damals ja noch so jung.

MADAME BERTRAND Wer? Herr Diderot?

MADAME DE VERTILLAC *(zu Crancey:)* Diderot! Natürlich! Das ist sein Werk.

MADAME BERTRAND *(zu Malverte:)* Er hat Ihnen also weismachen wollen, daß ich mit ihm... daß er mit mir... Das ist ja unglaublich!

MADAME DE VERTILLAC Dieser Fälscher! Dieses Ungeheuer!

MALVERTE *(zu Madame Bertrand:)* Es ist ein Fehltritt, den ich sehr verzeihlich finde.

MADAME BERTRAND Ein Schuft ist er! Ein ganz gewöhnlicher, hundsgemeiner Schuft.

MADAME DE VERTILLAC Das wird er mir büßen!

MADAME BERTRAND Ich werde dafür sorgen, daß man ihn einsperrt.

MADAME DE VERTILLAC Den Hals werde ich ihm umdrehen.

MADAME BERTRAND Hat er Sie auch hinters Licht geführt, Madame?

MADAME DE VERTILLAC Er hat behauptet, meine Tochter bekäme ein Kind.

MADAME BERTRAND Noch ein Kind? Das ist zuviel.

MALVERTE Aber liebe Madame Bertrand, machen Sie

nicht zuviel Lärm wegen einer solchen Lappalie? Ich bin es, der sich lächerlich gemacht hat.

MADAME DE VERTILLAC Und ich habe ihm geglaubt. Ich habe diesen Kontrakt hier unterschrieben.

MALVERTE Wer wäre nicht auf sein Spiel hereingefallen? Dieser Mensch hatte buchstäblich Tränen in den Augen.

(Auftritt Madame de Chepy, Mademoiselle Beaulieu.)

MALVERTE Wo ist er eigentlich geblieben?

MADAME DE VERTILLAC Er wagt es nicht, mir unter die Augen zu treten.

MADAME DE CHEPY Ich nehme an, er fühlt sich nicht wohl.

MADAME DE VERTILLAC Ah! Er fühlt sich nicht wohl! Und wie ich mich fühle, danach fragt kein Mensch.

MADAME DE CHEPY So ist er nun einmal. Wer wüßte das besser als du, liebe Sophie.

MADEMOISELLE BEAULIEU Aber dieser Auftritt war doch empörend!

MADAME DE CHEPY Darüber steht Ihnen kein Urteil zu.

MADEMOISELLE BEAULIEU Er hat sich Freiheiten erlaubt. Er hat mir schamlose Avancen gemacht.

MADAME DE CHEPY Sie überschätzen Ihre Reize, Beaulieu!

MADAME DE VERTILLAC Sie hat ganz recht.

MADAME DE CHEPY Natürlich, meine Liebe. Aber ohne ihn stürben wir vor Langeweile.

(Auftritt Desbrosses.)

DESBROSSES *(zu Madame de Chepy:)* Verzeihen Sie, Madame, kennen Sie Herrn Diderot?

MADAME DE CHEPY Und ob ich ihn kenne. Er ist mein Gast. Und wer sind Sie?

DESBROSSES *(zu Madame de Chepy:)* Herr Diderot ist mein Freund.

MADAME DE VERTILLAC Dann sind Sie zu beklagen. Schaffen Sie ihn herbei, tot oder lebendig! Tot wäre mir lieber.

DESBROSSES *(zu sich selbst:)* So etwas Verrücktes!

(Desbrosses ab.)

MALVERTE *(zu Madame de Chepy:)* Ich warne Sie, Madame. Das ist ein gefährlicher Krimineller.

MADAME DE CHEPY So? Warum verhaften Sie ihn nicht?

MALVERTE Ich möchte ihm um keinen Preis begegnen.

MADAME DE CHEPY Warum nicht?

(Auftritt Mademoiselle de Vertillac.)

MADEMOISELLE DE VERTILLAC *(zu Crancey:)* Was ist das für eine schmutzige Geschichte?

(Sie hält ihm die Briefe vor.)

CRANCEY Ich schwöre dir, ich habe nichts davon gewußt.

MADEMOISELLE DE VERTILLAC Du hast den armen Diderot vorgeschickt...

CRANCEY Weil ich dich liebe, Henriette.

MADEMOISELLE DE VERTILLAC Weil du zu feige warst...

CRANCEY Ich schwöre dir, ich habe nichts davon gewußt.

MADEMOISELLE DE VERTILLAC Wenn du mir ein Kind machen willst, dann bitte ohne die Mitwirkung des Herrn Diderot.

MADAME DE VERTILLAC Aber Henriette. Man hört uns zu.

MADEMOISELLE DE VERTILLAC Entschuldige, liebe Mutter, aber das ist mir gleichgültig.

CRANCEY Ich habe doch gar nichts getan!

MADEMOISELLE DE VERTILLAC Eben! Stell dir vor, Mama, wir sitzen in dieser entsetzlichen Postkutsche. Der Regen trommelt auf das Leder des Himmels, es dämmert schon, die Augen fallen dir zu …

MADAME DE VERTILLAC Ich bitte um Gottes willen, schweig. Erspar mir diese unanständige Geschichte.

MADEMOISELLE DE VERTILLAC Du verstehst mich nicht, Mama. Die Sache war so …

MADAME DE VERTILLAC Ich möchte keine Details hören.

MADEMOISELLE DE VERTILLAC Aber es gab keine Details! Eine ganze Nacht lang allein in der Kutsche, und was habe ich davon? Nichts! Nicht das geringste Detail!

CRANCEY Aus Respekt vor deiner Mama.

MADEMOISELLE DE VERTILLAC Was willst du eigentlich von mir? Glaubst du, ich wäre die Jungfrau Maria? Und jetzt hältst du mir diesen Kontrakt unter die Nase. Ich verzichte auf diesen Kontrakt! *(Sie zerreißt ihn.)* Nun, worauf wartest du noch?

MADAME DE VERTILLAC Laß dich umarmen, mein Kind! Ich bin ja so glücklich. Oh, ich hätte mir denken sollen, daß mein Denis mich nicht im Stich läßt.

MADEMOISELLE DE VERTILLAC Was hat dein Denis damit zu schaffen?

MADAME DE VERTILLAC Er hat das alles wohl berechnet. Ja, er kennt die Frauen.

(Auftritt Desbrosses.)

DESBROSSES *(zu Madame de Vertillac:)* Ich finde ihn nirgends.

MADAME DE VERTILLAC Das tut nichts. *(Zu Malverte:)* Die Herren kennen sich nicht?

MALVERTE Nein.

MADAME DE VERTILLAC Monsieur Desbrosses – Monsieur de Malverte.

MALVERTE Mein Herr.

DESBROSSES Das Vergnügen ist ganz auf meiner Seite.

CRANCEY *(zu Mademoiselle de Vertillac:)*
Ich gehe nicht. Ich bleibe. Ich sprenge die Tür. Ich verschaffe mir Zutritt, koste es, was es wolle.

MADEMOISELLE DE VERTILLAC Ja, einen Kutscherhut aufsetzen und große Reden führen, das kannst du. Aber das ist auch alles.
(Es dämmert. Niemand zündet die Lichter an. Auftritt Surmont, die ausgeschriebenen Rollen seines Stückes in der Hand.)

SURMONT Fertig! Ich glaube, diesmal ist mir etwas Gutes gelungen. Gewisse Leute werden sich rasend darüber ärgern. Meine Damen und Herren, Sie spielen alle mit? Das gibt ja ein herrliches Ensemble! Meine Komödie heißt: *Die Parasiten.* Der Kluge saugt den Dummen aus. Die Armen sind die Parasiten der Reichen. An jeden großen Herrn hängen sich zwei Dutzend Bettler, und das ist wohlgetan. Denn woher kommt wohl der Reichtum der Reichen? Man erbt, man spekuliert, man bringt das Geld der andern durch, aber zuletzt plündert immer einer den andern aus, nicht wahr, meine Herrschaften? Wer wollte da den ersten Stein aufheben? Ich nicht. Man ist nicht Herr über seine Gier und seinen Hunger. *(Während er spricht, flattert ein halbes Dutzend Hühner auf die Bühne, von denen niemand Notiz nimmt.)*
Kurzum, Ihr Haus, Madame, ist die Bühne, und Sie, meine Herrschaften, sind die Personen meines Stücks. Zum Beispiel der verarmte Krautjunker, der seine Bauern schindet, hausbacken, aber prahlerisch und skrupellos. »Nur die Liebe hat mich dazu bewogen.« *(Zu Crancey:)* Das wären Sie.

CRANCEY Wieso ich?

SURMONT Die Verlobte denke ich mir etwas blaß, Unschuldslamm, aber wehe, wenn man ihr nicht die Hand leckt! *(Zu Mademoiselle de Vertillac:)* Warum schicken Sie den Kerl nicht einfach weg?

CRANCEY Dieser Mensch hat an der Tür gehorcht!

SURMONT *(zu Madame Bertrand:)* Und nun zu Ihnen, der jungen Witwe, die nichts als ihre Renten im Kopf hat!

MADAME BERTRAND Sie sind ein Flegel!

SURMONT Aber, aber, Sie werden doch keine Spielverderberin sein! Dann die mondäne Mutter: etwas verschroben, ein wenig fett, aber eigensinnig. Sie wiegt sich in den Hüften, obwohl sie aus dem Alter heraus sein sollte ... *(Zu Madame de Vertillac:)* Würde Ihnen diese Rolle liegen?

MADAME DE VERTILLAC Ich fürchte, ja.

SURMONT Ich stelle mir vor, daß Sie an Heuschnupfen leiden.

MADAME DE VERTILLAC Woher wollen Sie das wissen?

CRANCEY Ich sage Ihnen doch, der Schuft hat uns ausspioniert!

SURMONT *(zu Madame de Chépy:)* Sie, Madame, werden eine reiche Erbin spielen, die ihr Vermögen vergeudet, weil sie sich einbildet, sie könne in ihrem zweitklassigen Salon Politik machen.

MALVERTE Das geht zu weit! Ich protestiere!

SURMONT Dann haben wir noch den kleinen Lockenkopf. Eine Hosenrolle. Heikel, vielleicht; zweideutig, sicherlich. *(Zu Mademoiselle Beaulieu:)* Nun, Mademoiselle?

MADEMOISELLE BEAULIEU Das sind Schweinereien, an die ich nicht einmal zu denken wage!

SURMONT Der Minister steckt bis zum Hals in Schulden

und wird wohl seinen Abschied nehmen müssen. Schade!

MALVERTE Ich verbiete Ihnen ...

SURMONT *(zu Desbrosses:)* Bitte übernehmen Sie seine Rolle. Dafür verspreche ich Ihnen, daß wir den Betrüger laufen lassen. Ich habe an Sie gedacht, Herr de Malverte. Die Rolle ist Ihnen auf den Leib geschrieben.

MALVERTE Ich, Parasit? Was fällt Ihnen ein? Ich bin Minister! *(Zu Desbrosses:)* Der Dieb sind Sie!

DESBROSSES Schütten Sie ruhig Ihr Herz aus!

MALVERTE Lassen wir das. *(Zu Surmont:)* Aber Sie! Wie können Sie es wagen! Ich werde Sie verhaften lassen!

SURMONT Das sieht Ihnen ähnlich. Aber ich versichere Ihnen, in meinem Stück wird niemand verhaftet.

(Immer mehr Hühner, von denen niemand Notiz nimmt, kommen auf die Bühne.)

MADAME DE CHEPY Woher wissen Sie das alles, mein lieber Surmont? Sind wir so banal? Sind wir so durchsichtig?

SURMONT Das ist die dichterische Phantasie.

CRANCEY An den Türen haben Sie gelauscht wie ein Lakai!

SURMONT Alles von A bis Z erfunden.

MADAME DE CHEPY Sie wären gar nicht imstande, sich etwas Derartiges auszudenken.

DESBROSSES Da steckt ein ganz anderer Kopf dahinter.

MADAME DE VERTILLAC Denis!

MADAME DE CHEPY Wer sonst?

MALVERTE Diderot hat uns das alles eingebrockt.

SURMONT Ich brauche keinen Ohrenbläser!

MADAME DE CHEPY Mein guter Surmont, Sie überschätzen sich. Lassen Sie die Finger von der Kunst und von meinen Gästen! Sie sind kein Diderot. Ich mache Ihnen einen Vorschlag. Sprechen wir einfach nicht mehr von Ihrem Stück! Seien Sie nett, bleiben Sie eine Weile, trinken Sie noch ein Glas mit uns.

SURMONT Wie? Ich soll mir sagen lassen: krieche! – und ich müßte kriechen? Nein! Man will mir den Mund verbieten, weil ich die Wahrheit sagen will. Ich gehe!

(Surmont ab. Allgemeines Gelächter.)

(Pause. Dämmerung. Immer mehr Hühner. Die Anwesenden bemerken sie nicht. Sie kratzen sich. Es tropft, rieselt, regnet von oben in den Salon. Die folgenden Sätze im Konversationston, aber lauter als gewöhnlich und im Falsett, damit man sie über dem Flattern und Gackern der Hühner vernehmen kann.)

DESBROSSES Wo bleibt er nur?

CRANCEY Wer?

DESBROSSES Diderot.

MADAME DE VERTILLAC Ich mache mir Sorgen um ihn.

MADAME DE CHEPY Ach was! Er reibt sich die Hände über das gräßliche Durcheinander, das er angerichtet hat.

MADAME DE VERTILLAC Er schmollt. Er ist gekränkt.

MADEMOISELLE BEAULIEU Auch das noch.

CRANCEY Wieso?

MADAME DE VERTILLAC Wir hätten uns bei ihm bedanken sollen.

MADAME BERTRAND Das ist eine Unverschämtheit.

MADAME DE CHEPY Warum? Hat er nicht alles zu einem guten Ende gebracht? Jeder hat das bekommen, was er wollte.

CRANCEY Ich nicht.

DESBROSSES Aber ich.

MADAME DE VERTILLAC Wie kalt er mir begegnet ist, wie verzweifelt ich war, wie grausam er mich getröstet hat!

MALVERTE Er ist ein Parasit.

DESBROSSES Sagen Sie das nicht!

MADAME DE VERTILLAC Er betrügt sich selbst.

MADEMOISELLE DE VERTILLAC Wir haben uns selbst betrogen. Er hat nur die Regie geführt.

(Jacques tritt auf die Vorderbühne, mit einem Leuchter in der Hand. Hinter ihm Diderot im Reisemantel, ein Felleisen unterm Arm. Niemand bemerkt die beiden. Diderot bleibt stehen, hört zu und lächelt.)

MALVERTE Man darf ihm keine Minute lang über den Weg trauen.

MADAME DE CHEPY Er ist ein Ungeheuer. Immer wieder reichen wir ihm die Hand. Ich begreife das nicht.

MADAME DE VERTILLAC Was ist dieser Diderot für ein Mensch?

DIDEROT Ein Ungeheuer... Ein Menschenfreund... Was halten Sie von ihm, Jacques? Ist er gut? Ist er böse?

JACQUES Er ist wie diese da, wie ich, wie alle Welt.

(Diderot und Jacques ab. Regen. Gemurmel, Flattern und Gackern in der Dunkelheit.)

(Vorhang.)

Nachwort

Was ist ein Intellektueller, und was muß kann darf soll er? Intellektuelle stellen sich solche Fragen mit einem Eifer, der vom Rest der Welt nicht unbedingt geteilt wird. Genügt es, daß einer ein Studium hat über sich ergehen lassen, oder daß er einigermaßen lesen und schreiben kann, und schon zählt er zu dieser eigentümlichen Zunft? Oder muß er auch noch denken können? Das versteht sich nicht von selbst; denn wer wüßte nicht, daß es dumme Intellektuelle gibt, und äußerst gescheite Leute, die nie auf die Idee kämen, diesen Titel in Anspruch zu nehmen? Was ein Dachdecker, ein Fluglotse, ein Zahntechniker zu tun hat, läßt sich zweifelsfrei angeben, aber ein Intellektueller? Ist das ein Beruf? Worin besteht seine Arbeit, worum hat er sich zu kümmern? Wer engagiert ihn, und wofür soll er sich engagieren?

So alt die Fragen, so abgegriffen sind die Antworten, mit denen sie bedacht werden. Es fällt uns schwer, zu glauben, daß sie einmal frisch und funkelnd ans Licht traten und mit dem ganzen Brio der Neuheit ausprobiert worden sind. Intellektuelle hat es schließlich nicht von jeher gegeben, sowenig wie Päpste und Sportler, Punker und Advokaten. Jede gesellschaftliche Figur muß einmal erfunden werden. Sie tritt nicht von heute auf morgen in die Geschichte ein. Schon in den ältesten Zeiten gab es Schamanen, Weise und Dichter; später sind Figuren wie die des Gelehrten, des Philosophen und des Klerikers hinzugekommen. Die Erfindung des Intellektuellen aber ist relativ jung, und ich möchte die Behauptung riskieren, daß sie sich ziemlich genau datieren läßt, nämlich auf die zweite Hälfte des achtzehnten Jahrhunderts. Die Figur taucht zum ersten Mal aus dem Frühnebel der Aufklärung, und das heißt in Frankreich auf. Ich gehe sogar so weit, Namen und Adresse anzugeben: Monsieur Denis Diderot, Rue Taranne, Paris.

Nicht, als wäre Diderot der einzige gewesen. Das Pathos des Erwählten war ihm völlig fremd. Es machte ihm kein Vergnügen, in der Isolation zu arbeiten; er suchte Leute seinesgleichen, so viele er finden konnte, um gemeinsame Projekte herum zu organisieren. Er hat also nicht nur die Figur des Intellektuellen erschaffen, sondern auch eine frühe Form ihrer Vergesellschaftung. Das berühmteste Resultat dieser Tätigkeit ist die *Encyclopédie*. In seinem Verzicht auf den Ego-Trip des berühmten Schriftstellers ging Diderot bis an die Grenze der Selbstverleugnung. Seine wichtigsten Arbeiten hat er, um die Enzyklopädie nicht zu gefährden, aber auch aus Gründen der Zensur, nie drucken lassen. Er vertraute sie der Nachwelt an oder ließ sie in der Grimmschen Korrespondenz zirkulieren, einem weiteren kollektiven Medium, an dem er maßgeblich beteiligt war.

Wer macht sich heute noch eine Vorstellung von den Schwierigkeiten, die mit der neuen Rolle verbunden waren, und von der Lust, mit der ihr Erfinder sie ergriff? Die frisch gewonnene Selbständigkeit des Intellektuellen war ebenso berauschend wie gefährlich. Sie war auf keine Weise institutionell gesichert. Das ökonomische Risiko war hoch. Die Existenzform, die Diderot für sich entdeckt hatte, verlangte (und ermöglichte) eine unerhörte geistige und soziale Beweglichkeit. Sie ließ keine Trennung von Beruf und Leben zu. Der Intellektuelle im Dachgeschoß der Rue Taranne fühlte sich nicht nur für das verantwortlich, was er schrieb, also für sein Werk. Er war für alles zuständig und mischte sich in alles ein.

Mit Diderot und seinen Zeitgenossen beginnt die lange und verwickelte Geschichte der Intelligentsia als einer Nothelferin, die dazu berufen ist (oder sich dazu berufen wähnt), gegen alle Mißstände der gesellschaftlichen und politischen Welt anzutreten und den Armen und Unterdrückten, Erniedrigten und Beleidigten jederzeit beizustehen. Wir wissen nur allzugut, wohin dieses edle Bestreben im Lauf der letzten zweihundert Jahre geführt hat: zu umwälzenden Veränderungen, die kein Mensch den unbewaffneten Eierköpfen zugetraut hätte, aber auch zu moralischer Selbstüberforderung und Pharisäertum, Heuchelei und Dogmatismus, Selbstgefälligkeit und Besserwisserei.

Unvorstellbar, was Diderot zu den Podiumsdiskussionen über das Engagement des Schriftstellers gesagt hätte, die die Welt in den letzten Jahrzehnten hat erdulden müssen. Vermutlich hätten sie ihn verblüfft und angeödet. Jener fatale Begriff war ihm unbekannt. Nicht aus ideologischem Pflichtgefühl oder aus Parteidisziplin hat sich Diderot in das Abenteuer des Helfens gestürzt, sondern aus naiver Neugier. Auch ging es ihm dabei nicht um das Prinzip, sondern um die alltägliche Praxis. Die Überlieferung spricht dafür, daß seine Hilfsbereitschaft bis zum Exzeß ging.

»Eines Tages«, erzählt Angélique de Vandeul, die Tochter Diderots, in ihren Memoiren, »erscheint ein junger Mann mit einem Manuskript; er bittet meinen Vater, es zu lesen und seine Verbesserungen an den Rand zu schreiben; es handelte sich um eine bittere Verhöhnung seiner Person und seiner Werke. Der junge Mann kehrt wieder. ›Mein Herr‹, sagt mein Vater, ›ich kenne Sie nicht; ich habe Ihnen also keinen Grund geben können, über mich herzufallen; wollen Sie mir sagen, was Sie veranlaßt, mir Ihre Satire zu lesen zu geben?‹

›Ich habe nichts zu essen; ich hatte gehofft, daß Sie mir ein paar Taler geben würden, damit ich sie nicht drucke.‹

›Sie wären nicht der erste Schriftsteller, den man gern bezahlen würde, damit er den Mund hält. Aber ich wüßte einen besseren Weg, wie Sie aus Ihrem Flickwerk Vorteil ziehen können. Der Bruder des Herzogs von Orléans lebt zurückgezogen in Sainte-Geneviève; er ist sehr fromm; er haßt mich; widmen Sie ihm Ihre Satire; lassen Sie die Schrift binden und mit seinem Wappen versehen; gehen Sie vormittags zu ihm und bringen Sie ihm das Buch; Sie werden dabei nicht leer ausgehen.‹

›Aber ich kenne diesen Fürsten nicht, und es fällt mir schwer, eine Widmungsadresse zu schreiben.‹

›Setzen Sie sich hin! Ich mache das für Sie.‹

Mein Vater schreibt die Epistel, der Verfasser nimmt sie, geht zum Herzog, bekommt dafür fünfundzwanzig Louis d'or und kommt nach ein paar Tagen wieder, um sich bei meinem Vater zu bedanken.«

Ein anderer mittelloser Mensch, dem Diderot mit Rat und Tat geholfen hat, sagt ihm zum Abschied auf der Treppe: »›Monsieur Diderot, kennen Sie sich in der Naturgeschichte aus?‹

›Ein wenig, ja; ich kann eine Aloe von einem Kopfsalat und eine Taube von einem Kolibri unterscheiden.‹

›Wissen Sie auch, was ein Ameisenlöwe ist?‹

›Nein.‹

›Das ist ein kleines, sehr geschicktes Kerftier; es wühlt ein trichterförmiges Loch in die Erde und deckt es oben mit einer dünnen, leichten Sandschicht zu; dann lockt es unbesonnene Insekten an, die in den Trichter fallen, fängt sie, saugt sie aus und sagt zu ihnen: Monsieur Diderot, ich habe die Ehre, Ihnen einen guten Tag zu wünschen.‹ Mein Vater hat sich über dieses Abenteuer halb totgelacht.«

Was verbindet diese flüchtigen Anekdoten mit dem Riesenwerk der Enzyklopädie? Das Verlangen, sich um jedes denkbare Problem zu kümmern und sich auf diese Weise immer neue Erfahrungen anzueignen. Diderot hat die Rolle des Intellektuellen nicht nur erfunden. Er wendete sie hin und her, und er sah, daß sie nicht nur schwierig, sondern auch prekär, nicht nur undankbar, sondern auch eine Quelle überraschender Paradoxe war. Sie warf gravierende moralische Probleme auf und entbehrte nicht einer abgründigen Komik. Eine Gesellschaft wie die unsrige, in der es von Helfern wimmelt und die dabei immer hilfsbedürftiger zu werden scheint, kann die Wohltäter und Therapeuten, die sich auf ihren Planstellen installiert haben, gar nicht genau genug unter die Lupe nehmen; sie hätte allen Grund, sich für die Figur eines wohlmeinenden Menschenfreundes zu interessieren, der sich seiner eigenen Fragwürdigkeit innegeworden ist.

Im November 1854 ging bei dem Direktor des Théâtre de la Gaîté in Paris, einem Herrn Hostein, der folgende Brief ein:

»Ich schicke Ihnen ein Werk zu, das so gut wie unbekannt ist ... Seit Jahren trage ich mich mit dem Gedanken, daß es in unseren Tagen einen enormen Erfolg haben könnte. Ein anderer als ich hätte vielleicht an die Comédie Française gedacht, aber ... an den subventionierten Theatern geschieht nichts, entscheidet sich nichts, bewegt sich nichts; die Leute dort sind ängstlich und borniert. Um so lohnender wäre es einmal, die Probe aufs Exempel zu machen, ob das allenthalben so verachtete Boulevard-Publikum nicht sehr wohl imstande wäre, ein Werk von so wunderbarer Tragweite zu verstehen und zu begrüßen...

Außerdem will mir scheinen, daß ein Schauspieler, der über soviel bewundernswerte Vehemenz, über soviel poetische Charakterisierungskunst und soviel Finesse verfügt wie M. Rouvière..., eine ganz neue Entwicklung seines Talents in der Rolle des Diderot finden könnte, wie sie Diderot selbst in diesem Stück geschrieben hat, einer Rolle, in der sich die Sensibilität mit der Ironie und mit dem bizarrsten Zynismus verbindet. Alle Gestalten in diesem Stück (und das allein macht es schon merkwürdig) haben wirklich gelebt... Die Frauenrollen sind zahlreich, alle amüsant und alle bezaubernd. Dieses Stück ist eigentlich das einzig wahrhaft dramatische Werk Diderots. Weder *Der natürliche Sohn* noch *Der Hausvater* kann sich damit vergleichen...
27, rue de Seine

Charles Baudelaire.«

Baudelaires Demarche war erfolglos; das Stück, das er empfahl, mußte noch jahrzehntelang auf seine Uraufführung warten. Er hatte es an einem recht abgelegenen Ort entdeckt. Diderots Komödie *Est-il bon? Est-il méchant?* ist zu Lebzeiten des Autors nicht gedruckt worden; auch in den ersten posthumen Ausgaben findet sie sich nicht. Das Manuskript lag, zusammen mit einem großen Teil des Diderot-Nachlasses, unbeachtet in St. Petersburg. Ein gebürtiger Franzose namens Jeudy-Dugour, der in Rußland heimisch geworden war, fertigte gegen 1828 heimlich eine Abschrift an und brachte sie nach Paris. Dort erschien der Text des Stückes, fünfzig Jahre nach dem Tod des Verfassers, in einer bibliophilen Zeitschrift, der *Revue rétrospective*, einer Publikation, von der kaum jemand Notiz nahm.

Diderot hat seine Komödie, wie er selber sagt, an einem Tage hingeworfen. Ebensowohl ließe sich sagen, daß er über zehn Jahre hinweg mit ihr beschäftigt war. Eine erste Vorstufe *(Plan d'un divertissement domestique)* scheint aus dem Jahr 1775, eine zweite Fassung *(La pièce et le prologue)* aus dem darauffolgenden Jahr zu stammen. Kurz vor seinem Tod nahm Diderot noch Retouchen an der endgültigen Fassung von *Ist er gut? Ist er böse?* vor. Das Stück ist Mme de Meaux, einer alten Freundin, gewidmet und endet mit einem kleinen Ballett zu ihren Ehren. Sicherlich hat Diderot an eine private Aufführung in ihrem Haus, und zwar aus Anlaß ihres Geburtstages, gedacht. Ob es dazu gekommen ist, wissen wir nicht. Ungeachtet seiner enormen Produktivität, und bei aller Beredsamkeit, die aus seinen Briefen spricht (von denen nahezu tausend erhalten sind), hat dieser Autor es immer verstanden, seine Spuren zu verwischen.

Der Menschenfreund ist kein Stück von Diderot. Meine Komödie steht jedoch in einem so engen und verwickelten Zusammenhang mit *Est-il bon? Est-il méchant?*, daß ich dem Zuschauer und dem Leser ein paar Worte der Rechenschaft schulde. Meine Diderot-Manie hat mich zuerst zu einer getreuen Übersetzung, dann zu einer freien Bearbeitung und schließlich zur respektvollen Zerstörung der Vorlage verführt. Die Übersetzung ist vielleicht die intimste und unerbittlichste Form der Kritik. Sie zeigte mir die Brauchbarkeit des dramaturgischen Gerüstes und die geniale Anlage der Hauptfigur, aber auch das Schematische und Skizzenhafte der

Durchführung. *Est-il bon? Est-il méchant?* ist ein Gelegenheitsstück, aus einem familiären Anlaß entworfen, einer Geburtstagsfeier zugedacht. Daraus mögen sich die harmlosen und hausbackenen Züge der Komödie erklären. Von der Verwegenheit, die Diderot in anderen Werken an den Tag legt, ist hier, wenn man von den abgründigen Implikationen seines Selbstporträts absieht, nicht viel zu spüren. Möglich, daß dabei auch der Halbschatten der Zensur eine Rolle spielt, in dem Diderot sich sein Leben lang bewegen mußte.

Ich fing also an, die Geschichten, die mir allzu treuherzig schienen, zu radikalisieren oder durch andere, weniger harmlose zu ersetzen. Die Logik der Komödie ist jedoch unerbittlich, und der kleinste Eingriff zieht augenblicklich eine Reihe von dramaturgischen Konsequenzen nach sich. Ich sah mich gezwungen, Figuren einzuführen, die mit denen der Vorlage keine Ähnlichkeit mehr hatten. Die moralische und politische Zuspitzung sprengte schließlich die vorgegebene Struktur. Ich wollte Diderots riskante Operationen zeigen, sein erotisches Temperament, seinen Kampf mit Rousseau, sein Verständnis für zwielichtige Figuren, Parasiten, Außenseiter und Verbrecher, und sein zweideutiges Spiel mit der Macht.

Dabei habe ich Diderots Werk, ebenso wie seine Biographie, rücksichtslos geplündert, und was ich dort nicht fand, dazuerfunden; anders gesagt, ich habe versucht, die pure Fiktion und den dokumentarischen Beleg miteinander zu vernähen, dergestalt, daß nur der Kenner imstande wäre, sie auseinanderzutrennen. Diderot selbst hat es in diesem Verfahren zu einer unübertrefflichen Meisterschaft gebracht. Dabei ist er bis an die Grenze der Mystifikation und zuweilen auch darüber hinaus gegangen.

Von allen Personen des Stückes ist es Diderot, der sich am meisten verändert hat; wie ich hoffe, bis zur Kenntlichkeit. In seiner Komödie fehlt dem Protagonisten ein ebenbürtiger Gegenspieler. Ich mußte nicht lange nach ihm suchen. Er fand sich in Diderots Meisterwerk *Jacques le Fataliste*, und zwar schon im Titel. Der unbesiegbare Diener ist vielleicht die rätselhafteste Figur, die Diderot geschaffen hat.

Ein Selbstportrait, so reflektiert, so ironisch, so schonungslos es auch sein mag, ist immer eine Innenansicht. Es bleibt ein toter Winkel, den der Autor nicht überblikken kann. Ob der Diener als Antagonist, um einen Diderot von außen bittend, den Herrn durchschaut, dort, wo dieser an die Grenzen der Selbsterkenntnis stößt? Ich bin überzeugt davon. Aber Jacques sagt uns nicht, was er sieht. Darin liegt seine Stärke.

Nach alledem wäre es nicht fair, diese Komödie dem Menschenfreund Denis Diderot in die Schuhe zu schieben. Für alles, was ich mir ihm gegenüber herausgenommen habe, muß ich haften. Der ahnungsvolle Gedanke freilich, daß der Intellektuelle, wenn anders er diesen Namen verdient, eine tragikomische Figur ist, gehört ganz und gar dem Autor, dem Regisseur und dem Protagonisten, der hier auf die Bühne tritt.

München, 1982–1984 H. M. E.

Anhang

Hinweise

Diderot und das dunkle Ei. Ein Interview
Erstdruck: Friedenauer Presse, Berlin 1990

Das unheilvolle Porträt. Eine Mystifikation (1768/1981).
Alle Bühnen- und Medienrechte beim Verlag der Autoren, Frankfurt am Main

Herzlose Liebschaften. Ein wahres Hörspiel (1772/1982).
Alle Bühnen- und Medienrechte beim Verlag der Autoren, Frankfurt am Main, 1981

Madame de Carlière oder Die Wankelmütigen
Eine Unterhaltung im Nebel (1772/1983).
Alle Bühnen- und Medienrechte beim Verlag der Autoren, Frankfurt am Main, 1983

Jakob und sein Herr
Ein Radio-Roman (1771–1778/1963–1979).
Alle Bühnen- und Medienrechte beim Verlag der Autoren, Frankfurt am Main, 1979

Gründe, meinem alten Hausrock nachzutrauern, oder Eine Warnung an alle, die mehr Geld als Geschmack haben (1768/1989).
Über die Frauen (1772/1992).
Erstdruck: Denis Diderot. Gründe, meinem alten Hausrock nachzutrauern. Über die Frauen. Zwei Essays. Aus dem Französischen von Hans Magnus Enzensberger. Friedenauer Presse, Berlin 1992

Der Menschenfreund
Eine Komödie.
Erstdruck: (c) 1984 Hans Magnus Enzensberger. Alle Publikationsrechte Suhrkamp Verlag Frankfurt am Main, 1984.
Alle Bühnen- und Medienrechte beim Verlag der Autoren, Frankfurt am Main

Von Hans Magnus Enzensberger erschienen im Suhrkamp Verlag:

verteidigung der wölfe. Gedichte. 1957
Bibliothek Suhrkamp 711. 1981

landessprache. Gedichte. 1960
edition suhrkamp 304. 1969

Einzelheiten. Essays. 1962
Einzelheiten I. Bewußtseins-Industrie. *edition suhrkamp 63.* 1964
Einzelheiten II. Poesie und Politik. *edition suhrkamp 87.* 1964

Gedichte. Die Entstehung eines Gedichts. 1962
edition suhrkamp 20. 1965

blindenschrift. Gedichte. 1964
edition suhrkamp 217. 1967

Politik und Verbrechen. Neun Beiträge. 1964
suhrkamp taschenbuch 442. 1978

Deutschland, Deutschland unter anderm. Äußerungen zur Politik. 1967
edition suhrkamp 203

Das Verhör von Habana. Szenische Dokumentation. 1970
edition suhrkamp 553. 1972

Gedichte 1955–1970. 1971
suhrkamp taschenbuch 4

Der kurze Sommer der Anarchie. Buenaventura Durrutis Leben und Tod. Roman. 1972
suhrkamp taschenbuch 395. 1977

Palaver. Politische Überlegungen (1967–1973). 1974
edition suhrkamp 696

Der Weg ins Freie. Fünf Lebensläufe. 1975
edition suhrkamp 759

Mausoleum. Siebenunddreißig Balladen aus der Geschichte des Fortschritts. 1975

Bibliothek Suhrkamp 602. 1978
suhrkamp taschenbuch 2356

Der Untergang der Titanic. Eine Komödie. 1978
suhrkamp taschenbuch 681. 1981

Die Furie des Verschwindens. Gedichte. 1980
edition suhrkamp 1066. NF 66

Politische Brosamen. 1982
suhrkamp taschenbuch 1132. 1985

Die Gedichte. 1983

Der Menschenfreund. 1984
Bibliothek Suhrkamp 871

Gedichte 1950–1985. 1986
suhrkamp taschenbuch 1360

Ach Europa! Wahrnehmungen aus sieben Ländern.
Mit einem Epilog aus dem Jahre 2006. 1987
suhrkamp taschenbuch 1690. 1989

Mittelmaß und Wahn. Gesammelte Zerstreuungen. 1988
suhrkamp taschenbuch 1800. 1991

Der Fliegende Robert. Gedichte, Szenen, Essays. 1989
suhrkamp taschenbuch 1962. 1992

Zukunftsmusik. Gedichte. 1991
suhrkamp taschenbuch 2223. 1993

Die Tochter der Luft. Ein Schauspiel. Nach dem Spanischen des Calderón de la Barca. 1992

Die Große Wanderung. Dreiunddreißig Markierungen.
Mit einer Fußnote ›Über einige Besonderheiten bei der Menschenjagd‹. 1992

Aussichten auf den Bürgerkrieg. 1993

Diderots Schatten. Unterhaltungen, Szenen, Essays
übersetzt, bearbeitet und erfunden von Hans Magnus Enzensberger. 1994

Hans Magnus Enzensberger als Herausgeber:

Museum der modernen Poesie. 1960
suhrkamp taschenbuch 476. 1980

Allerleihrauh. Viele schöne Kinderreime. 1961
suhrkamp taschenbuch 19. 1971

Gunnar Ekelöf, Poesie. 1962

Fernando Pessoa, Poesie. 1962

Giorgos Seferis, Poesie. 1962

David Rokeah, Poesie. 1962

Oscar Vladislas de Lubicz Milosz, Poesie. 1963

Carlos Drummond de Andrade, Poesie. 1965

Paavo Haavikko, Poesie. 1965

František Halas, Poesie. 1965

Karl Vennberg, Poesie. 1965

Vincente Huidobro, Poesie. 1966

Orhan Veli Kanik, Poesie. 1966

Paul van Ostaijen, Poesie. 1966

Freisprüche. Revolutionäre vor Gericht. 1970
suhrkamp taschenbuch 111. 1973

Alexander Herzen, Die gescheiterte Revolution.
Denkwürdigkeiten aus dem 19. Jahrhundert. 1977
edition suhrkamp 852

Gespräche mit Marx und Engels. Mit einem Personen-, Elogen- und Injurienregister. 1981
suhrkamp taschenbuch 716

u. a.

Hans Magnus Enzensberger als Übersetzer:

John Gay, Die Bettleroper. Bertolt Brechts Dreigroschenbuch. Texte, Materialien, Dokumente. Herausgegeben von Siegfried Unseld. 1960

William Carlos Williams, Gedichte (amerikanisch und deutsch). 1962
Bibliothek Suhrkamp 76

César Vallejo, Gedichte (spanisch und deutsch). 1963
Bibliothek Suhrkamp 110

Pablo Neruda, Die Raserei und die Qual. Gedichte (spanisch und deutsch). Auswahl. Übertragung und Nachwort von Hans Magnus Enzensberger. 1986
Bibliothek Suhrkamp 908

Materialien:

Hans Magnus Enzensberger. Herausgegeben von Reinhold Grimm. 1984.
suhrkamp taschenbuch materialien. stm 2040

Im Insel Verlag erschienen:

Georg Büchner/Ludwig Weidig, Der Hessische Landbote. Texte, Briefe, Prozeßakten, kommentiert von Hans Magnus Enzensberger. 1965
insel taschenbuch 51. 1974

Bartolomé de Las Casas, Kurzgefaßter Bericht von der Verwüstung der Westindischen Länder. Herausgegeben von Hans Magnus Enzensberger. 1966
insel taschenbuch 553. 1981

Gespräche mit Marx und Engels. Herausgegeben von Hans Magnus Enzensberger. 1973

Allerleirauh. Viele schöne Kinderreime versammelt von Hans Magnus Enzensberger. 1974
insel taschenbuch 115

Edward Lears kompletter Nonsens. Ins Deutsche geschmuggelt von Hans Magnus Enzensberger. Mit Zeichnungen von Edward Lear. 1977
insel taschenbücher 1119. 1988

Der Menschenfeind. Nach dem Französischen des Molière von Hans Magnus Enzensberger. 1979
insel taschenbuch 401

Clemens Brentano, Gedichte, Erzählungen, Briefe. Herausgegeben von Hans Magnus Enzensberger. 1981
insel taschenbuch 557
Neuauflage unter dem Titel: Die Zauberwaffe der Poesie. 1994

Allgemeines deutsches Reimlexikon. Herausgegeben von Peregrinus Syntax. Mit einer Gebrauchsanleitung von Hans Magnus Enzensberger. 1982
insel taschenbuch 674
[Gebundene Ausgabe 1993]

Alexander Herzen. Die gescheiterte Revolution. Denkwürdigkeiten aus dem 19. Jahrhundert. Ausgewählt und herausgegeben von Hans Magnus Enzensberger. 1988
insel taschenbuch 1097